MANDY BAGGOT

Winterzauber in Athen

GOLDMANN

Mandy Baggot

Winterzauber in Athen

Roman

Aus dem Englischen
von Andrea Fischer

GOLDMANN

Die englische Originalausgabe erschien 2023 unter dem Titel
»In the Greek Midwinter« bei Boldwood Books, London.

MIX
Papier | Fördert
gute Waldnutzung
FSC® C014496

Penguin Random House Verlagsgruppe FSC® N001967

1. Auflage
Deutsche Erstveröffentlichung September 2024

Dieses Werk wurde vermittelt durch die
Literarische Agentur Thomas Schlück GmbH, 30161 Hannover.
Umschlaggestaltung: UNO Werbeagentur, München
Umschlagmotive: Ioannis Mantas/Alamy Stock Foto; FinePic®, München
Redaktion: Lisa Wolf
KS · Herstellung: ik
Satz: Buch-Werkstatt GmbH, Bad Aibling
Druck und Bindung: GGP Media GmbH, Pößneck
Printed in Germany
ISBN: 978-3-442-49580-1

www.goldmann-verlag.de

Für Springsteen, die beste Katze der Welt.
23. April 2003–30. Juni 2023.
Schlaf gut.

KAPITEL EINS

St. Agnes Church, Little Pickering, Wiltshire, Großbritannien

»Stoß das Schwert tief in ihn rein! Richtig, in den Bauch! So … reinstoßen und drehen! Nathaniel, denk dran, worüber wir gesprochen haben: Ich möchte sehen, wie sich die Wut in deinem Innern aufbaut, in deinen Augen blitzt und sich in deinem Schwert brutal entlädt! Du kämpfst hier gegen Herodes! Gegen den Tyrannen, der für ein Massaker an unschuldigen Kindern verantwortlich ist!«

Geoffrey, der von der Kirchenbank aus Anweisungen erteilt hatte, stieß einen markerschütternden Schrei aus, der von den Säulen zurückgeworfen wurde und durchs gesamte Kirchenschiff hallte, sodass Bonnie vor Schreck ihren angebissenen Mince Pie fallen ließ und er in Jens Schoß purzelte.

»Bonnie!«, rief Jen vorwurfsvoll, fegte die Krümel in ihre Hand und fragte sich, wohin damit.

»'tschuldigung«, sagte ihre beste Freundin. »Aber ich habe nicht damit gerechnet, dass er herumschreit wie bei einem Boxkampf.«

Jen konzentrierte sich wieder auf das Bühnenstück, das ihnen auf dem roten Teppich vor dem kerzenbeleuchteten Altar präsentiert wurde. In der gewölbten Hand hielt sie die Krümel des Gebäcks, mit der anderen machte sie sich Notizen. Die fielen im Moment nicht gerade positiv aus.

Hatte sie Geoffrey bei diesem Projekt zu sehr freie Hand gelassen?

Unter einem Crescendo von Becken, Celli und Klarinetten rollten jetzt jede Menge Puppenköpfe wie Fußbälle durch den Altarraum, dann gab es einen lauten Knall. Eine blutähnliche, leuchtend rote Flüssigkeit platzte aus Zylindern auf beiden Seiten der »Bühne« und ergoss sich über alles und jeden in der näheren Umgebung. Bonnie kreischte und ließ wieder den Mince Pie fallen. Jen sprang auf und stürzte aus der Bank. Notizen und Krümel waren vergessen.

»Geoffrey, die ganze Kirche ist voller Blut!«, rief sie. »In zwanzig Minuten hält der Vikar die Abendandacht!«

Geoffrey war so blass geworden, als bräuchte er dringend eine Blutspende. »Die … die sollten gar nicht losgehen … erst bei der eigentlichen Aufführung.«

Jen schätzte den Schaden ab: rote Lachen auf den alten Steinplatten. Die Gesichter von Geoffreys Schauspielern voller Spritzer, wie in einem Horrorfilm. Die mit Stechpalmen und Efeu geschmückten grauen Säulen erinnerten nun an einen Tatort. Insgesamt war die Inszenierung viel zu düster gewesen, selbst für die Weihnachtsfeier der Historischen Gesellschaft. Sie musste noch mal neu überdacht werden, außerdem musste die Kirche gereinigt werden, bevor die Gemeinde sich einfand.

»Das ist ein Zeichen«, flüsterte Bonnie, die neben Jen stehen blieb. »Dass Paris dich ruft und du fliegen musst.«

Jen seufzte. »Ich kann nicht mal zurück ins Büro und mir über dieses Stück Gedanken machen, weil ich mich erst um die Sauerei hier kümmern muss.«

»Denk an Paris!«, sagte Bonnie mit verträumter Stimme, wie in einer kitschigen Weihnachtswerbung. »Romantischer Nebel über der Seine. Eine zuckersüße, schwere *chocolat chaud*. Hinter dir der Eiffelturm und vor dir David auf den Knien mit einem Diamantring, von dem jede Disneyprinzessin träumt.«

Im Moment sah Jen weder die goldenen Lichter von Frankreichs berühmtester Sehenswürdigkeit noch einen Ring, der jeden Comic-Klunker in den Schatten stellte. Geoffreys purpurrote Brühe tropfte von Dingen, die vermutlich noch älter waren als Judi Dench, und so versuchte Jen verzweifelt, die Tatsache zu verdrängen, dass sie in wenigen Tagen nicht mehr in Little Pickering sein würde.

»Ich sehe es genau vor mir«, fuhr Bonnie fort, während die Zenturionen – oder was Geoffreys Schauspieler darstellen sollten – ihr Gesicht reinigten und die rote Flüssigkeit von den Fingern schüttelten. »Schokocroissants zum Frühstück, schokoladenbraune Pudel auf den Boulevards, ein beigebraunes Chanel-Täschchen als Weihnachtsgeschenk für deine beste Freundin …«

Die Minuten vergingen, und der Vikar war vor allem eins, nämlich pünktlich. Reglos wie eine marmorne Jesusstatue stand Geoffrey mit offenem Mund vor dem von ihm selbst geschaffenen Chaos. Jetzt gab es nur eine Option: mit gutem Beispiel vorangehen. Es war Zeit, dass die Inhaberin von *Jeden Tag Weihnachten* zeigte, welch kompetente und professionelle Managerin und Geschäftsführerin sie war.

Jen schlüpfte aus ihrem knallroten Mantel und schob die Ärmel ihres tannengrünen Pullis hoch.

»Im Moment«, sagte sie zu Bonnie und steuerte auf die Tür zur Sakristei zu, »würde ich mich nur über eins freuen, und zwar über einen Eimer.«

KAPITEL ZWEI

Jeden Tag Weihnachten, *Little Pickering*

»Willst du wirklich nichts davon?«

Bonnie saß in Jens Auto und stopfte sich einen Schokoladenmuffin von Greg's in den Mund. Unter ihren Fingernägeln sammelten sich Krümel. Greg's erinnerte vom Namen an die landesweite Bäckereikette Greggs, war aber das Einmannunternehmen von Bäcker Greg, und unter seiner Geschäftsadresse firmierten noch das Postamt von Little Pickering und die Abholstation von Amazon.

Jen betrachtete ihre eigenen Hände. Anders als Bonnie hatte sie rote Farbe unter den Fingernägeln, als hätte sie mit einem Bingostift gekämpft oder jemanden umgebracht. Sie wusste nicht, wie sie die Farbe loswerden sollte, dabei hatte sie noch einen Termin, bevor sie Feierabend machen konnte. Nicht dass sie jemals wirklich freihatte. Als Selbstständige konnte man es nicht oft »für den Tag gut sein« lassen. Insbesondere als Kleinstunternehmerin, die auf Folgeaufträge, einen guten Ruf und Empfehlungen angewiesen war. Jen hatte den Vikar davon überzeugt, dass sie eine Reinigungsfirma engagieren würde, falls die Altartücher beim Waschen nicht sauber würden oder hinterher wie das Turiner Grabtuch aussähen. Allerdings bezweifelte sie, dass sie die Kirche noch mal als Proberaum nutzen dürfte.

»Du musst Geoffrey überzeugen, dass er ein Krippenspiel aufführt, kein Massaker«, sagte Bonnie zwischen zwei Bissen.

»Ich organisiere jetzt seit vier Jahren die Aufführung dieser Truppe, und im ersten und dritten Jahr hatten wir jeweils eine Variante des Krippenspiels. Im ersten Jahr war es *Die Hühner aus dem Morgenland* und im dritten *Mein Zwillingsbruder Jesus*.«

»Jesses!«, rief Bonnie. »Oder besser nicht Jesses.«

»So hieß tatsächlich der andere Zwilling«, gab Jen zurück.

»Wieso habe ich das verpasst?« Bonnie leckte sich Schokolade von den Fingern.

»Ich glaube, da warst du gerade in deiner Salzkaramellphase«, sagte Jen. »So ähnlich wie jetzt deine Schokoladenphase.«

Bonnie hielt inne. »Ist das Food Shaming?«

»Nein«, entgegnete Jen. »Aber in der Kirche hast du ungefähr hundertmal ›Schokolade‹ gesagt, und wenn du dich derart in irgendwas hineinsteigerst, heißt das normalerweise, dass du ein Problem hast, also erzähl es mir am besten gleich, damit du dich nicht wieder mit Ferrero Rocher in einem von meinen Weihnachtszimmern einsperrst und den Botschafter sprechen willst.«

»Das war nur einmal!«, rief Bonnie, zerknüllte die Tüte von Greg's und warf sie in den Fußraum.

Jen wartete, denn sie wusste, dass ihre Freundin bald einknicken würde. Bonnie schüttete ihr schon das Herz aus, seit die beiden sich vor fünf Jahren im Pflegeheim kennengelernt hatten. Bonnie hatte am Empfang gesessen, die Zeitschrift unter die Computertastatur geschoben und Jen gefragt, ob sie, Bonnie, eher ein viereckiges oder ein ovales Gesicht habe, und falls es viereckig sei, ob Jen dann vielleicht irgendwelche Schminktipps für sie hätte. Bei einem wässrigen Pflegeheimtee hatten sie Freundschaft geschlossen. Bonnie war einer der drei Menschen, denen Jen vertraute. Wobei, jetzt mit David waren es wohl vier.

Seufzend drückte Bonnie ihre Tasche an sich. »Okay … ja, da ist was.« Sie seufzte abermals. »Meine Schwester. Sie ist wieder bei meinen Eltern eingezogen.«

»O nein!«, stöhnte Jen.

Auch wenn sie wusste, dass Bonnie ihre Schwester lieb hatte, kannte sie die Konkurrenz zwischen den beiden nur zu gut. Andrea wohnte in London und war eine erfolgreiche Juristin. Sie war mal auf einer Party gewesen, die auch Motsi Mabuse, der Star der Tanzshow im Fernsehen, besucht hatte. Und Andrea hatte noch nie eine ganze Packung Oreos zum Frühstück verputzt.

»Ich wette, dass sie nur zurückgezogen ist, weil Mum gerade das Gästezimmer renoviert hat und Andrea so ein Fan von Ocker ist.«

»Das kann nicht der einzige Grund sein.« Jen wandte sich auf dem Fahrersitz ihrer Freundin zu.

»Na ja, es ging auch darum, dass sie sich von ›Jules‹ getrennt hätte, und dann ist sie in Tränen ausgebrochen. Aber sie war schon immer eine Drama Queen. Andrea kann wirklich auf Kommando heulen.«

Jen hatte Andrea nur einmal getroffen. Am zweiten Weihnachtstag hatte Bonnies Schwester mal zum Essen eingeladen – es gab einen dicken Truthahn, den Andrea von einem Mandanten geschenkt bekommen hatte –, und auch wenn es wahrscheinlich nicht bewusst geschehen war, hatte Andrea die ganze Zeit allen am Tisch versichert, wie viel besser London im Vergleich zu Little Pickering war.

»Ich weiß nicht mal, ob es Jules wirklich gibt. Vorher hat sie nie von einem oder einer Jules gesprochen, und plötzlich heult sie sich die Augen aus, als würde sie das Ende von *Ist das Leben nicht schön?* gucken.« Bonnie schüttelte sich. »Ich weiß nur, dass mich die Vorstellung mit Schrecken erfüllt, sie könnte nicht mehr ausziehen und jetzt für immer bei unseren Eltern wohnen. Das ist der Grund, warum ich ständig von Schokolade rede.« Bonnie hielt inne. »Kann ich nicht bei dir einziehen? Warum ist mir das noch nicht eingefallen? Deine Wohnung liegt ja viel näher zum Tierarzt. Da kann ich die Augen noch zehn Minuten länger zulassen, bevor ich zur Arbeit muss.«

Vor einem Jahr hatte Bonnie den Job am Empfang des Pflegeheims gegen den beim Tierarzt getauscht. Nach ihrer Aussage wurde da zwar mehr eingeschläfert, aber im Jahresvergleich gab es weniger Exkremente.

Jen spürte Panik in sich aufsteigen und zog sich in sich zurück, ihre bewährte Taktik zur Kontrolle ihrer Gefühle, die sie in all den Jahren perfektioniert hatte, als sie von einer Pflegestelle zur nächsten geschoben wurde. *Lass dir nichts anmerken. Das wird nur gegen dich verwendet.* Sicher vertraute sie Bonnie, doch es fiel ihr nicht immer leicht.

»Du willst nicht wirklich bei mir wohnen«, sagte Jen, so entspannt sie konnte.

»Ich will nicht mit meiner Schwester zusammenwohnen«, erwiderte Bonnie. Durch ihren Atem beschlugen die Autoscheiben so stark, dass der leuchtende Umriss der umgebauten Scheune, das Firmengebäude von *Jeden Tag Weihnachten*, verschwamm. »Du fliegst doch in zwei Tagen nach Frankreich. Wenn ich vorher einziehe, brauchst du deine Beleuchtung nicht an eine Zeitschaltuhr anzuschließen und Natalia nicht zu fragen, ob sie deine Blumen gießt.«

Denk nach, Jen, schnell!

Na klar: Natalia, ihre Assistentin. Noch ein Mensch, dem sie vertraute.

»Es sieht so aus, dass Natalia bei mir einzieht«, stieß Jen aus. »Morgen.«

Bonnie wollte etwas einwenden, und Jen spürte, dass sie schnell nachlegen musste.

»Mit ihren Brüdern.«

Bonnie war verwirrt. Kein Wunder, denn es ergab keinen Sinn. Jen redete weiter.

»Für die Flashmobs brauche ich so viele Elfen wie möglich. Natalias Brüder haben gerade nichts zu tun, und in Natalias Haus sind … Ratten.«

»Ratten?«

»Ja, auf dem Speicher«, sagte Jen. »Ekelhaft. Eine ganze Rattenfamilie, die alles kaputt frisst, sogar … die Balken.«

Bonnie saß stocksteif da, und Jen wusste, dass sie einen Schritt zu weit gegangen war. Sie hielt den Mund und wartete darauf, von Bonnie der Lüge überführt zu werden.

»Jen«, fing sie an. »Ich bin nicht blöd. Das weißt du doch, oder?«

Ja, das wusste Jen. Bonnie war so helle wie die Weihnachtsbeleuchtung in Little Pickering, und die strahlte sehr stark. Doch Jen durfte sich keine Schwäche erlauben. Sie zerbrach sich den Kopf, denn eigentlich konnte sie sich aus jeder Situation winden. Zum Beispiel aus einer Geschichte mit fiktiven Ratten auf dem Speicher eines kleinen Reihenhauses …

»Was ist los?«, fragte Bonnie. »Es klingt, als ob du nicht willst, dass ich bei dir einziehe.«

Jen konnte sich nicht überwinden, etwas zu erwidern. Sie stieg aus dem Auto in die abendliche Kälte, holte tief Luft und tröstete sich mit dem Anblick der strahlenden Lichterketten an der Dachtraufe der alten umgebauten Scheune, mit den großen Fichten am Eingang, die golden, silbern und grün leuchteten, mit dem Rentier vor dem Schlitten aus recyceltem Material …

»Jen«, sagte Bonnie, die ebenfalls ausgestiegen war und ihrer Freundin zur Scheune folgte. »Jetzt machst du mir Angst.«

»Alles gut«, versicherte Jen und zog ihre Schlüssel aus der Tasche, um einen dicken Messingschlüssel in das Schloss der schweren Holztür zu schieben. »Ich setze mal Wasser auf.«

* * *

»Wie lange schon?«, fragte Bonnie auf dem leuchtend roten Sofa in Jens Großraumbüro, die Hände um einen Becher mit heißer Schokolade geschlungen.

»Nicht lange.«

»Seit Tagen? Wochen?«

Jen schüttelte den Kopf.

»Dann sag bitte, erst seit ein paar Stunden!«

»Nein, seit … September«, gestand Jen und trank einen Schluck von ihrem Kaffee mit Haselnusssirup. Innerlich wand sie sich. Bonnie war sicher verletzt, weil Jen die Situation vor ihrer Freundin geheim gehalten hatte, aber wenn man sein Leben lang Persönliches für sich behielt, um sich zu schützen, war es nicht leicht, diese Gewohnheit abzulegen.

»Nur damit ich das richtig verstehe«, begann Bonnie und fischte einen kleinen Marshmallow aus ihrem Becher, um ihn zwischen Daumen und Zeigefinger zu zerdrücken. »Du bist im September aus deiner Wohnung ausgezogen und wohnst seitdem hier im Büro, ohne mir etwas zu sagen.«

Jen trank noch einen Schluck. »Ich habe es niemandem erzählt.«

Ob es das besser machte …

»Jen!«

Offensichtlich nicht. Jen hielt lieber den Mund.

»Weiß David es?«

Sie schüttelte den Kopf. »Ich habe doch gesagt, ich habe es niemandem erzählt.« Auch Bonnie hätte es eigentlich nie erfahren dürfen. »Denn ich hoffe mal, dass sich die Lage nach Weihnachten ändert.«

Hoffnung.

Man durfte die Hoffnung nicht aufgeben, was blieb ihr sonst? So schlimm war es auch gar nicht. Klar, Jen hatte ihre Kosten senken und aus der Wohnung ausziehen müssen, aber sie besaß eine Firma, und die hatte vier Ausstellungsräume mit jeder Menge Platz in Schränken für Jens Klamotten und jetzt auch für eine Schlafcouch, die sie hinter Lamettagirlanden und einem Vorhang aus Zuckerstangen verstecken konnte. Milo, der Inhaber des Fitnessstudios unter ihr, hatte keine Fragen gestellt, als Jen ihm erzählte, ihre Dusche zu Hause sei kaputt, ob sie wohl seine Waschräume benutzen dürfe. Sie hatte alles, was sie brauchte: Licht, Wärme, ihr Lieblingskissen, ihr Stofftier Tapferteddy, eine schicke Kaffeemaschine, die auch heiße Schokolade machte, und fließendes Wasser, das sie mit Kampfsportbegeisterten teilte. Es könnte deutlich schlimmer sein.

»Hat die Firma wirklich Probleme?« Bonnies braune Augen musterten Jen eingehend.

Sie schüttelte den Kopf. »Ist nur eine Durststrecke, mehr nicht. Du weißt doch, der Sommer ist immer schwierig, wenn man sich auf Weihnachten spezialisiert hat.«

Das war Jen von Anfang an klar gewesen, als sie die Firma gegründet hatte. Aber sie wusste auch, dass man, wenn man ein Unternehmen führte, Leidenschaft brauchte, und ihr Herz brannte nun mal für den Dezember. Sicher, sie konnte sich breiter aufstellen, musste es wohl auch tun, wenn nicht langsam Schwung in die Sache kam, aber sie war überzeugt, dass sie nur härter arbeiten musste, dass sie die Leute überzeugen musste, ohne eine von *Jeden Tag Weihnachten* organisierte Feier sei das Leben wertlos. Trotzdem würde Jen in wenigen Tagen ihre Firma und alle Veranstaltungen in die fähigen Hände von Natalia legen, um mit ihrem Freund David nach Frankreich zu fliegen.

»Das hättest du mir erzählen sollen, Jen«, sagte Bonnie vorwurfsvoll. »Wieso sagst du nichts, bevor du zum Schlafen in den Schrank kletterst?«

»Es ist kein Schrank«, gab Jen zurück.

»Du hättest bei mir einziehen können.«

»Zu Andrea.«

»Sieh's doch mal so: Wenn du rechtzeitig Bescheid gesagt hättest, wäre kein Platz mehr für Andrea gewesen!«

Jen schüttelte den Kopf. »Ich fliege doch nach Paris, schon vergessen?«

»Aber du klingst nicht so aufgeregt, wie ich gedacht habe.«

»Tja, ich habe nun mal eine Menge um die Ohren. Dies ist der umsatzstärkste Monat im Jahr, es ist also nicht gerade der ideale Zeitpunkt zum Verreisen.«

Deswegen hatte sie David auch vorgeschlagen, erst nach dem Jahreswechsel wegzufahren, aber seiner Meinung nach gehörte ein Urlaub ebenso zur Adventszeit wie der Film *Buddy – Der Weihnachtself*.

»Hey: Paris!«, erinnerte Bonnie sie. »Vor einem Café auf dem Bürgersteig sitzen. Der Arc de Triomphe. Die Schokolade … oh, 'tschuldigung.«

»Ich weiß«, sagte Jen, denn auf einmal war ihr klar, dass es viele Menschen gab, die ihren Weihnachtsbraten gegen so eine Gelegenheit tauschen würden.

»Und: David! Der schöne, intelligente, lustige David. Der einzige Mensch, wegen dem du je sentimental geworden bist.«

Sentimental? Jen war sich nicht mal sicher, ob sie das Gefühl erkannte, wenn sie mit dem Kopf drauf stoßen würde.

»Jen, dir ist doch klar, dass er dir in Paris einen Heiratsantrag macht, oder?« Bonnie stellte ihre heiße Schokolade auf den mit silbernen Tannenzapfen dekorierten Sofatisch.

»Was?« Jens Herz zog sich zusammen, unangenehmer als in der Kirche, nachdem Geoffreys Kunstblut den Darsteller des Herodes in rote Farbe getaucht hatte.

»Ihr seid jetzt seit über sechs Monaten zusammen. Weihnachten naht. Ihr seid in Paris. Ich sage dir, er wird dich bitten, ihn zu heiraten.«

Jen wurde übel. Der Kaffee wollte ihr wieder hochkommen. Sie schluckte und versuchte, die Fassung zu bewahren.

»So lange läuft das doch noch gar nicht, oder?«

War das alles, was ihr dazu einfiel? Die Dauer ihrer Beziehung zu David infrage zu stellen beziehungsweise Bonnie nach dem genauen Zeitraum zu fragen?

»Ihr seid seit Juni zusammen. Seit dem Wochenende, als meine Mutter Geburtstag hatte.«

Jen runzelte die Stirn. Wirklich schon so lange? Sie

konnte sich nur noch erinnern, dass sie im Juni einen Stand auf der Gewerbeschau von Little Pickering gehabt hatte, um ihre Firma vorzustellen, und dass das Pflegeheim angerufen hatte, um ihr mitzuteilen, dass Kathleen gefallen war …

Kathleen – noch eine vertrauenswürdige Freundin.

»Jen, glaub mir, wenn du aus Paris zurückkommst, hast du einen dicken, fetten Klunker am Finger.«

Jen wusste nicht, was sie sagen sollte. Sie nickte nur schwach. Dass jemand sie um ihre Hand bitten würde … dass David sie heiraten wollte … Für immer mit ihr zusammenbleiben … eine Familie gründen …

»Jen.« Bonnie sah sie mit großen Augen an. »Wenn David dich fragt, dann sagst du doch Ja, oder?«

»Hm, eigentlich haben wir noch nie über irgendwas in der Hinsicht gesprochen.«

»Über so was redet man auch nicht *vor* dem Antrag. Dann wäre es ja keine Überraschung mehr, oder?«

Doch wenn bereits so was wie ein Heiratsantrag im Raum stand, hätte man dem Mann, mit dem man offenbar schon seit einem halben Jahr zusammen war, dann nicht erzählen müssen, dass man in den Lapplandraum von *Jeden Tag Weihnachten* gezogen war und die Nasszelle mit Möchtegern-Gewichthebern teilte?

In dem Moment erwachte Jens Handy auf dem Couchtisch zwischen den beiden zum Leben. Ein immer lauter werdendes »Santa Baby« erfüllte den Raum, ein Name erschien im Display: *David*.

»Ooh!«, rief Bonnie. »Jetzt geht's los! Er hat bestimmt noch ein französisches Winterpicknick für dich organisiert, bevor ihr abdüst.«

Jen meldete sich.

Sie hörte ein tosendes Geräusch – Wind oder vielleicht Verkehr.

»Jen … kannst du mich verstehen?« Es war David, doch seine Stimme klang gedämpft und sehr weit weg.

Jen stand auf und ging zum Fenster. »Nur ganz schwach, es ist wirklich laut bei dir.«

»Jen, ich weiß nicht, wie ich dir das sagen soll, aber … wir können am Freitag nicht nach Paris fliegen. Es gibt einen beruflichen Notfall, und ich bin der Einzige, der sich mit dem Thema auskennt. Glaub mir, ich habe wirklich versucht, jemanden aus der Zentrale zu organisieren, der mich vertritt, aber da geht gar nichts.«

»Oh«, sagte Jen. Enttäuschung machte sich in ihr breit. »Können wir den Flug nicht verschieben? Und fliegen, wenn du das Problem gelöst hast?«

Oder vielleicht im Januar …

Bonnie artikulierte lautlos ein entsetztes »WAS?«. Vielleicht hätte Jen auch einen bitter enttäuschten Gesichtsausdruck aufsetzen sollen.

»Der Notfall ist nicht in England«, sagte David. »Ich bin gerade am Flughafen in Bristol. Ich muss nach Griechenland.«

»Nach Griechenland«, wiederholte Jen.

Bonnie machte Gesten mit ihren Armen, die Jen nicht deuten konnte.

»Ja, genau«, sagte David. »Nach Athen. Nicht gerade Paris, was?«

Jen hatte keine Ahnung, was Athen im Vergleich zu Paris war, weil sie England bisher nie verlassen hatte. Alles, was sie sich wünschte, war ein Ort, an dem sie sich wohlfühlte, der ihre Heimat war. Sie wollte etwas sagen, doch David kam ihr zuvor.

»Wir haben da unten wirklich ein großes Problem – ich schätze, ich bin bis zum Ende der Weihnachtsferien damit beschäftigt. Das ist großer Mist, ich weiß. Tut mir wirklich leid, Jen. Wenn ich irgendwas ändern könnte …«

Bonnie schüttelte den Kopf, halb sauer, halb frustriert. Jen wusste nicht, wie sie reagieren sollte beziehungsweise was die angemessene Antwort für jemanden war, der einem vermeintlich einen Heiratsantrag hatte machen wollen und den man nun die ganze Weihnachtszeit über nicht einmal zu Gesicht bekommen würde. Sie spürte fast so etwas wie Erleichterung, dass sie sich nun voll aufs Geschäft konzentrieren konnte, doch natürlich hatte sie sich auch darauf gefreut, mal eine andere Stadt zu sehen, sich treiben zu lassen …

»Hör zu, ich muss jetzt auflegen«, sagte David. »Um Viertel vor muss ich zum Gate. Ich schreib dir, ja?«

»Warte, David, ich meine, lass mich mal kurz …«

»Bis dann, ja? Tschüs!«

Das Freizeichen tönte laut und deutlich.

KAPITEL
DREI

Pflegeheim Little Pickering

»Das riecht wie Scheiße!«

»Kathleen, Sie sollen nicht so reden.«

»Ich habe gesagt, das riecht wie Scheiße. Anders kann man es wohl kaum ausdrücken, das ist nun mal eine Tatsache«, giftete die alte Dame.

Jen stand in der Tür zum Aufenthaltsraum und musste ungewollt darüber grinsen, wie Kathleen Ockenden empört mit einer Gabel vor einer Pflegekraft herumfuchtelte. Die Luft im Pflegeheim war das genaue Gegenteil vom kühlen Wetter draußen, die Heizkörper erwärmten die Räume auf karibische Temperaturen, sodass Jen ihren roten Mantel aufknöpfte. Dann betrat sie den Raum, ging vorbei am künstlichen Weihnachtsbaum, der in Gold, Rot und einem unglücklichen Gelb geschmückt war, und gesellte sich zu der Frau, die mehr als jede andere eine Mutter für sie gewesen war.

»Sie haben Besuch, Kathleen«, sagte die Pflegerin. »Vielleicht kann Jen Sie ja überzeugen, den Truthahnauflauf zu essen.«

»Eher fress ich einen Besen! Ja, den bekäme ich besser runter als diesen Mist hier!«

Jen lächelte die Pflegerin an, dann ließ sie sich auf den frei gewordenen Stuhl sinken. Sie hob Kathleens Teller an und schnupperte daran.

»Riecht wie Scheiße, oder?« Kathleen holte ein Taschentuch aus dem Ärmel ihrer rot-weiß gepunkteten Strickjacke und putzte sich die Nase.

»Eher wie irgendwas vom Truthahn«, sagte Jen und stellte den Teller ab.

»Truthahnscheiße«, entgegnete Kathleen und lachte sich kaputt. Ihre hellblauen Augen funkelten.

»Du bist auf Krawall gebürstet, wie immer«, sagte Jen mit erhobener Augenbraue. Dann wurde sie freundlich. »Super.«

Kathleen schüttelte den Kopf, dass ihre weißen Locken hüpften. »Man muss die Leute auf Trab halten, Jen, vergiss das nicht!«

Jen nickte. Die Leute auf Trab zu halten, war nur einer der Grundsätze, die sie von Kathleen und ihrem verstorbenen Mann Gerald mitbekommen hatte, seit die drei sich im nahe gelegenen Salisbury kennengelernt hatten. Kathleen und Gerald führten damals ein Geschäft mit Partyzubehör auf der Hauptstraße, und von dem Moment an, als die dreizehnjährige Jen die Schaufensterdekoration für Weihnachten gesehen hatte – glitzernde Rentiere, ein altmodischer Weihnachtsmann in einem silbergesäumten Mantel, der in einem Schaukelstuhl saß, daneben ein Lebkuchenmann mit echtem Zuckerguss –, war etwas in ihr zum Leben erwacht. Sie hatte augenblicklich den Laden betreten und den Duft von Kiefern und Tannen, Pfefferminz und Karamell eingeatmet, ihre Finger waren über die Lichterspiralen und verpackten Weihnachtskostüme geglitten – Engelflügel und Heiligenscheine, der Grinch, die Elfen des Weihnachtsmanns. Am liebsten wäre Jen gar nicht mehr gegangen, sondern tief in die helle, strahlende Pracht eingetaucht und dort geblieben, so unheimlich glücklich machte es sie. Stattdessen hatte Gerald sie mit einem Besen hinausgejagt, überzeugt, sie sei eine von drei Missetäterinnen, die am Tag zuvor die Heiligen Drei Könige und das Jesuskind gestohlen hatten. Doch selbst die Borsten von Geralds Besen hatten Jen nicht abschrecken können. In Salisbury gab es zwar auch eine Kathedrale und wunderbare Cafés, doch für sie war das Geschäft mit Partyzubehör die wahre Attraktion. Es war ein heller, hoffnungsvoller Lichtstreifen am Horizont eines Lebens, das bisher vor allem trist und grau gewesen war. Wann immer sich Jen die Möglichkeit bot, ging sie zum Laden. Bald wurden ihre Besuche regelmäßiger – sie kam immer zur selben Uhrzeit und blieb länger und länger –, bis Kathleen begann, ihr etwas zu essen und zu trinken anzubieten. *Das ist von unserem Abendessen übrig geblieben.* Und Jen schlug sich den Bauch voll. *Jen, könntest du mir mal die bunten Girlanden holen, ich muss das Rathaus dekorieren.*

Als Gerald vor gut fünf Jahren gestorben war, verkümmerte Kathleen. Innerhalb von sechs Monaten wurden die alltäglichen Aufgaben, die sie vorher mit Elan erledigt hatte, eine große Last, bis sie die Treppen in die Wohnung über *Partyfieber* nicht mehr bewältigen konnte und der Sozialdienst auftauchte – zu Kathleens großer Empörung musste irgendjemand sie verpfiffen haben. Jen hatte angeboten zu helfen und einzuziehen oder den Laden weiterzuführen, doch Kathleen lehnte alle Vorschläge ab. Sie war lediglich damit einverstanden, dass Jen so viel wie möglich vom Warenbestand mitnahm, bevor die Inhaber der Ladenkette alles abholten. Es war ein trauriger Tag, als die bunte Schaufensterdekoration entfernt, schwarze Jalousien vor die Fenster gehängt wurden und *Partyfieber* für immer die Pforten schloss, aber gleichzeitig war es der Beginn von Jens Firma *Jeden Tag Weihnachten*, und sie war fest entschlossen, erfolgreich zu sein, ebenso für sich wie für Kathleen. Jen hatte das Gefühl, es hielt Kathleen auf den Beinen, dass ein kleiner Teil von *Partyfieber* in ihrer Firma weiterlebte.

»Bist du hier, um mir noch mal unter die Nase zu reiben, dass du nach Paris fliegst?« Kathleen stieß mit ihrem krummen Finger gegen ihr Wasserglas, als wollte sie die Flüssigkeit in Sherry verwandeln.

»Nein«, sagte Jen. »Ich bin hier, weil ich dich immer besuche.« Sie seufzte. »Und Paris ist … abgesagt.«

»Abgesagt«, wiederholte Kathleen, als spreche sie von ranzigem Käse.

Jen nickte. »David muss arbeiten.«

»Aber *er* hat die Reise doch gebucht! Was ist passiert? Hat er vergessen, seinen Urlaub einzureichen?«

Jen berichtete Kathleen von dem Notfall in Davids Firma und seinem Flug nach Griechenland.

»Klingt nach einer Ausrede«, sagte Kathleen rundheraus und verschränkte die Arme vor der Brust. »Klingt, als ob er dich hinters Licht führt.«

Das war immer schon ein Lieblingsspruch von Kathleen gewesen, zusammen mit »Servaz muss vorüber sein, willst du vor Nachtfrost sicher sein.« Jen wusste bis heute nicht, was das bedeutete. Sollte sie Kathleen erzählen, dass Bonnie sogar von einem Heiratsantrag gesprochen hatte? Sie wollte etwas erwidern, da fuhr Kathleen schon fort.

»Gibt nur eine Möglichkeit, das herauszufinden.«

»Ihn fragen, ob er mich hinters Licht führt?«, schlug Jen mit angedeutetem Lächeln vor.

»Sag ihm, dass du ihn begleitest!« Kathleen zeigte mit dem Finger auf Jen. »Oder, besser noch: überrasch ihn! Tauch unangekündigt in Griechenland auf!«

Sofort schüttelte Jen den Kopf. Sie hasste Überraschungen. Sicher, bei ihrer Arbeit spielten sie eine große Rolle – bei Geburtstagsfeiern, Jahrestagen und auf jeden Fall bei Heiratsanträgen –, aber das war in Ordnung, weil es Überraschungen für andere Menschen waren. Unerwartetes hatte in Jens Leben selten etwas Gutes bedeutet. Überraschung – du kommst in eine neue Pflegefamilie! Überraschung – alle haben deinen Geburtstag vergessen! Überraschung – weil du das Bibelzitat nicht mehr weißt, bekommst du kein Abendessen …

»Das ist nichts für mich«, erwiderte Jen. »Außerdem muss David sich um ein Problem in seiner Firma kümmern, das ist nicht dasselbe, als wären wir in Paris, wo er … keine technischen Sachen … reparieren muss.«

»Um was geht es denn?«, fragte Kathleen mit erhobener Augenbraue, den Kopf argwöhnisch zur Seite gelegt. »Was genau ist passiert, das nur König David reparieren kann?«

Jen versuchte, sich an das Telefongespräch zu erinnern. Was war noch mal das Problem, von dem er erzählt hatte?

»Also, das hat er nicht richtig erklärt, weil ich eh nicht viel davon verstehe«, gab sie zurück.

»Was macht er denn da?«

»Irgendwas Wichtiges mit Computerservern.«

»Ah«, sagte Kathleen und griff zu der Gabel mit dem aufgespießten Truthahnstück. »Computer. Die Geräte, die uns die Welt ins Haus bringen, damit wir nicht persönlich hinmüssen. Und er muss nach Griechenland.« Sie lachte schallend.

Jen hatte das Gefühl, Kathleen halte sie für dumm oder glaube, dass man ihr irgendwie blauen Dunst vormachte –

noch so eine Redewendung von ihr. Stimmte das? Warum hatte David keine bessere Erklärung gehabt? Er hatte Jen keine Zeit zum Nachfragen gelassen, und bis jetzt hatte sie auch keine Nachricht von ihm bekommen. Allerdings wusste Jen, dass Kathleen David eh nicht besonders gern mochte. Er war der einzige Freund, den sie ihrer Ziehmutter je vorgestellt hatte, und anschließend hatte Kathleen gesagt, er sei »sehr charmant, sehr, *sehr* charmant«. Dreimal *sehr* bedeutete das komplette Gegenteil.

»Ich verrat dir was«, raunte Kathleen und fuchtelte mit der Gabel herum. »Ich esse was von diesem Truthahnpopo, wenn du mir versprichst, Davids Problem auf den Grund zu gehen.« Sie überlegte. »Zumindest dem Computerproblem.«

Jen wollte wieder den Kopf schütteln, dann dachte sie nach. Sie wusste, dass Kathleen später Tuc-Kekse futtern würde, aber Jen war lieber, wenn sie etwas Richtiges aß. Das war wichtiger als ein kaputter Server, oder um was auch immer es ging.

»Halte die Leute auf Trab, Jen«, erinnerte Kathleen sie. »Wie gesagt.«

»Iss du deinen Truthahn«, forderte Jen. »Ich rufe David an und erkundige mich, was genau los ist.«

»Gut«, sagte Kathleen und steckte die Gabel in den Mund. Sofort verzog sie das Gesicht, als hätte sie das Furchtbarste auf der Zunge, das man sich vorstellen konnte.

»Und, willst du wissen, was heute in der Kirche passiert ist?«

»Wurde Edna Warren von einem Blitz getroffen, als sie ›Mitten im kalten Winter‹ sang?«

»Ob du's glaubst oder nicht, aber es war viel spektakulärer.«

KAPITEL VIER

Greg's, Little Pickering

»Elf Nummer drei war der beste«, sagte Bonnie und biss genussvoll in ein Schokoladenbrötchen, das vor Ahornsirup nur so triefte.

Jen, Natalia und Bonnie hatten den Vormittag über Bewerbungsgespräche mit potenziellen Weihnachtselfen geführt. Jen verfügte zwar ganzjährig über ein verlässliches Ensemble von Elfen, Rentierdarstellern und Weihnachtsmännern, dazu über Geoffreys Schauspieltruppe, und für besondere Wünsche holte sie sich zeitweise zusätzliche Aushilfen. Doch in diesem Dezember gab es nicht nur mehr Veranstaltungen, sondern *größere* Veranstaltungen, und das bedeutete mehr Personal, in diesem Fall Saisonkräfte.

»Elf Nummer drei hatte Gesicht wie Wladimir Putin. Kein Mensch will sehen Wladimir Putin zu Brandypudding«, warf Natalia ein, ohne vom iPad auf ihrem Schoß hochzusehen.

Bonnie schnappte nach Luft, als wäre sie gerade Zeugin einer Entdeckung geworden, die die Welt für immer verändern würde. »O Gott, Natalia! Du hast recht. Ich *wusste*, dass er mich an jemanden erinnert.«

»Dieser Mann kann nur spielen Bösewicht. Herodes. Grinch. Scrooge.«

Jen nippte an ihrem Getränk, einem Karamell-Latte ohne Karamell und Latte … Letztlich ein schwarzer Kaffee, der in ihrer Einbildung besser schmeckte, weil der Verzicht auf diese Luxuszutaten ihr Firmenkonto schonte. Der einzige Grund, warum sie die Besprechung bei Greg's und nicht im Büro abhielten, bestand darin, dass sie noch keine Zeit gehabt hatte, ihre Schlafcouch zurückzubauen. Außerdem fand Jen es gut, wenn potenzielle Mitarbeiter ein wenig in der Öffentlichkeit schauspielern mussten. Wenn es ihnen nicht gelang, vor Natalia, ihr und heute auch Bonnie einen Elf zu geben, während Greg und die Mitglieder des Strickclubs von Little Pickering immer wieder zu ihnen hinübersahen, dann waren sie auch nicht bereit, vor Kunden aufzutreten.

»Ich stimme Natalia bei Elf Nummer drei zu«, sagte Jen.

»Gesicht von Baby. Augen von Teufel«, schloss Natalia.

Neben dem Nicht-Karamell-Latte und einem Teller mit einer Schoko-Kokos-Tasche, die Bonnie bestellt hatte, vibrierte Jens Handy, und eine Textnachricht erschien im Display.

»Das ist David.« Bonnie beugte sich schneller vor als Jen.

»Danke, Bonnie«, sagte Jen und wischte nach oben.

»Hat er repariert Ding, das war kaputt?«, fragte Natalia. »Ist er geflogen von Griechenland nach Paris für Treffen dort?«

Sowohl Jens beste Freundin als auch ihre äußerst tüchtige Assistentin wirkten unglaublich engagiert, was die Nachricht anging. Jen nahm ihr Handy an sich, schaute aber nicht drauf. Nachdem sie am Vorabend Nussknacker und silberne Schwäne zur Seite geräumt hatte, um ihr Bett aufzubauen, hatte sie David versucht anzurufen, doch er war nicht drangegangen. Nach fünf Versuchen hatte sie ihm auf die Mailbox gesprochen. Dies war sicherlich die Antwort darauf.

»Warum machst du nicht auf Nachricht?«, fragte Natalia.

»Mache ich schon«, sagte Jen. »Gleich.«

»Jetzt? Oder in neue Jahr?«, hakte Natalia nach.

»Oh, da kommt noch eine«, verkündete Bonnie.

Sie hatte Sirup am Kinn und konnte offenbar immer noch das Display sehen, obwohl Jen es mehr oder weniger abschirmte. Wieso machte sie sich überhaupt die Mühe?

»Ein Foto! Aus Griechenland!«, erklärte Bonnie so laut, dass die Mitglieder des Strickclubs fast ein paar Maschen verloren hätten.

»Ist Bild von innen in Großrechner? Wo er ist am Arbeiten?«, wollte Natalia wissen.

Nein, es zeigte keine Kabel und Platinen, sondern Ruinen, die berühmten, deren Name Jen so schnell nicht einfallen wollte. Alte Steinsäulen vor einem unnatürlich blauen Himmel. Sie las die Nachricht unter dem Foto.

Gerade Mittagessen bei diesem Ausblick. Ohne dich nur halb so schön.

Während Jen Davids Worte auf sich wirken ließ, stand Bonnie auf und stellte sich hinter sie.

»Gerade Mittagessen bei diesem Ausblick. Ohne dich nur halb so schön«, las Bonnie laut vor.

Es folgte ein kollektives »Ooo« von den Strickerinnen und Greg, der die Ellenbogen auf den Tresen gestützt hatte, als hätte er keine Muffins zu backen, sondern müsste stattdessen das Geschehen im Auge behalten.

»Habe ich doch gesagt!«, rief Bonnie. »Du fehlst ihm! Er wollte dir auf dieser Reise einen Antrag machen.«

»Er wollte dir geben Ring?«, fragte Natalia und hielt das iPad fest, das ihr vom Schoß zu rutschen drohte.

Jen schüttelte den Kopf. »Nein. Ich meine … das ist Bonnies Theorie.«

»Du musst nach Griechenland!«, rief Bonnie aus vollem Hals. »Dann passiert es eben nicht in Paris, sondern in Athen. Wenn David Zeit hat, Fotos von der Gegend zu machen, dann hat er auch Zeit, vor dir auf der Dachterrasse eines Restaurants auf die Knie zu gehen. Und Paris, also bitte, da machen es ja alle. Aber nicht in Athen!«

»Ich hatte Antrag vor britischer Botschaft«, informierte Natalia die beiden.

Jen konnte nichts denken und fühlen, außer die Aufmerksamkeit aller um sich herum. Kathleen hatte ihr geraten, »die Leute auf Trab zu halten« und »nach Griechenland zu fliegen«, gleichzeitig wusste Jen, dass ihre alte Freundin David eh nicht traute. Ob Jen aktiv werden sollte? England verlassen, wie geplant? Oder wäre es klüger, hierzubleiben und die Kontrolle über das Geschäft zu behalten?

»Das nehme ich zurück«, sagte Bonnie. »Nicht *du* musst nach Griechenland. *Wir* müssen nach Griechenland! Ist doch logisch! Du kannst mit David losziehen und einen auf Liebespaar machen, wenn er gerade mal nicht heldenhaft Laptops wiederbelebt, oder was auch immer er da tut. Und während er arbeiten muss, gucken wir uns gemeinsam Athen an und wie man dort Weihnachten feiert. Außerdem bekomme ich so eine kleine Auszeit von Andrea!«

»In Griechenland gibt gutes Essen«, bemerkte Natalia. »Besser als Schnecken in Frankreich.«

»Ich hatte mal einen griechischen Freund«, sinnierte eine der Strickclubteilnehmerinnen. »Er war sehr einfallsreich.«

Jen kam es plötzlich so vor, als wäre es bei Greg's so heiß wie in einem Haus am Äquator. Sie ging zur Tür und stellte sich nach draußen in den Nieselregen von Little Pickering. Sie lehnte den Kopf gegen die Scheibe mit der Weihnachtsdekoration, die sie jedes Jahr zusammen mit Greg aufbaute: die Miniversion des Foodtrucks, den Greg für entsprechende Veranstaltungen flottmachte, dazu Engel, die silberne Tabletts mit kleinen Küchlein und Wurstbrötchen in den Händen hielten.

Jen schloss die Augen und holte tief Luft. Natalia war eine hervorragende Assistentin, sie hatte die gesamte Arbeit um die Tour nach Paris herum organisiert.

Dann also nicht Paris. David würde vielleicht den Großteil der Zeit arbeiten müssen. Doch wie das heutige Foto zeigte, könnten sie auch gemeinsame Momente genießen. Momente in Griechenland. Vielleicht war jetzt wirklich Spontaneität gefragt. Wenn sie es drauf ankommen ließ, könnte sie vielleicht alle Zweifel vergessen, die sie an ihrer Beziehung hatte …

Jen nahm den Kopf von der Scheibe und starrte auf eine weihnachtlich gekleidete Maus in einem Tutu.

Hab keine Angst, Fehler zu machen! Denn Fehler und Erfolg bedeuten letztlich dasselbe: Dass du genug Mut hattest, es zu versuchen. Dieser Spruch stand auf einem Bild im Büro ihrer ersten Sozialarbeiterin. Als das Amt irgendwann einen neuen Platz für Jen suchte, hatte sie stundenlang draufgeschaut. Jen fühlte sich nicht immer mutig, aber sie hatte es auf jeden Fall immer versucht. Sie wischte über die Scheibe. Ihr Entschluss stand fest.

KAPITEL FÜNF

Internationaler Flughafen Athen, Eleftherios Venizelos, Griechenland

»Guck dir mal die Dekoration hier an! Jen, echt, du könntest quasi auf dem Flughafen eine Weihnachtsfeier veranstalten. Deutlich besser als die lahmen gestapelten Geschenke und die paar Lichterketten in Luton.« Seufzend zeigte Bonnie an die Decke. »Hier hängen Sterne, goldene Monde, und alles funkelt …«

Während sie sich darüber ausließ, wie festlich der Flughafen geschmückt war, versuchte Jen, die Stimme ihrer Freundin auszublenden und ihre Gedanken zur Ruhe zu bringen. Sie war in Griechenland. In Athen. Sie hatte zugelassen, dass Bonnie die Flüge hierher plus ein Zimmer in einem Hotel namens Plaka buchte – und zahlte. Abgesehen von der Gründung einer Weihnachtsfirma war das sicherlich das Verrückteste, was Jen je getan hatte. Vor zwei Tagen hatte sie noch Bewerbungsgespräche für Elfen geführt, jetzt stand sie in einem fremden Land und hielt ihren extra für die Parisreise erworbenen blauen britischen Pass fest in der Hand. Sie holte tief Luft und schaute auf die Glasschiebetüren vor sich, die sich für ankommende und abfliegende Passagiere öffneten und schlossen. Das Zentrum von Athen mit ihrem Hotel war nur eine Metro- oder Taxifahrt entfernt. Vermutlich wohnte dort auch irgendwo David, da er ein Foto von den Ruinen geschickt hatte, das, wie Jen jetzt wusste, den Parthenon oben auf der Akropolis zeigte. Unter Bonnies und Natalias Blicken und mit deren Hilfe hatte sie auf Davids Foto und die Nachricht geantwortet.

Wäre gern bei dir!

Warum man über vier Wörter so lange nachdenken musste, verstand Jen nicht genau, aber am Ende hatte sie die Nachricht so gesendet, während Natalia und Bonnie noch darüber diskutierten, welche Emojis sie dranhängen sollte.

Drei Stunden später hatte Jen eine Antwort.

Ja, wäre schön x

Für Bonnie war das der Startschuss gewesen, der Moment, in dem sie zu einer Frau mit einer Mission wurde. Flüge mit Wizz Air wurden gebucht, das Hotel wurde ausgesucht, und irgendwie hatte Bonnie mithilfe ihrer einzigartigen Überredungskünste die Pensionärin Susan, deren Nachfolge Bonnie beim Tierarzt angetreten hatte, davon überzeugt, noch mal für zwei Wochen zurückzukommen. Natalia hatte sich bereit erklärt, im Geschäft die Stellung zu halten, das Rentier bei den Hörnern zu packen und den Laden durch den Dezember zu lotsen. Jen wusste, dass es ihrer Mitarbeiterin in den Fingern juckte, die russischen Puppen auf Jens Schreibtisch zu »köpfen«, das Geschenk eines zufriedenen Kunden.

Plötzlich klammerte sich Bonnie an ihren Arm. »Alles in Ordnung? Du hast deine Meinung doch nicht geändert, oder?«

Jen war sich nicht sicher, ob sie überhaupt eine gehabt hatte. Als sie ihr Handy aus der Seitentasche ihres Trolleys fischte, überlegte sie, warum ihr Handy sich noch in kein Netzwerk eingewählt hatte.

»Denn ich liebe die griechische Weihnachtsstimmung!«, fuhr Bonnie fort. »Diese Musik! Und die geschmückten Bäume! Dabei haben wir den Flughafen noch gar nicht verlassen. Ich habe das Gefühl, dass Athen London in den Schatten stellen wird.«

Bonnie war aufgeregt. In einem Ausmaß, wie man es eigentlich von Jen erwartet hätte. Aber für sie war es nicht normal, spontan in einen Flieger zu steigen – überhaupt in einen Flieger zu steigen. Jen war zufrieden, wenn sie inmitten von weihnachtlichem Lichterglanz arbeitete, wie sie es in Little Pickering konnte, denn dort fühlte sie sich sicher. Hier zu sein, war ein Schritt ins Unbekannte.

»Taxi oder Metro?«, fragte Bonnie. Ein Taxi klang teurer, Jen musste aufs Geld achten. Auch wenn Kathleen gestern bei ihrem Besuch noch in ihre Handtasche gegriffen und ein Bündel Scheine hervorgeholt hatte, das sie Jen zum Abschied in die Hand drückte. Sie war fest entschlossen, es Kathleen zurückzuzahlen.

»Okay, ich entscheide«, sagte Bonnie und zog Jen zu den Glastüren. »Taxi. Ich zahle.«

»Bonnie, du kannst nicht alles bezahlen. Du hast schon die Flüge gebucht. Ich weiß, dass du Greg Geld dafür gegeben hast, dass er uns zum Flughafen fährt, und …«

»Und du hast keine Ahnung, wie dankbar ich bin, eine Woche nicht mit meiner Schwester unter einem Dach leben zu müssen.« Sie drückte Jens Arm. »Kannst du dir echt nicht vorstellen, oder? Komm, mach einfach mit! Außerdem ist mit Davids Kreditkarte, sobald wir ihn gefunden haben, bestimmt ein griechisches Abendessen drin.«

Jen kam nicht mehr dazu, darauf zu antworten, denn schon waren sie draußen, über ihnen ein strahlend blauer Winterhimmel und um sie herum ziemlich warmer Wind.

KAPITEL SECHS

Bar Páme, Plaka, Athen

»Einmal Mezze spezial und dazu *dolmades*, einmal Gruß aus der Küche.«

Astro Salvas lächelte die drei Gäste an, dann stellte er zwei große Platten mit Essen auf den Tisch. Wie üblich erklang beim Servieren der Vorspeise aus Fleischbällchen, Würstchen, Hühnchen- und Schwein-Souflakis, knusprigen, mit Sesam besetzten Schafskäsepäckchen, Pitabrot und selbst gemachten Pommes ein anerkennendes Raunen. Kaum hatte Astro sich vom Tisch abgewandt, um zur Theke zurückzugehen, verschwand sein Lächeln. Sein Onkel Philippos, der Besitzer der Bar, stand auf einer Trittleiter und wickelte Lamettagirlanden um die traditionelle Steineinfassung der Zapfanlage. Die Bar mit ihren Steinwänden und den in die Mauern geschlagenen Löchern zur Lagerung von Flaschen glich eher einer Höhle als einem Café und war damit ebenso gemütlich wie hip. Dazu passte keine kitschige Weihnachtsdeko.

»Was machst du da?«, fuhr Astro seinen Onkel an.

»Bevor du irgendwas sagst«, begann Philippos. »Ich …«

»Ich habe schon was gesagt«, unterbrach Astro ihn. »Ich habe dich gefragt, was du da machst.«

»Weißt du nicht, wie die anderen Bars und Restaurants

aussehen? Die sind schon seit Mitte November weihnachtlich geschmückt.« Philippos stand noch immer auf der Leiter. Zwei der Sprossen waren so krumm, dass sie jeden Moment brechen konnten. Philippos hielt das Ende einer Girlande in der Hand, das andere wand sich über den Boden wie ein hässlicher glitzernder Wurm.

»Ich versuche, nicht hinzusehen«, erwiderte Astro. »Was glaubst du, warum ich von Mitte November bis weit ins neue Jahr immer mit Kapuze herumlaufe?«

Philippos ließ die Girlande fallen. »Astro, es ist jetzt siebzehn Jahre her.« Er seufzte. »Aber ich weiß, dass die Zeit nichts ändert. Mir ist auch klar, dass diese Jahreszeit nicht so rentabel ist wie der Sommer, aber Griechenland möchte nun mal ganzjähriges Reiseziel sein. Sie werben mit dem griechischen Winter, und es kommen immer mehr Touristen.« Er überlegte, befeuchtete seine Lippen. »Ich denke nur, dass Eleni … also deine Mutter, sie hätte nicht gewollt, dass wir uns diese Gelegenheit entgehen lassen. In der Zeit, die sie mit uns hatte, nahm sie alles mit, was sie kriegen konnte, oder?«

Astro war erstarrt, kaum dass Philippos »siebzehn Jahre« gesagt hatte. Es könnten hundert Jahre vergehen, es würde nichts ändern. Seine Mutter war am ersten Weihnachtstag gestorben, als er gerade mal sieben Jahre alt gewesen war. Am Tag zuvor hatte sie ihm noch eine Geschichte über den heiligen Vassilios vorgelesen, ihm einen Gutenachtkuss gegeben und die Bettdecke um ihn herum festgesteckt, um ihn anschließend am Hals zu kitzeln, wie sie es immer tat, dann war sie zur Arbeit gegangen und hatte ihren Sohn mit dem Babysitter zurückgelassen. Er hatte seine Mama nicht mehr lebendig wiedergesehen. Ein Aneurysma, hatten sie gesagt, von dem sie nichts gewusst hatte. Astro mit seinen sieben Jahren hatte nicht verstanden, wovon die Leute redeten, später hatte er es nachgelesen.

Oft fragte Astro sich, ob seine Mutter etwas von dieser Gefahr geahnt oder zumindest gespürt hatte, dass etwas nicht stimmte, aber den Arztbesuch vor sich hergeschoben hatte. Wahrscheinlicher war allerdings, dass sie bei ihrem Job als Kellnerin keine Zeit dafür gefunden hatte. In den Erinnerungen, die er an seine Mutter hatte, jonglierte sie immer mit hundert Dingen gleichzeitig: die Arbeit, sein Schulbesuch, improvisierte Wochenendausflüge, noch mehr Arbeit. Als Philippos an jenem Weihnachtsmorgen mit roten Augen zu ihnen gekommen war, kleine Schneeflocken in seinem damals noch dunklen Bart, hatte Astro gewusst, dass sich sein Leben ändern würde. Es war, als sei ihm plötzlich klar geworden, dass das, was er erlebt hatte, eine zu kurze Vorbereitung auf das war, was noch kommen sollte …

»Nein.«

Das Wort kam etwas zu laut heraus; es ließ Wut und Verzweiflung erahnen. Doch Astro nahm es nicht zurück. Mit seinen grünen Augen fixierte er seinen Onkel, um seinen Standpunkt ganz deutlich zu machen, damit er diese widerwärtige goldene Rauschgoldschlange in jene Kiste zurückpackte, aus der er sie geholt hatte.

»Astro …«

Er änderte seine Strategie, versuchte, seine Gefühle zu verdrängen, die wie Spinnen über ihn hinwegkrochen. »Die Bar Páme setzt sich das ganze Jahr über von den anderen ab. Warum soll sie jetzt unbedingt so wie alle anderen sein?« Astro zwang sich zu lächeln. »Was ist mit unserer Einzigartigkeit? Unsere Bar ist doch etwas Besonderes.«

Philippos' Gesichtsausdruck nach zu urteilen, funktionierte auch diese Strategie nicht. Mehr fiel Astro nicht ein.

Im Radio lief ein Lied mit klingelnden Glocken. Astro biss die Zähne aufeinander.

»*Meine* Bar«, setzte Philippos an und stellte einen Fuß auf die unterste Sprosse der Leiter, »braucht jeden Cent, den ich einnehmen kann … Sonst muss ich Marjorie noch vor Ende des Jahres kündigen.«

»Was?«

»Hier geht's um Zahlen, Astro. Und so leid es mir tut, aber wenn ich diesen Laden nicht zu einer Wintergrotte umbaue, die den heiligen Vassilios mit Stolz erfüllt hätte, dann ziehen die Touristen, die weihnachtliche Stimmung suchen, einfach weiter.«

Als Philippos auf die nächste Sprosse stieg, brach sie durch. Rücklings schlug er auf den Boden. Die goldene Lamettagirlande riss ab und landete auf Philippos' Gesicht.

»Alles in Ordnung?« Astro hielt ihm die Hand hin.

Brummend hievte sich Philippos hoch und schob sich die Girlande aus dem Bart.

»Der Weihnachtsschmuck wird aufgehängt, Astro. Entweder heute oder morgen. Und ab Ende der Woche läuft bei uns Weihnachtsmusik, wir nehmen Servietten mit Stechpalmenblättern, und außerdem setzen wir *melomakarona* auf die Speisekarte.«

Astro biss sich auf die Lippe. Etwas Weihnachtlicheres als dieses Gebäck gab es nicht. Es waren Plätzchen aus Honig, Zimt, Nelken und Muskatnuss. Im Jahr, als seine Mutter starb, hatten sie gemeinsam Cupcakes mit diesen Gewürzen gemacht, und Astro hatte so viel Sirup in die Haare bekommen, dass seine Mutter ihm Ecken aus dem Pony schneiden musste. Jetzt würde er die Plätzchen den Gästen servieren. Bei dem Gedanken hätte er sich am liebsten übergeben. Mit dem Fuß trat er auf die Lamettagirlande. Zum Teufel mit dieser Jahreszeit!

KAPITEL SIEBEN

Hotel Plaka, Plaka, Athen

Die Fahrt vom Flughafen zum Hotel durch ziemlich dichten Verkehr hatte ungefähr eine Dreiviertelstunde gedauert, und Jen hatte gespürt, wie ihre Schultern immer entspannter wurden, während das Taxi an funkelnder Weihnachtsbeleuchtung vorbeifuhr. Obwohl es in Athen im Vergleich zu England ziemlich warm war, hatte die Stadt sich für die Wintersaison herausgeputzt. Das fing bei den hohen geschmückten Tannen in den Ecken der weitläufigen marmornen Plätze an und reichte bis zu den großen, fast bühnenbildreifen Sternen über den Fahrbahnen unterhalb der Ruinen, von denen David ein Foto geschickt hatte: der Parthenon. Er strahlte hoch über der Stadt vor dem klaren, dunkler werdenden Himmel.

Von der Dachterrasse des Hotels aus, wo Jen und Bonnie saßen, eine Karaffe Rotwein zwischen ihnen, fühlte es sich irgendwie an, als seien sie Teil einer antiken Zivilisation. Und in der Nacht würde Jen neben Bonnie und den zahllosen Schokoriegeln, die sie im Koffer mitgeschleppt hatte, endlich wieder in einem richtigen Bett schlafen.

Oder würde sie in ein anderes Hotel ziehen und mit David in einem anderen Bett liegen? Jens Blick wanderte zu ihrem Handy, das neben dem wirklich leckeren vollmundigen Rotwein lag.

»Immer noch nichts?«, fragte Bonnie.

»Nein«, erwiderte Jen und legte die Hände um ihr Weinglas. Sie seufzte, spürte wieder die Verspannung in ihrer Nackenmuskulatur. Dann sprach sie aus, was ihr durch den Kopf ging: »Ist ein bisschen komisch, oder?«

»Nun ja, er hat gesagt, er müsste die ganze Zeit arbeiten.«

»Okay. Aber zwischendurch muss man auch mal zur Toilette, oder? Und warst du schon mal auf dem Klo, ohne aufs Handy zu gucken, bevor du weiterarbeitest?«

»Ehrlich gesagt«, entgegnete Bonnie, und ihre Finger tasteten sich zu dem Bombay-Knabbermix vor, der ihnen mit ihren Getränken serviert worden war, »gucke ich sogar aufs Handy, wenn ich die wöchentlichen Diabeteswerte von Mrs. Curtis' Jack Russell nachschlage.«

»Warum reagiert David dann nicht auf meine Anrufe und Nachrichten?«, fragte Jen ebenso sehr das Universum wie Bonnie oder die griechischen Götter, die zum Greifen nah schienen.

»Vergiss nicht, dass David gar nicht weiß, dass du hier bist.« Bonnie trank einen Schluck Wein, als würde sie sich regelmäßig auf griechischen Dachterrassen herumtreiben. »Er glaubt, du würdest wieder mal einen Heiratsantrag zu den Feiertagen oder die Markteinführung eines Cranberry-Produkts planen. In England.«

Verspürte Jen dieses Gefühl von Dringlichkeit, weil sie hier war und nicht zu Hause? Weil sie aus einer Laune heraus gehandelt hatte und noch nicht wusste, wie David reagieren würde? Oder hatte sie doch Angst, dass hinter seinen verspäteten Reaktionen viel mehr steckte als die Arbeit? Es hatte Zeiten gegeben, da hatte sie über ein ganzes Wochenende nichts von ihm gehört, doch irgendwann hatte David sich immer mit einer einleuchtenden Erklärung gemeldet. Aus irgendeinem Grund hatte Jen jetzt eine seltsame Vorahnung …

»Tja, wie lange gebe ich ihm Zeit? Ich meine, was ist, wenn er heute Abend überhaupt nicht mehr antwortet? Oder morgen früh? Ich weiß ja nicht, in welchem Hotel er wohnt und wo seine Firma sitzt …«

Bonnie griff zu ihrem Handy, das an einem langen Band vor ihrem Bauch hing. »Aber du weißt doch, für welche Firma er arbeitet, oder? Die könnten wir einfach raussuchen und die Adresse nachsehen.«

Jen schüttelte den Kopf. »O Gott, als wären wir total die Stalker.«

»Sag mir, wie die Firma heißt! Wir müssen da ja nicht noch heute Abend anrufen oder da auftauchen oder so. Nur auf die sehr geringe, quasi nicht existente Wahrscheinlichkeit hin, dass er bis morgen früh nicht reagiert, haben wir etwas, wo wir ansetzen können.«

So klang es, wenn Bonnie äußerst vernünftig war. Das fiel ihr nicht immer leicht. Jen trank einen Schluck Wein, lehnte sich auf ihrem Stuhl zurück und genoss die Wärme. Es war herrlich, dass sie nicht ihren für minus dreißig Grad geeigneten Mantel über einem langärmeligen Oberteil tragen musste.

»Die Firma heißt Tex Spex.«

»Buchstabier mal«, forderte Bonnie sie auf.

Selbst nach mehreren Minuten hatte Bonnie nichts gefunden. Ein gewisses Unbehagen machte sich in Jen breit.

Sie stellte ihr Weinglas auf den Tisch und beugte sich vor. »Kannst du die Firma nicht finden? Hast du sie auch richtig geschrieben?«

»Ja, ja. Wahrscheinlich spinnt Safari nur rum. Alles nur Werbung und Anzeigen, die man nicht braucht.«

Jen hörte die Panik in ihrer Stimme. Ihre Finger tasteten nicht nach den Nüssen, sondern nach ihrem eigenen Handy, dessen Display jedoch weiterhin schwarz wie die Nacht war.

»Okay, denken wir mal logisch«, sagte Bonnie.

»Was? Du denkst nie logisch. Du bist die Frau, die immer noch glaubt, dass Cillian Murphy eines Tages bei Greg's hereinspaziert und ein Toastie bestellt.«

»Möglich wäre es!«

Jen begann, selbst nach Tex Spex zu suchen. Da: Die Website des Technologieunternehmens war in gedämpften Grau- und Rottönen gehalten. Sie sah ein bisschen aus, als hätte sie der Terminator entworfen.

Unsere Niederlassungen. Jen ging die alphabetische Länderliste durch. *Belgien. Deutschland. Frankreich. Großbritannien. Spanien.* Wo war Griechenland?

Auf ihrem Bildungsweg mochte sie so manche Schule nur flüchtig besucht haben, aber sie wusste, dass Griechenland direkt vor Großbritannien kommen musste. Und selbst wenn der oder die Verantwortliche für die Website das Alphabet nicht im Schlaf beherrschte, müsste das Land irgendwo auftauchen. Tat es aber nicht. Nirgends. Trotz der warmen Luft wurde Jen eiskalt. Sie erschauderte.

»Du hast keine Niederlassung in Athen gefunden«, stellte sie fest. Ihre Stimme klang wie die des Navigationssystems, das emotionslos die Richtung ansagte.

»Nein«, antwortete Bonnie. »Aber du weißt ja, dass Websites manchmal nicht aktuell sind, die Niederlassung kann ja ganz neu sein. Vielleicht hat Tex Spex eine Firma übernommen, die vorher anders hieß, wodurch das große Problem, das David jetzt reparieren muss, überhaupt erst entstanden ist, und …«

Jen fragte sich, wie lange Bonnie noch weiterreden wollte. Sie stand auf und ging an den Rand der Dachterrasse.

Dort stützte sie sich aufs Geländer und ließ den Blick über die Stadt schweifen, während ihr Gehirn versuchte, die Leerstellen zu füllen. Das Haus gegenüber war fast komplett zugewachsen, auf der gefliesten Nachbarterrasse standen Bistrotische und -stühle.

Dass Tex Spex keine Niederlassung in Athen hatte, war die eine Sache. Die Vorstellung, dass David gar nicht hier arbeitete, sondern etwas ganz anderes machte, war etwas anderes. War er überhaupt in Athen? Oder war sie vier Stunden geflogen, um an einen Ort zu kommen und jemanden zu sehen, der sich ganz woanders aufhielt? In Jens Kopf drehte sich alles, und Bonnie redete immer noch, als ob sie für Beziehungsalgorithmen zuständig wäre.

»Er hat mich angelogen«, unterbrach Jen sie.

»Das wissen wir noch nicht.«

»Ach, komm, Bonnie!« Jen ging zum Tisch zurück, wo sie ihr Weinglas nahm und es in einem Schluck leerte. »Wir sind extra hergeflogen, und er antwortet nicht auf meine Anrufe und Nachrichten. Es war als coole Überraschung gedacht und fühlt sich jetzt wie ein großer Fehler an.«

Sie ließ sich auf ihren Stuhl fallen. Jetzt kochten die Emotionen hoch. Sie kam sich unglaublich dumm vor, gefangen in einer unbekannten Situation, über die sie keine Kontrolle hatte. Sie hasste dieses Gefühl, es versetzte sie zurück in eine Zeit, als Autoritätspersonen über ihren Kopf hinweg über ihr Wohl entschieden.

»Das ist kein Fehler«, warf Bonnie schnell ein und zog ihren Stuhl um den Tisch herum zu Jen. »Das ist … nur ein unerwarteter Bug im Programm, mehr nicht.«

»IT-Vergleiche, Bonnie? Ernsthaft jetzt?«

»Sorry, ich wollte bloß sagen, dass mehr dahinterstecken muss und wir keine voreiligen Schlüsse ziehen sollten, nur weil Tex Spex hier keine Niederlassung hat.«

Der letzte Satz klang bei Bonnie, als würde sie sagen: »Nur weil Tesco diese Cornflakes nicht im Angebot hat«. Jen wusste die Bemühungen ihrer Freundin durchaus zu schätzen, doch sie selbst war deutlich zynischer und rechnete bei jedem Szenario im Leben mit dem Schlimmsten.

»Im besten Fall arbeitet er für eine andere Firma oder ist aus einem Grund hier, den er nicht verraten konnte.« Jen seufzte. »Im schlimmsten Fall ist er gar nicht hier und hat mich angelogen. Was diese Reise angeht. Und Paris. Vielleicht sogar in Bezug auf alles.«

Jeder log sie an. Immer. Warum sollte das in diesem Fall anders sein?

»So ein Blödsinn«, erwiderte Bonnie und legte die Hand auf die Brust. »David ist nett. Der Netteste bisher.«

Nett. Jen hatte immer schon ein Problem mit dem Wort gehabt. Eigentlich sagte es so gut wie nichts aus. Es bedeutete höchstens, dass etwas nicht absolut verabscheuenswürdig war, sondern einfach da, dass es in Ordnung war und niemanden störte. Es hielt niemanden auf Trab …

»Er hat weder auf meine letzte Nachricht noch auf meine Anrufe reagiert«, erinnerte Jen ihre Freundin. »Das ist nicht nett.«

Wieder stand sie auf. Seit wann ließ sie sich von anderen diktieren, wie es weiterging? Sie war eine Boss Bitch – im wahrsten Sinne des Wortes.

»Nein«, stimmte Bonnie ihr zu. »Aber …«

»Okay, also, du hast dafür bezahlt, dass wir herkommen

und … jetzt sind wir hier. An einem Ort, wo noch keine von uns vorher gewesen ist, und ich muss mich ablenken, damit ich nicht an David denke … oder daran, dass Natalia jede Weihnachtsveranstaltung in unserem Kalender unter ein ukrainisches Motto stellen könnte, sobald ich ihr den Rücken zuwende.« Jen seufzte. »Und so schön es auf dieser Dachterrasse auch ist, da unten ist eine ganze Stadt, die wir erkunden können.«

Zeig keine Schwäche! Übernimm das Ruder! Gib nicht auf! Heute Abend konnte sie nichts mehr tun. Es war fast acht Uhr abends. In England war es kurz vor sechs. Die Büros hatten geschlossen. Die Antworten mussten warten.

»Allmählich bekomme ich Hunger«, gestand Bonnie und stand auf.

»Dann lass uns losgehen und authentisch, aber vor allem günstig essen gehen«, sagte Jen und griff zu ihrem Handy.

KAPITEL ACHT

Bar Páme, Plaka

»Astro! Deine Taube sitzt draußen auf Tisch vier!«, rief Marjorie quer durch die Bar, obwohl Philippos ihr das verboten hatte. Sicher, die Musik war abends etwas lauter, aber kein Gast brauchte solche Interna mitzubekommen, schon gar nicht, wenn es um Tauben ging. Astro folgte Marjorie durch die Schwingtüren und stolperte dann fast über zwei Stifte und eine Haarspange, die der Kellnerin aus der Jeans gefallen waren.

»Marjorie«, sagte er und bückte sich, um die Gegenstände aufzuheben. Dabei stieß er beinahe mit einer Aushilfe zusammen, die zwei Schüsseln mit *gigantes plaki* – ein traditionelles griechisches Gericht aus dicken weißen Bohnen in Tomatensoße – an den Tisch bringen wollte. »Du hast das hier verloren.«

Marjorie schaute gar nicht hin, sondern griff bereits zu den nächsten Tellern. »Dafür habe ich keine Zeit. Ich habe auch keine Zeit dafür, dass deine Taube den Leuten das Essen vom Teller pickt und sie sich ekeln.«

Astro legte Stifte und Haarspange auf die Arbeitsfläche. »Woher willst du wissen, dass es *meine* Taube ist? Die Stadt ist voller Tauben.«

»Sie hat immer noch die roten Zehen, die du ihr angemalt hast«, fuhr Marjorie ihn an, dann schob sie sich mit den nächsten Gerichten an ihm vorbei in den Gastraum.

»Astro!«, rief der Koch, um die Flammen auf dem Gasherd zu übertönen. »Wenn diese Taube mir den Ruf ruiniert, dann …«

Astro blieb nicht stehen, um sich die Drohungen des Kochs anzuhören. Er verließ die Küche und überzeugte sich lieber davon, dass sein Onkel mit der Ausgabe von Getränken beschäftigt war und nicht auf den Vogel achtete.

Mit einem tiefen Atemzug trat Astro nach draußen und ließ den Blick über die Tische und Stühle schweifen. Gruppenweise standen sie neben den Steinstufen, über die man hoch zur Akropolis gelangte, die über diesem Stadtteil von Athen schwebte. Die Bar Páme war heute gut besucht; fast alle Plätze waren besetzt, selbst die Kissen auf den Stufen. Die wenigen noch leeren Stühle wurden von den Katzen der Nachbarschaft in Beschlag genommen, die sich darauf zusammengerollt hatten. Astro hatte die goldenen Lichter in den Zweigen der Bäume immer gemocht, aber jetzt sah es hier wie bei einer Premiere in Las Vegas aus. Die Türen waren mit glänzenden roten und goldenen Schleifen geschmückt, wie Geschenke, die nur darauf warteten, ausgepackt zu werden. Überall war der alte Mann mit dem weißen Bart und dem roten Mantel zu sehen, wie ein Geist, und jeden verfügbaren Fenstervorsprung und jedes freie Mauerstück zierten Schneemänner, Rentiere oder Eiszapfen aus Plastik. Den Rest des Jahres herrschte in Plaka eine gemütliche, aber stilvolle, eine beschwingte, aber entspannte Atmosphäre. Fehlte nur noch der Cola-Cola-Truck …

Ohne den Weihnachtsschmuck zu beachten, suchte Astro zwischen den Tischen nach Peri, seinem Täuberich. Es war skurril, ihn als *seinen* Täuberich zu bezeichnen, aber so war es nun schon seit über einem Jahr. Eines Morgens hatte ein grau-weiß-braun gesprenkelter Vogel an das Fenster seiner Wohnung geklopft, als begehre er Einlass. Er hatte erst aufgehört, als Astro reagierte und ihm eine Brotkruste anbot. Dabei war es nicht geblieben. Peri war zurückgekommen, Tag für Tag, bis Astro sogar Vogelfutter kaufte und Peri vor der Bar herumstolzierte, um etwas von den Tischen zu stibitzen. Besonders appetitlich war es allerdings nicht, wenn im Restaurant eine Taube im Essen herumpickte …

Bloß konnte Astro den Vogel nirgends sehen. Doch auf einmal …

»Peri!«, rief er, als das Tier auf seiner Schulter landete. Schnell nahm er es herunter und wölbte die Hände um den Vogel. »Du musst in der Nähe meiner Wohnung bleiben. Oder dir woanders Krümel suchen.«

Als Antwort gurrte Peri zärtlich und rieb den Kopf an Astros Schürze. Er strich über das kleine Köpfchen und kraulte den Vogel am Hals und an der Brust, was ihm zu gefallen schien.

»Was sagst du? Du kannst den dicken Mann in Rot nicht ausstehen, diesen Heiligen, an den die Griechen nicht mal glauben? Ganz deiner Meinung.«

Astro gab dem Vogel einen Kuss auf den Kopf, worauf der seinen Arm hochkletterte und sich in die Ellenbeuge drückte.

»Hör zu!«, flüsterte Astro. »Halt dich von dieser Bar fern, dann bringe ich dir heute Abend Weihnachtsplätzchen. So landen sie morgen wenigstens nicht auf der Speisekarte. Okay?«

Er staunte über sich selbst. Mit einem Vogel zu sprechen … Die Gäste an Tisch sechs sahen ihn argwöhnisch an, hielten ihn wahrscheinlich für verrückt. Tja, wenn es eins gab, das ihn mit Sicherheit in den Wahnsinn trieb, dann war es diese Jahreszeit!

»Astro! Philippos sagt, er braucht drinnen Hilfe!«, rief Marjorie.

Er fuhr zusammen. Seine Kollegin schlängelte sich an ihm vorbei und ging zum nächsten Tisch. Peri zuckte ebenfalls zusammen, stieg hoch und flatterte vor Astros Gesicht herum.

»*Ela!* Weg!«, befahl er dem Vogel.

KAPITEL NEUN

Café Klepsidra, Plaka

»Ich habe keine Ahnung, was da drin ist, aber es schmeckt köstlich!«, verkündete Bonnie und wischte sich den Mund mit einer Serviette ab.

Auf der Speisekarte hieß das Gericht *gyros*, doch der Kellner hatte es ganz anders ausgesprochen. Vor ihr stand ein großer Teller mit dünn geschnittenen Fleischscheiben, saftigen Fleischtomaten, leuchtend roten Zwiebeln, goldenen Pommes, einem großen Klecks Zaziki sowie in Dreiecke geschnittenem Pitabrot. Als der erste Teller serviert wurde, hatte Jen angenommen, er sei zum Teilen, doch kurz darauf standen zwei davon auf dem Tisch! Es war unglaublich lecker. Jen war gar nicht klar gewesen, wie viel Hunger sie hatte, bevor ihr der Geruch von Grillfleisch, Kräutern und Knoblauch in die Nase gestiegen war und sie mit Bonnie in dieses Lokal gezogen hatte. Die Taverne sah aus wie in einem Reiseführer, der darauf Wert legte, dass Touristen Geschichte und Traditionen kennenlernten – das perfekte Bild von Griechenland, seiner Kultur und Architektur.

Sie saßen an einem Tisch auf der Terrasse. Die Einheimischen erkannte man daran, dass sie in Pullover und Mäntel eingemummelt waren, obwohl die Temperaturen so hoch waren wie im englischen Mai. Auf den Metalltischen standen Töpfe mit Basilikum, für die weihnachtliche Atmosphäre mit einer Handvoll Lametta dekoriert. Auf den Holzstühlen lagen bunt gestreifte Sitzkissen. Von manchen Türen unter uralten Torbögen blätterte der Lack ab, und direkt daneben prangten moderne Street-Art sowie nicht ganz so ansprechende schlichte Graffitis, doch irgendwie funktionierte es. Über allem schwebte der Parthenon, der von jedem Punkt der Stadt aus zu sehen war.

»Wenn du mir bei den Bewerbungsgesprächen der Elfen gesagt hättest, dass wir in ein paar Tagen in Griechenland in der Sonne sitzen würden, hätte ich gedacht, du willst mich auf den Arm nehmen«, sagte Bonnie.

Jen trank einen Schluck von ihrem zweiten Glas Rotwein, bevor sie antwortete.

»Könnten wir wenigstens heute Abend so tun, als hätte die Reise hierher nichts mit David zu tun?« Irgendetwas stimmte nicht, das wusste sie. Doch wenn sie sich in das Thema hineinsteigerte, würden das leckere Essen und die schöne Umgebung nicht die Aufmerksamkeit bekommen, die sie verdienten. »Vielleicht können wir – keine Ahnung –, einfach so tun, als wären wir auf einer Rechercherreise?«, schlug sie vor. »Ich meine, wie kann ich behaupten, ich sei eine Weihnachtsexpertin, wenn ich nicht weiß, wie die Vorweihnachtszeit in anderen Ländern aussieht?«

»Richtig«, stimmte Bonnie ihrer Freundin zu und zeigte mit einem zazikibeschmierten Finger auf sie. »Genau. Wir gucken uns an, wie es hier in Griechenland läuft, dann kannst du nächstes Jahr auch griechische Weihnachten anbieten. Angefangen bei Gerichten wie diesem Gaumenschmaus, wie auch immer der Kellner es genannt hat.«

Jen lächelte und steckte sich eine mit Oregano gewürzte

Pommes in den Mund, um den raffinierten Geschmack zu genießen. Schon ging es ihr besser. Es war, als würde sie tief in einer Kiste mit Weihnachtsschmuck graben und sich selbst einreden, dass die letzte fällige Rechnung sich in Luft aufgelöst hatte, oder als würde sie Tapferteddy so fest an sich drücken, bis der minzartige Geruch in seinem Fell jedes schlechte Gefühl verdrängte …

Auf einmal erklangen die leisen Akkorde einer Gitarre. »Irgendwie ist es ein bisschen magisch, oder?«, flüsterte Bonnie. »Dieses Gefühl, dass wir normalerweise gar nicht in Athen wären, aber trotzdem hier sind, und dass jede Bar und jedes Restaurant seine ganz eigene Atmosphäre hat.«

So war es wirklich. Vielleicht lag es daran, dass die beiden in einer Stadt gelandet waren und sie nun erforschten, an die sie bisher keinen Gedanken verschwendet hatten. In jeder schmalen Gasse, auf jedem kopfsteingepflasterten Weg gab es etwas zum Fotografieren. In der Nähe des Hotels standen die Restauranttische bis an den Straßenrand, in gelben Streetfood-Trucks wurden heiße Donuts verkauft, und an jeder Straßenecke stand ein Kiosk, in dem man alles bekam, von Zeitschriften, Bier und Wein bis zur gebundenen Ausgabe von *Anna Karenina*.

Jen spürte, dass das Handy in ihrer Handtasche vibrierte. Kurz war sie versucht nachzusehen, ob Davids Name auf dem Display stand, doch sie war am »Recherchieren« und wollte nicht gestört werden. Nicht mal von einer Nachricht, auf die sie schon den ganzen Tag wartete.

»Willst du nicht nachgucken?«, flüsterte Bonnie.

Jen seufzte. »Hast du die Vibration bei dir gemerkt?«

»Tut mir leid. Ist deine Sache. Ich habe nichts gesagt.«

Hatte sie doch. Jen legte Messer und Gabel zur Seite,

holte das Handy heraus und schaute aufs Display. Aus irgendeinem Grund war sie erleichtert, nicht enttäuscht.

»Eine Nachricht von Kathleen«, sagte sie und tippte drauf. Beim Lesen lächelte sie. »Sie schreibt, Natalia hätte ihr *borschtsch* gebracht.« Ein Foto war angehängt. Es zeigte Natalia und Kathleen mit Weihnachtshüten, vor ihnen eine lecker aussehende Suppe. Kathleen streckte die Zunge heraus. »Sie fragt, ob du dich schon in einen Griechen verliebt hättest.«

Den Mund voller Gyros, lachte Bonnie. »Nein! Aber in ein griechisches Gericht! In dieses hier. Schreib ihr das.« Sie hielt eine Pommes hoch.

Jen antwortete schnell und machte ein Foto von ihrem Rotweinglas, dann verstaute sie das Handy wieder.

»Wie geht es Kathleen?«, erkundigte sich Bonnie.

»Meckert rum«, antwortete Jen. »Das heißt, es geht ihr gut. Sobald sie mich anlacht oder nichts zu klagen hat, weiß ich, dass ich den Arzt rufen muss.«

»Hast du … hast du ihr schon erzählt, dass du die Wohnung nicht mehr hast?«

»Nein!«, rief Jen entsetzt. »Natürlich nicht. Sie würde … mir Geld geben wollen, deutlich mehr als das, was sie mir für diese Reise zugesteckt hat. Dabei hat sie kaum genug für ihren Pflegeheimplatz. Und sie würde sich Sorgen machen. Das will ich nicht. Wenn, dann soll sie sich den Kopf höchstens darüber zerbrechen, wie sie den Pflegekräften auf den Geist gehen kann.«

Es ging nicht nur um Jens Wohnsituation. Sie wusste, dass Kathleen sich vor allem Gedanken um Jens Firma machen würde, und Jen würde alles in ihrer Macht Stehende tun, damit sich das Schicksal von *Partyfieber* nicht wiederholte. Die

Firma war wichtiger als ihre Wohnung. Sollte sich herausstellen, dass sie die aktuellen Geschäftsräume nicht halten könnte, würde sie sich eben verkleinern. Im Laufe der Jahre hatte sie gelernt, an so gut wie jedem Ort zu schlafen.

Jen wurde klar, dass ihr letzter Satz schärfer als beabsichtigt herausgekommen war. Bonnie war der allerletzte Mensch, zu dem sie gemein sein sollte. »Entschuldigung.«

»Du brauchst dich nicht zu entschuldigen«, sagte Bonnie. »Ich bin deine Freundin. Ich möchte, dass du deine Gefühle mit mir teilst. Dafür sind Freunde da.«

Jen nickte. »Ja. Ich kenne das Konzept.«

»Das ist mein Ernst, Jen«, beharrte Bonnie. »Ich weiß, dass du absolut unabhängig bist. Mir ist klar, dass es schon immer so war, und ich kenne auch den Grund, aber … du brichst dir auch keinen Zacken aus der Krone, wenn du Hilfe annimmst.«

Jen nickte wieder. Bonnie war einfach lieb – schon immer gewesen. Aber sie wusste nicht, dass das Annehmen von Hilfe für Jen meistens mit einer Konsequenz verbunden gewesen war. Mit einem Gefallen, der eingefordert wurde. Zum Beispiel einem Alibi. Oder Schlimmerem.

»Mein Gott, ist das tiefschürfend«, sagte Bonnie in einem anderen Ton. »Komm, wir gucken uns mal den Stadtplan an, wo wir als Nächstes hingehen können.«

»Okay«, stimmte Jen zu.

Doch es beunruhigte sie, nicht zu wissen, was sie tun würde, wenn am nächsten Tag noch mal solche Schwierigkeiten auftauchten.

KAPITEL ZEHN

Bar Páme, Plaka

Astro knirschte mit den Zähnen. Er hatte die Bewegung seiner Lippen so weit perfektioniert, dass seine Grimasse für die Gäste wie ein Lächeln aussah. Irgendjemand hatte einen Mistelzweig am Türrahmen angebracht. Ein großer Strauß grüner Blätter und weißer Beeren hing über ihm an einem Haken, der in die Mitte eines verkokelten Kreuzes geschlagen war, das Philippos an Ostern mit einer Kerze fabriziert hatte. An beiden Seiten des Türrahmens hingen Eiszapfenketten. Den ganzen Abend hatte Astro, wenn er gerade nicht bedienen musste und Marjorie nicht hinschaute, akribisch alles entfernt, was seine Kollegin in der Bar aufgehängt hatte. Er wusste, dass er nicht ewig dagegen angehen konnte – nicht, wenn sein Onkel den Schmuck befürwortete –, aber heute war ihm wichtig, seinen Standpunkt klarzumachen. Er empfing Weihnachten nicht mit offenen Armen. Wenn Philippos es drauf anlegte, musste er auch akzeptieren, dass sein Neffe nicht kampflos aufgab.

Astro setzte sich auf eine freie Stufe und lehnte sich gegen einen Baumstamm, der sich seinen Weg durch die Pflastersteine gesucht hatte. Er zog einen kleinen Skizzenblock aus der Jeanstasche. Mit einem Bleistiftstummel, den er aus der Ringbindung fischte, begann er, seine Umgebung zu zeichnen. Den Kopf eines Hundes mit zotteligem dunklem Fell um die Schnauze. Eine wild gestikulierende Frau, die laut telefonierte. Zwei lachende Männer mit Mamos-Flaschen in der Hand am Nachbartisch. Zwei Frauen, die die Stufen hinauf auf ihn zukamen und einen Luftballon in Form einer rot-weiß gestreiften Zuckerstange dabeihatten.

Moment mal …

Astro hielt inne und sah genauer hin. Auch andere wurden aufmerksam. Der riesige Luftballon kam auf die entspannte Stimmung zugehüpft und störte wie ein alberner Clown bei einem Geschäftstermin. Er näherte sich den Tischen seiner Bar und war kurz davor, die Kerzenhalter und Pflanzen umzuwerfen …

Astro stand auf. »*Na stamatiesi!* Stopp!«

Er konnte die Frauen hinter der riesigen rot-weißen Stange nicht sehen und wusste nicht, was er tun sollte. Sein erster Gedanke war, den Ballon zum Platzen zu bringen, bevor er etwas kaputt machte oder sich an einem Heizpilz auf der Terrasse entzündete.

Astro nahm eine Gabel von einem Tisch, um damit zuzustechen.

Plötzlich sprach eine der Frauen ihn an. »Was machen Sie da?«, fragte sie. Sie hatte wellige blonde Haare, die ihr knapp bis auf die Schultern reichten. In den Ohren trug sie goldene Engel. Ihr Mantel war nikolausrot, ihr Gesichtsausdruck jedoch keinesfalls so gutmütig, wie Kinder es von diesem Mann erwarteten.

»Was machen *Sie* denn da?«, motzte Astro zurück. »Noch ein Schritt und dieses … dieses Ding da reißt meine Tische um.«

»Warte, Jen!« Die zweite Frau erschien, leicht außer

Atem. Sie hatte dunkelbraune Locken, die ihr fast bis auf die Taille fielen. »Entschuldigung! Das ist meine Schuld.«

Die Frau in Rot machte einen Schritt auf Astro zu und sah ihn an. Ihre Augen waren braun, die Farbe von Mandeln. Sie vermittelten eine Genervtheit, die sich allein auf ihn richtete.

»Wenn Ihnen was nicht gefällt, gehen Sie dann immer gleich mit Besteck darauf los?«

Besteck? Das englische Wort kannte Astro nicht. Der Blick der Frau schwenkte von seinem Gesicht auf die *piroúni*, die Gabel, in seiner Hand.

Bevor er sich eine Erklärung zurechtlegen konnte, riss ein Luftstoß der Frau den Zuckerstangenballon aus der Hand. Er streifte die Zweige eines Baums und näherte sich einem Kinderwagen mit einem Kleinkind darin …

»O nein, er ist weg!«, rief die Frau mit den braunen Haaren.

Sofort setzte Astro sich in Bewegung. Er schob den Kinderwagen zur Seite und zog den Ballon wieder herunter, als sei er Experte für das Einfangen außer Kontrolle geratener Weihnachtsdekoration. Er holte tief Luft – die Katastrophe war abgewendet –, und einige Gäste klatschten Beifall. Da wurde ihm klar, dass er noch die Gabel in der Hand hielt.

Unvermittelt ertönte ein lautes Miauen, gefolgt von einem Jaulen, einem Knall und einem zischenden Geräusch. Eine schwarz-weiße Katze huschte die Treppe hinauf und verschwand in einer Gasse. Astro begriff, was passiert war. Er hätte nicht glücklicher sein können.

»Haben Sie etwa mit der Gabel in den Ballon gestochen?«, fragte die Blondine vorwurfsvoll.

»Das war ich nicht«, erwiderte Astro, die schlaffe Zuckerstange immer noch in der Hand. »Das war die Katze.«

»Klar, weil Katzen in der Regel immer eine Gabel dabeihaben.« Die Frau schüttelte den Kopf und wirkte noch verärgerter.

Sie hatte ihn falsch verstanden, er erklärte es deutlicher: »Das hat sie mit ihren Krallen gemacht. Nicht mit einer Gabel.«

Die Braunhaarige meldete sich zu Wort: »O nein! Und wir haben keine Fotos für Natalia gemacht, die sie auf Instagram stellen könnte!«

Astro konnte sich nicht vorstellen, wozu das Foto einer solchen jetzt schlaffen monströsen Süßigkeitennachbildung gut sein sollte. Und wie lange sollte er jetzt hier stehen und das Teil festhalten, damit es keine Gäste der Bar Páme erstickte?

»Haben Sie das Ding mit nach Griechenland gebracht?«, fragte er die Frauen.

Die Brünette musste lachen. »Haben Sie irgendwas zu verzollen, Madam? Ja, ich habe eine aufblasbare Zuckerstange im Rucksack und werde nicht zögern, sie auch einzusetzen.«

»Das war ein Geschenk«, sagte die blonde Frau. »Von einem netten Straßenverkäufer, der auch Armbänder verkauft hat.«

Astro schüttelte den Kopf. »Tut mir leid, aber Sie wurden markiert. Schauen Sie mal in Ihren Taschen nach, ob noch alles da ist.«

Er griff nach dem oberen Teil der Zuckerstange, zog sie runter, drückte sie zusammen und bohrte mit der Gabel ein Loch in das dünne Plastik. Jetzt entwich die Luft deutlich schneller mit einem hörbaren Rauschen.

»Markiert?«, wiederholte die Blondine.

»O mein Gott!«, rief die andere, klopfte sich ab und stellte ihre Tasche auf den Boden. »Er meint, für Taschendiebe!«

»Genau«, sagte Astro und drückte den Ballon zusammen, bis er ihn zu einem handlichen Päckchen falten konnte. Schließlich war die Luft so gut wie raus, sodass er ihn in den nächsten Mülleimer werfen konnte. »Meistens schenken sie einem ein Armband oder einen Anstecker, damit der Komplize schnell erkennt, wer ein leichtes Opfer ist.« Er warf den zusammengeknüllten Ballon auf den Boden und trat ihn so oft zur Seite, bis er ihn mit dem Fuß in einen Mülleimer befördern konnte. »Ich schätze, dass jemand, der gern ein so großes und offensichtliches Geschenk annimmt, besonders leichte Beute ist.«

»Puh! Ich habe noch alles«, sagte die Brünette.

Astro merkte, dass die andere Frau gar nicht in ihrer Tasche nachgesehen hatte, sondern ihn mit zusammengekniffenen Augen musterte. Als ob *er* ihr etwas getan hätte.

»Und was ist, wenn der Typ, der uns den Ballon geschenkt hat, einfach nur nett war?«, fragte sie. »Ganz schön negativ, gleich anzunehmen, dass man automatisch bestohlen wird, wenn man Weihnachtsdekoration geschenkt bekommt.«

Astro zuckte mit den Schultern. »So läuft das nun mal.«

»Nicht zu Weihnachten«, erwiderte die Frau im Brustton der Überzeugung und mit stählernem Blick.

»O-kay«, sagte die Braunhaarige langsam und nahm ihre Freundin beim Arm. »Da du gerade einen Weihnachtshasser mit einer Zuckerstange gepiesackt hast, gehen wir einfach in diese Bar und bestellen was zu trinken.«

»In diese Bar?«, hakte Astro nach. »Die Bar Páme?«

»Ist das in Ordnung? Oder bekommen wir da ein bestimmtes Getränk, das anderen verrät, wie prima wir auszurauben sind?«, fragte die Blondine immer noch sichtlich verärgert.

»Nein«, antwortete er. »Weil das hier die Bar meines Onkels ist.«

Warum sagte er das so unfreundlich? Philippos brauchte Gäste. Es sah so schlecht aus, dass er sogar bereit war, die Bar in eine Weihnachtsgrotte zu verwandeln.

Bevor die Frauen es sich anders überlegen konnten, setzte Astro sein künstliches Lächeln auf und machte eine einladende Handbewegung. »Bitte, *páme*, darf ich Ihnen unseren besten Tisch zeigen?«

KAPITEL
ELF

Sie entschieden sich wieder dafür, draußen zu sitzen. Es war einfach neu und anders, im Winter an der frischen Luft etwas zu trinken, und hier, mitten auf der Treppe, wo Tische und Stühle in den kleinsten Winkel gequetscht waren und goldene Lichter in den Bäumen blinkten, war der perfekte Ort, um Leute zu beobachten.

»Tut mir leid, das mit dem Zuckerstangenballon«, sagte Bonnie, während sie den Tragegurt ihrer Tasche um ihr Stuhlbein wickelte, als würde sie ihr jeden Moment jemand aus den Händen reißen.

»War doch nicht deine Schuld«, erwiderte Jen und schenkte Wasser, das sie gratis auf den Tisch bekommen hatten, in ein Glas für Bonnie. »Der Typ, der uns den Ballon geschenkt hat, war ziemlich hartnäckig.«

»Und dabei doch freundlich, oder?«, fragte Bonnie. »Oder eher so, als wollte er sagen: Meine Kumpel ziehen euch gleich so richtig ab?«

»Ich würde sagen, er war freundlich. Ich habe ja auch noch all meine Sachen«, sagte Jen und goss sich ebenfalls ein Glas Wasser ein. »Du brauchst auch nicht die ganze Zeit deinen Fuß auf deine Tasche zu stellen. So schnell sind sie nicht.«

»Tut mir leid«, entschuldigte sich Bonnie wieder. »Ich habe bloß das Gefühl … dass wir nur wegen mir hier sind und … Warum kann David sich nicht einfach melden, und alles ist gut?«

»Es ist doch alles gut«, entgegnete Jen etwas ruhiger, als ihr tatsächlich zumute war. »Wir wollten uns doch heute Abend Athen angucken, und das machen wir jetzt. Auch wenn es mit einem schlaffen Ballon und einem schlecht gelaunten Kellner anfängt.«

»Schlecht gelaunt, aber echt heiß.« Bonnie beugte sich leicht vor.

Jens Blick schweifte zu den Tischen vor der Tür des schönen Hauses und dem Mann hinüber, der ihren Zuckerstangenballon kaputt gemacht hatte. Beim Abräumen der Teller machte er einen geschickten Bogen um mehrere Katzen, die darauf warteten, ein Fitzelchen der Essensreste zu ergattern. Der Kellner besaß eine gewisse Präsenz, strahlte Selbstsicherheit aus. Jen verstand, warum Bonnie ihn mit seinem kurzen dunklen Haar und den grünen Augen »heiß« fand.

Er hatte sich als Astro vorgestellt und dann den Frauen vorgeschlagen, einen Drink aus Brandy und Cointreau zu bestellen. Schon leicht angesäuselt von dem Wein, den sie zum Gyros getrunken hatten, fanden Jen und Bonnie, ein Drink klänge verführerisch – auch wenn sie nicht wussten, wie viel er kosten würde –, und Bonnie hatte schnell für beide bestellt.

»Ist das dein Handy?«, fragte sie unvermittelt und beugte sich über den Tisch, den Blick auf Jens Tasche gerichtet.

»Was?«

»Es vibriert. Das merke ich.«

Jen hatte ihre Tasche auf den freien Stuhl neben sich gestellt, Bonnie konnte die Vibration von ihrem Platz aus also unmöglich hören, oder doch?

»Ich habe es nicht ohne Grund stumm gestellt«, erinnerte Jen sie.

»Es hört nicht auf … Oh, jetzt doch.«

»Siehst du, alles gut.«

Trotz der Geräuschkulisse aus lauten Gesprächen und griechischer Musik vernahmen sie kurz darauf wieder das brummende Telefon.

»Das ist David«, stieß Bonnie aus. »Das spüre ich.«

In Jens Magen rumorte es, und das lag nicht am leckeren Essen. Es waren ihre Nerven, vielleicht sogar Angst. Woher kam das?

»Geh dran!«, befahl Bonnie. »Bevor er auflegt.«

Jen war hin- und hergerissen. Schließlich griff sie zu ihrer Tasche, öffnete sie und holte das Handy heraus.

David.

»Er ist es, stimmt's?«, sagte Bonnie mit weit aufgerissenen Augen. »Melde dich!«

Jen stand auf und nahm den Anruf entgegen. Sie entfernte sich einige Schritte vom Tisch, ging ein paar Stufen nach unten und blieb mehrere Häuser weiter in einer Nische stehen.

»Jen! Ist alles in Ordnung? Hat so lange gedauert, bis du drangegangen bist. Hab mir Sorgen gemacht.«

Sie wusste nicht, wie sie reagieren sollte. *Er* hatte sich Sorgen gemacht?

»Jen?«, sagte David, als sie stumm blieb. »Wo bist du?«

Jetzt war es so weit. Sie wappnete sich für die Überraschung. »Ich bin in Athen. Im Stadtteil Plaka. Und wo bist du?«

Es folgte ein Schweigen, das immer länger wurde, bis David sagte: »Wow, Jen, im ersten Moment dachte ich, das wäre dein Ernst. Du kannst einem ganz schön Angst einjagen.«

Warum jagte sie ihm Angst ein, wenn sie in derselben Stadt war wie er? Sie nahm allen Mut zusammen und antwortete: »Das *ist* mein Ernst.«

»Was?«

»Du hast mir das Foto von der Akropolis geschickt und geschrieben, ohne mich wäre es nur halb so schön, deshalb hat Bonnie eine Reise hierher organisiert«, erklärte sie. »Jetzt verrat mir, wo du bist, damit wir uns treffen können. Oder du kommst einfach her. Ich bin in einer Bar namens Páme, und wir haben uns gerade Drinks bestellt, du kannst also …«

»Nein, ich meine, du hast geschrieben, du wärst gern bei mir. Athen, also, das ist nicht … Ich meine, ich habe nur ›Wäre schön‹ geschrieben, weil …«

David verstummte, doch Jen spürte längst, dass er sich nicht freute. Mit nagender Unsicherheit drückte sie ungeduldig auf das FaceTime-Symbol. Warum reagierte er nicht auf ihre Anfrage auf einen Videoanruf?

»David, öffne FaceTime, sonst lege ich auf!«

»Einen Moment … nein … warte …«

Ob nun mit Absicht oder nicht, schließlich kam der Videoanruf doch noch zustande. Kaum erkannte Jen den Hintergrund des Bildes, fiel ihr die Kinnlade hinunter.

Sie konnte es nicht glauben.

»Bist du etwa in Paris?«

»Jen, hör auf damit.«

»Womit soll ich aufhören? Was soll das bitte?«

Sie schaute aufs Display. Hinter David leuchteten die Lichter von Paris, er schien gerade seinen Standort zu wechseln, und dann … war das etwa … der Eiffelturm?

»Beruhige dich bitte«, sagte David. Er war offenbar an einem weniger öffentlichen Ort. Sah sehr nach einem Dachterrassen-Restaurant aus.

Sich zu beruhigen, war das genaue Gegenteil von dem, wonach Jen gerade der Sinn stand.

»Erzähl mir nicht, was ich zu tun und zu lassen habe, David! Warum bist du in Paris? Und warum hat Tex Spex keine Niederlassung in Griechenland?« Sie wusste nicht, warum sie ihm die Frage überhaupt stellte, weil es völlig auf der Hand lag, dass David nicht ansatzweise in der Nähe von Griechenland und höchstwahrscheinlich auch noch nie dort gewesen war.

»Ich wollte mit dir darüber sprechen, wenn ich zurückkomme, aber ...«

»Aber was? Ich warte. Hier in Athen. Und im Gegensatz zu dir bin ich wirklich hier und stehe nicht vor einer Fototapete oder so!«

»Also, es ist so, Jen ... ich mag dich wirklich, aber ...«

Gab es nicht immer ein Aber, wenn es um Beziehungen ging? Meistens war es nichts anderes als der Anfang vom Ende. Jen ging eine Stufe nach unten und schob sich zwischen einen unbesetzten Tisch und einen knisternden Heizpilz.

»Aber ich muss dir noch etwas sagen«, setzte David wieder an.

»Noch was anderes, außer dass wir eigentlich *zusammen* nach Paris fliegen wollten? Dass ich mir in einer für meine Firma äußerst kritischen Zeit freigenommen habe, um mit dir nach Paris zu reisen, und dass ich jetzt in Athen bin und du bist ...«

»Verheiratet.«

Unwillkürlich erschauderte Jen, dann verlor sie die Beherrschung und das Gleichgewicht. Mit dem Ellenbogen wischte sie zwei Speisekarten vom Tisch neben sich. Hatte er *verheiratet* gesagt? Ungläubig blinzelte sie in sein Gesicht auf dem Display. Ihr war, als würde sie David zum ersten

Mal sehen, und zwar mit ganz anderen Augen. Er sah wirklich älter aus als auf seinem Profilbild auf der Datingplattform. Und er strahlte wirklich eine gewisse Überheblichkeit aus, wie Kathleen mal gesagt hatte. Wenn er lachte, war er hübsch, aber jetzt lächelte er nicht. Sein Gesichtsausdruck war irgendwie leer, als fände hinter seinen Augen nichts statt. Warum war ihr das bisher nicht aufgefallen?

»Aber weißt du, das muss nur etwas bedeuten, wenn du es willst«, druckste er herum.

Jen wusste nicht, was sie darauf erwidern sollte. Sie befand sich im freien emotionalen Fall, während David so tat, als sei das alles keine große Sache. Jen konnte es nicht fassen.

Vor allem kam sie sich aber unglaublich dumm vor. Sie hatte ihr Visier heruntergelassen, weil Bonnie und Natalia ihr dazu geraten hatten. Sie hatte erlaubt, dass aus den Dates mit David kurze Wochenendreisen wurden und sie gemeinsam eine Yuccapalme kauften, auch wenn die ziemlich den Kopf hängen ließ. Jen war kurz davor gewesen, ihre Obdachlosenthematik und ihre Sorgen um die Firma mit ihm zu teilen. Er war jemand, dem sie beinahe vertraut hätte. Fast. Und jetzt kam heraus, dass er noch nicht mal hinsichtlich seines Beziehungsstatus ehrlich gewesen war. Sie war nicht seine Freundin, sie war seine *Geliebte*.

»Sag doch was, Jen!« Er lächelte und versuchte, aufrichtig zu wirken, aber Jen nahm es ihm nicht ab.

»Ist deine Frau auch in Paris?«, fragte sie und ging die Treppe wieder hoch, den Blick aufs Handy gerichtet, ohne auf die Menschen zu achten, an denen sie vorbeikam und die sie streifte.

David seufzte, sein Blick schweifte nach links. »Das ist doch unwichtig. Wenn du …«

Er redete weiter, doch Jen hörte nicht mehr zu. Was gab es auch noch zu bereden? Fast sechs Monate lang hatte er sie belogen. Und sie war wegen ihm nach Griechenland geflogen! Sie spürte Übelkeit in sich aufsteigen.

»Jen, das ist doch eigentlich nicht wichtig. Sieh es mal so …«

»Ich sag dir jetzt genau, wie ich es sehe«, unterbrach sie ihn und ging schneller, gefühlt gegen eine Lawine von Menschen ankämpfend. »Ich sehe es als einen der größten Fehler meines Lebens. Bis an mein Lebensende werde ich bereuen, auf Bonnie und Natalia gehört zu haben, die damals meinten, ich sollte mich im Internet auf einer Datingplattform anmelden, und ich werde eine sehr ausführliche Beschwerde an diese Website schicken, in der ich die Betreiber auffordere, die Teilnehmenden in Zukunft gründlicher zu überprüfen, damit sichergestellt ist, dass Verheiratete sich nicht mehr so einfach als Singles ausgeben können!«

»Jen …«

»Leck mich, David! Wir sind durch.«

Inmitten des Gedrängels übersah Jen mit stechenden Tränen der Demütigung in den Augen die letzte Stufe vor der Bar Páme. Sie stolperte und schlug der Länge nach hin.

KAPITEL
ZWÖLF

»Hier, trinken!«, sagte Astro.

Jen umfasste das bauchige Brandyglas mit beiden Händen, immer noch fassungslos über ihren Sturz und ihr Telefongespräch mit David. Ihr Kinn pochte vor Schmerz. Sie wusste nicht mehr genau, was passiert war, nachdem sie mit dem Kopf auf die Steinstufe geknallt war. Jetzt saß sie an einem Tisch in einer höhlenartigen Bar, und der Kellner namens Astro stand neben ihr und beobachtete sie, als könnte sie ein zweites Mal umfallen.

»Das ist aber nicht der Drink, den ich bestellt habe«, sagte sie und schnupperte an der braunen Flüssigkeit. Sie roch so stark nach Alkohol, dass Jen leicht zurückwich. War da womöglich irgendetwas Illegales drin?

»Nein«, stimmte Astro zu. »Das sind mehrere Schnäpse zusammen. Für den Schock.«

Ich habe einen Schock. Allerdings, und zwar nicht nur durch den Sturz. David war *verheiratet.* Jen trank einen Schluck, und die Flüssigkeit brannte ihr in der Kehle.

»*Ochi.* Nein. Nicht so schnell.«

Der Kellner sah sie an, als hätte sie sich nicht nur am Kinn verletzt, sondern sei eine Kuriosität an sich. Vielleicht war sie das für David sogar gewesen. Hey, scheiß auf David und die Meinungen anderer Leute. Jen war die Dirigentin des Orchesters ihres eigenen Lebens und würde es immer sein. Sie stürzte den Alkohol ohne abzusetzen hinunter.

»Was soll das? Sind Sie verrückt?«, fuhr Astro sie an und ließ den Serviettenhalter fallen, den er zur Seite gerückt hatte.

Wow. Der Drink war wirklich stark. Jen musste sich ungeheuer zusammenreißen, um nicht zu husten, so sehr brannte er in der Brust.

»Wo ist … Bonnie?«, brachte sie heraus.

»Ihre Freundin?«, fragte Astro. »Die ist bei Marjorie, unserer Kellnerin. Als sie sich über Sie gebeugt hat, ist ihre Hose aufgerissen.«

Jetzt musste Jen erst recht husten. Es fühlte sich an, als müsste sie hartnäckige Dämonen aus ihrem Körper vertreiben.

»Sie trinken zu schnell. Habe ich schon gesagt.«

»Ich … ich liebe Griechenland einfach. Die Leute hier … Sie markieren mich mit Ballons, damit andere wissen, dass ich gut auszurauben bin, sie attackieren meine Weihnachtsdeko mit der Gabel und … flößen mir tödliche Substanzen ein!«

»Sie müssten im Sommer herkommen! Dann würde die Sonne Sie grillen wie ein Lamm am Spieß.«

Der Kellner nahm eine Flasche aus dem Regal und reichte sie Jen. Sie drehte den Verschluss auf und trank gierig. Kurz fragte sie sich, ob es wirklich Wasser war oder doch Ouzo, den die Griechen genauso ansatzlos hinunterstürzten. Schließlich atmete sie wieder ruhiger.

»Was machen Sie da?«, fragte sie den Kellner.

»Wieso?«

»Sie haben was in der Hand.«

»Nein, da ist nichts.«

Doch, da war was. Jen konnte es sehen: Kleine rote Fasern schimmerten zwischen seinen Fingern.

»Ich sehe es doch«, hakte sie nach. »Das ist eine Lamettagirlande.«

»Das?« Astro öffnete die Hand. »In Griechenland heißt das *poúlies*. Und es wandert in den Müll.«

Jen sah sich in der höhlenartigen Bar um. Mit den Wänden aus grob gehauenem Stein und den warm wirkenden Strahlern in bogenförmigen Nischen, mit den goldenen Lichterketten, Terrakottaschalen und eisernen Werkzeugen, die von einer archäologischen Ausgrabung zu stammen schienen, war der Laden ein sehr gutes Beispiel für modernen rustikalen Stil. Doch anders als auf den Straßen und in der Taverne, wo sie am Abend gegessen hatten, war hier so gut wie nichts weihnachtlich geschmückt. Zusammen mit der Tatsache, wie entsetzt der Kellner über die aufblasbare Zuckerstange gewesen war, konnte Jen nur zu einer Schlussfolgerung kommen.

»Sie sind ein Weihnachtshasser«, stellte sie fest. »Stimmt's?«

»Bekomme ich dafür ein Abzeichen?«

»Mein Gott! Sie hassen Weihnachten ja wirklich!«

»Ich finde es nur seltsam, wie besessen die Leute davon sind.« Er knüllte die Girlande wieder zusammen. »Es ist doch nicht normal, sich einen echten Baum ins Haus zu holen, den man nicht im Kamin verheizen will.«

Jen stutzte. »Mit Ihnen stimmt was nicht.«

»Weil ich nicht möchte, dass in der Bar meines Onkels Engel und Glocken hängen?«

»Ähm … ja.«

Da musste Astro lachen, was Jen überraschte. Es war ein sanftes, weiches Geräusch, das nicht zu seinen radikalen Ansichten über ihr absolutes Lieblingsthema passen wollte.

Astro zog einen Stuhl heran und drehte ihn verkehrt herum, um sich rittlings draufzusetzen. »Okay, dann erzähl mir mal, was an Weihnachten so schön ist!« Automatisch war er zum Du übergegangen.

Jen lächelte und drehte den Verschluss wieder auf die Wasserflasche. »So funktioniert das nicht.«

»Genau«, stimmte Astro ihr zu. »Weil nichts daran schön ist, es sei denn, man hinterfragt den großen Hype nicht und fällt auf den ganzen Glitzerkram herein.«

»Nein, es funktioniert nicht, weil du dir längst eine Meinung gebildet hast«, widersprach Jen. »Egal, was ich sagen würde, du wirst Weihnachten keine Chance geben.«

Wieder lachte er. »Weihnachten eine Chance geben? Bei dir klingt es, als sei das Fest ein ausgesetzter Welpe, der ganz viel Liebe braucht.«

Er erhob sich und ging zur anderen Seite des Raums. Da erschien Bonnie am hinteren Ende und eilte an den anderen Gästen vorbei auf Jen zu.

»Ist alles in Ordnung? Ooh, dein Kinn ist ein bisschen rot. Tut mir leid, dass ich dich im Stich gelassen habe, aber kannst du das glauben? Ich habe mich gebückt, und *ratsch!* Ich wusste sofort, dass jeder Athener um uns herum meinen nackten Hintern sehen kann, deshalb hat mich diese nette Kellnerin, Marjorie, mit zwei Speisekarten abgeschirmt, nachdem Astro dich hochgehoben hatte, und nach hinten gelotst, wo sie meine Hose mit der griechischen Version von Wonder-Web geklebt hat.«

Endlich holte Bonnie Luft und griff zu Jens Wasserflasche.

Astro hatte sie hochgehoben? O Gott, allmählich fiel Jen alles wieder ein. So vieles war gleichzeitig auf sie eingestürmt, und dann auch noch der Sturz. Was sollte sie jetzt bloß tun? Jen beobachtete den Kellner auf der anderen Seite des Ladens, der gerade dabei war, Klebeband von der Wand zu knibbeln, das einen weißen Strohstern hielt.

»Egal, genug von meiner Garderoben-Katastrophe«, verkündete Bonnie. »Was hat David denn zu dir gesagt, dass du so einen eleganten Abflug hinlegen musstest?«

Vielleicht um dem Thema aus dem Weg zu gehen, blieb Jens Blick gebannt auf Astro gerichtet, der nun den Strohstern entfernte und tief hinter einer Kaffeemaschine versteckte, sodass er nicht mehr zu sehen war.

»Jen?«

»Ja«, sagte sie und sah ihrer Freundin endlich in die Augen.

»Was hat David gesagt?«

Jen schluckte: Ihr Hals wurde trocken, als ihr das Gespräch wieder in den Sinn kam. »David … er ist in Paris.«

»Was?!«

»Tja.« Jen nickte. »Und zwar … mit seiner Frau.«

Jetzt griff Bonnie zum Brandyglas. Sie leerte den letzten Rest, der noch drin war, und hielt es hoch.

»Astro, können wir noch zwei hiervon haben?«

KAPITEL
DREIZEHN

Was stimmte nicht mit ihm? Es war viel zu tun in der Bar, er musste Getränke und Speisen an die Tische bringen, und doch merkte Astro, dass er in Gedanken ständig bei den beiden Frauen hinten in der Ecke war. Nun, genauer gesagt, bei der, die Jen hieß, wie Marjorie ihm verraten hatte. Die Frau, die ihm gegenüber Weihnachten verteidigt hatte, als sei die Jahreszeit ihre allerbeste Freundin. Die mit den sanften blonden Wellen in den Haaren und den Augen von der Farbe reifer Mandeln.

»Astro, was machst du da?«

Marjorie hatte sich an ihn herangeschlichen. Er wusste nicht genau, wie lange er dort gestanden und mit dem Tablett in der Hand geträumt hatte, auf dem drei Bierflaschen Alfa und ein Kaffee warteten.

»Ich bringe die nach draußen an Tisch zwei.« Er wollte losgehen.

»Ich spreche nicht von den Getränken, sondern von der Weihnachtsdeko, die ich aufgehängt hatte und die du wieder runtergenommen hast.«

»Gar nicht«, antwortete Astro automatisch und schüttelte den Kopf. »Ein paar Sachen sind von selbst runtergefallen, die habe ich an einem sicheren Ort verwahrt. Ein paar wurden runtergerissen von …« Er hielt inne und zeigte auf Jen und Bonnie, »… von den Frauen da drüben.« Er schluckte. »Die haben wie wild mit den Armen herumgefuchtelt, und du hast ja gesehen, wie die eine hingefallen ist.«

Marjorie bedachte ihn mit ihrem ganz speziellen Blick. Den sie sehr lange halten konnte, sodass Astro immer wegschauen musste. Sobald er blinzelte, wusste er, dass er verloren hatte.

»Nur heute Abend, Marjorie«, bettelte er. »Du weißt doch …«

»Ja, Astro, ich weiß.« Die Kellnerin legte ihm die Hand auf die Schulter und sagte einfühlsam: »Aber ich weiß auch, dass dein Onkel noch einige Rechnungen zu bezahlen hat. Und ich weiß auch, dass ich weder zur Familie gehöre noch kochen kann wie unser Koch, also bin ich die Erste, die gehen muss und …«

»Marjorie …«

»Nein, Astro, dieser Laden ist der beste, in dem ich bisher gearbeitet habe. Philippos ist bis jetzt der netteste Chef, und ich muss keinen kurzen Rock anziehen, um Trinkgeld zu bekommen.«

Jetzt fühlte Astro sich wie ein kleines Kind. Sein Onkel konnte die Rechnungen nicht mehr bezahlen und erzählte ihm nichts davon. Dabei wusste er, wie sehr Marjorie ihren Job liebte. Sie erinnerte Astro an seine Mutter. Wie hart sie immer gearbeitet hatte, um das Notwendigste kaufen und ein klein wenig zurücklegen zu können, damit ihr Sohn wie die anderen Kinder auch mal eine Kleinigkeit geschenkt bekam. Es war ja nur einen Monat, danach würde der kitschige Kram wieder in den Keller und auf den Dachboden wandern und die Stadt würde zur Normalität zurückkehren.

»Okay.« Er zog eine Girlande aus seiner Schürze und ein Band mit Silberglöckchen aus seiner Jeanstasche und reichte beides Marjorie. »Der Stern liegt hinter der Kaffeemaschine.«

Sie schüttelte den Kopf. »Wenn du nicht ganz so viel über den Weihnachtsschmuck nachdenken würdest, hättest du vielleicht mehr Zeit, dir die junge Frau anzusehen, die du wie Herkules in die Bar getragen hast.«

Automatisch schweifte sein Blick zu Jen hinüber. Was hatte sie an sich, das seine Aufmerksamkeit so fesselte? Es war nicht so, dass er gegen attraktive Frauen immun gewesen wäre, doch schon lange hatte es keine mehr gegeben, nach der er sich zweimal umgedreht hätte.

»Bonnie ist sehr gesprächig«, bemerkte Marjorie. »Die beiden sind heute erst angekommen. Wie lange sie bleiben, weiß ich allerdings nicht.«

Astro schluckte und beobachtete, wie Jen den zweiten Drink leerte, den er den beiden vor gut einer halben Stunde gebracht hatte.

»Damit will ich sagen: Wenn sie dir gefällt, musst du dich beeilen«, bemerkte Marjorie.

Sie steckte den Weihnachtsschmuck ein und nahm ihm das Tablett ab.

Wozu der Aufwand? Wenn er weibliche Gesellschaft wollte, gab es viele Orte in der Stadt, wo gleichgesinnte Singles, die zu wenig Zeit für eine Beziehung hatten, sich kennenlernen konnten. Philippos hatte ihn gewarnt, dass es nur Ärger brachte, etwas mit einer Touristin anzufangen.

Er nahm Marjorie sein Tablett wieder ab. »Tisch zwei wartet auf die Getränke.«

* * *

»Diese Drinks sind ganz schön heftig, oder? Ich meine, ich werde dadurch wesentlich entspannter, aber machen sie es auch irgendwie erträglicher für dich, dass David verheiratet ist?«, wollte Bonnie wissen.

Die Wahrheit lautete, dass Jen nicht sagen konnte, wie sie sich fühlte, außer: betrogen. Sie kam sich vor wie eine Frau, die von einem Love-Scammer im Internet um ihr Vermögen gebracht worden war. Wenn sie denn nennenswertes Vermögen gehabt hätte. Oder überhaupt irgendwelche Ersparnisse. Aus irgendeinem Grund nickte sie.

»Jen, bitte, du hast bisher so gut wie nichts gesagt, und ich habe im Netz gelesen, dass das Verdrängen und Verschweigen von Gefühlen ein um 35 Prozent höheres Schlaganfallrisiko nach sich zieht.«

Jen seufzte. »Wahrscheinlich ist es noch höher, wenn man dabei noch griechischen Schnaps trinkt.« Sie fuhr mit dem Zeigefinger über den Glasrand.

»Du müsstest eigentlich richtig sauer sein«, sagte Bonnie.

»*Ich* bin sauer! Ich bin *so* sauer! Weil ich ihm geglaubt habe! Und weil ich dich ermutigt habe, ihm zu vertrauen!«

»Stimmt«, antwortete Jen.

»O nein!«, rief Bonnie. »Du gibst mir die Schuld, richtig? Weil du dich nicht bei dieser Dating-App anmelden wolltest und ich gesagt habe, das wäre okay, weil meine Tante da Kevan kennengelernt hat und ihn alle total nett finden und …«

»Ich gebe dir keine Schuld«, sagte Jen. »Das war meine eigene Entscheidung. Schließlich kann ich nicht ewig darauf warten, dass Cillian Murphy ins Greg's spaziert.«

Bonnie grinste schwach. »Ich weiß, aber ich habe immer wieder davon geredet, dass du mit David nach Paris fliegen sollst, und ich habe immer wieder gesagt, er würde dir bestimmt einen Heiratsantrag machen …«

»Bonnie, es ist gut«, sagte Jen. »Ehrlich, wenn irgendjemand Schuld hat, dann ich selbst. Ich hätte auf mein Bauchgefühl hören sollen, denn eigentlich weiß ich es ja längst. Die meisten Leute nutzen jede Gelegenheit zu ihrem Vorteil, und sobald man ihnen den kleinen Finger reicht, nehmen sie die ganze Hand.«

Jetzt spürte Jen tatsächlich etwas. Etwas Düsteres. Enttäuschung. Es war so ähnlich wie damals als Jugendliche, wenn sich eine Pflegefamilie als noch schlimmer als die davor entpuppte. Damals schob sie sich Tapferteddy unter den Pulli, damit niemand sah, wie sie ihn an sich drückte, setzte sich ihre Kopfhörer auf und hörte eine Zusammenstellung von Christmas-Hits, bis ihr von den Texten, den Melodien und Teddys weichem Fell auf ihrer Haut so warm wurde, dass es sich anfühlte, als würde eine schützende, kuschelige weihnachtliche Decke sie umgeben.

»Ich möchte nicht, dass du so denkst.« Bonnie griff nach Jens Hand. »Denn es gibt auch gute Menschen in der Welt. Kathleen zum Beispiel. Und Natalia. Und mich … wenn ich gerade mal nicht von Verlobungen auf dem Eiffelturm fasele.«

»Ich weiß«, sagte Jen und drückte Bonnies Hand. »Aber das sind nur drei Menschen unter sehr, sehr vielen.«

Resigniert zuckte Jen mit den Schultern und machte sich auf alles gefasst.

»Also, ich möchte nicht, dass das, was David dir angetan hat, dazu führt, dass du niemandem mehr traust!«, verkündete Bonnie.

»Schon gut.« Auf einmal war Jen sehr müde. »Könnten

wir jetzt gehen? Tut mir leid, ich glaube, es liegt am frühen Aufstehen …«

»… und daran, was dieser Wichser sich geleistet hat.« Bonnie stand auf. »Ja, wir gehen ins Bett, schlafen uns aus, und morgen früh schauen wir, was für eine Weihnachtstour wir durch Athen machen!«

Jen schluckte. Eigentlich müsste sie zu Hause sein. So viel war klar. Hierherzufliegen war ein Fehler gewesen. Sie musste zurück nach England, sich in die Arbeit stürzen, David und diese spontane griechische Auszeit vergessen und ihr Gleichgewicht wiederfinden.

»Bonnie, wir können hier nicht bleiben«, sagte sie. »Länger als eine Nacht, meine ich.«

»Wieso nicht?«

»Wir sind hergekommen, weil David gesagt hat, er wäre hier, ist er aber nicht. Ich habe eine Firma, die mich im Moment ebenso braucht wie ich sie, und um ganz ehrlich zu sein, schmerzt mich der Gedanke, die Firma in den Sand zu setzen, deutlich mehr, als einen Mann zu verlieren, den ich, wie sich herausgestellt hat, sowieso nie für mich allein hatte.«

»Jen, lass uns das noch mal überlegen!«, sagte Bonnie, als ihre Freundin aufstand und den Mantel anzog.

»Da gibt's nichts zu überlegen. Ich lasse mir was einfallen, wie ich dir die Flüge und diese Nacht im Hotel zurückzahlen kann, und dann vergessen wir, dass wir jemals etwas so Spontanes und Dummes wegen eines Fieslings getan haben, der es gar nicht wert war.«

Mit zugeknöpftem Mantel und neu gefundener Entschlossenheit steuerte Jen auf den Ausgang zu.

KAPITEL
VIERZEHN

Astros Wohnung, Bar Páme

Ein schmerzender Nadelstich riss Astro aus dem Schlaf. Ein zweiter folgte, dann ein dritter. Er schlug die Augen auf und erblickte Peri, der mit wackelndem Kopf auf seiner Brust saß und nicht leise, sondern aggressiv gurrte und die Füße so bewegte, als führe er dort den traditionellen Tanz *kalamatianos* auf.

»*Kalimera*, Peri.« Astro hielt dem Täuberich einen Finger hin, auf den der Vogel sofort kletterte.

Es war kalt im Zimmer. Von seiner nun aufrechten Position im Bett konnte Astro erkennen, dass die kleinen Fenster beschlagen waren, die auf die Dächer und Dachterrassen gingen. Peri flatterte auf den Hocker, den Astro als Nachttisch benutzte, und setzte sich auf ein Buch über Bildhauerei.

Es klopfte an der Tür, und er griff zu seinem T-Shirt.

»Astro, bist du wach?«, rief eine Stimme.

Sein Onkel. Astro sah auf die Uhr, um sicherzustellen, dass er nicht verschlafen hatte. Sieben Uhr morgens.

»Ich bin hier!«, rief er. »Komm rein.«

Nach dem T-Shirt zog er seine Jeans an und fuhr sich durchs Haar.

Die Tür ging auf, und Philippos kam herein. Sofort sah Astro, wie erschöpft sein Onkel war. Er hatte dunkle Ringe unter den Augen, seine Haut wirkte fahl, die Wangenknochen traten stärker hervor als sonst und hoben die grauen Sprenkel in seinem Bart noch hervor.

Als könnte Philippos die Gedanken seines Neffen lesen, legte er eine Hand auf seine Wange.

»Ich muss mich rasieren, oder? Bevor ich wie der heilige Vassilios aussehe.«

»Ist alles in Ordnung?«, fragte Astro. »Weil, falls es dir um die Deko für die Bar geht, da habe ich gestern Abend zu Marjorie gesagt, dass …«

»Ich habe heute Vormittag einen Termin. Könntest du die Bar vorbereiten? Sodass wir um neun Uhr öffnen können?«

»Um neun?«

»Es sind viele Touristen in der Stadt, Astro. Wenn wir nicht früh aufmachen, geht uns der Umsatz flöten, und das können wir uns nicht leisten.«

Vielleicht war jetzt der richtige Zeitpunkt, um nach den unbezahlten Rechnungen zu fragen, von denen Marjorie gesprochen hatte …

»Bis zum Mittag bin ich zurück, und Manos hat gesagt, du kannst ihn anrufen, falls du vorher noch Unterstützung brauchst.«

Bevor Astro etwas sagen konnte, flatterte Peri hoch und flog quer durchs Zimmer zur kleinen Küchenecke. Dabei ließ er ein Häufchen auf den Holzboden fallen.

»Astro! Der Vogel ist eine Gesundheitsgefahr!«, rief Philippos. »Seit wann lässt du ihn ins Haus?«

»Bis eben gerade hatte ich keine Ahnung, dass er hier ist«, log Astro und tappte barfuß zu Peri hinüber, der jetzt auf dem geschwungenen Wasserhahn über der Spüle saß. Mit einer geschickten Handbewegung warf Astro ein Geschirrtuch über die Packung Vogelfutter auf der Arbeitsfläche. Er nahm die Taube und ging zum Fenster hinüber. Peri würde auf sein Frühstück warten müssen, bis Philippos aufgebrochen war, wo auch immer er hinwollte.

Apropos …

»Und, wo musst du so früh hin? Gehst du jetzt auch noch unter der Woche zur Kirche?«, fragte Astro, öffnete das Fenster und setzte den sich sträubenden Täuberich auf das Fensterbrett, um das Fenster direkt hinter ihm zu schließen.

»Zur Kirche?« Philippos schüttelte den Kopf. »Ich frage mich eher, ob der Glaube in diesem Leben überhaupt noch einen Wert hat.«

Jetzt wusste Astro, dass etwas nicht stimmte. Sein Onkel war nach Elenis Tod zwar völlig am Boden gewesen, doch der Gang zur Kirche hatte ihm Trost gespendet. Der kleine Astro hatte neben ihm auf den unbequemen Holzstühlen gesessen und zugehört, während sein Onkel flüsternd um Vergebung bat, als sei der Tod seiner Schwester die Folge von etwas, das er getan hatte.

»Ich … ich kann dich Sonntag begleiten, wenn du willst.«

Philippos lachte, sein Gesicht strahlte. »Machst du Witze? Du hasst den Gottesdienst. Als du beim letzten Mal da warst, hattest du Kopfhörer auf und Musik gehört. Wir haben böse Blicke von der ganzen Gemeinde kassiert, weil Shawn Mendes lauter war als die Litanei.«

Astro hasste es wirklich, in die Kirche zu gehen. Er verabscheute den Gottesdienst fast ebenso wie Weihnachten, aber das war nicht der springende Punkt. Wenn Philippos ihn brauchte, wäre er da, so wie sein Onkel sein Leben lang für ihn dagewesen war.

»Ich setze auch keine Kopfhörer auf«, bot er an.

Philippos legte ihm eine Hand auf die Schulter und tätschelte ihn. »Das brauchst du nicht, Astro. Ich bitte dich lediglich darum, heute früh aufzumachen und den Weihnachtsschmuck zu ertragen. Alles andere … ist schon in Ordnung.«

Alles andere klang nach etwas Großem. Doch als Astro etwas sagen wollte, kam ihm Philippos zuvor.

»Ach, bevor ich es vergesse«, sagte er, schob die Hand in seine Jeanstasche und zog sie wieder heraus. »Marjorie hat gestern Abend beim Saubermachen das hier gefunden. Sie hat gesagt, ich soll es dir geben, du wüsstest schon, was damit zu tun ist.«

Philippos öffnete die Hand, und darin lag ein goldener Ohrring in Form eines Engels. Astro wusste genau, wem er gehörte: Jen. Bloß, was sollte er damit tun? Diese Frage hielt ihn jedoch nicht davon ab, den kleinen goldenen Gegenstand an sich zu nehmen.

»*Ta léme*«, sagte Philippos und wandte sich zum Gehen.

Als sein Onkel die Tür hinter sich schloss, blieb Astro zurück und fragte sich, wie er in dieser großen Stadt ausgerechnet die Frau finden sollte, die so unerwartet in sein Leben geplatzt war.

KAPITEL FÜNFZEHN

Syntagma-Platz

»Um wie viel Uhr soll das noch mal stattfinden?«, fragte Jen.

»Angeblich zu jeder vollen Stunde, aber ich bin mir nicht hundertprozentig sicher«, antwortete Bonnie, in eine Broschüre vertieft, die die Rezeptionistin ihr gegeben hatte. »Ich weiß nicht, ob wir hier an der richtigen Stelle sind.«

Um sich den Wachwechsel anzusehen, hatten sie sich auf einem wunderschönen gepflasterten Platz eingefunden, in dessen Mitte ein Brunnen sprudelte. Menschen schlenderten herum, steuerten auf eine breite Treppe zu. Alle Bäume waren mit goldenen Lichtern geschmückt, und die Hauptattraktion war eine riesengroße Tanne von mindestens zwanzig Metern Höhe, die einen leuchtenden Stern trug. In den Zweigen hingen Lichterketten, eingepackte Geschenke und Eiszapfen. Die Straßen, durch die sie hergekommen waren, wurden von emporragenden Hochhäusern gesäumt und waren stark befahren – Autos, Busse und Motorräder rasten so schnell vorbei, als würde der Asphalt jeden Moment in Flammen aufgehen.

Tief atmete Jen die Luft ein, die jetzt viel kühler war als bei ihrer Ankunft am Vortag. Die Temperatur war so stark gefallen, dass sie ihren Mantel zumachen musste. Dieser

Platz war wunderschön, doch Jen war noch ganz durcheinander von den Ereignissen des Vorabends. Da war sie noch fest entschlossen gewesen, schnellstmöglich zurückzufliegen, doch mittlerweile hatten die Frauen sich nach Mitternacht bei Bonnies Schokoriegeln und am Morgen beim Frühstück mehrmals beratschlagt. Letztendlich hatte der Umstand den Ausschlag gegeben, dass es an diesem Tag keine Flüge von Wizz Air zurück nach London gab. Und da Bonnie die Tickets bereits bezahlt hatte und Jens Taschen so leer waren wie ihr Konto, stand das Buchen völlig neuer Rückflugtickets bei einer anderen Fluggesellschaft nicht zur Diskussion.

Bei perfektem Rührei, Miniwürstchen und mit Spinat und Feta gefüllten griechischen Teigtaschen hatte Jen sich einverstanden erklärt, den heutigen Tag abzuwarten und später bei Natalia und Kathleen anzurufen. Danach würden sie alles Weitere entscheiden. Von David hatte sie mittlerweile zwei verpasste Anrufe und zwei Sprachnachrichten, in denen er ihr versicherte, wie leid es ihm tue und dass er mit ihr reden wolle. Allerdings hatte Jen das Gefühl, dass David nur eines leidtat, nämlich dass er überführt worden war. Soweit es sie betraf, gab es nichts mehr zu besprechen.

»Ah, hier sind wir richtig!«, rief Bonnie und hob den Blick vom Reiseführer, den Finger auf dem ziemlich kleinen abgedruckten Stadtplan darin. »Wir müssen die Treppe da hoch, das Parlamentsgebäude müsste dahinter sein. Wie viel Uhr ist es?«

»Ungefähr drei Minuten vor neun«, erwiderte Jen.

»Ooh, dann müssen wir uns beeilen! Los!« Bonnie begann zu laufen.

»Aber wenn es jede Stunde stattfindet, dann …«

»Komm!«, rief Bonnie mit wehenden Haaren über die Schulter.

* * *

»Sind die überhaupt echt? Was meinst du?« fragte Bonnie. »Die bewegen sich ja gar nicht.«

Nachdem sie eine Straße überquert hatten, die aussah wie die Athener Version der Rallye Monte Carlo, kurz bevor die Flagge den Start freigibt, standen sie nun vor dem Parlamentsgebäude mit dem Grabmal des unbekannten Soldaten. Die beiden Wachen trugen traditionelle Uniform: Mütze mit Quasten, dunkelblaue Weste, weiße Strümpfe und schwere Schuhe mit Puscheln. Das ganze Ensemble wirkte angemessen majestätisch.

»Die sind echt«, flüsterte Jen so beeindruckt wie früher, wenn sie vor einer neuen Schaufensterdekoration bei Kathleen und Gerald stand.

Dann begann die Zeremonie mit langsamen, gleichmäßigen Bewegungen. Von links kam die Wachablösung mit einem in Olivgrün gekleideten Begleiter.

»Wow«, sagte Bonnie so leise, wie sie konnte. »Das ist total wie …«

»Wie ein Tanz«, ergänzte Jen.

Sie zog ihr Handy aus der Tasche, um ein Foto zu machen, dann bekam sie Skrupel. Diesen Augenblick sollte man so genießen und würdigen, wie er war. Während die Wachen von ihren Kameraden abgelöst wurden und ihren Dienst mit langen Schritten beendeten, bei denen die Schuhe auf den Boden knallten, tasteten Jens Finger nach ihrem Ohrring. Er war nicht da.

»Wahnsinn«, sagte Bonnie, als die Ablösung ihre Posten einnahm und die anderen Soldaten verschwunden waren.

»Bonnie, ich habe meinen Ohrring verloren«, sagte Jen. Sie hatte bereits festgestellt, dass der linke noch da war.

»Hier?« Sofort prüfte Bonnie den Boden um sich herum.

»Keine Ahnung. Ich meine, ich hätte ihn noch gehabt, als ich gestern Abend ins Bett gegangen bin.« Tatsächlich konnte Jen sich jedoch nicht erinnern, und das bedeutete, der Ohrring konnte buchstäblich überall sein. Wie um alles in der Welt sollte sie in dieser großen Stadt einen winzigen Ohrring finden? Ihr blieb nur die Hoffnung, dass er im Hotelbett lag. Aber wenn das Zimmermädchen das Laken nur einmal geschüttelt hatte, konnte er zwischen die Bezüge gerutscht sein, und dann würde er beim Bettenwechsel abgezogen und mit der zerknüllten Wäsche in eine Maschine gesteckt, wo er sich mit der restlichen Wäsche des Hotels im Kreis drehen würde.

»Nicht einer von den kleinen Engeln!«, rief Bonnie und schaute auf Jens linkes Ohr, in dem noch ein Ohrring steckte. »Die Kathleen und Gerald dir geschenkt haben.«

Genau so einer – und deshalb war Jen kurz vor einer ausgewachsenen Panik. Abgesehen von Tapferteddy waren es die einzigen persönlichen Gegenstände, die ihr etwas bedeuteten. Sie hatte sie zu Weihnachten geschenkt bekommen. Sie hätte besser auf die Ohrringe aufpassen sollen.

Du dürftest gar nicht hier sein.

»Ja.« Das Wort blieb Jen im Hals stecken.

»Okay«, sagte Bonnie, den Blick auf den Boden gesenkt. »Dann müssen wir einfach die Strecke zurückgehen und …«

Jen schüttelte den Kopf. Dies war nicht ihr Großraumbüro, wo eine gewisse Wahrscheinlichkeit bestand, den

Schmuck zu finden, wenn sie aufmerksam genug suchten. Sie waren in einer griechischen Stadt, wo Hunderte von Menschen über das Pflaster mit seinen Rissen und Rinnsteinen und unzähligen Ritzen liefen, in denen ein solch kleines Schmuckstück verschwinden konnte.

»Den finden wir nicht wieder.«

»He«, entgegnete Bonnie. »Von so einem Pessimismus will ich so früh an einem strahlenden, wenn auch kalten Athener Morgen nichts hören. *Natürlich* besteht die Möglichkeit, dass wir ihn finden.«

Sie hakte sich bei Jen unter und zog sie an sich.

»So wie die Möglichkeit besteht, dass wir von einem gelben Taxi niedergemäht werden, wenn wir auf einem Fußgängerüberweg stehen bleiben und den Ohrring suchen.«

»Dann hoffen wir mal besser, dass er nicht dort liegt. Ich meine, ist ja auch möglich, dass er in deinen Slip gerutscht ist oder so. Ich habe deshalb mal einen Ring drei Tage lang gesucht.«

»Ich weiß nicht, was ich dazu sagen soll.«

»Guck auf den Boden!«, befahl Bonnie und drückte wieder Jens Arm. »Wir finden ihn, ja? Denn wenn irgendwer im Moment ein bisschen Weihnachtsglück verdient hat, dann bist das du.«

Jen nickte. Vielleicht bewahrte diese ungeplante Ohrringsuche sie davor, Bonnie erzählen zu müssen, wie sie sich wegen der Geschichte mit David fühlte.

KAPITEL
SECHZEHN

Bar Páme

»*Ya, Astro!*«

Astro erschreckte sich fast zu Tode, als ihn etwas hart in die Seite traf. Er drehte sich um und erblickte einen grinsenden sechsjährigen Jungen, der ein Lichtschwert schwang, das abwechselnd rot, grün und golden blitzte, zeitweilig auch in allen drei Farben gleichzeitig in Stroboskop-Geschwindigkeit.

»Achilles, Vorsicht mit den Heizstrahlern!«, mahnte Astro und zog die Kapuze von Achilles' Jacke nach hinten, bevor sie Feuer fing.

»Wie findest du mein Lichtschwert?« Der Junge fuchtelte mit dem leuchtenden Gegenstand herum und machte entsprechende Geräusche. Beinahe hätte er die Körbe mit dem Besteck getroffen.

»Wirklich toll«, erwiderte Astro und legte Achilles die Hände auf die Schultern, um ihn nach draußen zu führen, wo etwas mehr Platz war. »Wo ist deine Mama?«

»Auf dem Weg hierher«, antwortete Achilles. »Versucht, mich einzuholen. Sie hat gesagt, sie wäre spät dran, deshalb dachte ich, wenn ich vor ihr hier bin, bekommt sie keinen Ärger.«

Astro seufzte. Die alleinerziehende Mutter war ein weiterer Grund, warum er die Weihnachtszeit ertragen würde.

Dann bestand Hoffnung, dass alle ihre Arbeit behalten konnten. Astro wusste, dass Philippos sie nicht ausschließlich eingestellt hatte, weil sie hervorragende Arbeit leistete, sondern auch, weil sie ihn an Eleni erinnerte.

»Hör mal, du sollst deiner Mutter nicht weglaufen«, sagte Astro und führte den Jungen zur Tür der Bar. »Sie macht sich doch Sorgen.«

»Aber ich habe ja mein Lichtschwert«, gab Achilles zurück und stieß damit zu. Beinahe traf er eine Katze unter einem Tisch.

»Ja, aber …«

»Achilles! Wie oft habe ich dir gesagt, dass du nicht vorlaufen sollst! Komm her, dann setzt es was mit dem Pantoffel meiner Oma!«

Mit rotem Gesicht kam Marjorie die Treppen hinaufgestürmt, an jedem Arm eine große Tasche. Astro spürte den Jungen hinter sich, als sei er selbst ein Baum, hinter dem der Kleine sich verstecken konnte. Er erinnerte sich noch an dieses Gefühl. Und an die Drohung mit dem Pantoffel der *yiayia*.

»Alles gut«, sagte Astro, als Marjorie leicht atemlos hereinkam.

»Na klar«, erwiderte sie genervt. »Das *Star-Wars*-Schwert verrät ihn. Achilles, hörst du, du bist alt genug, um zu wissen, dass ich dich sehen kann, auch wenn du die Augen zumachst.«

Astro wollte Marjorie die Taschen abnehmen, um sie zu entlasten. »Hol dir einen Kaffee.«

»Ich komme zu spät zur Schicht und musste Achilles mitbringen. Ich habe keinen Kaffee verdient«, sagte sie mit einem Seufzer.

»Jeder verdient einen Kaffee«, gab Astro zurück. »Und ich verrate Philippos nicht, dass du nicht um Punkt zehn Uhr da warst.« Er schüttelte die Tüten. »Was ist da drin?«

»Bastelzeug. Perlen, Stoff, Glitzerkram. Sachen, mit denen man diesen Laden wie einen Weihnachtsbaum zum Strahlen bringen kann. Fast umsonst«, sagte Marjorie.

Astro schaute in die erste Tüte: ein heilloses Durcheinander. Es sah aus, als hätte Frau Calimeris, eine von Marjories Nachbarinnen, ihr Nähkästchen geöffnet und den Inhalt in die Tüte gekippt.

»Wollen wir die Sachen aus den Hosentaschen des verstorbenen Herrn Calimeris bei uns unter die Decke hängen?«, fragte Astro.

»Ja«, erwiderte Marjorie. »Streng deine Fantasie an! Hast du nicht gesehen, wie sie das Psyrri-Viertel geschmückt haben?«

Natürlich hatte er das. In genau dem Stadtteil verbrachte Astro so viel Zeit wie möglich. Früher mal ein Ort der Verstoßenen, wo sich die *koutsavakides*, die schlimmsten Mitglieder der Straßenbanden, aufhielten, war Psyrri inzwischen eine angesagte Gegend. Tagsüber ein normaler Wohnbezirk, verwandelten sich die Straßen abends in ein Ausgehviertel, in einen Schmelztiegel von Musik, leckerem Essen und feiernden Menschen. Was Astro dort jedoch am meisten interessierte, war die Straßenkunst. Sicher, an vielen Wänden prangten schlichte Parolen und Tags, aber daneben fanden sich wahrhaft geniale Kunstwerke, die in einer Galerie hängen konnten. Ein paar davon waren sogar von ihm.

»Ich hoffe, du hast mehr Fantasie als ich«, gab er zurück und schob die Tür zur Bar auf.

Achilles sprang hinter ihm her. »Astro, können wir Smoothies machen?« Er wich seiner Mutter aus. »Mit Honig, Schokolade und Streuseln?«

»Achilles«, mahnte Marjorie. »Eigentlich dürftest du gar nicht hier sein. Und wenn schon, kannst du nicht noch Philippos' Umsatz ruinieren.«

»Okay, wir können einen Smoothie machen«, sagte Astro und ging vor. Er drehte sich noch mal zu Marjorie um. »Sieh es als Bezahlung für Frau Calimeris' Materialien.«

KAPITEL SIEBZEHN

Turm der Winde

»Geoffrey will haben mehr Budget«, verkündete Natalia am Telefon. »Er sagt, Schauspieler von ihm hat Terminkollision, muss Mutter bringen zu Bingoclub. Wenn Kollege nicht bekommt mehr Geld, spielt nicht mit in Herodes-Show.«

Jen rutschte an der niedrigen Steinmauer hinunter und sah zu, wie Bonnie Fotos von der historischen Stätte machte, die sie gerade besuchten. Obwohl sie bereits den gesamten Weg durchkämmt hatten, den sie am Vortag genommen hatten – und Bonnie hatte irgendwann tatsächlich einen Kamm herausgeholt und damit ein Knäuel aus Staub, Fusseln und einer Strohhalmverpackung entwirrt –, fand sich keine Spur vom Engel-Ohrring. Jetzt bereute Jen den Anruf in der Heimat. Sie hatte gehofft, die Beschäftigung mit der Firma würde sie vom Verlust ihres geliebten Schmucks und von den Geschehnissen mit David ablenken, doch was Natalia ihr gerade erzählte, machte alles nur noch schlimmer.

Jen schloss die Augen, atmete tief durch und stellte sich ihr Büro daheim in England vor: all der Weihnachtsschmuck, der auf seinen Einsatz wartete, der beruhigende Duft der neuesten Kerzenkreationen – Sahnekaramell und Adventsplätzchen –, ihre bevorzugten Weihnachtssongs … Natalia, die aus Gummibändern eine Kugel formte, die sie niemals wieder auseinanderbekommen würde ... Es war Zeit, ehrlich zu sein. Wenigstens ein bisschen.

»Natalia, es gibt kein Budget mehr«, sagte Jen mit fester Stimme. »Ich habe mich bereits auf die aufwendigeren Kostüme eingelassen, die ich normalerweise nicht genehmigt hätte, weil ich weiß, dass die Historische Gesellschaft die Detailtreue zu schätzen weiß.«

»Was soll ich ihm sagen? Er sehr unhöflich bei letztem Gespräch. Sagte Wort wie ›monumental‹. Klingt wie Beleidigung.«

»Du rufst ihn an und sagst, dass es nicht mehr Geld gibt und er einen anderen Schauspieler auftreiben muss, der keine Terminkollision hat.«

»Dann Geoffrey wird sagen, dieser Schauspieler kennt schon Text. Neuer Schauspieler braucht lange Zeit zu lernen.«

»Natalia.« Jen setzte sich aufrechter hin. Eine orangerote Katze, die sich an der Wand entlangdrückte, sah zu ihr herüber. »Ich habe volles Vertrauen, dass du diese Situation allein geregelt bekommst. Und du hast meine uneingeschränkte Unterstützung, egal, wie du dich entscheidest und die Sache löst.«

»Wirklich?«, rief Natalia. Im Hintergrund war ein Geräusch zu vernehmen, das klang, als hätte sie gerade die Fingerknöchel knacken lassen.

»Und wenn du keine schnelle Lösung findest, dann ...« Jen verstummte, als die rote Katze herüberkam und den Kopf gegen ihren Ellenbogen drückte.

»Dann was?«, fragte Natalia.

Darauf hatte Jen keine Antwort. Wenn sie mehr Zeit hätte, könnte sie Ausschau nach einer anderen Schauspielertruppe halten, aber sie arbeitete schon seit mehreren Jahren mit Geoffrey zusammen, und auch wenn er gerade Ärger machte, waren er und seine Leute nun mal auch so gut, dass sie sich das leisten konnten.

»Weiß ich auch nicht«, gestand sie mit einem hoffnungslosen Seufzer.

»Kein Problem«, erwiderte Natalia. »Wenn Geoffrey wieder unhöflich, ich sage Brüder und Freunde Bescheid, müssen lernen Text und anziehen Kostüme. Das wird große Erfolg für dich, Jen. Ich mich kümmern.«

Das war die hoffnungsvolle, optimistische Haltung, die Jen brauchte. Die Gewissheit, dass ihre Kundinnen und Kunden das bekamen, was sie sich wünschten, ohne es selbst überhaupt zu ahnen, ganz egal, wie sehr sich *Jeden Tag Weihnachten* dafür ins Zeug legen musste.

»Danke, Natalia«, sagte Jen und atmete tief durch.

»Und, erzähl, was macht schönes Griechenland und schöner David?«

»Oh, Griechenland ist wirklich wunderschön, und wir besichtigen gerade ein ganz unglaubliches Monument …«

»Ist monumental? So wie sagt Geoffrey?«

»Nein, wohl nicht so, wie er es meinte.« Jen stand auf, bevor die Katze auf ihren Schoß klettern konnte. »Hör zu, Natalia, vielen Dank, dass du mich auf dem Laufenden hältst. Ich weiß, dass die Firma bei dir in guten Händen ist.«

»Habe starke Hände«, bestätigte Natalia. »Mutter immer sagt, ich kann ziehen Kartoffeln aus Erde wie Erntemaschine.«

Sie verabschiedeten sich voneinander, dann ging Jen zu dem Eisenzaun hinüber, wo Bonnie versuchte, ein Selfie mit der ältesten Wetterstation der Welt im Hintergrund zu machen. Überall tummelten sich Touristen. Dick in Mantel und Mützen gepackt, bummelten sie durch die Gegend und machten Fotos.

»Echt interessant«, sagte Bonnie. »Wusstest du, dass dieser Turm aus dem ersten Jahrhundert vor Christus stammt?«

»Nein«, antwortete Jen. »Ich wusste aber auch nicht, dass Geoffrey losziehen und versuchen würde, mich in die Pfanne zu hauen, kaum dass ich außer Landes bin.«

»Wie?« Bonnie ließ ihr Handy sinken.

»Ich muss wirklich zurück nach Hause.« Jen schob die Hände in die Taschen. »Seit wir hier sind, läuft alles schief.« Sie ging einige Schritte über das Kopfsteinpflaster und suchte wieder nach dem Ohrring, obwohl er hier gar nicht sein konnte, da sie diesen Weg vorher nicht genommen hatten.

»Nicht alles.« Bonnie gesellte sich zu ihr. »Denk an das tolle Essen gestern Abend und …«

»… und dass wir fast ausgeraubt wurden, nachdem ein Fremder uns eine riesige aufblasbare Zuckerstange in die Hand gedrückt hat«, unterbrach Jen sie.

»Das wissen wir ja gar nicht sicher. Hast du selbst gesagt.«

»Tja, vielleicht war ich wirklich naiv. Genauso wie bei David.« Jen betastete die kleine Beule an ihrem Kinn, dann legte sie beide Hände um die Zaunstäbe und schaute zu dem achteckigen Steinturm hinüber.

»Das hat nichts mit dir zu tun, Jen«, sagte Bonnie. »Die Sache mit David geht ganz allein auf sein Konto. *Er* ist derjenige, der verheiratet ist. *Er* hat dich angelogen. In jeder Hinsicht und …«

»Und *ich* hab's nicht gemerkt.«

»Mensch, Jen, das ist doch nicht deine Schuld! Niemand hätte das geahnt. Er war so *gerissen*. Er wirkte so ehrlich.«

»Tja, die Lektion habe ich jedenfalls gelernt. Es gibt keine guten Männer.« Eine befremdliche Bemerkung, während sie ein Bauwerk betrachtete, das griechische Gottheiten des Windes darstellte, allesamt männlich.

»Doch«, erwiderte Bonnie laut und entschieden. »Ich lasse nicht zu, dass David dich mit dem, was er dir angetan hat, von der Suche nach der wahren Liebe abhält.«

»Also, um ehrlich zu sein«, setzte Jen an, »habe ich gerade genug auf der Agenda: keine Wohnung, eine erfolglose Firma und eine Assistentin, die glaubt, das Wort ›monumental‹ bedeutet so viel wie ›beschissen‹.« Sie holte tief Luft. »Und jetzt habe ich einen meiner Lieblingsohrringe verloren, und Geoffrey macht zu Hause Probleme, und ich … ich hätte Lust auf diesen hochprozentigen Drink, den wir gestern Abend hatten, dabei ist noch nicht mal Mittag.«

Bei den meisten Menschen wäre jetzt wohl der Moment, in dem die Augen feucht würden oder die Tränen kämen. Doch Jen hatte sich so lange zusammengerissen, dass diese körperliche Reaktion bei ihr gar nicht mehr in Gang gesetzt werden konnte. Sie weinte *nie*. Niemals. Maximal zog sich alles in ihrer Brust zusammen, sodass sich dort ein Druck aufbaute und staute, weil er kein Ventil fand. Am ehesten konnte sie dann entspannen, wenn sie im Bett lag, wo niemand sie sehen konnte, die Decke über den Kopf gezogen, als läge sie in einem kleinen Zelt, das Gesicht an Tapferteddy geschmiegt.

»Tja, dafür ist bald Weihnachten«, erinnerte Bonnie sie und schob Jen den Arm unter. »Wenn man sich den Bauch nicht mit Quality Street vollschlagen mag, dann muss wenigstens jedes zweite Glas ein Irish Coffee sein. Außerdem sind wir im Urlaub.«

Jen schüttelte den Kopf. »Wir sind nicht im Urlaub. Ich kann mich gerade nur mit der Idee anfreunden, hier zu sein, indem ich mir einrede, dass ich es für die Firma tue. Vielleicht muss ich ja irgendwann mal ein griechisches Weihnachtsfest organisieren.«

»Mit Sicherheit, wirst schon sehen. Und das ist der Grund, warum wir uns, nachdem wir uns noch so ein leckeres Getränk gegönnt haben, eine nette Ecke suchen und uns griechische Traditionen, Tänze und so weiter anschauen, die du dann später zu Hause nachmachen kannst«, sagte Bonnie. »Ich nehme vielleicht ein paar Flaschen Alkohol mit, Hauptsache, das Zeug ist so stark, dass ich Weihnachten mit Andrea ertrage.«

»Und du versprichst mir, dass du die Rückflüge umbuchst?«

»Das habe ich schon beim Frühstück gesagt«, erinnerte Bonnie sie. »Und ein Versprechen bei Eiern und Feta wird niemals gebrochen.« Sie drückte Jen an sich. »Komm, wir holen uns noch so einen Drink!«

KAPITEL ACHTZEHN

Lysiou-Straße

»Meinst du, ich darf auch eine Taube als Haustier haben?«, fragte Achilles, als er mit Astro in Begleitung von Peri in die Bar Páme zurückkehrte. Nach dem Smoothie war es dem Jungen gelungen, die Obstkiste umzuschmeißen, sodass die Früchte auf dem Boden herumkullerten, und bevor der Küchenchef vollständig ausrastete, hatte Astro Achilles vorgeschlagen, ein bisschen Fußball zu spielen. Zwar hatte Philippos ihm die Verantwortung für die Bar übertragen, aber Marjorie genoss ebenfalls sein volles Vertrauen, und Astro konnte sich noch gut erinnern, wie man sich als kleiner Junge mit jeder Menge überschüssiger Energie fühlte. Seine Mutter war mit ihm immer in den Nationalgarten gegangen, wo er herumlaufen, Fangen spielen und die Tiere bestaunen konnte – Ziegen, Gänse und die grünen Papageien in den Bäumen.

»Peri ist nicht mein Haustier«, erklärte Astro mit dem Ball unterm Arm. »Tauben sind wilde Tiere.«

Achilles lachte. »Aber Peri ist doch kein Löwe oder Tiger.«

»Nein«, stimmte Astro dem Jungen zu. »Dennoch ist er ein Tier, das nicht im Haus gehalten werden sollte. Er ist frei.« Auch wenn er annahm, dass dieser besondere Täuberich keine Einwände dagegen hätte, in Astros Wohnung eingesperrt zu sein.

»Ich wünsche mir einen Hund, aber Mama sagt, die fressen zu viel, wir hätten nicht genug Geld dafür.«

»Man muss sich auch viel um sie kümmern. Muss jeden Tag mit ihnen rausgehen, hinter ihnen herputzen.«

»Also wäre eine Taube besser«, sagte Achilles mit großen Augen.

Der Junge war wirklich pfiffig. Astro lachte. »Möchtest du Peri füttern, wenn wir wieder in der Bar sind? Wenn deine Mutter sieht, wie gut du für ihn sorgst, erlaubt sie dir ja vielleicht, die Tauben bei euch zu Hause zu füttern.«

»Okay.« Achilles hüpfte beschwingt weiter. »Und dann kannst du mir helfen, Weihnachtsarmbänder zu basteln.«

»Was für Armbänder?«

»Wir haben einen Weihnachtsbasar in der Schule und müssen Sachen basteln, die da verkauft werden, damit wir Geld einnehmen. Plato und ich müssen Weihnachtsarmbänder basteln, aber Mama hat gesagt, sie hat keine Zeit, mir zu helfen, ich soll Frau Calimeris fragen, aber Frau Calimeris riecht wie ein Esel.«

»*Hat* Frau Calimeris denn einen Esel?«

»Nein!«, rief Achilles. »Das ist ja das Verrückte!«

»Also, ich muss arbeiten, aber du kannst mit Peri nach oben in meine Wohnung gehen und schon mal mit den Armbändern anfangen. Ich komme hoch und helfe dir, sobald ich Zeit habe.«

»Wirklich?«, fragte Achilles.

»Klar.« Astro senkte die Stimme. »Pass nur auf, dass mein Onkel dich nicht mit Peri erwischt. Er weiß nicht, dass der Vogel manchmal im Haus ist.«

Noch bevor sie die Eingangstür der Bar erreichten, hob Achilles den Täuberich hoch und versteckte ihn unter seiner Jacke.

* * *

»Wir haben minus sieben Grad!«, rief Kathleen auf FaceTime. »Minus sieben, und dieser bescheuerte Kerl in Zimmer dreißig läuft immer noch in kurzer Hose und Unterhemd rum und faselt von den Stränden von Dünkirchen.« Kathleens Gesicht rückte näher an den Bildschirm heran. »Moment mal, ist das da hinten Sonnenschein?«

Jen drehte das Display herum, damit Kathleen mehr von der Aussicht sehen konnte. Sie saß mit Bonnie bei einem Kaffee in einer Bar am Fuß der Treppe. Einige Meter weiter oben befand sich die Bar Páme, die Gegend war auch tagsüber gut besucht und sah noch weihnachtlicher aus als zuvor.

»Ja, das ist Sonnenschein«, bestätigte Jen. »Auch wenn es heute ein bisschen kälter ist.«

»Aber nicht minus sieben Grad, oder?«

»Machen die euch denn keine Heizung an, Kathleen?«, fragte Bonnie, während Jen die Kamera wieder auf ihr Gesicht richtete. »Als ich in dem Heim gearbeitet habe, hatten wir immer gute fünfundzwanzig Grad. Manchmal dachte ich, es war womöglich die hohe Luftfeuchtigkeit, die einigen den Rest gegeben hat.«

»Bonnie!«, zischte Jen.

»'tschuldigung.« Bonnie lehnte sich auf ihrem Stuhl zurück. »Ich wollte nicht …«

»Schon gut, Bonnie«, unterbrach Kathleen sie. »Wir wissen alle, dass der Laden hier das Wartezimmer zum Himmel ist. Alle, außer der bescheuerte Typ von Zimmer dreißig. Der soll sich ganz vorn beim Teufel in die Schlange stellen, egal, was der da unten bereithält. Zumindest ist er mit den kurzen Sachen passend angezogen.«

»Du bist in überhaupt keinem Wartezimmer«, beeilte sich Jen zu sagen. »Du hast noch Jahre vor dir.«

»Jahre, in denen ich Truthahnpopos essen und mir das Geschwätz eines angeblichen Kriegshelden anhören muss. Schläfer mich am besten jetzt ein! Kommst du nicht an das Zeug ran, das man Hunden gibt, Bonnie?«

»Kathleen!«, rief Jen. »Red nicht so!«

Bei dem Gedanken an eine Welt ohne Kathleen musste sie schlucken. Er gefiel ihr genauso wenig wie die sarkastische Art, in der ihre Freundin darüber redete.

»Egal, genug von meiner begrenzten Lebenszeit! Erzähl mir lieber, was du so getrieben hast! War David schon richtig schick mit dir essen? Schließlich lässt er sich doch keine Gelegenheit zum Protzen und Angeben entgehen, oder?«

Jen musste sich kurz sammeln. Sie wollte nicht, dass Kathleen sich Sorgen machte, aber ihr vorzuenthalten, dass sie in der Firma schlief, war bereits ein Geheimnis zu viel. Vielleicht wäre es eine Erleichterung, ihr die Wahrheit über David zu sagen.

»David ist nicht hier«, gab sie zu.

»Was?«

»Nein, er ist in Paris. Mit seiner Frau.«

Jen verzog keine Miene. Sie merkte, dass Bonnie leicht an sie heranrückte, ein kleines Zeichen der Solidarität. Kathleen im Display rührte sich genauso wenig. Sie war so reglos, dass Jen sich fragte, ob die Verbindung unterbrochen war. Dann hörte sie: »Da kann ich seiner Frau nur viel Glück wünschen.

Du wirst nicht die Erste gewesen sein. Und nicht die Letzte bleiben. Den Typen hat sie sich selbst ans Bein gebunden.« Kathleen schnalzte mit der Zunge, wie nur sie es konnte. »Er war sowieso nie gut genug für dich, Jen. Aber das Schlimmste war, dass er den Eindruck vermittelte, *er* wäre zu gut für alle anderen. Auf Nimmerwiedersehen!« Kathleen schniefte. »Weiß Natalia es schon?«

»Ähm, nein«, sagte Jen.

»Wenn du willst, dass David die Eier zerquetscht oder die Fingernägel einzeln rausgezogen werden, bin ich mir ziemlich sicher, dass das Mädel jemanden kennt, der das übernimmt. Wahrscheinlich einer ihrer Brüder.«

»Da hat sie allerdings recht«, bemerkte Bonnie.

Jen nickte, und Bonnie übernahm das Gespräch, erzählte Kathleen von ihrem Tag – vom Wachwechsel und den Zebrastreifen, die man in Lichtgeschwindigkeit überqueren musste. Auf gewisse Weise war Jen froh, dass sie Kathleen nicht alles bis ins kleinste Detail erzählen musste. Ihre alte Freundin hatte gut zugehört, als Jen berichtet hatte, und dann das Thema gewechselt. Ein Teil von ihr fragte sich dennoch, was passieren würde, wenn sie mehr als die schlichten Fakten präsentierte, wenn sie irgendwie erkennen ließ, dass Davids Betrug in Wirklichkeit doch wehtat.

»Wir sind sowieso bald zurück«, unterbrach sie Bonnies Geplauder. »Dann kann ich mit dir zu dem Weihnachtskonzert in der Kirche gehen.«

»Was?« Kathleen runzelte die Stirn. »Ich dachte, du hättest dir zwei *Wochen* freigenommen.«

»Ja, also, habe ich auch«, gestand Jen. »Aber die waren ja eigentlich für David und Paris gedacht, und jetzt …«

»Und jetzt was? Nachdem du herausgefunden hast, dass

das kleine Schwein verheiratet ist und dich die ganze Zeit hinters Licht geführt hat, belohnst du dich damit, dass du sofort an die Arbeit zurückkehrst?«

»Ich mag meine Arbeit.«

War das tatsächlich ihre Antwort?

»Jen!«, rief Kathleen. »Ich mochte meine Arbeit auch, aber ich habe die zwei Wochen Urlaub in Ladram Bay jedes Jahr wirklich genossen. Und glaub mir, Gerald wusste ebenfalls, dass ich sie brauche.«

»Sie war noch nie im Urlaub, solange ich sie kenne!«, warf Bonnie ein.

»Ich war schon übers Wochenende weg«, konterte Jen.

»Weiterbildungen im Eventmanagement zählen nicht. Das ist Arbeit.«

»Habt ihr euch gegen mich verschworen? Fühlt sich nämlich gerade so an.« Jen setzte sich auf dem Stuhl auf. Bonnie hatte ihr versprochen, nach Flügen zu suchen, mit denen sie so schnell wie möglich zurück nach London kamen. Doch im Moment klang es nicht so, als ob das für ihre Freundin Priorität hatte.

»Ist natürlich deine Entscheidung«, sagte Kathleen in dem Ton, den sie immer aufsetzte, wenn sie das genaue Gegenteil meinte.

»Klar, ist deine Entscheidung«, fügte Bonnie hinzu.

»Ich muss … darüber nachdenken«, sagte Jen und schluckte den Kloß im Hals hinunter. Sie hatte ein wenig das Gefühl, die Kontrolle zu verlieren und in eine Situation gedrängt zu werden, die sie nicht wollte.

»Ah, ich muss auflegen.« Kathleens Blick wanderte nach rechts. »Heute ist Bingoabend. Normalerweise spiele ich nicht mit, weil manchen Leuten hier die Nummern so langsam vorgelesen werden müssen, dass man dabei einschläft. Aber dieses Mal gibt es eine Flasche Baileys zu gewinnen, und du weißt ja, wie sehr ich das Zeug mag.«

»Mögen wir das nicht alle?«, bemerkte Bonnie. »Tschüs, Kathleen!« Sie winkte.

»Tschüs, Bonnie. Tschüs, Jen, mein Schatz.«

Das Gespräch wurde beendet, und Jen hatte keine Ahnung, wie es nun weiterging. Eigentlich hatte sie nur sehen wollen, wie es Kathleen ging, doch dann hatte sich das Gespräch in eine Art Mission verwandelt, sie zu einem Urlaub in Athen zu überreden. Hatte Bonnie das vielleicht insgeheim eingefädelt? Suchte sie überhaupt nach Rückflügen?

»Ich gehe eben kurz aufs Klo«, sagte Bonnie. »Sollen wir danach überlegen, ob wir diesen Touristenbus nehmen, der durch die ganze Stadt fährt?«

Sie wartete die Antwort nicht ab, sondern rutschte hinter dem Tisch hervor und ging in die Bar. Jen blieb mit ihren Gedanken allein.

Sie hatte gedacht, in der Firma zu schlafen sei so ungefähr das Schlimmste, was ihr geschehen konnte, aber jetzt war sie in einem Land, in das sie gar nicht gewollt hatte, war ohne eigenes Zutun zur Geliebten degradiert worden, und Geoffrey fuhr alles auf, um eines ihrer profitabelsten Projekte zu sabotieren, während ihre beste Freundin und ihre Ersatzmutter sich jetzt gewissermaßen gegen sie verbündet hatten. Auf einmal war das alles sehr viel.

»*Kalá Christoúgenna!*«, rief jemand direkt neben ihr.

Eine kleine Person schlang ein Armband um Jens Handgelenk. Erschrocken und entsetzt zugleich sprang sie auf und riss sich das Band ab.

»Das will ich nicht! Ich lasse mich nicht ausrauben! Guckt

doch in meine Tasche! Da sind nicht mal hundert Euro drin, und mein Handy ist mindestens drei Generationen alt! Ansonsten sind da nur Desinfektionstücher, Glitzer, Haarspangen und eine Kundenkarte für die Bäckerei!«

Erst als jemand weinte, wurde ihr klar, dass sie einen kleinen Jungen angeschrien hatte.

KAPITEL NEUNZEHN

»Warum schreist du ihn an?«, rief jemand.

Jen sah auf, und vor ihr stand Astro. Ihm war anzuhören, wie wütend er war, seine Körpersprache unterstrich das noch. Und all sein Zorn richtete sich allein gegen sie.

»Ich … er …«, stammelte sie.

Sie bekam nichts heraus, und als sie sich zu dem Jungen umschaute, der höchstens sieben Jahre alt sein konnte, liefen ihm Tränen übers Gesicht. Sein kleiner Körper wurde von heftigem Schluchzen geschüttelt.

»Schon gut, Achilles.« Astro legte einen Arm um das Kind und zog es an sich. »Du hast nichts falsch gemacht.« Er sah Jen vorwurfsvoll an. »Er bastelt Weihnachtsarmbänder für die Schule und wollte sie den Leuten hier anbieten. Das war nett gemeint.«

Jen schaute auf das Armband in ihrer Hand. Es erinnerte an diese Knicklichter, wie man sie öfter auf Partys bekam, nur dass dieses durchsichtig war, glitzerte und mit Anhängern verziert war, schlichten Rentierfiguren und Sternen aus Pappe und Stoff.

»Das tut mir unglaublich leid.« Jen beugte sich leicht vor und versuchte, die Aufmerksamkeit des Jungen auf sich zu lenken. Er verbarg das Gesicht im Stoff von Astros Jeans, als hätte er Angst vor ihr. Vielleicht hatte sie so heftig auf ihn reagiert, weil sie kurz zuvor intensiv über ihr Leben nachgedacht hatte, doch das war nicht der einzige Grund für ihr Verhalten. Sie stand auf und wandte sich an Astro: »Ich wollte ihm natürlich keine Angst machen, aber *du* warst derjenige, der mir gesagt hat, Taschendiebe würden ihre Opfer mit Armbändern markieren.« Jen schluckte. Eigentlich war das keine Entschuldigung.

»Nur zur Information, für die Zukunft: Das sind meistens keine Armbänder mit kleinen Papp-Rentieren dran, die von Sechsjährigen verschenkt werden«, gab Astro zurück.

Jen nickte. Er hatte recht. Sie hatte überreagiert. Sie hatte diese Situation herbeigeführt; es war ihre Aufgabe, es wiedergutzumachen.

»Kann ich … Möchtest du was haben?«, fragte sie den Jungen. »Vielleicht irgendwas mit Schokolade?«

Der Kleine sah sie mit verweinten Augen an und schniefte.

»Er hatte schon zwei Smoothies. Seine Mutter bringt mich um, wenn er noch mehr Süßes bekommt«, antwortete Astro.

»Hm … na dann …« Jen wusste nicht, was sie sonst vorschlagen sollte.

»Kannst du mir beim Armbänderbasteln helfen?«

Das Gesicht des Jungen tauchte hinter Astros Beinen auf. Er zog die Nase hoch, die Tränen auf seinen Wangen trockneten bereits.

Astro sagte etwas auf Griechisch und schüttelte den Kopf.

»Was hast du gerade gesagt?«, fragte Jen.

»Ich habe ihn gefragt, warum ihm meine Hilfe nicht genügt«, erwiderte Astro.

Der Junge antwortete etwas mit gerunzelter Stirn.

»Und jetzt? Was hat er gesagt?«

»Ich habe gesagt«, meldete sich das Kind selbst zu Wort,

»dass Astro vielleicht gut zeichnen kann, aber Klebstoff ist nicht sein Ding.«

Der Mann streckte die Hände aus: Zwischen seinen Fingern zogen sich spinnenwebartige Kleberreste.

Jen grinste. »Also, ich bastele für mein Leben gern. Besonders Weihnachtssachen. Ich kann dir helfen.« Sie zog das Armband wieder über und hielt dem Jungen die Hand hin. »Ich heiße Jen.«

»*Ime* Achilles.« Er gab ihr die Hand.

»Achilles, du musst zurück in die Bar und die Pinsel auswaschen, damit du gleich fertig bist.«

»*Endaksi*!«, sagte Achilles, ließ Astro los und lief die Treppe hoch, so schnell seine Beine ihn trugen.

»Er ist immer so hektisch«, bemerkte Astro. Zusammen mit Jen beobachtete er, wie der Junge über das Pflaster schlitterte und beinahe mit einer Katze zusammenstieß, bevor er in die Bar Páme platzte.

»Er ist jung und furchtlos«, gab sie zurück. »Und er spricht zwei Sprachen. Du musst sehr stolz auf ihn sein.«

»Ah, du glaubst, er wäre … Nein.« Astro schüttelte den Kopf. »Achilles ist nicht mein Sohn. Er ist der Sohn von Marjorie. Die Kellnerin, die …«

»Gestern Abend Bonnies Hose geklebt hat. Ich erinnere mich.« Jen grinste und sah Astro unvermittelt in die Augen.

»Gestern Abend hast du, glaube ich, etwas bei uns in der Bar verloren. Ich habe gehofft, dass du noch mal wiederkommst, damit ich es dir zurückgeben kann.« Astro schob die Hand in seine Jeanstasche und holte etwas heraus.

Als er Jen ihren goldenen Engel reichte, rang sie nach Luft.

»O mein Gott, das glaube ich nicht! Bonnie und ich haben ihn schon überall gesucht! Ich dachte, ich hätte ihn für immer verloren und … wirklich, ich kann dir nicht genug danken.«

»Ist er etwas Besonderes für dich?«

»Er ist ein Geschenk von jemandem, der etwas Besonderes für mich ist.« Sie befühlte die Flügel des kleinen Engels. »Ehrlich, vielen Dank, dass du ihn nicht in den Müll geworfen hast.«

»Hör mal«, begann Astro und schob die Hände in die Taschen. »Ich möchte mich entschuldigen, wenn ich etwas grob zu dir war. Achilles meint es immer gut, aber manchmal denkt er nicht nach, bevor er etwas tut.«

»Oh, ich schätze, das gilt für jeden von Zeit zu Zeit«, erwiderte Jen.

»Bitte, ich möchte nur nicht, dass du dich verpflichtet fühlst, deinen Urlaub damit zu verbringen, Armbänder zu basteln.«

»Das stört mich nicht. Wenn Achilles dadurch den englischen Drachen vergisst, in den ich mich verwandelt habe, und wenn es ihn glücklich macht, dann tue ich das gern.«

»Was tust du gern?«, fragte Bonnie, die von der Toilette zurückkam. »Oh, hallo, Astro. Arbeitest du hier auch?«

Er schüttelte den Kopf. »Nein, ich bin nur zufällig vorbeigekommen.«

»Und guck mal hier!«, sagte Jen. »Es ist kaum zu glauben, aber Astro hat meinen Ohrring gefunden!«

»Wow! Du hast recht, das ist unglaublich. Aber wirklich super«, sagte Bonnie. »Also, was meintest du eben: Was tun wir gern?«

»Wir basteln Weihnachtsarmbänder«, erklärte Jen.

»Was? Aber ich dachte …«

»Komm!«, drängte Jen. »Ist für einen guten Zweck.« Sie sah Astro an. »Nämlich, um meinen guten Ruf wiederherzustellen.«

Bonnie begriff noch immer nichts und schüttelte verwirrt den Kopf, als hätte sich in der kurzen Zeit, die sie auf der Toilette verbracht hatte, alles geändert.

»*Páme*«, sagte Astro und ging vor.

KAPITEL
ZWANZIG

»Sie ist wie das Christkind«, sagte Marjorie, während sie mit Astro Teller abräumte. Sie schielte nach draußen zu dem Tisch hinüber, den sie für Achilles und Jen bereitgestellt hatten, damit die zwei dort basteln konnten. »Es ist wie ein Wunder, dass sie aus Resten Schmuck herstellt, den ich tatsächlich tragen würde.«

Astro hatte aufmerksamer auf das Geschehen an dem Tisch geachtet als an allen anderen. Dementsprechend hatte er mehrere Bestellungen durcheinandergebracht, weil er ständig versuchte, Jens Gespräch mit Achilles zu belauschen.

»Du hörst mir auch jetzt nicht zu. Du guckst nur zu Jen rüber!« Marjorie zog ein Gesicht, das sie immer machte, wenn sie ein Thema zum Tratschen witterte. Astro musste dieses Bedürfnis von Marjorie dringend ins Leere laufen lassen.

Er türmte noch einen Teller auf den Stapel, den er bereits auf dem Unterarm trug, und beugte sich leicht zu seiner Kollegin vor. »Ich überlege schon, wie ich ihren roten Mantel verschwinden lassen kann.«

»Astro!«, rief Marjorie entsetzt, schaltete dann aber einen Gang zurück. »Nein, das glaube ich nicht. Ich habe Philippos den Ohrring gegeben und ihm gesagt, er soll ihn an dich weiterreichen. Damit du deine Chance nutzt.«

»Und ich habe den Ohrring abgegeben, und jetzt hast du die Chance, dass jemand mit deinem Sohn gruselige Weihnachtsdeko bastelt, sodass wir zwei uns das sparen können.«

Wie der Blitz nahm Marjorie ihm den Tellerstapel ab, stellte ihn zur Seite und drückte Astro ein Tablett mit zwei Kaffee in die Hände. »Es ist Zeit für eine Pause. Jen hat sich einen Kaffee verdient. Ich nehme Achilles mit rein, dann kannst du sie ein bisschen besser kennenlernen. Bonnie ist ja noch shoppen.«

Während Astro dort stand und sich fragte, wie er in diese Situation geraten war, holte Marjorie Achilles in die Bar, und Jen blieb allein zurück. Mit gesenktem Kopf saß sie da, völlig konzentriert auf das, was sie gerade machte.

Astro trat auf sie zu.

»*Kafes*«, verkündete er und servierte ihr eine Tasse.

»Oh, danke, aber ich habe gar keinen Kaffee bestellt …«

»Der geht aufs Haus. Als Dankeschön für die Hilfe bei Achilles' Projekt.« Astro wies auf den Stuhl, auf dem zuvor der Junge gesessen hatte. »Darf ich mich setzen?«

»Ja, natürlich.«

Er parkte das Tablett auf dem leeren Tisch hinter sich und setzte seinen Kaffee ab. Dann beobachtete er, wie Jen ein winziges Stück Stoff zwischen den Fingern hielt. »Das sieht nicht wie ein Armband aus«, bemerkte Astro.

»Nein«, bestätigte sie. »Nach einer kurzen Diskussion haben wir beschlossen, mehr Abwechslung reinzubringen. Das sind Ohrringe. Angeregt von meinem Engel-Ohrring, den ich verloren hatte.«

Astro sah, dass schon einige von dieser Sorte fertig waren. Marjorie hatte recht, sie sahen professionell aus.

»Hast du die alle gemacht?«

»Zusammen mit Achilles, nachdem ich ihm gezeigt habe, wie das geht«, sagte Jen, immer noch auf ihre Arbeit konzentriert.

»Und dafür hatte er Geduld?«

»Wenn man so was macht, hilft es, den Kopf noch anderweitig zu beschäftigen.« Sie sah von dem Ohrring in ihren Händen auf. »Ich habe ihm eine Geschichte erzählt. So hat ein Teil von ihm mir zugehört, und der andere Teil musste sich auf das Basteln konzentrieren.«

Astro nahm einen Ohrring in die Hand. Ein kleines Stück verstärkter Stoff verband die Materialien miteinander. Darauf glitzerten und funkelten Pailletten. »Und Achilles hatte alles da, was du hierfür gebraucht hast?«

»Doch, doch«, versicherte ihm Jen. »Stoff, Pappe, Glitzer … Die Haken haben wir aus Büroklammern gemacht.« Sie sah ihn an. »Könntest du mir bitte den Klebstoff geben? Ich kleb das nur noch schnell hier drauf, dann trinke ich einen Schluck Kaffee.«

Schnell suchte Astro nach der Tube und reichte sie Jen.

»So«, sagte sie zufrieden und legte den Ohrring beiseite, um die Kaffeetasse zu nehmen und einen Schluck zu trinken. »Wow, der schmeckt gut.«

»Magst du ihn wirklich?«

»Du klingst überrascht. Was spricht dagegen?«

»Marjorie meint, alle Menschen würden griechischen Kaffee so lieben, wie sie ihn bevorzugt. Ich kenne niemanden, der ihn so stark kocht wie sie.«

»Also, ich mag ihn«, bekräftigte Jen noch mal. »Deutlich mehr, als dir Weihnachten gefällt.«

Astro grinste. »Das nimmst du mir immer noch übel, das merke ich.«

»Ich kann gar nicht glauben, dass du Achilles bei ein paar Armbändern geholfen hast. Das muss ja wie Folter für dich gewesen sein.«

»Ich war froh, als du deine Hilfe angeboten hast.«

Astro schluckte. Ja, es war hart gewesen. Sie hatte keine Vorstellung.

»Bonnie hält mich für verrückt. Sie bastelt nie irgendwas. Ihrer Meinung nach sind Sachen, die man nicht bei Amazon bestellen kann, wertlos, oder es gibt sie gar nicht.«

»Wo ist sie einkaufen?«

»Sie hat im Reiseführer etwas über den Flohmarkt am Bahnhof Eleonas gelesen und wollte da nach Weihnachtsgeschenken suchen.« Jen seufzte. »Ehrlich gesagt war mir das ganz recht.«

»Wieso?«

»Entschuldigung, das hätte ich nicht sagen sollen. Es ist nur, dass es die letzten Tage ein bisschen rauf und runter ging. Eigentlich hätten wir gar nicht in Athen sein sollen, und ich müsste wirklich dringend zurück in meine Firma in England.«

»Du hast eine Firma?«

Jen nickte. »Ja, schon seit ein paar Jahren.«

Sie lächelte ihn an, und Astro spürte, wie ihm innerlich warm wurde.

»Aber was ich mache, wird dir nicht gefallen«, fügte sie hinzu.

»Warum nicht?«

»Weil ich mein Geld mit Weihnachten verdiene. Das Fest ist der Markenkern meiner Firma. Sie heißt *Jeden Tag Weihnachten*, und genau das biete ich an: Ich mache jeden Tag zu Weihnachten. Ich organisiere Abendgesellschaften, größere Veranstaltungen, Heiratsanträge, Babypartys, alles unter weihnachtlichem Motto.«

Astro schüttelte den Kopf. »Ich weiß gerade nicht, ob ich lachen oder weinen soll.«

»Lach bitte!«, sagte Jen. »Ich habe heute bei Achilles schon genug Tränen gesehen.«

Astro schluckte. Jen würde nicht lange in Athen bleiben. Er hatte sich ein paarmal mit ihr unterhalten und sie in die Bar getragen; normalerweise dürfte er jetzt nicht derart enttäuscht sein. Trotzdem war er es. Und er hatte noch nie gehört, dass ein Tourist so wenig Zeit in der griechischen Hauptstadt verbrachte …

»Bist du enttäuscht von der Akropolis?«, fragte er.

»Was?«

»Du bist gestern erst angekommen, und jetzt willst du schon wieder weg?«

Er beobachtete, wie sie über seine Frage nachdachte. Es war offenbar nicht leicht für sie. Die Zeit verstrich, und er wusste nicht, ob sie überhaupt noch antworten würde. Schließlich sagte sie: »Der Grund, weshalb ich hergekommen bin, existiert so nicht mehr. Es hat sich als eine wirklich schlechte, hässliche, dolchstoßartige, betrügerische Sache entpuppt, die nichts mit eurer schönen Stadt zu tun hat.« Sie schluckte. »Obwohl, die Fußgängerüberwege sind tückisch. Dafür müsste man mehr Zeit haben.«

Astro wusste nicht genau, was er von ihrer Antwort halten sollte. Deshalb sah er Jen nur an und versuchte, aus ihrem sanften Blick und der Form ihrer Lippen schlau zu werden.

»Bonnie und eine meiner Freundinnen zu Hause denken, ich sollte mir mal freinehmen, aber das mache ich normalerweise nicht.«

»Warum?«, fragte Astro.

»Warum was?«

»Warum machst du das normalerweise nicht?«

»Weil …« Jen überlegte. »Weil ich nicht genau weiß, was ich dann tun soll.«

Sie atmete tief ein und trank einen großen Schluck Kaffee. Auf gewisse Weise konnte Astro sie verstehen.

»O Gott, das klingt furchtbar, oder? Wer weiß denn nicht, was er tun soll, wenn er nicht arbeitet?«

»Wenn ich nicht arbeite, bastele ich offenbar Weihnachtsarmbänder. Das finde ich noch schlimmer«, sagte Astro.

»Na, dann erzähl mir doch mal, was du machst, wenn du weder arbeitest noch Armbänder bastelst«, forderte Jen ihn auf.

Nun war es an Astro, nachzudenken und sich eine Antwort zu überlegen. Niemand in seinem Umfeld wusste, wie viel die Kunst ihm bedeutete. Dass sie seine Zukunft wäre, wenn er es sich aussuchen könnte. Er wollte gerade sprechen, da kam ihm eine Idee.

»Fliegt ihr heute Abend schon zurück?«, fragte er.

»Nee, glaube ich nicht. Und da Bonnie gerade shoppen ist, nehme ich an, dass ihr die Suche nach Rückflügen bei ihrer Schnäppchenjagd gerade völlig schnuppe ist.«

»Okay.« Astro nickte. »Falls du Zeit hast, zeige ich dir, was ich mache, wenn ich nicht in der Bar arbeite.«

»A-ha …«, sagte Jen zögernd.

»Astro!«, rief Marjorie in der Tür und bedeutete ihm, herüberzukommen.

Er stand auf. »Treffen wir uns auf dem Monastiraki-Platz? Um Mitternacht?«

»Mitternacht?«, wiederholte Jen verdattert.

Er grinste. »Angeblich soll New York ja die Stadt sein, die nie schläft. Aber in Wirklichkeit ist es Athen.«

KAPITEL EINUNDZWANZIG

Monastiraki-Platz

Astro hatte nicht gelogen, als er andeutete, dass Athen um Mitternacht sehr lebendig war. Als Jen auf den pulsierenden Platz mit seinen mehrfarbigen Pflastersteinen und den Mustern aus Schlangenlinien trat, waren dort fast so viele Menschen unterwegs wie tagsüber. Monastiraki mit seiner überfüllten Metrostation war nur wenige Straßen vom Hotel Plaka entfernt und befand sich wie die anderen Plätze unterhalb der Akropolis, dem Berg, der ein wachsames Auge auf die Stadt hatte. Vor einer blau gestrichenen Marktbude standen Menschen Schlange, um Obst und Nüsse zu kaufen, gelbe Hütten boten ein Gebäck an, das wie eine große Brezel aussah, und zwischen all den Essensständen schwirrten Händler herum, die Stöcke mit sich drehenden und in allen Farben leuchtenden Plastikaufsätzen loswerden wollten. Die Bars und Restaurants rund um den Platz waren einladend beleuchtet, die ersten Markisen bereits festlich geschmückt. Jen holte Luft und stellte sich neben eine Betonplatte in der Mitte des Platzes, auf die sich viele gesetzt hatten.

Bonnie war im Hotel geblieben und schon halb eingeschlafen, als Jen aufgebrochen war. Sie hatte versucht, ihre Freundin zum Mitkommen zu überreden, damit sie Gesellschaft hatte, vielleicht weil sie Gesellschaft wollte oder sogar brauchte. Denn es fühlte sich riskant an, einen Mann zu treffen, den sie gerade erst kennengelernt hatte, buchstäblich nur Sekunden nachdem der andere Mann, den sie zu kennen geglaubt hatte, sich als unzuverlässiger, verheirateter Lügner entpuppt hatte. War es ein Risiko, das sie unter anderen Umständen, in einer anderen Stadt als dieser, wo sie eigentlich gar nicht hätte sein sollen, nicht eingegangen wäre? Warum hatte sie es dennoch getan? Weil es egal war, da ihr Leben eh schon den Bach runterging? Oder weil sie glaubte, sich beweisen zu müssen, dass sie ihre Menschenkenntnis nicht verloren hatte? Astro machte einen netten, ehrlichen Eindruck, außerdem war er äußerst attraktiv …

Jen erschauderte. Es war nicht besonders kalt; sie wusste, dass es ihre Nervosität war. Sie machte sich Sorgen, weil sie um Mitternacht allein in einer weihnachtlich geschmückten Stadt stand, die sie kaum kannte, und die Wahrscheinlichkeit sehr groß war, dass sie entweder versetzt oder Astro niemals finden würde. Falls er sie sitzen ließe, konnte sie sich immerhin einreden, er hätte sie nicht gesehen.

Fünf Minuten. Mehr würde sie ihm nicht zugestehen. Wenn er dann nicht da war, würde sie zurück ins Hotel gehen und sich unter der Bettdecke wie in ein Zelt einmummeln und das Kopfkissen wie einen Ersatzbären umarmen …

»*Yassas*.«

Jen fuhr zusammen. Vor ihr stand Astro, zum ersten Mal ohne die Schürze der Bar Páme über seiner Kleidung. Er trug schwarze Jeans und Stiefel, ein schwarzes T-Shirt und darüber ein olivgrünes Hemd. Jen registrierte alles, auch sein dunkles Haar, das an den Seiten leicht anrasiert und oben länger war, doch es waren vor allem seine grünen Augen, die ihr auffielen.

»Hi«, sagte Jen, ohne ein merkliches Erschaudern unterdrücken zu können.

»Ist dir kalt?«, fragte Astro, sofort bereit, sein Hemd auszuziehen.

»Nein, schon gut.« Sie schlang ihren Mantel enger um sich und knöpfte den obersten Knopf zu. »Eigentlich habe ich sogar damit gerechnet, dass es kälter ist. In Großbritannien sind heute Minusgrade, und hier haben Bonnie und ich sogar draußen essen können.«

»Das ist der Zauber Griechenlands. Die Wärme unter den Heizpilzen, die Unmengen von Strom verpulvern.«

»Sag das nicht!«, stieß Jen aus. »Sind die Dinger wirklich so schlimm?«

»Schon gut«, sagte Astro. »Es ist in der ganzen Welt bekannt, dass wir Griechen unseren eigenen Kopf haben. Auch das ist ein Balanceakt zwischen dem, was richtig ist, und dem, wie wir es schon immer getan haben. Recycling: gut. Immer noch Esel zur Arbeit einsetzen: nicht so gut.«

»Nächstes Mal nehme ich lieber eine Decke.«

Astro lachte. »Zu dieser Jahreszeit kannst du dich auch am Strahlen der Lichterketten wärmen, schon vergessen?«

»Verglichen mit dem Syntagma-Platz, finde ich es hier noch ziemlich zurückhaltend«, bemerkte Jen und sah zu den Restaurants hinüber, die Lamettagirlanden durch die Speichen ihrer Schirme gezogen und ein paar Lichterketten in Eiszapfenform aufgehängt hatten. Nichts wirkte übertrieben.

»Zurückhaltend«, wiederholte Astro und schüttelte den Kopf. »Nichts an dieser Jahreszeit ist zurückhaltend.«

»Und genau das gefällt mir daran«, sagte Jen lachend.

»Komm!« Astro stieß sie mit der Schulter an. »Ich zeige

dir eine Ecke, die ist so bunt, wie man es sich nur wünschen kann.« Er ging ein paar Schritte vor und drehte sich noch mal zu Jen um. »Hast du Schuhe an, in denen du schnell laufen kannst?«

»Wieso?«, fragte sie und schaute auf ihre Stiefel. Sie hatten einen kleinen Absatz, waren aber bequem, auch wenn sie sich nicht erinnern konnte, jemals in ihnen gerannt zu sein. Abgesehen von der einen Bar-Mizwa …

»Überleg nicht so viel, komm!«, sagte Astro lächelnd.

* * *

Astro war an die schmalen Gassen in dieser Gegend von Athen gewöhnt, aber es machte ihm Spaß, die Veränderung in Jens Gesicht zu sehen, als sie zum ersten Mal hindurchging, sich mit ihm an Mopeds und Topfpflanzen vorbeiquetschte, in Straßen einbog, die aussahen, als nähmen sie kein Ende.

»Die Stadt wirkt ganz anders als tagsüber«, bemerkte sie, als die beiden einen Weg zur Linken einschlugen. »Wenn die Läden die Rollläden unten haben anstatt all ihre Waren in Körben auf dem Bürgersteig.«

»Ja, in Athen gibt es wenig Platz, und jeder versucht, dich in seinen Laden zu locken. Das ist wirklich anders tagsüber«, stimmte Astro zu.

»Ich mag das«, sagte Jen. »Handtaschen, die an Ketten hängen, kleine Seifenpäckchen, Salatbesteck aus Olivenholz – das hat Bonnie heute gekauft. Sie war schon mal in Tunesien, und sie meinte, hier wäre es wie auf einem *souk*.«

Astro zuckte mit den Schultern. »Kann ich nichts zu sagen. Ich habe Griechenland nie verlassen. Bis letztes Jahr bin ich noch nicht mal aus Athen herausgekommen. Da hat mein Onkel Philippos mich mit zu einem alten Freund genommen, der in Thessaloniki wohnt. Der Mann hat fünf Kinder, sechzehn Enkelkinder und drei Hunde. Die sind die ganze Zeit auf mir herumgesprungen und haben mich abgeleckt. Und die Hunde erst!«

Jen lachte. Astro schien sie leicht zum Lachen bringen zu können. Aus irgendeinem Grund machte ihn das glücklich.

»Und du?«, fragte er. »Bist du schon viel in der Welt herumgekommen?«

»Nein«, antwortete Jen, während sie an einer kleinen Kirche vorbeigingen, deren Bleiglastür rot und grün leuchtete. »Ich habe letzte Woche zum ersten Mal einen Reisepass bekommen.«

»Um nach Griechenland zu reisen?«

»Eigentlich nach Paris.«

Astro runzelte die Stirn. Die Straße wurde breiter, sodass Jen neben ihm gehen konnte. »Was ist passiert? Wurde dein Flug etwas großzügiger umgeleitet? Bist du ins falsche Flugzeug gestiegen?«, fragte er.

Eigentlich hatte er geglaubt, dass Letzteres heutzutage nicht mehr vorkam.

»Es war Bonnies Idee. Wie schon gesagt, es hat nicht ganz so funktioniert wie gedacht.«

Er sah sie an. »Nein?«

»Nein.«

Es steckte mehr dahinter, doch sie wollte offensichtlich nicht darüber reden. Allmählich begriff Astro, dass Jen zwar den Glitzer dieser Jahreszeit liebte, aber sehr verschlossen war, wenn es darum ging, persönliche Informationen zu teilen. Lag das nur daran, dass sie sich noch nicht lange kannten? Oder hatte das eine tiefere Ursache? Was auch immer der Grund war, es machte Astro neugierig.

»Und, wohnst du in der Nähe deines Arbeitsplatzes?«, wechselte Jen das Thema.

Er musste lachen. »Ich wohne direkt über der Bar.«

»Oh, wow.«

»Nur mein Onkel und ich leben in dem Haus. Wir haben unsere Wohnungen gemeinsam renoviert, und jetzt ist meine so schön geworden, dass ich manchmal glaube, er würde sie am liebsten über Airbnb vermieten.«

Wieder lachte Jen, und als sie es tat, kribbelte es in Astros Bauch, ein Gefühl, über das er keine Kontrolle hatte. Er *mochte* sie. Das hatte er natürlich längst gewusst, denn er war kurz davor, ihr einen Ort zu zeigen, zu dem er noch niemanden mitgenommen hatte. Das Kribbeln jedoch war ein untrügliches Zeichen seines Körpers. Vielleicht unbewusst, aber nicht zu leugnen.

»Lebst du … allein?«, fragte Astro.

»Nein.« Jen verzog die Lippen zu einem ironischen Grinsen.

»Nein?«

»Ich lebe mit Weihnachten zusammen, logisch.«

»In deinem Haus wie in deinem Herzen«, bemerkte Astro und schüttelte den Kopf. Er griff nach ihrem Arm, damit sie stehen blieb. »Nicht da entlang. Wir müssen hier runter.« Er deutete auf die nächste Gasse.

»Da runter?«, fragte sie zögernd.

Er lachte. »Wovor hast du Angst? Ist da nicht genug Licht, Miss Christmas?«

»Es ist schon *sehr* dunkel.« Jen rührte sich nicht vom Fleck.

»Ich würde sagen, es ist … ich suche gerade das richtige englische Wort … *atmosphärisch*?«

»Ja, wenn man es gruselig mag.«

»Hast du Angst vor dem dunklen Weg?«, fragte Astro.

»Nein.«

»Dann los!« Er machte den ersten Schritt.

»Warte auf mich!« Jen folgte ihm. »Und nur, damit du Bescheid weißt: Wenn es hier Fledermäuse gibt, bin ich weg.«

»Mir geht's so mit Lametta«, rief Astro über die Schulter zurück.

KAPITEL
ZWEIUNDZWANZIG

Psyrri

Jen hätte am liebsten die Augen geschlossen. Die Gasse war sehr schmal, wirkte mit den nah heranrückenden Mauern in der Dunkelheit fast wie eine Höhle, dazu die Türen in den Mauern, die wer weiß wohin führten. Sie folgte Astro, wollte ihn auf keinen Fall verlieren. Plötzlich bogen sie um eine Ecke, und Jen trat hinter ihrem Fremdenführer auf einen großen Platz.

Er war umgeben von gut besuchten Bars und Cafés, Menschen saßen drinnen und draußen, in der Mitte standen Tische und Holzstühle unter Baldachinen, dazwischen Bäume. In der Luft hingen Musik und Stimmengewirr. Jen holte Luft; es gab so viel zu sehen, dass sie gar nicht alles erfassen konnte. Hier herrschte eine andere Atmosphäre als in den dicht gedrängten Bars in Plaka. Die Gegend war weniger touristisch. Pulsierend, und doch irgendwie entspannt und locker.

»Dies ist der Psyrri-Platz, er heißt aber auch *Platia Iroon* – Heldenplatz«, erklärte Astro.

Er war ihr jetzt sehr nahe. Jen hatte sich wie ein Kreisel um sich selbst gedreht, um den Platz aus jedem Blickwinkel zu betrachten.

»In der Antike war dies der Treffpunkt der Handwerker:

Töpfer, Schneider, Künstler, Lederwarenhersteller. In der Neuzeit war es der Teil von Athen, wo die Gangs herrschten«, fuhr Astro fort.

»Oje!«, rief Jen. »Und ich hatte Angst vor Fledermäusen.«

Er grinste. »Das ist heute nicht mehr so wie früher, das mit den Banden. Was Fledermäuse angeht, weiß ich es nicht. Aber heute ist Psyrri bekannt für seine junge Szene. Klar, ganz wiederhergestellt ist sein Ruf noch nicht, aber er wird immer bekannter für seine Kunst.«

Er deutete auf ein großflächiges Wandgemälde an einer Hauswand auf der anderen Seite des Platzes. Es zeigte leicht verfremdete lachende Gesichter und war wie ein Graffiti um hohe Fenster herumgemalt.

»Das ist eine Kombination aus Fotografie, Collagentechnik und Malerei. Der Künstler heißt Alexandros Vasmoulakis«, erklärte Astro. »Früher waren die Farben kräftiger, leider sind sie mit der Zeit verblasst.«

Jen drehte sich zu ihm um. »Du magst Kunst«, stellte sie fest. Sie begriff, warum er sie in dieses Viertel geführt hatte.

»Ich mag Kunst, wenn sie etwas zu sagen hat«, entgegnete er.

Jen betrachtete wieder die Gesichter auf der Hauswand. »Und was glaubst du, sagen die?«

»Das ist meiner Meinung nach nicht der Sinn von Kunst«, antwortete Astro. »Es ist nicht wichtig, was sie mir sagen, wenn *du* sie anschaust. Es ist nur wichtig, was sie *dir* sagen.«

Jen blickte noch mal hoch. Waren die Gesichter glücklich? Waren es überhaupt drei Menschen? Oder waren es verzerrte Abbildungen einer einzigen Person mit verschiedenen Masken? Es war sehr surrealistisch.

»Ich weiß nicht«, sagte sie, enttäuscht von sich selbst.

Astro stieß sie wieder an. »Hey, lach mal! Das war kein Test. Nicht jedes Kunstwerk sagt einem was.«

»Aber sagt es dir etwas? Wenn du es betrachtest?«, fragte Jen.

»Doch, schon«, erwiderte er, holte tief Luft und richtete den Blick auf die Gesichter. »Für mich erzählt dieses Gemälde die Geschichte einer Verwandlung. Es ist eine Reise. Links eine Frau, in der Mitte ihr deutlich jüngeres Selbst, und rechts die Königin, zu der sie geworden ist. Man kann es aber auch genau andersherum interpretieren. Als eine erfolgreiche Frau, die alles verloren hat.«

Jen schluckte. Die Vorstellung, aus dem Nichts heraus Erfolg zu haben, war angenehm. Bei ihr selbst traf mit den aktuellen Cashflow-Problemen und dem fehlenden Dach überm Kopf eher das Gegenteil zu.

»Ah, okay, dann hoffe ich mal, dass die erste Deutung stimmt.«

»Du bist ein sehr ernster Mensch. Das habe ich von Anfang an gemerkt«, sagte Astro.

»Ja?«, fragte Jen. »Obwohl ich eine aufblasbare Zuckerstange durch die Gegend getragen habe?«

»Du hast sie sehr ernst getragen.«

War sie ein ernster Mensch? Gehörte sie zu den Leuten, die nicht richtig wussten, wie man Spaß hatte? In Pflegefamilien war »Spaß« nicht unbedingt an der Tagesordnung gewesen. Es ging immer ums Überleben. Je weniger man sich anderen öffnete, desto weniger gab es, was sie gegen einen verwenden konnten. Sie mochten dich »komisch« finden oder einen »Freak« nennen, aber das war besser, als wenn jemand dein wahres Ich kannte oder etwas über dich wusste.

Zum Beispiel, dass ein Teddy mit einem kaputten Ohr das Einzige war, das dir von deiner leiblichen Mutter geblieben war.

Im Gegensatz dazu war das Fundament von Jens Unternehmen die Organisation festlicher gesellschaftlicher Spektakel. Sie sorgte gewissermaßen für Spaß! Zumindest für die anderen …

»Hey.« Astro zerrte Jen aus dem schwarzen Loch der Grübelei. »Das war nicht negativ gemeint.«

»Schon gut«, sagte sie und nickte, während sie ihre innere Schutzmauer wieder errichtete.

»Nein, das möchte ich richtigstellen.«

Bevor Jen noch etwas sagen oder tun konnte, war Astro verschwunden, und sie stand da und drehte sich suchend im Kreis. Ihr Blick schwenkte von den voll besetzten Bars zu den Menschen, die draußen unter viereckigen Schirmen zu Abend aßen. Dann war Astro wieder da, in der Hand zwei geöffnete Bierflaschen.

»Ein nicht so ernstes Bier«, bemerkte er und reichte ihr eine Flasche.

»Gibt es denn auch ernstes Bier?«, fragte sie und schaute auf das Etikett. »Fix.«

»Hilft fix gegen meine Unhöflichkeit. *Yamas*«, sagte er und stieß mit ihr an.

»*Yamas*«, antwortete sie und trank einen Schluck.

»Also, wir müssen noch ein bisschen weiter«, verkündete Astro und setzte sich wieder in Bewegung.

»Aber bitte nicht mehr durch dunkle Gassen«, flehte Jen.

»Nein, versprochen.«

Innerhalb weniger Schritte veränderte sich die Stimmung erneut, jetzt war keine Musik von griechischen Saiteninstrumenten mehr zu hören, sondern mit deutlich mehr Bass. Hauptsächlich dröhnte sie aus einem großen schwarzen Lautsprecherturm, der mit pinker Farbe bekleckst war. Auch in dieser Gegend waren Leute, saßen auf Türschwellen, den Rücken an die Wand oder an Fensterläden gelehnt, die ebenfalls mit Graffitis überzogen waren. Jen wusste nicht genau, was sie davon halten sollte. In Little Pickering war ihr so etwas noch nicht begegnet.

»Astro!«

Der Ruf kam aus einer Gruppe von Leuten. Kaum hatten sie Astro und Jen entdeckt, standen sie auf und kamen herüber. Manche hatten ebenfalls Bierflaschen in der Hand, andere offenbar Spraydosen.

Erfreut schlossen sie Astro in die Arme; andere gaben ihm die Hand oder stießen mit der Faust gegen seine. Es sah aus, als würden ihn hier alle kennen.

Wieder hatte Jen das leise Gefühl, nicht dazuzugehören, hier nichts verloren zu haben. Sie trank einen Schluck Bier. Vielleicht konnte sie sich unauffällig zurückziehen …

Doch bevor sie einen Schritt nach hinten machen oder sich überhaupt bewegen konnte, drehte sich Astro um und sagte etwas auf Griechisch.

»Leute, das ist Jen«, stellte er sie auf Englisch vor.

Sie wurde mit englischem »Hey« und griechischem »*Yas*« gegrüßt, eine junge Frau hielt ihr die Hand zum High-Five hin, und Jen klatschte sie ab. Und so schnell sie vorgestellt worden war, widmeten sich die meisten Grüppchen wieder dem, was sie zuvor getan hatten – chillen, quatschen … und sprühten sie etwa diese Häuser an?

»Jen, das ist Petros. Er ist ein unglaublich begabter Künstler«, stellte Astro sie vor.

Sie lächelte einen sehr großen Mann mit einer Baseballcap an, unter der Dreadlocks hervorschauten.

»Hallo!«, sagte sie. »Freut mich. Aber malt ihr wirklich Graffitis auf diese Wände und Türen?«

»Graffitis«, wiederholte Petros und kicherte.

»Wir bevorzugen die Bezeichnung ›Kunst‹«, erklärte Astro. »Oder Selbstverwirklichung.«

»Oder eine Mischung aus beidem«, ergänzte Petros. »Wenn jemand das starke Bedürfnis hat, etwas an eine Wand oder eine Tür zu malen, dann gehört es dorthin.«

So hatte Jen das noch nie gesehen. Sicher, die schlichten Buchstaben oder Tags, die weggeschrubbt oder übermalt wurden, waren meistens kein Blickfang, aber vielleicht ging es gar nicht darum. Vielleicht waren Wände eine wichtige Plattform, um Meinungen kundzutun. Auf jeden Fall war es nicht so destruktiv wie Fenster einzuschlagen oder Autos zu zerkratzen.

»Komm!«, sagte Astro. »Du wolltest doch wissen, was ich in meiner Freizeit mache, wenn ich nicht in der Bar arbeite. Das hier.«

Im Gleichschritt mit Petros ging er die Straße hinunter.

Sie öffnete sich zu einer Stelle, wo sich mehr Leute zusammengefunden hatten. Manche tanzten zu Musik, andere fuhren auf Skateboards oder Rollerblades herum oder sprühten Farbe auf Schablonen an eine Wand.

»Und das hier«, sagte Petros und blieb so abrupt stehen, dass Jen beinahe in ihn hineingelaufen wäre, »ist das größte Kunstwerk dieser Straße … eigentlich in der ganzen Gegend.« Mit einer schwungvollen Geste streckte er den Arm aus, als sei er ein Showmaster, der den nächsten Auftritt ankündigte.

Jen schaute auf das Gemälde, das die gesamte Länge und Breite der Außenwand eines verlassenen Gebäudes einnahm. Es zeigte einen riesigen Mond, auf dem das Spiel von Licht und Schatten perfekte Krater und Vertiefungen schuf. Doch der Mond hatte ein Gesicht, er war ein Wesen, eingerahmt von langen dunklen Haaren. Er hatte naturgetreu gemalte Arme und Hände, die sich nach einem Jungen streckten, der zusammengekrümmt auf einem Dach saß und weinte.

Während Jen die Kunstfertigkeit bewunderte, verklang die Musik aus der Box, und es fühlte sich an, als sei sie mit dem Wandgemälde allein. Sie spürte die Traurigkeit und Verzweiflung des Jungen auf dem Gemälde. Unzählige Male hatte sie sich selbst so gefühlt. Sie selbst hätte dieses einsame, traurige Kind sein können, das sich danach sehnte, in die Arme genommen zu werden.

»Jen?«, fragte Astro.

Er klang besorgt, und sie versuchte schnell, sich zusammenzureißen, um nichts von sich preiszugeben. Sie setzte die Bierflasche an die Lippen.

»Ich glaube«, sagte Petros und nickte, »dieses Bild gefällt ihr.«

KAPITEL DREIUNDZWANZIG

»Hier.« Astro drückte Jen eine Metalldose in die Hand.

Seit sie das Wandgemälde mit dem Jungen und dem Mond gesehen hatte, war sie still gewesen. Sie wirkte bedrückt, obwohl sie sich bemühte, sich nichts anmerken zu lassen. Sie versuchte, nicht weiter aufzufallen, verdrängte dabei vermutlich ihre wahren Gefühle tief in sich in einer Kammer, die sie fest verschlossen hielt, und setzte ein Lächeln auf, das nicht von Herzen kam.

Astro kannte Jen nicht gut, aber ihr Verhalten löste eine Resonanz in ihm aus, weil er ganz genauso gewesen war, sich manchmal immer noch so verhielt. Und das Einzige, was da half, solange ihn niemand darauf ansprach und ihn zwang, sich zu öffnen, war Ablenkung.

In ihrem Fall durch Aerosol …

»Was ist das?«, fragte Jen und musterte die Dose wie ein Ding von einem anderen Stern.

»Das weißt du genau«, sagte Astro. »Du hast doch gesehen, was die anderen damit gemacht haben.«

»Okay, ich weiß, was das ist«, gab sie zu. »Ich weiß nur nicht, warum du sie mir gegeben hast.«

»Nicht?«, fragte er mit erhobener Augenbraue. Dann nahm er Jens Hand und zog sie von der Bank hoch. »Komm, hier gibt es keine Zuschauer, nur Künstler.«

Sie folgte ihm. »Aber ich bin keine Künstlerin«, widersprach Jen.

»Die Weihnachtsarmbänder und -ohrringe, die du für Achilles gebastelt hast – das ist ganz große Kunst.«

Astro blieb vor einem ehemaligen Ladenlokal mit brüchigem Mauerwerk stehen, vor dessen Eingangstür ein Rollladen gezogen war, der früher mit verblassten Tags aus alten Sprühdosen beschmiert gewesen war. Jetzt bildete der Rollladen eine frisch gestrichene stahlgraue Fläche.

»Das ist deine Leinwand«, sagte Astro.

»Das … das kann ich nicht«, erwiderte Jen. »Ich habe bis jetzt nur Gold- und Silberspray auf Holz und Tannenzapfen gesprüht, nicht so was Großes und … Da guckt doch jeder in dieser Stadt drauf und bildet sich sein Urteil.«

»Urteil?«

»Ja, ich meine, die Leute bleiben davor stehen, gucken es an und überlegen, ob es ihnen gefällt oder nicht, dann geben sie Kommentare ab, gut oder schlecht, so wie wir, als wir uns die Gesichter angesehen haben …«

»Und das kümmert dich?«, fragte Astro. »Du machst dir Gedanken, was irgendwelche Leute dazu sagen könnten?«

»Na ja«, setzte sie an, »schon. Denn was ist, wenn sie es mies finden? Wenn es das Schlechteste ist, das sie je gesehen haben?«

»Ja, und?« Astro streckte die Arme aus. »In der Kunst sollte es nur darum gehen, was der Künstler fühlt, um seine Selbstverwirklichung. Natürlich wünschen wir uns, dass es den Menschen gefällt oder eben nicht, Hauptsache, es lässt sie nicht kalt. Letztlich ist jede Reaktion ein … wie sagt man … ein Bonus.«

»Aber das ist eine Tür, Astro, vor einem alten Laden in einer Straße in Griechenland. Dafür bin ich nicht gut genug.«

»Nicht gut genug, deine Gefühle auszudrücken?«

Da sie schwieg, sprach er weiter.

»Und wenn du ein Urteil von irgendwem brauchst, dann frag mich.«

Aus einem Seesack, der vor der Tür stand, holte er weitere Spraydosen, Sandpapier, Kohle und Pinsel und legte ihr alles hin. Dann trat er einen Schritt zurück.

»Ich hole uns noch was zu trinken, dann komme ich zurück und gebe meinen Kommentar ab.«

* * *

Es dauerte gute fünf Minuten, bis Jen es überhaupt schaffte, sich vom Fleck zu rühren. Worum ging es eigentlich? Was tat sie hier überhaupt? Sie musste an Kathleen denken. Ihre Ziehmutter wäre absolut begeistert, wenn sie wüsste, dass Jen bei Menschen war, die öffentliches Eigentum beschmierten, ganz zu schweigen davon, dass sie sogar kurz davor stand, es selbst zu tun. Als Jen auf die graue »Leinwand« vor sich schaute, überlegte sie, wie es sich wohl anfühlen würde, ihre Gefühle darauf zu verewigen. Den Athenern einen kleinen Blick in ihr Inneres zu gewähren – natürlich anonym, abgesehen von einem Kellner, den sie kaum kannte. Was sollte dabei schon herauskommen? Sie würde es erst wissen, wenn sie es versuchte.

Sie warf noch einen Blick auf die Sprühdose, die sie in den Händen hielt, ein dunkles Braun, dann trat sie auf den Rollladen zu.

Als sie kurze Zeit darauf innehielt, war sie außer Atem. Sie konnte nicht sagen, wie viel Zeit vergangen war und was genau in den Minuten geschehen war, in denen sie offenbar an einem Bild gemalt hatte. Stammte das, was sie da vor sich sah, tatsächlich von ihr?

Es war düster und wirr; schwarze, braune und graue Schlieren wanden sich wie Würmer – oder wie die Gummibänder, die Natalia zu Kugeln zusammenknüllte –, sie schlangen sich ineinander, verhedderten sich und wurden zu feurigen Flammen, die zu einem schwarzen Vulkan hinaufzüngelten. Aus dem Vulkan floss ein Lavastrom, der Sterne und Engel, Weihnachtsmänner, Rentiere, Kiefernzapfen und Zuckerstangen mit sich führte. Die Lava ging in einen Wasserfall in Regenbogenfarben über, der sich in einen See inmitten einer grünen Oase ergoss, umgeben von Bäumen und Blumen, und selbst ihr Tapferteddy mit seinem nach Pfefferminze duftenden Fell war da und lächelte …

O Gott. Schnell trat Jen auf das Bild zu und versuchte, den Teddybären mit den Händen zu verdecken und die Farbe mit den Fingern wegzuwischen.

»Was machst du da?«

Sie zuckte zusammen. Erst jetzt merkte sie, dass Astro auf der anderen Seite der schmalen Straße stand und sie beobachtete.

»Weiß ich nicht«, erwiderte sie. »Was auch immer in diesem Fix-Bier war, fix geholfen hat es nicht.«

»Mir gefällt es«, sagte er und stellte sich neben sie. »Es ist eine richtige Geschichte.«

»Tja, du hast mir als Erstes die braune Farbe gegeben, deshalb lag es nahe …«

»… mit einem Vulkan anzufangen?«

Jetzt musste auch sie grinsen. Sie hielt besser den Mund.

Astro näherte sich ihrem Bild und betrachtete es genau,

studierte regelrecht jede Einzelheit. Jen schluckte, schämte sich plötzlich dafür, wie viel von sich sie in diesem Kunstwerk offenbart hatte. Astro hatte zwar gesagt, dass es um Selbstverwirklichung ging, aber sie hätte ohne Probleme einfach gar nichts oder etwas Belangloses malen können. Doch angesichts der Geschichten, die Astro ihr über die Menschen erzählt hatte, die hier ihre Arbeiten zeigten, hätte es sich angefühlt, als würde sie gegen die ureigenen Prinzipien dieser Gegend verstoßen.

»Wie heißt der Bär?«, fragte Astro.

»Ähm, ach, keine Ahnung.« Sofort machte Jen dicht, ihre typische Reaktion. »Das ist nur ein Symbol. Habe ich mir ausgedacht.«

»Mit einem Ohr?«

Wem machte sie etwas vor? Astro hatte doch gesehen, dass sie versuchte hatte, den Bären verschwinden zu lassen.

Sie seufzte. »Er heißt Tapferteddy.«

»Bei so einem Namen muss er dir wichtig sein«, stellte Astro fest.

Sie nickte, sagte aber nichts weiter.

Was dir am meisten bedeutet, behalte für dich. Verstecke es.

»Diese Ecke hier hast du mit Kohle gemalt«, bemerkte Astro und wies auf den dunklen Vulkan. »Warum?«

»Die Spraydose war zu leicht. Sie hat nicht das gemacht, was ich wollte.«

»Es sieht aus, als hättest du den Metalluntergrund richtig bearbeitet. Da sind Dellen drin.«

»Ja, ich … ich glaube, ich habe zu stark gedrückt, ein paar Kohlestifte sind abgebrochen. Tut mir leid. Die ersetze ich dir.«

»Das braucht dir nicht leidzutun.« Astro wandte sich von

dem Bild ab und schaute Jen an. »Entschuldige dich nie, wenn du etwas mit Leidenschaft getan hast.«

Sein Blick traf ihren, und es fühlte sich an, als würde Glut in ihr knistern. Sie standen sehr nah nebeneinander, und der Raum zwischen ihnen schien immer kleiner zu werden …

»*Astinomia! Astinomia!*«, ertönte ein Ruf.

Jen zuckte zusammen. In der Ferne sah sie Leute davonlaufen. Sie nahmen mit, was sie tragen konnten – Skateboards, Musikboxen, Spraydosen …

»Komm!« Astro griff nach ihrer Hand.

»Was ist denn los?«, fragte Jen und lief los. Sie wurde schneller, bis sie schließlich in die Dunkelheit lief. »Was haben die gerufen? Gibt es eine Demo? Bonnie hat gelesen, dass es hier viele Demos gibt.«

»*Astinomia* heißt ›Polizei‹«, erklärte Astro. »Jetzt müssen wir sehen, wie schnell du in deinen Stiefeln rennen kannst!«

KAPITEL
VIERUNDZWANZIG

Es war nicht lustig. Dennoch konnte Jen beim Laufen an Astros Seite nicht aufhören zu lachen. Während sie im Zickzack durch das Gassengewirr rannten, rutschte sie immer wieder auf dem glatten Pflaster aus. In Durchgängen tauchten plötzlich Cafés und Restaurants auf, Astro entschuldigte sich ständig mit »*Signomi*«, und sie hasteten an Kellnern mit Tabletts voller Getränke und Teller vorbei, ohne langsamer zu werden.

»Ich … ich kann nicht mehr«, japste Jen schließlich, als das Stechen in der Seite nicht mehr aufhören wollte.

»Echt nicht?«, fragte Astro.

»Wie weit müssen wir noch laufen? Die englische Polizei würde einem mit Sicherheit nicht so lange hinterherrennen.« Sie verminderte ihr Tempo, gönnte ihrer Lunge ein wenig Erholung und ließ Astros Hand los. Ihr war unklar, wie es überhaupt dazu gekommen war, dass sie seine Hand hielt. Eben noch hatte sie die wirre Darstellung ihrer Gefühle auf dem Rollladen betrachtet, und im nächsten Moment war sie an Astros Hand in die Nacht geflohen.

»Du hast recht. Es sollte jetzt okay sein«, stimmte er ihr zu und wurde ebenfalls langsamer.

In dieser Ecke von Athen war noch immer viel los, Läden boten Gewürze und Kräuter im Kilo an, kleine Bars lockten mit intim beleuchteter Atmosphäre, in Kiosken konnte man Bier, Zeitschriften, Zeitungen oder Zigaretten kaufen.

Plötzlich wurde Jen bewusst, was gerade passiert war. Sie hatte ein Graffiti gemalt und war vor der Polizei geflohen. Dies war nicht mehr die alte Jen Astley, die Geschäftsführerin von *Jeden Tag Weihnachten*, dies war jemand anders. Vielleicht die Frau, die zu sein immer alle von ihr erwartet hatten. Das Pflegekind, mit dem es nur Ärger geben konnte …

»Alles in Ordnung?«, fragte Astro dicht neben ihr.

»Ich hatte nicht geplant, heute Abend vor der Polizei davonzulaufen.«

»Ah, ich dachte, das wäre klar, als ich dich gefragt habe, ob du in deinen Stiefeln schnell genug bist.«

»Also bestand die Gefahr die ganze Zeit?«

»Selbstverwirklichung ist immer ein bisschen riskant, oder?«

Jen dachte über den Satz nach. Er traf absolut zu. Sie hatte sich David gegenüber ein wenig geöffnet, und was war passiert?

»Kann sein«, gab sie zurück.

»Aber man fühlt sich immer besser, wenn man es ausprobiert hat«, fuhr Astro fort.

»Ich bin mir nicht sicher, wie viel besser ich mich fühlen würde, wenn ich festgenommen worden wäre«, bemerkte Jen.

Er winkte ab. »Glaubst du, das hätte ich zugelassen? Ich hätte der Polizei gesagt, dass ich das gewesen bin. Auch wenn es schwierig geworden wäre zu erklären, warum du mehr Farbe an den Händen hast.«

Jen schaute auf ihre Finger. Sie waren mit sämtlichen Farben verschmiert, die sie benutzt hatte, auch die Kohle hatte Spuren hinterlassen.

»Oh!«, stieß sie aus.

Astro lachte. »Wir müssen die Beweise entfernen.«

Jen rieb über die Flecken, doch die Farbe ging nicht ab.

»Dafür habe ich etwas in meiner Wohnung.«

»Ist das deine Masche? Bringst du unschuldige Touristinnen dazu, dass sie mit dir vor der Polizei fliehen müssen?«, fragte Jen.

Astro hob abwehrend die Hände. »Überführt.« Dann stieß er sie an. »Jetzt im Ernst, hat dein Herz nicht ein bisschen schneller geschlagen? Bei der Vorstellung, dass du die Nacht mit mir auf der Polizeiwache verbringst?«

»Das war immer schon mein Traum«, antwortete Jen. »Seltsam, dass das nicht mit ins Wandgemälde eingeflossen ist.«

Astro lachte wieder. »Komm! Bei mir zu Hause wartet Alkohol auf uns, in Form von Terpentin und griechischem Schnaps.«

Jen zögerte. Mit Astro nach Hause gehen? So was machte sie nie beim ersten Date. Allerdings war es auch kein Date. Für so etwas stand sie auch gar nicht zur Verfügung. Sie hatte gerade eine Dating-Katastrophe mit jemandem hinter sich, von dem Bonnie gedacht hatte, er würde ihr einen Heiratsantrag machen. Und es hatte auch gar nicht nach einem Date geklungen, als Astro sie gefragt hatte.

»Es sei denn, du musst zurück ins Hotel.« Er schaute auf die Uhr. »Es ist fast zwei, darauf habe ich gar nicht geachtet.«

Jen ebenso wenig. Die zwei Stunden mit Astro waren wie im Nu verflogen; sie hatten sich locker, aber gleichzeitig tiefgründig unterhalten, hatten sogar über sich selbst reflektiert. Wer sagte, dass diese Nacht ein Etikett aufgedrückt bekommen musste? Sie konnte alles sein, was Jen wollte. Außerdem:

Wenn sie nicht lange in Athen bleiben würde, musste sie das Beste daraus machen, oder?

»Terpentin für meine Hände«, sagte sie, »und einen Ouzo für mich?«

Astro klatschte in die Hände. »Ja! Komm, Christmas Girl, du bist ja schon fast eine Griechin!«

KAPITEL FÜNFUNDZWANZIG

Astros Wohnung

Was tat er da? So was war überhaupt nicht typisch für ihn. Die ganze Nacht verlief anders als geplant. Das war neu. Dass er Jen mit zu dem Ort genommen hatte, wo er sich gerne aufhielt, jetzt die Einladung in seine Wohnung. Dort war noch nie eine Frau gewesen. Die wenigen Erfahrungen, die er mit Frauen gemacht hatte, hatten überall, nur nicht in seinem Apartment stattgefunden. Er war aus so manchem Fenster geklettert und die eine oder andere Feuerleiter runtergerutscht, wenn Mütter oder Großmütter unerwartet wach geworden waren, denn er ließ lieber eine Standpauke über sich ergehen, als jemanden mit in sein eigenes Bett zu nehmen.

Aber jetzt ging es nur darum, Jens Hände mit Terpentin zu säubern und sich noch ein bisschen zu unterhalten. Denn er *mochte* sie. Wie verrückt war das? Er mochte sie, deshalb würde er eben *nicht* versuchen, sie zu verführen …

»Ich wohne da oben«, sagte er, legte die Hand auf das Metallgeländer und stieg mit Schwung die Wendeltreppe empor. »Nach hinten raus. Aber diese blinkende Lichterkette war noch nicht da, als ich gegangen bin. Der Engel auch nicht. Herr und Frau Pappas haben ihren Garten in eine Weihnachtsgrotte verwandelt.« In dem kleinen Hof des

Nachbarhauses standen normalerweise reihenweise Blumentöpfe, und auf der Leine hing Wäsche, doch jetzt funkelte es dort so festlich wie fast überall in der Stadt.

»Ich finde, das sieht sehr nett aus«, sagte Jen. »Meiner Meinung nach könnte man den Garten noch etwas *mehr* schmücken. So wie eure Bar.«

Astro biss sich auf die Lippe. Jen liebte Weihnachten, während er das Fest am liebsten aus dem kollektiven Gedächtnis gelöscht hätte. Wenn er noch einen Beweis brauchte, dass das mit ihnen Wahnsinn war, dann hatte er ihn doch: Sie waren grundverschieden.

»Tja, mein Onkel besteht darauf, dass sich das bald ändert«, sagte er und vergewisserte sich, dass Jen im schwachen Licht die Treppenstufen sah. »Er will, dass die Bar weihnachtlicher als alle anderen ist, damit die Touristen extra zu uns kommen. Aber Weihnachtsschmuck ist ganz schön teuer.«

Am kleinen Treppenabsatz oben vor seiner Tür griff er in seine Jeanstasche, um den Schlüssel herauszuholen. Hatte er das Apartment überhaupt aufgeräumt? Stand schmutziges Geschirr herum? Lagen seine Klamotten auf dem Bett? Nasse Handtücher auf dem Boden? Nun, jetzt war es zu spät, um sich darüber Gedanken zu machen.

Astro öffnete die Tür und knipste das Licht an. Dann sah er einem Wesen in die Augen, das er nicht erwartet hatte, und kaum trafen sich ihre Blicke, ergriff es die Flucht …

»O mein Gott! Ist das eine Fledermaus?«, schrie Jen.

»Nein«, erwiderte Astro. »Das ist eine Taube, die nicht hier sein dürfte. Komm, Peri.«

»Die hat einen Namen?«, fragte Jen, während der Vogel erst herumflatterte und sich dann auf Astros Hand setzte.

»Ähm … ja, ich habe ihm einen Namen gegeben, weil er mich regelmäßig besucht. Es ist ein Täuberich.«

Peri begann, sich so richtig herauszuputzen. Er plusterte seine Federn auf, sodass er größer wirkte, er gurrte wie ein Turteltäubchen, rieb den Kopf an Astros Hand und hob abwechselnd die Füße, als führte er einen Stepptanz auf.

»Oh, ist der süß!« Jen rückte näher heran.

Solange sie ihre Aufmerksamkeit auf den Vogel richtete, konnte Astro sich einen Überblick über den Zustand seiner Wohnung verschaffen. Auf dem Bett lag ein T-Shirt, die Decke war darübergebreitet, wenn auch nicht superordentlich, die Staffeleien standen ein bisschen chaotisch herum, und auf dem kleinen Esstisch lagen noch Kreide, Stifte, Klebstoff und Glitzer vom Basteln mit Achilles.

»Ich setze ihn besser nach draußen. Bevor er an Stellen kackt, wo er noch nicht hingekackt hat.« Astro ging zum Fenster – direkt davor war Peris Lieblingsplatz – und öffnete es.

Leicht widerstrebend, doch schicksalsergeben hüpfte Peri von Astros Hand auf die Fensterbank.

Als Astro sich umdrehte, sah er, dass Jen sich neugierig den Staffeleien näherte.

Er ging zu ihr. »Das ist nichts Besonderes«, beeilte er sich zu sagen. »Nicht gerade meine besten Arbeiten.«

Am liebsten hätte er sie verhängt, damit Jen sie gar nicht zu Gesicht bekommen hätte. Er zeigte niemandem seine Werke, versteckte sie sogar vor Philippos.

»Na ja«, sagte Jen und ging um die erste Staffelei herum, um die Leinwand darauf zu begutachten. »Du hast heute meine Kunst beurteilt, also ist es nur gerecht, wenn ich mir deine Sachen angucke.«

Astros Magen zog sich zusammen. Ihm war wichtig, was sie dachte, er wollte sie nicht enttäuschen. Ganz schön verrückt.

»Astro, ist das tatsächlich von dir?«, fragte sie.

Sie fand es furchtbar. Logisch. Wahrscheinlich hatte sie gefragt, weil sie dachte, das seien die Werke von Achilles. All dieses Gerede über die Beurteilung von Kunst und seine Aussage, es gehe in erster Linie um Selbstverwirklichung, und jetzt stellte er sich an, als wollte er den Turner Prize gewinnen.

»Ja, das ist von mir. Aber es ist noch nicht fertig.«

»Das ist außerordentlich gut«, sagte Jen. »Nicht dass ich eine Expertin wäre oder mich mit Kunst auskennen würde, aber … also, ich finde es richtig, richtig gut.«

Er stellte sich neben sie und betrachtete die Kohlezeichnung eines älteren Paars, die er zuerst in sein Skizzenheft gemalt, dann ausgearbeitet und auf die Leinwand übertragen hatte. An jenem Tag hatte es geregnet. Das Paar hatte unter einem Vordach Schutz gesucht, es hatte wirklich wie aus Eimern gegossen. Der alte Mann hatte seiner Frau eine Zeitung über den Kopf gehalten. Vielleicht ein sinnloser Versuch, doch ihr stand ins Gesicht geschrieben: Er war ihr Held. Vielleicht war das Bild gar nicht so übel.

»*Efharisto*«, sagte er. »Danke.«

»Das hier ist anders«, bemerkte Jen mit Blick auf die nächste mit Acrylfarben bemalte Leinwand. Ein heilloses Durcheinander.

»Sag nicht, es wäre ›gut‹. Ich kann nicht mit Acryl umgehen und verstehe auch nicht, was daran Spaß machen soll.« Er fuhr mit dem Finger über die reliefartig aufgebrachte Farbe. Bei diesem Bild war er wütend gewesen. Sauer, dass

Weihnachten näher rückte. Und jetzt stand Miss Christmas persönlich in seiner kleinen Wohnung …

Während er noch nachdachte und die erhabenen ausgehärteten Striche dieses peinlichen Werks befühlte, war Jen schon zum nächsten weitergegangen. Bevor er etwas sagen konnte, hielt sie die Luft an und schlug beide Hände vor den Mund, als wäre sie entsetzt.

»Astro!«, rief sie.

»Was ist?« Er hatte Angst, etwas falsch gemacht zu haben. War irgendwas auf seinem Bild eine Beleidigung für ihre Augen?

»Dieses Gemälde …«

»Ja, das ist noch nicht fertig, und auch nicht mein bestes. Ich …«

»Du warst das! Du bist der Maler des großen Wandgemäldes, das Petros mir gezeigt hat.« Jen schaute von der Leinwand zu ihm. »Das mit dem Jungen … und dem Mond.«

Astro schluckte. Sie hatte seinen Stil erkannt. Dieses Bild zeigte nicht dasselbe Motiv, aber als er sich daranmachte, war er ähnlich bewegt gewesen.

»Du hast mir gar nicht gesagt, dass es von dir ist«, fuhr Jen fort. »Als ich es angeguckt habe und es mich … als es mich beeindruckt hat. Da hast du nichts gesagt.«

Das stimmte. Er hatte es ihr zeigen wollen, aber trotz seiner beeindruckenden Worte über Freiheit und Wichtigkeit von Selbstverwirklichung hatte er sich nicht zu seiner Kunst bekannt.

»*Ochi*«, antwortete er. »Nein.«

Erst als er seine eigene Stimme hörte, merkte er, dass er zitterte. Was stimmte denn nicht mit ihm? Er wollte sich abwenden, doch Jen griff nach seiner Hand und hielt ihn auf. Die Situation überforderte ihn.

»Komm, wir holen das Terpentin für deine Hände«, sagte er. Das Gefühl schnürte ihm den Hals zu. Es wollte nicht verschwinden, ganz im Gegenteil, es wurde stärker, zog alles mit sich, was er sonst fühlte – Verlust, brennende Trauer, Einsamkeit –, doch es mischte sich etwas anderes darunter, etwas, das er sonst nicht empfand, vielleicht noch nie gespürt hatte …

»Astro, dein Wandgemälde«, setzte Jen erneut an, die Stimme so sanft wie ihre Berührung auf seiner Haut. »Das ist nicht einfach nur gut. Es ist nicht wie diese Bilder hier, auch wenn die schön sind. Das ist eine ganz … andere Hausnummer.«

»Jen, du musst nicht …«

Er verbot sich weiterzusprechen. Er wusste eh nicht, was er sagen wollte.

»Ich habe es gefühlt«, flüsterte sie. »Es hat mich nicht nur angesprochen, es hat mich innerlich berührt, als hätte es meine Haut durchbohrt und etwas aufgerissen, an das ich selbst nicht herangekommen bin.«

»Du musst nicht …«, begann er wieder, während sie seine Hand hielt, was sich ebenso unnatürlich wie vollkommen richtig anfühlte.

»Ich weiß, dass ich das nicht muss«, sagte sie.

Er fing ihren Blick auf, und was er in ihren Augen sah, schien eine Interpretation von dem zu sein, was er selbst empfand. Aufregung. Vorfreude. Wärme. Schmerz?

Und plötzlich waren ihre Lippen auf seinen, und Astro reagierte, wie er noch nie reagiert hatte. Bereitwillig gab er sich ihr hin. Seine Hände wollten ihren Kopf umfassen, seine

Finger sich tief in die blonden Wellen graben, während der Kuss immer inniger wurde …

So überraschend, wie es angefangen hatte, war es vorbei, und Jen machte ein paar Schritte rückwärts.

»Ich … ich muss los … ist schon spät und …«

»Ich bring dich zurück zu deinem Hotel«, sagte Astro. Seine Lippen summten noch immer vor Leben, doch mit jedem Rückwärtsschritt von Jen wurden sie kälter. »Du hast gesagt, du wohnst im Hotel Plaka, nicht? Das ist nicht weit, ich …«

»Nein, nein. Schon gut. Das brauchst du nicht zu tun.«

Er wusste, dass er das nicht musste. Und jetzt wusste er auch, dass sie es nicht wollte.

Jens Hand lag bereits auf dem Türknauf. Unfassbare Traurigkeit überkam Astro. Sie wartete nicht einmal darauf, dass er sie aufhielt. Zum zweiten Mal an diesem Abend rannte sie davon.

Jen schlüpfte nach draußen, hastete die Wendeltreppe hinunter, dann verschwand ihr roter Mantel in der Dunkelheit.

KAPITEL SECHSUNDZWANZIG

Hotel Plaka

»Andrea hat meiner Mum eine neue Waschmaschine gekauft, und zwar nicht irgendeine. Nein, es ist ein hypermodernes Teil, das wahrscheinlich auf Knopfdruck Filme über Sky abspielt und Pizza ausliefert. Meine Mutter hat mir fünf Fotos davon geschickt *und* ein Video. Sie hat mir noch nie fünf Fotos von irgendwas geschickt! Nicht mal, als sie Mr. Bean getroffen hat. Und du weißt, wie sehr sie Mr. Bean liebt.«

Jen schob ihren Frühstücksteller von sich. Bonnie und sie hatten das Essen und die Getränke vom Speisesaal mit auf die Dachterrasse des Hotels genommen. Als hätte es den Kälteeinbruch am Vortag nicht gegeben, war es heute wieder wärmer, und die Sonne schien so kräftig, dass in dieser sonnigen Ecke mit Blick auf die Akropolis kein Mantel nötig war. Doch Jen war mit den Gedanken woanders. Sie hörte nicht Bonnies Vortrag über Haushaltsgeräte, sondern träumte von einem Apartment mit einer Taube, vielen Bildern und einem anziehenden, aufregenden Mann …

»Sie hat das Monstrum als Statussymbol gekauft, verstehst du? Es ist kein Geschenk für unsere Mutter, es soll bloß mir und allen anderen, denen Mum *fünf* Fotos und sogar noch ein Video schickt, beweisen, wie unglaublich toll sie mit ihrem superwichtigen Job in London ist«, schimpfte

Bonnie und stopfte sich Oliven in den Mund, als würde jeden Moment eine landesweite Olivenknappheit ausbrechen.

»Andrea ist nicht so schlagfertig wie du, Bonnie. Sie weiß nicht, wie sie sich verhalten soll, sobald sie keinen Vortrag über ihren letzten großen juristischen Sieg halten kann.« Jen umfasste die Kaffeetasse mit beiden Händen. »Du kannst gut zuhören, du bist ein freundlicher, mitfühlender Mensch, für den immer die anderen zuerst kommen.«

»Aber damit kann man keine Spitzenklasse-Waschmaschine bezahlen, die heimlich die Weltherrschaft übernimmt, oder?«

»Nein, aber vielleicht ist das von Andreas Seite ja Kompensation, ein Ersatz, weil sie sich im Vergleich zu dir minderwertig fühlt«, gab Jen zu bedenken. »Du und deine Mutter, ihr habt eine tolle Beziehung. Andrea ist doch nur selten zu Besuch.«

»Meinst du?«, fragte Bonnie, vielleicht ein wenig zu erfreut über diese Perspektive. »Glaubst du, Andrea könnte … eifersüchtig auf mich sein?«

»Möglich«, sagte Jen mit einem Seufzer. »Weiß ich nicht.« Sie trank einen Schluck Kaffee. Irgendwas musste sie tun Mehr, als hier nur herumzusitzen, nichts zu essen und zu hoffen, die Wintersonne würde aus ihr herausbrennen, was auch immer in der Nacht passiert war.

»Du bist heute Morgen nicht du selbst.« Bonnie richtete ihre tiefen braunen Augen voller Aufmerksamkeit auf Jen.

O nein. Vielleicht hatte sie nicht genug geredet; jetzt war der Scheinwerfer auf sie gerichtet, und das war das Letzte, was Jen wollte. Sie musste die Kontrolle zurückerlangen …

»Ich frage mich gerade, wie Natalia mit Geoffrey klarkommt«, sagte sie. »Also, ob die Historische Gesellschaft tatsächlich bei uns bucht oder ob ich einen großen Batzen Geld verliere, auf den ich gerade nicht verzichten kann.«

»Natalia ist supertüchtig«, versicherte Bonnie ihr. »Und ich bin mir sicher, wenn es in der Angelegenheit irgendwas Neues gäbe, hätte sie längst angerufen.«

»Ich weiß, dass sie tüchtig ist«, sagte Jen. »Aber … sie ist nicht ich, und es ist *meine* Firma und jetzt auch noch mein Dach über dem Kopf …«

Bonnie stieß einen spitzen Schrei aus. Mit dem Knie prallte sie gegen den Tisch, sodass beinahe ihr Glas mit Orangensaft umgekippt wäre.

»Gestern Nacht ist was passiert! Ich wusste, dass mehr dahintersteckt als ein bisschen Street-Art.«

Ein bisschen Street-Art. Jen hatte das Gefühl, alle verteidigen zu müssen, die sie in der Nacht kennengelernt hatte, weil sie Zeugin gewesen war, als diese Menschen ihr Innerstes, ihre Träume und Ängste, auf Wänden, Türen und anderen verfügbaren Flächen verewigten.

»Also, es ist schon was anderes. Eher so, als hätte Salvador Dalí eine Clique, mit der er Häuser bemalt«, erklärte Jen. »Irgendwann sind wir vor der Polizei geflüchtet.«

»Was?« Bonnie fielen fast die Augen aus dem Kopf.

Gut so. Jetzt lang und breit über die dramatische Aktion im Psyrri-Viertel reden, dann würde das Gespräch nicht mehr darauf kommen, was später passiert war. Nur dass Jen es einfach nicht aus dem Kopf bekam. *Sie* hatte Astro geküsst. Obwohl sie *niemals* den ersten Schritt machte, nie. Obwohl sie *geschworen* hatte, mit den Männern durch zu sein. Und als wäre das nicht schon schockierend genug, war es der beste Kuss gewesen, den sie je erlebt hatte. Weil etwas zwischen ihnen geschehen war, das sie nicht mal ansatzweise erklären konnte. Es hatte sich fast … überirdisch angefühlt.

»Ich muss zugeben«, sagte Jen, während sie versuchte, ihre Gedanken zum Stillstand zu bringen, »dass ich noch nie vor der Polizei davongelaufen bin. Vielleicht vor Sozialarbeitern, aber so was habe ich noch nicht gemacht.«

»Wieso, was war denn los? Ich meine, ich gehe davon aus, dass sie dich nicht geschnappt haben.« Bonnie überlegte kurz. »Wie hoch kann die Strafe schon sein, wenn man mit einer Graffiti-Bande abhängt? Es war ja nicht so, dass Astro und du tatsächlich Eigentum verunstaltet hättet, oder?«

»Na ja …«

»Jen! Hast du etwa was angestellt?«

Jen setzte ihre Tasse ab und wackelte mit den immer noch farbverschmierten Fingern vorm Gesicht ihrer Freundin herum. »Ist noch nicht alles ab. Es kam einfach über mich. Als ich bei Astro war, hat er mir Terpentin gegeben, aber …«

Und schon war die Geschichte am entscheidenden Punkt angelangt, wie ein Zug, der darauf wartete, dass ein Signal umsprang. Entweder gestand sie, was passiert war, oder sie dachte sich schnell eine Lüge aus, bevor Bonnie das Steuer übernahm und den Kurs bestimmte.

»Du bist mit zu ihm gegangen!« Bonnie rutschte nach vorn auf die Stuhlkante.

»Ich habe seine Taube kennengelernt«, sagte Jen und nickte.

»Aha.«

»Und ich …« Sie stockte.

»Die Frau, die gut zuhören kann und super mitfühlend ist, hält sich gerade mit ihren schlagfertigen Kommentaren zurück und spitzt die Ohren.«

»Ich muss weg aus Athen«, platzte es aus Jen heraus. »So schnell wie möglich.«

»Weil du auf der Flucht vor der Polizei bist und ein Haftbefehl auf dich ausgestellt ist?«, fragte Bonnie. »Oder weil du eine Taube kennengelernt hast?«

»Weil ich … Astro geküsst habe.«

Bonnie kippte vom Stuhl. Sie stieß gegen die Tischkante und landete mit dem Hintern auf den Fliesen. Teller und Tassen klirrten wie ein lauter Beckenschlag im Orchester.

Jen sprang auf. »Bonnie, alles in Ordnung?«

»Ja! Ja, alles gut«, sagte Bonnie und erhob sich. »Aber nimm das jetzt nicht als Ablenkung, sondern erzähl lieber weiter.« Sie setzte sich wieder hin. »Du hast Astro *geküsst*. Richtig *geküsst*?«

»Ja«, bestätigte Jen. »Richtig. Und ich komme mir aus vielen Gründen total bescheuert vor. Ich meine, wir hatten nicht mal ein Date. Er hat mir nur Street-Art gezeigt und sich bei mir bedankt, weil ich Achilles geholfen habe, und ich verliere den Verstand und mache so was!«

»Hm«, sagte Bonnie nachdenklich. »Und wie hat *er* reagiert?«

Wie hatte Astro reagiert? Als Jen den Kuss Revue passieren ließ, wusste sie wieder genau, was Astro getan hatte. Seine Lippen hatten die Zärtlichkeit sofort erwidert, liebevoll und leidenschaftlich zugleich hatte er ihren Kopf in die Hände genommen, die Finger in ihrem Haar …

»O Gott!«, rief Bonnie, bevor Jen antworten konnte. »Er hat das ganze Programm durchgezogen, stimmt's?«

»Es war nur ein Kuss!«, versicherte Jen ihrer Freundin, obwohl sie spürte, dass ihre Wangen rot anliefen. Um wieder zur Ruhe zu kommen, schaute sie zum Parthenon hinauf. Es stand schon seit Jahrtausenden dort, hatte bereits so vieles gesehen und gehört …

»War es eben nicht, oder?«, hakte Bonnie nach. »Denn *du* hast angefangen. Und das tust du sonst nicht.«

Bonnie hörte immer genau zu und vergaß kein einziges Wort.

»Und anhand der Art und Weise, wie du darüber sprichst, nehme ich an, es war kein Kuss wie jeder andere. Mein Gott! Ich bin fast neidisch.«

Es war wirklich kein Kuss wie jeder andere. Keiner, den Jen je bekommen hatte, davon war sie überzeugt. Kein Vergleich mit den Küssen, die sie sonst nach ein paar Dates von einem Mann gewohnt war – absehbar, angenehm, aber nichts, an das man noch kurz vorm Einschlafen dachte. Kein Vergleich mit den Küssen, die sie von David bekommen hatte.

»Und was ist nach dem Kuss passiert, das so furchtbar war, dass ich unbedingt bei der Fluggesellschaft anrufen und unseren Rückflug vorverlegen muss?«

Jen schluckte, riss den Blick von der Aussicht los und schaute Bonnie an. »Ich bin weggelaufen.«

»Oje! Ihr habt euch nicht neu verabredet?«

Jen schüttelte den Kopf. Durch den Kuss hatte sie alles verkompliziert. Die Ungezwungenheit zwischen ihnen war verschwunden.

»Okay, gut, da müssen wir Abhilfe schaffen.« Bonnie stand auf.

»Nein, Bonnie, die Sache ist gelaufen. Ich meine, es war dumm von mir, ich habe nicht richtig nachgedacht. Ich weiß nicht, ob ich vielleicht das Bedürfnis hatte, jemanden zu küssen, weil David jemand anderen hat, oder ob es … keine Ahnung, mein Verstand hat einfach kurz ausgesetzt. Wiederholen wird sich das ganz bestimmt nicht. Wäre besser, wenn es vorbei ist. Ich vergesse irgendwann, wie absolut peinlich es war, und Astro kann … mich vergessen.«

Doch würde sie das wirklich tun? Diesen Kuss vergessen? Das Wandgemälde mit dem Jungen und dem Mond? Den Mann, der es gemalt und der den schwächsten Punkt in ihr berührt hatte, den Teil von sich, den sie eigentlich niemandem zeigte …

»Ich meine, wahrscheinlich hat er mich schon längst vergessen«, fügte Jen hinzu. »Er denkt bestimmt: ›Wow, das war seltsam‹, und dann serviert er den nächsten Kaffee und hasst Weihnachten weiterhin …«

»Das kaufe ich dir nicht ab.« Bonnie verschränkte die Arme vor der Brust. »Dein Verstand setzt nie aus. Niemals. Und selbst jetzt kannst du ja nicht aufhören, von ihm zu reden.«

Jen wollte widersprechen, doch als ihr klar wurde, dass sie damit bloß das Argument ihrer Freundin bekräftigen würde, presste sie die Lippen aufeinander.

»Jen, das ist doch gut! Du *magst* ihn!«

»Ich mag ihn nicht! Wie soll ich ihn mögen? Ich habe gerade erst eine Beziehung beendet, die nichts als Fake war, und ich kenne Astro kaum. Er ist Kellner und wollte meine aufblasbare Zuckerstange zerstechen und …«

»Und er hat dich hochgehoben, um nach deinem verletzten Kinn zu sehen, und wenn es nicht um deine Arbeit oder Weihnachten geht, habe ich dich noch nie so aufgeregt erlebt wie nach all den verrückten Sachen, die du letzte Nacht mit ihm gemacht hast.«

O Gott.

»Vielleicht ist genau das der Grund, warum uns das Universum nach Athen geschickt hat. Vielleicht hat David dich angelogen, damit wir hier nach Griechenland fliegen und du Astro kennenlernen konntest!«

»Du weißt, dass ich nicht an so was glaube.«

»Kathleen schon.«

»Kathleen glaubt auch, dass Joe Biden auf den Knopf für die Atombombe drückt, wenn sie beim Würzen kein Salz über die Schulter wirft.«

»Okay«, sagte Bonnie und griff zu ihrem Glas mit Orangensaft. »Unser aller Seelenheil zuliebe musst du ihn wiedersehen.«

Der Gedanke schreckte und reizte Jen zugleich. Und beide Gefühle weckten Unbehagen. Offensichtlich war sie mutiger, wenn es dunkel war und ihr eine Taube Gesellschaft leistete …

KAPITEL SIEBENUNDZWANZIG

Zentralmarkt von Athen

Astro biss auf seiner Unterlippe herum. Normalerweise kam er gern mit Philippos her, aber heute war der Markt wie der Rest der Stadt zum Realität gewordenen Versuch geworden, weihnachtliche Stimmung auch noch in den letzten Winkel zu zwingen. In den Gängen mit frischem Fisch – Oktopus, Tintenfische, riesige Garnelen, reihenweise silberne Fische auf zerstoßenem Eis, die noch zuckten – hingen rote Bänder, silberne Sterne und schimmernde Kugeln. Es gab nur einen griechischen Weihnachtsbrauch, mit dem Astro sich hatte anfreunden können, und das waren die geschmückten Boote – *karavakia*, »kleine Schiffe«: Schiffsmodelle aus Holz, um deren Mini-Takelage und Masten Lichterketten gewunden wurden. Astro hatte mit seiner Mutter einmal genau so ein Schiff aus Zweigen, Pappe, Stricken und Stoffresten gebaut. So ähnlich wie Achilles es mit den Armbändern gemacht hatte. Und Jen mit den Ohrringen …

»Ich überlege gerade«, sagte Philippos. »Was hältst du von *Politiki*-Salat auf der Speisekarte? Mit Fisch. Zusammen mit Weihnachtsplätzchen und … Schweinefleisch aus dem Ofen.«

Gourounopoula. Das Gericht hatte Astros Mutter jedes Jahr zu Weihnachten gekocht. Philippos hatte es seitdem oft selbst versucht, doch es war nie dasselbe gewesen. Und jetzt wollte er es auf die Speisekarte für die Adventszeit setzen? Was hielt Astro von der Idee? Fand er sie furchtbar, weil es eine weitere schmerzhafte Erinnerung an das war, was er verloren hatte? Oder ehrten sie mit dem Gericht die Kochkünste seiner Mutter? War es etwas, auf das er stolz sein konnte?

»Ich weiß, was du denkst«, sagte Philippos. »Dass niemand so ein *gourounopoula* wie deine Mutter hinbekommt. Dass ich jedes Jahr Weihnachten aufs Neue dabei versagte. Dass unsere Mutter nur meiner Schwester die Gene für das Familienrezept vererbt hat …«

»Ich weiß nicht, ob ich lachen oder weinen soll«, gestand Astro und schob die Hände in die Jeanstaschen, während sie sich an den zahllosen Marktbesuchern vorbeischlängelten.

Philippos wirkte ernst. »Ich wünsche mir natürlich, dass du lachst, Astro. Das ist alles, was ich je für dich wollte.«

»Ja, ich weiß. Und wir haben ja jetzt den Koch, oder? Der bekommt das sicher besser hin.«

»Genau. Los, erzähl mal, was ist das für eine junge Frau, die du da kennengelernt hast?« Philippos stieß ihn mit dem Arm an.

»Ich weiß nicht, wovon du redest.«

Leugnen. Das brachte einen zwar nie weiter, aber würde vielleicht zeitweise die lebhaften Erinnerungen verdrängen. O nein, da waren sie schon … die Hitze ihres Kusses, ihre Haare zwischen seinen Fingern.

»Marjorie hat gesagt, sie ist Engländerin.« Philippos blieb an einem Stand stehen, um die Meeräschen zu begutachten.

»Marjorie soll sich besser Gedanken um Achilles machen als über Touristen, mit denen ich mal kurz gesprochen habe.«

»War diese Engländerin denn dabei, als du gestern Nacht vor der Polizei weggelaufen bist?«

Astro sah seinen Onkel fragend an, um zu ergründen, ob er nur Vermutungen aufgrund Astros früheren Verhaltens anstellte oder ob er doch etwas wusste. Philippos' Blick war fest. *Skata. Shit.*

»Dimitri war unter den Polizisten, stimmt's?«, sagte Astro seufzend.

Dimitri war ein Freund seines Onkels, der ständig in Astros Nähe auftauchte, obwohl es Hunderte von Polizisten in der Stadt gab.

»Dimitri meint, es wäre besser, wenn du dich nicht immer am selben Ort aufhältst.«

»Wie der Rest von Athen will Dimitri nicht, dass Leute wie meine Freunde und ich uns überhaupt irgendwo aufhalten. Wir malen dort, weil es keinen besonders interessiert. Wäre es ihm lieber, wenn ich das Hadrianstor besprühen würde?«

»Astro …« Philippos schüttelte den Kopf.

»Was? Ich weiß nicht, was du von mir hören willst.«

»Ich möchte nur, dass du ehrlich bist. Um mehr habe ich dich nie gebeten.«

»Was die Graffitis betrifft? Oder Jen?«

Philippos grinste und rieb sich mit der Hand über den Bart. »Sie hat also einen Namen.«

»Jeder hat einen Namen … und du musst dir wirklich mal den Bart stutzen lassen.«

»Du magst diese Frau«, fuhr sein Onkel fort, während er auf einen großen Fisch wies. Der Verkäufer hob ihn hoch und hielt ihn Philippos zur Begutachtung hin.

Astro wusste nicht, was er sagen sollte. Ja, er mochte sie.

Nie zuvor hatte er jemanden kennengelernt, der ihn genug fesselte, um ihn ansatzweise zu interessieren. Aber es war sinnlos. Sie kamen aus völlig unterschiedlichen Welten, und außerdem hing Jen mit ganzem Herzen an einer Jahreszeit, die Astro alles genommen hatte.

»Astro«, sagte Philippos und wandte den Blick von dem Fisch ab, obwohl der Verkäufer sich größte Mühe gab. »Sei ehrlich.«

Er seufzte. »Ich mag sie.«

»O mein Gott!«, rief Philippos und schlug Astro so schwungvoll auf die Schulter, dass dem Verkäufer der Fisch aus der Hand fiel. »Jetzt ist es so weit!«

»Was ist so weit?«

»Die Liebe.« Philippos gestikulierte wie ein Schauspieler auf der Bühne.

»Du bist verrückt«, sagte Astro kopfschüttelnd. »Damit hat das nichts zu tun.«

»Du hast das Herz deiner Mutter. Eleni hat sich ständig verliebt. In Menschen. In Essen. In Blumen. Ins Leben. Sie hätte sich dieses Gefühl für dich gewünscht.«

Betont locker zuckte Astro mit den Schultern, obwohl Philippos' Worte ihn wie ein Hagelschauer trafen. »Ich liebe Street-Art. Richte Dimitri bitte aus, dass er kein Tränengas gegen mich einsetzen soll.«

»Jetzt bleib ernst, Astro.«

»Ich dachte, ich soll ehrlich sein.«

Philippos seufzte. »Ich möchte dir nur raten: Bleib du selbst, folge deinem Herzen so, wie deine Mutter es getan hat. Sie hatte kein leichtes Leben, konnte keine großen Sprünge machen, aber auf dem Weg, der ihr vorgezeichnet war, ist sie ihren kleinen Träumen gefolgt. Und ich weiß, dass sie sich vor allem eins für dich wünschte, nämlich dass du mehr Möglichkeiten hast als sie. Mach was daraus, Astro, egal, wie und wo sich was ergibt.«

Er wusste nicht, was er dazu sagen sollte. Es war unangenehm, in dieser lauten, hektischen Markthalle emotional zu werden. Plötzlich fühlte er sich wie ein Fisch auf dem Trockenen, der nicht wusste, was als Nächstes geschehen würde. War dies der Moment, wo er sich Philippos offenbaren sollte? Dass seine Kunst nicht nur schlichte Zeichen aus Spraydosen war, sondern dass er das Zeichnen und Malen liebte, die Darstellung von Leben und seinen ungefilterten Gefühlen? Dass die Kunst in seiner Zukunft vielleicht eine größere Rolle spielen könnte?

»Solange du nicht die Fassade unserer Bar besprühst«, sagte Philippos schmunzelnd.

Der Moment war vorbei. Astro steckte die Hände wieder in die Jeanstaschen.

»Jen ist nicht mehr lange hier«, erklärte er seinem Onkel. »Sie hat keinen Grund zu bleiben.«

Da grinste Philippos und gab dem Verkäufer ein Zeichen, dass er zehn Meeräschen wollte. »Dann musst du ihr einen Grund geben, oder?«

KAPITEL ACHTUNDZWANZIG

Akropolis, Athen

»Wo bist du gerade? Hört sich an, als wärst du gefangen unter Erde. Soll ich rufen Rettungsmannschaft?«

Jen hatte keine Ahnung, warum Natalia das dachte, denn sie befand sich weit oben über der Stadt, wo sie gerade die Marmorsäulen und die unvergängliche Schönheit jenes ikonischen Denkmals, der Akropolis, bestaunte. Es war etwas völlig anderes, hier zwischen den Ruinen zu stehen, als von der Dachterrasse des Hotels aus hinüberzusehen. Aus der Ferne wirkte die Akropolis wie die Kulisse einer Filmszene, zu spektakulär, um real zu sein. Aber wenn man sie aus der Nähe sah, wenn man ganz nah an diese sagenhafte Menge alter Säulen heranging und sich vorstellte, wie viel Anstrengung und Mühe in ihren Bau geflossen waren – und in ihre Erhaltung bis zum heutigen Tage –, dann begriff man, warum diese Ruinen zu den wichtigsten Reisezielen der Welt gehörten.

»Ich stehe tatsächlich auf der Akropolis, hörst du, an diesem berühmten historischen Ort«, erklärte Jen und sah zu Bonnie hinüber, die in den Reiseführer versunken war.

»Ich höre nur Bruchstücke«, sagte Natalia. »Habe nur verstanden ein Wort. Ist das Cocktail?«

Nein, es funktionierte nicht. Jen kam besser zur Sache

und fragte Natalia, warum sie angerufen hatte. Sie schickte ein stummes Stoßgebet zu Athena – der Göttin der Weisheit und der Krieger, die Schutzheilige dieser Stadt –, dass es gute Nachrichten waren.

»Natalia, ist alles in Ordnung?«

»Nein.«

Bloß keine Panik! »Was ist denn passiert?«

»Geoffrey ist Schwein.«

»Ach, ja, er kann wirklich schwierig sein und versucht immer, seinen Kopf durchzusetzen, aber …«

»Nein, Geoffrey ist Schwein. Er spielt Schwein in neue Weihnachtsproduktion in Southampton. Hat mitgenommen alle seine Leute, um zu spielen Ferkel und Gnome. Er sagt, er nicht mehr auftreten will für Historische Gesellschaft.«

Das war die schlimmste Nachricht aller Zeiten! Es war also nicht nur ein Schauspieler, mit dem es Probleme gab, sondern eine ganze Truppe. Nie im Leben würde es Jen gelingen, eine komplett neue Schauspieltruppe – zu wer weiß was für einem Honorar – zu engagieren, selbst wenn es verfügbare Leute gab. Sie musste nachdenken. Sie musste die Führung übernehmen, schließlich war sie die Chefin. Doch leider fiel ihr nichts ein …

»Ich gar nicht weiß, in welchem Weihnachtsspiel es gibt Schweine und Zwerge. Selbst in Ukraine gibt es nicht.«

Denk nach, Jen, denk nach.

Dann hatte sie eine Idee: *Kathleen*. Kathleen hatte vielleicht noch Kontakte aus ihrer Zeit bei *Partyfieber*.

Kathleen hatte Jen schon einmal aus der Patsche geholfen, als sie für eine kombinierte Geburtstags-Hochzeitstags-Party im Women's Institute eine Weihnachts-Oster-Feier planen sollte. Passend zum Motto hatte sie den Kontakt zu einem äußerst fähigen Osterhasen hergestellt. Und wenn Kathleen niemanden wusste, fiel ihr zumindest jemand ein, der jemanden kannte.

»Was ich soll tun? Soll ich Brüder sagen, sollen besuchen Geoffrey? Brüder müssen nur brechen Finger, dann er überlegt sich anders.«

Jen wollte lieber nicht wissen, wessen Finger in diesem Szenario knacken würden. »Gib mir ein paar Stunden Zeit! Ich melde mich wieder.«

Bonnie winkte von weiter oben und wies auf mehrere reich verzierte Säulen links von ihnen, abseits des Hauptbauwerks.

»Eine Sache noch«, rief Natalia.

Nicht noch mehr! Jen konnte wirklich keine weiteren Probleme gebrauchen, nachdem Bonnie ihr eröffnet hatte, dass sie frühestens in drei Tagen zurück nach Großbritannien fliegen könnten. Jen holte tief Luft und versuchte, die Brise in ihren Haaren zu genießen.

»Erzähl!«, sagte sie.

»David. Er hier angerufen. Will sprechen mit dir.«

Jen schloss die Augen. Warum konnte dieser nach wie vor verheiratete Mann sie nicht einfach in Ruhe lassen?

»Er wissen will, wo du wohnst in Athen. Ich sage, wenn ich erzähle, ich ihn muss töten«, fuhr Natalia fort. »Ich ihm gerne erzähle und mache ernst, bevor er kann fahren zu Flughafen.« Seit Jen ihrer Mitarbeiterin erzählt hatte, dass David verheiratet war, juckte es Natalia offenbar in den Fingern, einen Auftragsmord in die Wege zu leiten.

»Nein, Natalia«, beeilte sie sich zu sagen und winkte Bonnie beruhigend zu. »Nein, sprich einfach nicht mit ihm, und blockiere seine Nummer.«

»Ganz bestimmt?«

»Dass ich nicht mit ihm sprechen will?«

»Dass ich nicht soll machen *varenyky* aus seine kleine Gurke.«

»Ich weiß nicht, was …«

»Ukrainische Teigtaschen, sehr lecker.«

»Ignorier ihn einfach, und blockiere seine Nummer«, wiederholte Jen seufzend. »Wegen der Historischen Gesellschaft melde ich mich so schnell wie möglich.«

Sie legte auf und holte tief Luft. Dann betrachtete sie die Monumente um sich herum, die alte Bausubstanz, die wieder zusammengefügten Teile. Was sie sah, kam sehr nahe an das heran, was sie im Moment fühlte. Wie die griechischen Tempel hatte sie zwei Möglichkeiten: Verfall und Untergang hinzunehmen oder dem Elend die Stirn zu bieten und dagegen zu kämpfen. Indem sie zum Beispiel ihre Gefühle auf verlassene Läden im Psyrri-Viertel sprühte. Vielleicht war diese Stadt der Schlüssel zu ihren eigenen dringend nötigen Restaurierungsmaßnahmen. Später würde sie Kathleen anrufen; jetzt wollte sie erst mal diese Ruinen bestaunen und das Gefühl genießen, das hier jeden heimsuchte – nämlich absolut bedeutungslos zu sein.

KAPITEL NEUNUNDZWANZIG

Museumscafé, Akropolis

»Trau keinem Mann, dessen Augen zu dicht zusammenstehen!«, verkündete Kathleen.

»Das stimmt«, pflichtete Bonnie ihr bei und schob sich ein Stück *baklava* in den Mund, von dem sie zuvor den Honig geleckt hatte.

Sie saß mit Jen im Museumscafé der Akropolis auf einer Terrasse unterhalb der berühmten Ruinen, weitere Steine von archäologischer Bedeutung lagen buchstäblich zu ihren Füßen. Das Museum war alles andere als langweilig – ein spannender Mix aus perfektem modernen Design, so gebaut, dass man das antike Wahrzeichen dabei immer im Blick behalten konnte. Man spürte, dass alles sorgfältig durchdacht war; die Anordnung und Reihenfolge der Ausstellungsstücke hatten Jen das Gefühl gegeben, tatsächlich durch die Zeit zu wandern. Jetzt, bei Kaffee und leckerem griechischen Gebäck, wollte Jen mittels eines FaceTime-Anrufs im Pflegeheim die Sache mit Geoffrey in Angriff nehmen.

»Ich verstehe, warum man ihn als Schwein besetzt hat«, bemerkte Kathleen. Sie trug einen orangen Papierhut, der ihr immer wieder über die Augenbraue rutschte.

»Ich auch«, bestätigte Bonnie, biss wieder in ihr *baklava* und verdrehte entzückt die Augen.

»Okay, das ist nun mal so«, sagte Jen und griff nach ihrem Kaffeebecher. »Wir müssen uns jetzt auf die Zukunft konzentrieren. Auf die *nahe* Zukunft. Weil ich niemanden habe, der diesen Job übernehmen will, und weil das bedeutet, ein Theaterstück aus dem Ärmel zu schütteln. Das heißt, falls es überhaupt noch Theaterkompanien gibt, die vor Weihnachten eine Lücke im Kalender haben.« Wenn sie es laut aussprach, klang es noch viel, viel schlimmer; es war, als rückte der Termin nur durch das Reden darüber immer näher.

»Oder du änderst das Stück ein bisschen ab«, schlug Bonnie vor. »Verabschiede dich von dem Anspruch, mit kleinem Budget eine Broadway-Show aufzuziehen.«

»Das geht nicht«, stieß Jen aus. »Weil die Historische Gesellschaft so einen hohen Anspruch hat. Bisher habe ich immer penibel darauf geachtet, dass alles historisch korrekt war – im Großen und Ganzen –, und wenn ich jetzt Abstriche mache, fragen sich die Leute, was dieses Jahr los ist, und verlangen wahrscheinlich ihr Geld zurück.«

»Tja, was ist denn dieses Jahr los? Geoffrey hat sich als zwielichtiger Wichser entpuppt, und du hast …«

»Ich habe nicht aufgepasst und mit David den größten Fehler meines Lebens begangen«, platzte es aus Jen heraus.

Es tat immer noch weh. Nur ärgerte sie sich jetzt weniger über Davids Lügen als vielmehr über sich selbst, weil sie sich hatte an der Nase herumführen lassen. Das war der eigentliche Grund, warum sie in der Nacht vor Astro davongelaufen war. Schließlich konnte er sie ebenfalls verletzen. Sie kannte ihn ja nicht, er konnte genauso gut ein mit allen Wassern gewaschener Frauenheld sein. Möglicherweise war sie nur eine in einer langen Reihe von Touristinnen, mit denen er anbändelte. Zuerst köderte er die Frauen mit Kaffee, Bier und Graffitis, dann ging es an die Kohle. Nur dass Jen nichts hatte. Und Street-Art war nicht gerade die bewährteste Methode von Männern, Frauen rumzubekommen, oder? Sie holte tief Luft. Ihr Bauchgefühl sagte ihr, dass Astro es ernst meinte, aber konnte sie noch auf ihren Bauch vertrauen?

»David ist verheiratet. Das war nicht dein Fehler«, warf Bonnie ein und leckte die süße Glasur von Daumen und Zeigefinger. »Alles andere als das.«

»Und jetzt ruft er bei Natalia an und sagt, er will mit mir sprechen, und fragt sie, in welchem Hotel in Athen ich abgestiegen bin …«

»Was macht er?«, riefen Bonnie und Kathleen so laut aus einem Munde, dass die halbe Terrasse es hörte.

Jen senkte die Stimme. »Ich habe ihr natürlich gesagt, dass sie nicht drangehen soll, wenn er anruft, und dass sie ihn blockieren soll … auch wenn sie seine kleine Gurke nicht zu Teigtaschen verarbeiten braucht … aber, wisst ihr, das hier, dass ich in Athen bin, liegt ja an ihm, und jetzt bricht zu Hause alles zusammen, was ich für meinen Parisurlaub so gut vorbereitet hatte, und …«

»Hör auf, Jen!«, befahl Kathleen mit ihrer autoritären Stimme.

Sie war nicht ganz so laut wie zuvor, aber würde wahrscheinlich immer noch eine Konzertveranstaltung übertönen, wenn sie auf die Probe gestellt würde. Selbst Bonnie legte ihr Gebäck beiseite und lauschte gebannt.

»Du redest, als wäre das eine große Katastrophe«, fuhr Kathleen fort. »Als wäre das so schlimm wie … wie der furchtbare Kerl, der vor Sam Ryder für uns beim ESC gesungen hat, oder … dass ich mir Geschichten aus den Schützengräben anhören muss, während ich mit Fleisch zwangsernährt werde, das selbst für Chappi zu schade ist.«

Bonnie schnaubte verächtlich.

Kathleens Vergleiche rückten das Ganze für Jen wieder in die Perspektive.

Doch Kathleen war noch nicht fertig: »Das ist doch nur ein winziges Problemchen in deiner für die Kunden perfekt vorbereiteten Weihnachtszeit, keine Reihe von Dominosteinen, die beim Versuch fürs Guinness-Buch der Weltrekorde zu früh umkippen, oder … ein Sturz auf den Kopf, bei dem du ohnmächtig wirst, oder … ein Sturz auf den Mann aus Zimmer 30, bei dem *er* ohnmächtig wird, oder …«

»Ich habe verstanden«, unterbrach Jen sie. »Du denkst, ich bausche das zu sehr auf.«

»Ich denke, dass du den Ofen aufmachst, bevor der Kuchen aufgegangen ist« – Kathleen rückte ihren Papierhut zurecht –, »und wir wissen alle, was dann passiert.«

»Er fällt in sich zusammen«, sagte Bonnie. »Und wird flacher als ein Fladenbrot.«

»Genau, Bonnie«, sagte Kathleen mit einem Nicken. »Es geht nur um eine kleine Hürde, nicht um einen …«

»Limbo-Marathon«, ergänzte Bonnie.

Jen sah ihre Freundin fragend an.

»Sorry, musste an die Fladenbrote meiner Mum denken und an Onkel Caspian letzten Sommer.« Bonnie seufzte. »Schon gut.«

»Kathleen, kennst du aus deiner Zeit von *Partyfieber* zufällig jemanden, der in der Lage wäre, kurzfristig mit Schauspielern und einem Stück einzuspringen?«, fragte Jen und hielt ihre Daumen gedrückt.

»Jemanden wie Kirk, den Weihnachtsosterhasen?«, gab Kathleen zurück.

»Genau so einen«, bestätigte Jen.

»Eins, zwei, Osterei«, warf Bonnie ein. »Sorry, konnte ich mir nicht verkneifen.«

Mit großer Geste zog sich Kathleen den Papierhut vom Kopf und hielt einen Finger hoch. »Ich kenne jemanden, der einen kennt.«

Am liebsten hätte Jen das Display geküsst. Genau das hatte sie gehofft. Was würde sie nur ohne Kathleen tun?

»Gib mir Zeit bis morgen, dann zerbreche ich mir den Kopf, statt diesen albernen Hut zu tragen!«

»Danke, Kathleen«, sagte Jen, schon jetzt mit einem gewissen Gefühl der Erleichterung.

»Ja, danke!«, rief Bonnie, als sei auch ein Gewicht von ihren Schultern genommen. »Jetzt kann Jen die herrlichen Dinge hier in Athen vielleicht richtig genießen. Und ich habe ihr schon gesagt, dass sie noch mal zu Astro gehen muss, egal, was gestern Nacht passiert ist.«

Jen hatte das Gefühl, das Herz rutsche ihr in die Hose. Warum brachte Bonnie das Gespräch auf Astro? Sie schluckte, weil sie genau wusste, dass Kathleen darauf anspringen würde.

»Ist Astro ein neuer Planet?«, fragte sie schmunzelnd. »Neben Uranus?«

»Astro ist nur ein Kellner in einer netten kleinen Bar«, teilte Jen ihr mit. »Diese Ecke von Athen ist wirklich wunderbar, Kathleen, du wärst begeistert. Eng zusammenstehende kleine Tische unter Schirmen, daneben Heizpilze, damit niemandem kalt wird. Griechische Musik, Katzen, jede Menge Weihnachtsdeko, Lichter und …«

»Und dieser Astro ist *nur* ein Kellner? Der die Getränke bringt?« Kathleen setzte ihre allwissende Miene auf.

»Manchmal auch Essen«, fügte Jen hinzu. »Aber kein besonders teures, weil ich knapp bei Kasse bin …«

»Bonnie!«, rief Kathleen.

»Ja?« Bonnie schob das Gesicht wieder vor die Kamera.

»Ich stimme dir zu. Sie muss noch mal zu diesem Astro, ganz egal, was gestern Nacht passiert ist.«

Bonnie klatsche in die Hände, als hätte sie einen neuen Masterplan aufgestellt.

»Kathleen …«, begann Jen.

»Jetzt hör mir mal zu«, unterbrach Kathleen sie. »Du hast nur ein Leben. Eins. Und meiner Meinung nach hast du bis jetzt ein bisschen zu viel nachgedacht und ein bisschen zu wenig unternommen. Ich war mir sicher, dass David ein falsches Früchtchen ist, aber ich merke schon jetzt, dass du diesen Kellner magst. Weil du mir nur von der Bar erzählt hast, in der er arbeitet, aber nichts über ihn selbst. ›Typisch Jen‹, hätte Gerald gesagt.«

»Typisch Jen« war einer von Geralds Lieblingssprüchen gewesen. Jedes Mal, wenn sie sich scheute, etwas zu erzählen – selbst etwas Gutes –, redete sie über unwichtige Dinge, bis die Neuigkeit irgendwann herauskam, manchmal erst nach Tagen. Ebenfalls typisch für sie war der Umstand, dass sie für nichts Lob annehmen konnte. Gab es große Anerkennung für *Jeden Tag Weihnachten*, war klar, dass Jen mit großer Zurückhaltung reagierte und verkündete, das Ganze sei eine Mannschaftsleistung, die eigentlichen Stars der Veranstaltung seien die Gäste gewesen, die so begeistert mitgemacht hätten. War es auch »typisch Jen«, Kathleen nicht zu erzählen, dass sie jetzt neben dem

Kostüm der Eiskönigin und einer Pappfigur von Buddy, dem Weihnachtself, schlief?

»Ich habe dir das Geld nicht zugesteckt, damit du es wieder mit nach Hause bringst! Geh mit diesem Astro aus! Lass es drauf ankommen! Wenn du es schon nicht für dich selbst tust, dann tu es für mich, eine alte Frau mit einem Papierhut, die sich heute mindestens zwanzig Witze anhören musste, von denen sie die Hälfte schon kennt.«

Jen holte tief Luft und versuchte, das Rückzugsgefecht in sich, das bereits im Gange war, noch aufzuhalten. Sie nickte, so überzeugend sie konnte. »Okay.«

»Okay, also, wie gesagt, ich kümmere mich um dein Problem mit den Schauspielern und sage Bescheid, sobald ich Näheres weiß. Ich muss nur das kleine rote Büchlein finden.« Kathleen zeigte mit dem Finger in die Kamera. »Und wenn ich zurückrufe, will ich mehr über diesen Kellner wissen, als wie die Snacks in seiner Bar schmecken.«

Offenbar war Jens Nachmittag bereits verplant.

KAPITEL DREISSIG

Bar Páme

»Ich komme da nicht dran! Ich brauche eine Leiter!«

Seit Achilles aus der Schule zurück war, hatte er schlechte Laune. Und er hörte nicht auf, über Jen zu reden. *Wann kommt Jen zurück? Alle fanden die Ohrringe toll, wir müssen noch mehr basteln. Warum weißt du nicht, wann Jen zurückkommt? Können wir zu ihrem Hotel gehen und sie fragen, ob sie uns noch mal hilft?*

»Achilles!« Marjorie drehte sich mit den dampfenden Platten voll Grillfleisch um, die sie nach draußen brachte. »Sei leise! Die Leute kommen hierher, um sich zu entspannen, nicht, um dein Geschrei zu hören.«

»Ich helfe Astro bei der Weihnachtsdeko, aber ich komme da nicht dran, und die hier fallen von selbst auseinander. Sie sind so alt!«

Astro nahm Achilles auf den Arm und stellte ihn auf einen Stuhl, damit der Junge den Haken über dem steinernen Kamin erreichte. »Den Engel hat meine Mutter zusammen mit meiner Großmutter gebastelt«, erklärte er. »Das sind Wäscheklammern. Sie hat Augen und Mund draufgemalt, und der Stoff ist eine Weihnachtsserviette.«

»Und wie alt ist die?« Achilles befestigte den Faden so am Haken, dass der Engel genau mittig hing.

»Fast doppelt so alt wie ich.«

»Hallo, Astro!«

Beim unerwarteten Klang der Stimme hätte Astro fast den Stuhl umgestoßen. Er musste Achilles festhalten, der sich ebenfalls umdrehte. Jen stand in der Bar, so schön wie immer. Selbst in dem weihnachtlich roten Mantel.

»Ich … ich habe die Tür gar nicht gehört«, stammelte er. Wie dämlich! Was war das für eine Begrüßung?

»Jen!«, rief Achilles erfreut, stützte sich auf Astro und sprang vom Stuhl.

»Hallo, Achilles!«, grüßte Jen, als der Junge ihr die Hand zum Abschlagen hinhielt. »Na, endlich bekommt die Bar Páme eine Weihnachtsdekoration! Das hätte ich nicht für möglich gehalten.«

»Es ist möglich. Nur nicht ganz so schnell«, sagte Astro.

Sie war hier. Sie war zurückgekommen. Doch nicht auf dem Rückflug nach England.

»Oh, das ist ja …«

»… fast alles kaputt«, ergänzte Achilles und zog brüchige Lamettagirlanden aus der sich ebenfalls auflösenden Einkaufstüte. »Siehst du?«, sagte er, als die Girlande auf den Tisch fiel.

»Ja, die sind etwas altmodisch«, gab Astro zu.

Was war das? Schämte er sich jetzt für Sachen, die er eigentlich gar nicht haben wollte?

»Ich finde, wir sollten alles neu kaufen«, verkündete der Junge.

»Nein, Achilles, das geht nicht!«, mahnte Astro.

»Na«, sagte Jen, nahm ihm die Tüte ab und schaute hinein. »Man muss nicht alles neu kaufen. Mussten wir ja bei den Armbändern und Ohrringen auch nicht.«

»Kannst du aus *diesen* alten Sachen was Schönes machen?« Achilles riss die Augen auf.

»Mit ein bisschen Hilfe der Natur«, sagte Jen.

Achilles runzelte die Stirn.

Sie sah Astro an. »Bist du schwer beschäftigt, oder hast du ein bisschen Zeit?«

»Ich hatte noch keine Mittagspause«, erwiderte er und nahm schnell seine Schürze ab.

»Wenn deine Mutter einverstanden ist, hast du dann Lust, mitzukommen und Material zu suchen, aus dem wir Deko für die Bar basteln können?«, fragte Jen den Jungen.

»*Ne!*«, rief Achilles aufgeregt und lief los.

Die Freude des Jungen spiegelte sich in seinem Gesicht, so glücklich war er darüber, dass Jen gekommen war.

»Hast du denn Zeit dafür?«, fragte er betont cool und gefasst.

»Die nehme ich mir«, entgegnete sie.

Der Satz kam fröhlich heraus, aber nicht so recht zuversichtlich. Vielleicht dachte Jen, wie er, an die letzte Nacht und an den Kuss. *Sie* hatte *ihn* geküsst. Er hatte sofort reagiert, und zwar mit einer Leidenschaft, von der er gar nichts geahnt hatte. Während sie sich ansahen, war die Atmosphäre zwischen ihnen schon wieder so aufgeladen, als könnte Jen problemlos seine Gedanken und Gefühle lesen …

»*Signomi!*«

Ein herumfuchtelnder Gast unterbrach den intensiven Blickwechsel. Astro lächelte Jen an. »Einen Moment.«

KAPITEL EINUNDDREISSIG

Anafiotika

»Unfassbar, dass bei euch im Winter die Apfelsinen so zum Pflücken an den Bäumen hängen«, sagte Jen, während Achilles einige davon in eine große Tüte fallen ließ, die deutlich stabiler war als die mit dem Weihnachtsschmuck in der Bar Páme.

Allmählich wurde es dunkel, und die Straßenlaternen in dem dorfähnlichen Stadtteil ein Stück hinter der Bar Páme erstrahlten. Anafiotika bestand aus gewundenen Gassen, die kaum breit genug für einen Menschen waren, von zwei sich begegnenden Personen ganz zu schweigen. Zuerst hatte Jen gedacht, die Gegend ähnele den schwach beleuchteten Straßen in Psyrri, wo man irgendwann vielleicht vor einem von Fledermäusen bewohnten Torbogen stand. Bei jedem Schritt gab es Neues zu entdecken. Die Apfelsinen gehörten auf jeden Fall zu den Materialien, die Jen nutzen wollte, neben Zweigen, die sie von mit Mehltau überzogenen Bäumen gebrochen hatte, sowie Kiefernzapfen, Nüssen und Tannengrün, das sie auf dem Boden zu finden hoffte.

»Zitronen wachsen hier auch im Winter«, erklärte Astro.

»Ja, genau!«, bestätigte Achilles. »Frau Calimeris sitzt immer mit einem langen Stock im Garten, da ist ein großes

Messer dran, mit dem sie im Baum rumfuhrwerkt und Zitronen abschneidet.«

»Das stimmt.« Astro nickte. »Habe ich mit eigenen Augen gesehen.«

»Und was machen wir mit den Orangen?« Achilles schwenkte die Tüte in der Hand, während sie um die nächste Ecke bogen. In einem kleinen Häuschen leuchtete eine Lichterkette in Form eines Segelboots im Fenster.

»Daraus machen wir Deko. So was Ähnliches wie Christingles, aber es muss keine religiöse Bedeutung haben. Die vier Stäbchen, die wir in die Orange spießen, können alles symbolisieren, was du magst.«

»Zum Beispiel Mum, mich und Frau Calimeris?«, schlug Achilles vor.

»Wenn du willst, können wir auch ein Christingle für deine Mutter machen«, sagte Jen. »Je mehr wir sammeln, desto mehr können wir basteln.«

»Ich gucke mal, ob ich richtig große Bäume finde!«, verkündete der Junge und lief vor.

»Achilles!«, rief Astro ihm nach. »Nicht so weit!«

»Ist das okay?«, fragte Jen, als Achilles an der nächsten Ecke aus dem Blickfeld verschwand.

»Er kennt sich hier gut aus. Und die Leute kennen Marjorie und Achilles. Allein wegen ihrer tragischen Geschichte.«

»Welche tragische Geschichte?« Jens Interesse war geweckt.

»Als Marjorie noch jung war, sagten die Ärzte, sie könne niemals Kinder haben. Als sie dann unerwartet schwanger wurde, war das zuerst mal ein Schock für sie. Sie war nicht bereit für ein Kind; angeblich war es ja gar nicht möglich. Dann erfuhr sie, dass es Zwillinge waren. Sie heiratete den

Vater, aber der verschwand irgendwann, und sie … verlor eins der Kinder.«

»Oh«, machte Jen. »Wie furchtbar. Ich weiß gar nicht, was ich dazu sagen soll.«

»Eigentlich ist Marjorie stark und furchtlos, sie hat schon viel durchgemacht. Sie liebt Achilles über alles, aber es ist nicht leicht, allein mit einem Kind zu sein, das so viel Energie hat. Deshalb versuchen wir alle, ihr ein bisschen zu helfen.«

Jen schluckte. Im Vergleich zu Marjories Geschichte war ihre eigene Traurigkeit gleich nicht mehr so wichtig. Sicher, es mochte sein, dass sich Menschen um sie »gekümmert« hatten, doch die waren in erster Linie an den Geldern der Behörden interessiert gewesen. Aber irgendwann waren Kathleen und Gerald in ihr Leben getreten. Und jetzt hatte sie Bonnie und Natalia und ihre Firma. Ein gutes, solides Fundament. Diese Menschen an sich heranzulassen, war die Voraussetzung für alles gewesen, was danach gekommen war. Vielleicht war das auch der Grund, warum sie jetzt hier bei Astro war, warum sie sich Zeit nahm, prüfte, ob er vielleicht jemand sein könnte, den sie ebenfalls an sich heranließ. Bloß flog sie in wenigen Tagen zurück, was sie ihrer Firma zuliebe – dem wichtigsten Fixpunkt – auf jeden Fall tun musste. War es sinnvoll, etwas anzufangen, was so schnell wieder vorbei sein würde?

»Alles in Ordnung?«, fragte Astro und blieb neben einer mit weißen Lichtern geschmückten Topfpalme auf der Treppe vor einer kleinen blauen Tür stehen.

»Doch.« Jen nickte. »Ich hab nur … an eine Freundin zu Hause in England gedacht. Sie hat *mir* geholfen, als ich Hilfe brauchte. Sie … hat mir ein Dach über dem Kopf gegeben, einen Job und … selbst jetzt brauche ich mehr Hilfe von ihr als sie von mir.«

»Das klingt nach einer guten Freundin«, sagte Astro. Sie bogen um die nächste Ecke und schreckten eine Tigerkatze auf, die sich putzte. »Wie heißt sie?«

»Kathleen«, antwortete Jen. »Sie ist zweiundachtzig und nicht mehr so mobil, aber wenn jemand ein Lied aus den Sechzigern anmacht, versucht sie trotzdem, aufzustehen und zu tanzen. Sie sagt mir ständig, was ich tun und lassen soll, und ich höre sogar noch auf sie.«

»Dann ist sie wie eine Mutter für dich?«

Der Weg wurde etwas breiter, sodass sie nebeneinander gehen konnten.

»Schätze schon«, erwiderte Jen schulterzuckend, vielleicht weil er das Wort »Mutter« benutzt hatte. Für sie war es immer mit einer negativen Bedeutung behaftet. Dabei war Kathleens Einfluss alles andere als negativ.

»Hast du keine Mutter?«, fragte Astro und bog nach links in eine wieder schmalere Gasse ab.

Die Frage berührte einen Teil von Jens Leben, über den sie mit niemandem sprach, den Teil, dem sie mit all ihren Vermeidungsstrategien auswich: mit einem Witz, einer Lüge, was auch immer funktionierte, bloß nicht mit der Wahrheit. Sie holte tief Luft.

»Nein«, sagte sie. »Habe ich nicht.«

So ehrlich wie in diesem schlichten kurzen Satz war Jen noch nie gewesen. Als ihr die enorme Tragweite bewusst wurde, zog sich ihr Herz zusammen. In der Nacht hatte Astro ihr seine Kunst gezeigt, er hatte sie mit einer Taube bekannt gemacht, und seine Lippen hatten ihr bewiesen, dass ein Kuss viel mehr sein konnte, als sie je für möglich gehalten hätte.

Dicht an dicht gingen sie weiter. Jen spürte, wie Astro tief Luft holte.

»Ich habe auch keine Mutter«, sagte er. »Und auch … keinen Vater.«

Jen sah ihn an, und ihr Herz klopfte heftig, weil in seinem Leben ähnliche Lücken wie in ihrem klafften.

»Ich auch nicht«, flüsterte sie in der Dunkelheit.

Bevor einer von beiden noch etwas sagen konnte, hörten sie Geschrei aus der Ferne. Es war Achilles, der etwas auf Griechisch rief und herumruderte, als würde er im Meer ertrinken.

»Was will er?«, fragte Jen.

Astro lächelte kopfschüttelnd. »Er sagt, wir seien zum Essen in dem Haus eingeladen, wo er gerade ist. Es gäbe Kohlrouladen und *tsigareli*.«

»Wie? Eine Einladung zum Essen? Von Fremden?«, fragte Jen überrumpelt. Das war doch nicht normal, ein Kind und zwei Personen, die man gar nicht kannte, in sein Haus zu holen!

»In Griechenland gibt es keine Fremden, Jen«, erklärte Astro. »Komm, ich liebe Kohlrouladen!«

KAPITEL ZWEIUNDDREISSIG

Es war ein winzig kleines Haus, in dem der größte Raum den Wohn- und Essbereich sowie die Küchenzeile in sich vereinte. An einer Seite gingen Türen zu einem puppenähnlichen Schlafzimmer und einem Badezimmer ab. Kaum hatten sich Astro und Jen in den Hauptraum gequetscht, zogen vom Ofen und vom Herd Düfte herüber, bei denen Jen das Wasser im Mund zusammenlief. Achilles hatte bereits ein Stück Brot im Mund. Jen musterte die beiden Stühle am kleinen Esstisch und fragte sich, ob der Junge sie nicht doch reingelegt hatte oder man ihnen einfach zwei Pappteller zum Mitnehmen in die Hand drücken würde.

Der Platz, der im Haus fehlte, wurde draußen mehr als wettgemacht. Durch die Hintertür trat man auf einen für Plaka typischen Innenhof, der von allen Seiten von einer niedrigen Mauer umschlossen war und einen herrlichen Blick auf gefühlt ganz Athen bot. Soweit das Auge reichte, erstreckten sich gedrungene weiße Gebäude wie Zuckerstückchen, dazwischen erhoben sich grün überzogene Felsenhügel. Auf der Terrasse stand ein größerer Tisch mit einer Decke drauf, die nicht ganz bis an den Rand reichte. Eine halbierte Metalltonne, in der ein Feuer brannte, sorgte für Wärme. Jen entdeckte drei Katzen – eine schlief mit offenem Auge auf einem Stuhl, die anderen beiden musterten die Gäste äußerst misstrauisch –, außerdem war ein Hund da, der aufgeregt einem Ball hinterherjagte, nachdem er ihn mit der Schnauze vor Achilles herumgerollt hatte. In einigen Blumentöpfen standen Kräuter – Oregano, Basilikum und Rosmarin –, in anderen Blumen, die trotz des Winters noch in leuchtenden Rot- und Orangetönen blühten.

»Das ist ja verrückt«, murmelte Jen, als ihr Gastgeber, Herr Sinrades, einen Stuhl für sie hervorzog.

»Warum ist das verrückt?«

»Ich kenne die Leute gar nicht, und trotzdem haben sie mich gerade in ihr Haus beziehungsweise uns *drei* zum Essen eingeladen.« Sie flüsterte, sodass nur Astro sie hören konnte.

Lächelnd setzte er sich neben sie. »Ist das nicht dasselbe, was Kathleen für dich getan hat?«

Da hatte er recht. Nur dass Jen längere Zeit gebraucht hatte, um eine Beziehung zu Kathleen und Gerald aufzubauen. Diese freundlichen Leute hier kannten sie überhaupt nicht.

Es gibt keine Fremden in Griechenland.

Jens Handy summte in ihrer Tasche. Es war Bonnie.

Bin müde. Habe was beim Zimmerservice bestellt. Schreib mir, wenn du gerettet werden musst, aber glaub ich eigentlich nicht. xx

Jen hatte nicht vorgehabt, den ganzen Abend unterwegs zu sein. Astro musste sicher auch irgendwann in die Bar zurück, doch ins Hotel wollte sie absolut noch nicht …

»Alles in Ordnung?«, fragte Astro.

Die Sinrades zündeten die Kerzen in der Mitte des Tisches an, als bewirteten sie Gäste in ihrer persönlichen kleinen Taverne. Plötzlich erstrahlten bunte Lichterketten in der Pergola über ihnen, und Achilles hielt die Luft an, als gebe es ein Feuerwerk. Machten diese Leute das jeden Abend für Fremde, die zufällig vorbeikamen?

»Ja«, sagte Jen. »Alles in Ordnung. Bonnie war shoppen und ist jetzt wieder im Hotel …«

»Musst du zurück?«, fragte Astro. »Das ist okay. Wir können …«

Schon erhob er sich vom Stuhl. Jen legte ihm beruhigend die Hand auf den Arm.

»Nein, ich muss nicht zurück. Ich kann hierbleiben«, sagte sie. »Das heißt, falls ich dich nicht von der Arbeit abhalte.«

»Doch, tust du«, entgegnete er ehrlich.

»Oh. Ich …«

Er grinste. »Aber wir sorgen ja gerade dafür, dass Achilles Marjorie und meinem Onkel nicht vor den Füßen herumläuft, und vor allem nicht dem Koch, denn mein Onkel hat immer Angst, dass der kündigt, falls Achilles noch mal was umwirft, an dem der Koch stundenlang gearbeitet hat.« Astro verstummte und schaute Jen mit diesen Augen an, in denen man ertrinken konnte. »Außerdem bin ich gern mit dir zusammen. Falls das noch nicht klar war.«

Wieder spürte sie eine Hitzewelle, irgendwo unterhalb der Magengrube …

»Frau Sinrades sagt, wir können die Beeren als Deko mitnehmen«, verkündete Achilles und hielt Jen einen großen Zweig mit kleinen roten Früchten hin.

»Super«, sagte Jen. »Sollen wir die an einem sicheren Ort lagern, bevor der Hund auf die Idee kommt, sie zu fressen?« Sie griff nach dem Zweig.

»Ich weiß nicht, ob Philippos von den Beeren begeistert sein wird«, wandte Astro ein. »Wenn sie auf die Teller der Gäste fallen oder Flecken in die Möbel machen …«

»Hast du kein Vertrauen in die Weihnachtsexpertin?« Jen schob die Beerenzweige so zur Seite, dass sie keinen Schaden anrichten konnten. »Die überziehen wir mit Glyzerin. Und falls ich das hier nicht bekomme, nehmen wir durchsichtigen Nagellack.« Sie lächelte. »Es ist nicht das erste Mal, dass ich Deko aus natürlichen Materialien herstelle. Letzten Sommer habe ich sogar eine Hochzeit in einer Scheune mitten im Wald ausgerichtet. Das Thema war ›Weihnachten‹. Die beiden Bräutigame liebten das Fest und wollten eine Winterhochzeit, ohne auf die Wärme im Juli zu verzichten. Ihre Gäste sollten den Sonnenschein genießen, statt im Regen zu stehen, und sie wünschten sich schöne Außenaufnahmen. Das alles habe ich ihnen beschert, inklusive Schnee, bei dem niemand nass wurde oder fror.«

Astro schüttelte den Kopf. »Mir war nicht klar, wie viele seltsame Menschen es in England gibt.«

»Findest du mich seltsam?«, fragte Jen. »Und meine Kunden auch?«

»Nein«, versicherte Astro schnell, während ihnen Platten voller Essen serviert wurden. »Bloß, warum heiratet man nicht an Weihnachten, wenn man sich eine Weihnachtshochzeit wünscht?«

Lächelnd schüttelte Jen den Kopf. »Du hast wirklich keine Vorstellung, wie das Wetter in Großbritannien momentan ist. Wir könnten nicht draußen sitzen zum Essen, niemals. Und drinnen haben die Leute, die es sich leisten können, die Heizung auf höchste Stufe gedreht, und wer das nicht kann, zieht sich dicke Klamotten an und einen Weihnachtspulli drüber, eventuell noch einen Morgenmantel und eine Mütze.« Sie seufzte bei der Erinnerung daran, wie wunderbar jene Hochzeit im Wald gewesen war. »Christian und Jakob hatten perfektes Wetter und gleichzeitig eine perfekte Party mit perfektem Wintermotto.«

Als sie verstummte, sah Astro sie einfach nur an, und der Dampf der Speisen stieg in die Abendluft. Er hatte wunderschöne Augen, trotzdem war Jen etwas verunsichert. Hatte sie zu viel geredet? Sie wusste ja, dass er Weihnachten nicht mochte …

»Du liebst deine Arbeit sehr«, bemerkte er leise.

Jen nickte. »Ja, das stimmt.«

»Das ist gut. Wenn man das liebt, was man jeden Tag macht.«

Er wirkte ein wenig schwermütig. Für Jen lag auf der Hand, dass die Arbeit in der Bar Páme nicht Astros Erfüllung war.

»Du würdest dich gern ganz der Kunst widmen«, sagte sie.

»*Fisika* – natürlich. Aber das ist unmöglich.«

Jen wollte ihn nach dem Grund fragen, doch sie wurden von ihren Gastgebern unterbrochen, die etwas auf Griechisch sagten.

»Frau Sinrades meint, wir sollen uns etwas nehmen, bevor das Essen kalt wird.« Astro griff zu Messer und Gabel.

»Es sieht wirklich lecker aus. Wie heißt das Gericht noch mal?« Jen betrachtete die vier dicken Rollen in der cremefarbenen Soße unter einem dampfenden Berg grünem Gemüse.

»Das sind Kohlrouladen. In Griechenland heißen sie *lahanodolmades*. Und die Gemüsemischung heißt *tsigareli*, die besteht aus verschiedenen heimischen Sorten wie Spinat, und das hier nennt ihr, glaub ich, Löwenzahn?« Er spießte es auf die Gabel.

»Wirklich?«, rief Jen.

»Wir Griechen kochen alles, was nicht giftig ist«, versicherte Astro ihr. »Was uns nicht umbringt, härtet uns ab, oder?«

Und als es kaum noch schöner hätte sein können, holte Herr Sinrades eine Geige hervor und begann zu spielen.

KAPITEL
DREIUNDDREISSIG

Das Essen war köstlich, und nach dem Hauptgang und einer Schokoladen-*halva* zum Nachtisch – einem supersüßen, nussig-bröseligen Gebäck –, von dem Achilles den Großteil verputzte, boten Astro und Jen an, abzuräumen und abzuwaschen, doch davon wollten ihre Gastgeber nichts wissen. Als Achilles auf einer Holzbank einnickte, den Hund zu seinen Füßen, wurde Astro klar, dass sie aufbrechen mussten. Doch bevor sie sich aufmachten, wollte er noch kurz eine Skizze des müden Jungen anfertigen.

»Hast du den Block immer dabei?«, fragte Jen, die ihm über die Schulter sah.

Im ersten Moment wollte er sein Skizzenbüchlein wieder in der Tasche verstauen, so wie er es normalerweise tat, wenn ihn jemand danach fragte. Dann wurde ihm klar, dass Jen neben ihm stand, der Mensch, dem er bereits sein Wandgemälde gezeigt hatte. Jemand, dem er schon ein wenig davon erzählt hatte, wie wichtig ihm die Kunst war. Die Frau, die drei von den armseligen Bildern in seiner Wohnung gesehen hatte. Sie kannte bereits das Beste und das Schlechteste von ihm.

Astro nickte. »Meistens bin ich ja in der Bar. Aber doch, den habe ich immer dabei. Zusammen mit mehreren Stiften, die mir immer Löcher in die Jeanstaschen machen.«

Jen setzte sich neben ihn und sah ihm beim Zeichnen zu. Aus dem Augenwinkel bekam er mit, wie ihr Blick von Achilles zum Block und zurückwanderte.

»Du bist wirklich begabt«, sagte sie. »Du siehst etwas und kannst es so zeichnen oder malen, dass es … zum Leben erwacht.«

»Ich weiß nicht, ob das stimmt«, antwortete Astro, während sein Stift übers Papier flog. »Und ich habe so ein Gefühl, dass Achilles nicht zum Leben erwacht, um zu Fuß zurück zur Bar zu gehen. Ich muss ihn wohl tragen.«

»Du weißt doch, wie ich das meinte«, erwiderte Jen. »Du brauchst das Kompliment gar nicht so abzubürsten.«

»Ich habe keine Bürste, nur einen Stift.«

»Haha«, machte Jen. »Sehr komisch.«

Er schaute sie an, weil er wusste, dass sie lachen würde, und sehen wollte, wie ihr Gesicht dabei aufleuchtete.

»Das ist genau wie dein Wandgemälde in Psyrri«, sagte sie.

Sein Wandgemälde in Psyrri. Zweifelsohne das Werk, auf das er am stolzesten war. Dieser stockwerkehohe Ausdruck seiner Gefühle, von dem nur seine Kumpel und jetzt Jen wussten, dass es von ihm war. Andere Straßenkünstler unterzeichneten ihre Werke mit ihrem Namen oder einem Tag; die ganz Großen wurden für Reisezeitschriften fotografiert, auch Astros Gemälde war schon gedruckt worden. Doch er wollte keine Anerkennung oder Ruhm für etwas, das einfach nur aus ihm herausmusste.

»Du könntest mit deiner Kunst wirklich Geld verdienen. Das weißt du doch, oder?«, sagte Jen, während sein Stift das Blatt füllte.

»Das glaube ich nicht«, gab Astro zurück.

Könnte er das wirklich? Seiner Meinung nach war nichts, das er seit dem Wandgemälde erschaffen hatte, auch nur annähernd auf demselben Niveau. Außerdem war es eine

Träumerei. Leute wie er erlangten keine Berühmtheit in der Kunstwelt.

»Warum nicht? Ich meine, zum einen könntest du in eurer Bar Bilder an die Wände hängen und Preise dranschreiben. In Großbritannien machen das viele Künstler, statt ihre Gemälde in Galerien auszustellen. Die Leute kommen rein, bestellen sich was zu essen, was zu trinken, dann sitzen sie neben so einem tollen Bild und denken: ›Das hätte ich gern in meinem Wohnzimmer‹, und wenn es zu verkaufen ist, schlagen sie zu.«

Astro sah von seinem Block auf. »Bei dir klingt das so einfach.«

»Einfach vielleicht nicht … aber auf jeden Fall möglich. Wie sagt man noch mal? Den genauen Wortlaut habe ich vergessen, aber es geht in die Richtung: Der Unterschied zwischen einem Traum und einem Ziel ist die Tat. Über Träume denkt man nur nach, Ziele setzt man sich aktiv. Du solltest Kunst zu deinem Ziel machen.«

Sie war geradezu begeistert von ihrem Vorschlag, aber wie sollte er das schaffen? Er arbeitete in der Bar Páme, in dem Laden, den sein Onkel mit Mühe am Laufen hielt, und Philippos bot ihm nun seit siebzehn Jahren ein Dach über dem Kopf. Außerdem war Astro klar, wie sehr sein Onkel die Bar liebte; sie war Philippos' Leben! Man konnte nicht gehen, wenn jemand, der einen die ganze Zeit unterstützt hatte, Hilfe brauchte. Außerdem glaubte Astro nicht, dass er begabter war als seine Freundinnen und Freunde. Sie alle waren so gut, dass sie Aufmerksamkeit verdienten.

»Ich habe nichts von so guter Qualität, dass ich es in der Bar an die Wand hängen könnte«, sagte Astro schließlich.

»Da wäre dein Onkel mit Sicherheit anderer Meinung.«

»Du kennst meinen Onkel nicht.«

»Ich weiß, dass er Weihnachtsschmuck im Laden haben will. Warum soll er keine Kunst wollen?«

»Weil das … Es wäre nicht sein Stil.«

»Warum nicht? Ich meine …«

Astro klappte den Skizzenblock zu und legte den Stift auf den Tisch. »Weil er gar nichts von meiner Kunst weiß. Er denkt, dass ich nur Graffitis mache und von der Polizei gejagt werde.«

Es kam patzig heraus. Dabei hatte Astro gar nicht so schroff sein wollen. Im Kerzenlicht wurde ihr wunderbares Gesicht ernst.

»Das … das sollte nicht so hart klingen«, schob er nach.

»Schon gut«, erwiderte sie, lehnte sich auf dem Stuhl zurück und zerknüllte die Serviette in den Händen.

»Nein, es ist nicht gut. Ich … ich rede mit meinem Onkel nicht darüber, weil es einfacher ist. Und … ich will nicht, dass er denkt, ich würde eines Tages was anderes machen und ihn in der Bar im Stich lassen.«

Astro musste schlucken, als der Gedanke laut ausgesprochen war und sich in sein Herz bohrte. Klar, manchmal drohte er vielleicht damit aufzuhören, ging unter die Decke wegen irgendwas, das ihm nicht gefiel, doch nie im Leben würde er sich von seinem Onkel trennen.

»Verstehe ich«, sagte Jen nur und zog ihren Stuhl näher an seinen heran.

»Wirklich? Weil, in meinen Ohren klingt das dumm.«

»Nein, ich weiß genau, was du meinst. Wir haben beide keine Eltern. Ich nehme an, dass du dich um den Menschen kümmern willst, der immer für dich da war, der dir Vorbild war, dich unterstützt hat. Aber …«

Sie sprach den Satz nicht zu Ende, und Astro wusste, dass sie darauf wartete, dass er ihn ergänzte. Es war an ihm zu entscheiden, ob er überhaupt etwas sagte.

Er griff wieder zum Bleistift und ließ ihn erneut übers Papier huschen, arbeitete die Wölbung von Achilles' Beinen und den Hundekopf zu seinen Füßen aus, die strahlend roten Blüten, die über die weiß getünchten Mauern wucherten, bis er das Gefühl hatte, ihnen gerecht geworden zu sein.

»Du findest es falsch, ihm nichts von meiner Kunst zu erzählen«, sagte Astro mit Blick auf Jen.

»Nicht unbedingt *falsch*. Ich finde nur, dass jemand, der dich liebt und dich wahrscheinlich bei allem unterstützt hat, egal, was passiert ist, dass so jemand bestimmt dein größter Fürsprecher sein würde.« Jen überlegte, bevor sie weitersprach. »Kann sein, dass ich deinen Onkel nicht kenne, aber ich weiß, dass Kathleen mich immer bei den Dingen ermutigt hat, die mich glücklich machen. Tut sie bis heute.«

Astro antwortete nicht. Vielleicht hatte sich alles so entwickelt, weil er sich gegenüber Philippos nie in irgendeiner Hinsicht geöffnet hatte. Von dem Augenblick an, als Astro seine Mutter verloren hatte, bestand die Beziehung zu seinem Onkel aus Hausaufgaben, gemeinsamem Kochen und Fußballspielen im Park, bis er alt genug war, um Ouzo zu trinken, zu servieren und seinem Onkel nach zu vielen Ouzos die Treppe hochzuhelfen. Beide sprachen nicht über ihre Gefühle. So was machten griechische Männer nicht. Sie tauschten sich über die letzten Ergebnisse von AEK Athen aus, wetterten über die angebliche Korruption in der Regierung und warfen sich beim Arbeiten nichtssagende Sprüche zu.

Astro nickte. »Vielleicht solltest du mal mit uns essen. Und meinen Onkel kennenlernen, wenn er nicht gerade

Drinks mixt oder wegen einer späten Bestellung die Beherrschung verliert.«

»Oh, danke, das würde ich gerne, aber ich habe jetzt schon ein schlechtes Gewissen, weil ich Bonnie so oft allein gelassen habe und …«

»Bonnie ist natürlich auch eingeladen«, beeilte sich Astro zu sagen. Bevor Jen die Möglichkeit hatte, etwas einzuwerfen, sprach er weiter. »Wir würden spät essen, wenn die Bar zuhat.«

Sie kam nicht mehr zu einer Antwort, denn es gab einen lauten Knall. Beide zuckten zusammen. Achilles war von der Bank gefallen und mit dem Kopf auf dem Boden aufgeschlagen.

KAPITEL VIERUNDDREISSIG

Bar Páme

»*Yassas, Mama!*«

Astro hob Achilles über seinen Kopf und setzte ihn auf dem Boden ab, nachdem er ihn vom Haus der Sinrades auf den Schultern hergetragen hatte.

Marjorie schnappte nach Luft, stellte das Tablett mit leeren Flaschen ab und stieß auf Griechisch eine ganze Salve von Wörtern aus. Jen musste die Sprache nicht verstehen, um zu begreifen, dass Marjorie besorgt beziehungsweise stinksauer war. Und der Grund dafür war natürlich die eierförmige Beule auf der Stirn ihres Sohns.

Als Achilles von der Bank gefallen war, waren alle aufgesprungen. Astro hatte ihn hochgehoben, auf sein Knie gesetzt und die Verletzung untersucht, während Frau Sinrades Eiswürfel in einem Geschirrtuch brachte und Herr Sinrades jedem außer Achilles einen Metaxa auf den Schock anbot. Der Junge war nicht ernsthaft verletzt, weinte nur bitterlich vor Schreck. Es war lediglich ein blauer Fleck, aber da der Unfall in Astros Obhut passiert war, hatte er ihn zu einer Arztpraxis gebracht, um die Verletzung abklären zu lassen.

»Hast du gesehen, wie es passiert ist?«, fragte Marjorie Jen.

Die Gäste an den Tischen hatten nur noch Augen für den Tumult, anstatt sich miteinander zu unterhalten.

»Ja«, bestätigte Jen. »Aber es ging sehr schnell.«

»Wie ist er gefallen?«, wollte Marjorie wissen. Ihr Blick war eine irre Mischung aus Sorge und Zorn. »So?« Sie schlug mit der flachen Hand heftig auf einen Tisch, das Geräusch ging durch Mark und Bein.

Jen wusste nicht, was sie sagen sollte.

»Marjorie«, setzte Astro an. »Achilles geht es gut. Ich …«

Die Kellnerin starrte Jen wütend an. »Oder war es eher so?« Sie hieb mit der Handkante auf den Tisch. Es war immer noch hart, aber nicht mehr ganz so stark.

Was war die richtige Antwort?

»Wie das zweite Geräusch?«, versuchte es Jen.

»Bist du dir sicher?«, fragte Marjorie fast vorwurfsvoll.

»Marjorie, niemand hat Schuld, und Achilles geht es gut. Ich war mit ihm beim Arzt. Er wurde untersucht.«

»Der Doktor hat mir einen Keks mit einem Rentier drauf gegeben«, sagte Achilles. »Astro, kann ich nach oben und gucken, ob Peri da ist?«

»Nein!«, brüllte Marjorie. »Du bleibst hier, wo ich dich im Blick habe.« Sie sah Astro streng an. »Du warst mit ihm bei einem Arzt?«

Astro nickte. »Ja.«

»Das glaube ich dir nicht. Warum lügst du?«

»Marjorie«, sagte Astro. »Ich …«

»Er lügt nicht«, mischte sich Jen ein und hatte Mühe, ihre Tüte mit den gesammelten Zapfen und Achilles' Beerenzweig festzuhalten. »Wir waren wirklich in einer Arztpraxis. Wir mussten ziemlich lange warten, deshalb sind wir so viel später als geplant, und …«

Marjorie schüttelte den Kopf. »Das kann nicht sein. Ich weiß nämlich, was so ein Arzt privat kostet.«

»Das habe ich gezahlt«, erklärte Astro. »Nicht mit Geld. Ich habe dem Arzt gesagt, er könnte mit seiner Frau bei uns gratis essen gehen.«

»Das heißt, Philippos muss dafür bezahlen!«, rief Marjorie. »Jetzt stehe ich noch tiefer bei deinem Onkel in der Schuld.«

»So ist das nicht«, versicherte Astro ihr. »Wir sind eine Familie. Am wichtigsten ist, dass Achilles nichts passiert ist. Ich bin sicher, Philippos sieht das auch so. Warum fragen wir ihn nicht einfach?«

Astro wollte in die Bar. Auf dem Weg dorthin musste er einem wuscheligen weißen Hund ausweichen, der mit der Leine am Tischbein angebunden war.

»Philippos ist nicht hier. Ich kümmere mich um die ganzen Tische drinnen und draußen allein, bis Makis kommt, aber der ist zu spät, und jetzt bin ich total gestresst und wegen Achilles neben der Spur«, stieß Marjorie aus.

»Wo ist er denn?«, wollte Astro wissen.

»Er hat gesagt, er müsse weg. Er wollte dich anrufen.«

Jen sah, wie Astro die Hand in die Jeanstasche steckte und das Handy herausholte. Sie wusste, was sie zu tun hatte.

Vorsichtig legte sie Marjorie die Hand auf den Arm, damit die Kellnerin stehen blieb. »Marjorie, gib mir deine Schürze! Ich helfe Astro. Bring du Achilles nach Hause.«

»Nein, Jen, du bist doch nicht hier, um …«

»Ich bin hier, um zu helfen«, unterbrach Jen sie. »Komm!« Sie schluckte und versuchte, ein optimistisches Gesicht zu machen.

»Ich habe schon gekellnert … in Großbritannien habe ich bei Greg's gearbeitet. Kennst du das? Das ist eine …«

»Ja, eine Kette, die Hotdogs mit veganen Würstchen verkauft«, ergänzte Marjorie.

Es war ein unwichtiges Detail. Jen hatte mal fünf Minuten hinterm Tresen gestanden, als Greg dem Postboten über die Hauptstraße von Little Pickering nachgelaufen war. Marjorie hatte angenommen, Jen spräche von Greggs mit zwei G, der landesweiten Bäckereikette. Aber das war jetzt nebensächlich.

»Willst du wirklich aushelfen?«, fragte die Kellnerin mit plötzlich so ernstem Blick wie Natalia, wenn sie den Verdacht hatte, ein Elf hätte in seinem Lebenslauf gelogen.

»*Ne*«, bestätigte Jen. Mehr Griechisch konnte sie nicht.

»Dann haue ich schnell ab, bevor du es dir anders überlegst. Komm, Achilles!«, sagte Marjorie und löste bereits die Schleife ihrer Schürze, um sie Jen in die Hand zu drücken. Sie winkte ihren Sohn zu sich.

Achilles zog eine Grimasse, er wirkte nicht besonders erfreut. Die Beule sah nicht mehr ganz so rot aus. »Und was ist mit unserem Weihnachtsschmuck? Du hast gesagt …«

»Ich komme morgen wieder«, versicherte Jen ihm schnell. »Ich fange erst an, wenn du nach der Schule herkommst und mir hilfst.« Sie sah Marjorie an, denn ihr wurde klar, dass sie gerade Entscheidungen für ein fremdes Kind traf. »Das heißt, wenn deine Mutter einverstanden ist.«

»Ist in Ordnung«, sagte Marjorie. »Solange er von keiner Treppe fallen oder giftige Beeren essen kann.« Sie wandte sich zum Gehen. »*Ta léme.*«

»*Yassas*, Jen«, sagte Achilles und winkte ihr lächelnd zu.

Jen winkte zurück, und kaum waren Mutter und Sohn zwischen den Passanten auf der Treppe verschwunden, merkte sie, wie viele Gäste draußen ihr bereits ein Zeichen gaben, weil sie bedient werden wollten.

KAPITEL FÜNFUNDDREISSIG

Unterwegs zum Hotel Plaka

Es war fast zwei Uhr nachts. Langsam wurde es zur Gewohnheit für Jen, in Athen so spät noch unterwegs zu sein. Sie fand, dass die Stadt zu dieser Uhrzeit genauso schön wie tagsüber war. Während sie mit Astro durch die Straßen ging, herrschte weniger Verkehr, und die Weihnachtsbeleuchtung in den Bäumen, an den Geschäften, in den Bars, manche noch geöffnet, andere bis zum nächsten Tag geschlossen, kam viel besser zur Geltung. Jen unterdrückte ein Gähnen, Astro bemerkte es. Er legte ihr den Arm um die Schultern und zog sie an sich, bis er spürte, dass sein Körper ihren wärmte. Alles fühlte sich völlig natürlich an, abgesehen davon, dass Jen sich normalerweise sehr viel Zeit ließ, bevor sie jemandem diese Nähe gestattete. Bei David hatte es einen Monat gedauert, bis er ihre Hand halten durfte …

»Es ist wieder kalt geworden«, sagte Astro.

»Ja, ich finde, das ist hier öfter so. Mal hat man das Gefühl, es wäre Frühling, und im nächsten Moment sind die Temperaturen wie im englischen Herbst.«

»Dann warte mal den griechischen Winter ab. Den gibt es hier nämlich auch«, entgegnete er.

Aller Wahrscheinlichkeit nach würde sie den nicht erleben, denn mittlerweile hatten sie einen Rückflug nach London gebucht, der in drei Tagen sein würde – genau genommen, schon in zwei.

»Hör zu, es tut mir leid, dass du heute in der Bar aushelfen musstest«, sagte Astro, während die beiden im Laufschritt an Läden vorbeieilten, deren Rollläden für die Nacht hinuntergelassen waren. In den Eingängen lungerten Katzen herum.

»Kein Problem«, erwiderte Jen. »Es war mein Vorschlag zu helfen. Ich habe gemerkt, dass Marjorie sich Sorgen um Achilles macht, und sie hat schon so viel getan. Außerdem war es ja auch meine Idee, nach Weihnachtsdeko zu suchen. Deshalb warst du nicht in der Bar. Sie musste mit Achilles nach Hause, und mich hat es nicht gestört, einzuspringen.«

»Du warst super«, sagte Astro.

Jen lachte. »Ach, Quatsch, ich habe mich furchtbar angestellt! Ich habe einen Teller und eine Schüssel fallen lassen und der armen Frau, der ich auf den Fuß getreten bin, fast die Zehen gebrochen.«

»Das ist Berufsrisiko bei so vielen voll besetzten Tischen auf so engem Raum, ganz normal.«

»Du bist echt lieb. Ich glaube nicht, dass dein Onkel das genauso sieht.«

»Tja, der war ja nicht da.«

Das kam ein wenig ernst heraus, und Jen spürte die Verbitterung in Astro – er ging aufrechter, versteifte sich.

»Alles in Ordnung?«, fragte sie, als sie die Straße überquerten und in die nächste einbogen, in der normalerweise Lederwaren an Drehständern feilgeboten wurden.

»Weiß nicht«, antwortete Astro. »Ich glaube, er hat irgendwas.« Er seufzte. »Seit wir zusammenarbeiten und -wohnen, habe ich noch nicht erlebt, dass er sich einfach so verdrückt. Das ist diese Woche schon das zweite Mal. Okay, beim ersten Mal hat er mir gesagt, er müsse weg, aber, keine Ahnung, das ist nicht normal für ihn.«

»Hast du eine Idee, um was es gehen könnte?«

»Viele Ideen«, antwortete Astro. »Aber keine ist besonders vielversprechend.«

»Willst du ihn darauf ansprechen?«

»Nein.« Er schüttelte den Kopf. »Wenn es wichtig ist, wird er es mir schon noch erzählen. Wenn nicht, ist es irgendwann vorbei, und alles wird wieder wie früher.«

»Du willst es nicht wissen«, riet Jen.

»Ich will nichts Schlimmes hören«, gab Astro zurück. »Und wenn wir ehrlich sind, hätte er es mir längst erzählt, wenn es wirklich nichts Schlimmes wäre.«

Viel zu schnell hatten sie das Hotel erreicht, und als sie stehen blieben, merkte Jen, dass sie sich noch nicht von Astro trennen wollte. Trotz des Dramas mit Achilles und ihrer chaotischen Schicht in der Bar hatte sie den Abend sehr genossen: nach Materialien für den Weihnachtsschmuck zu suchen, zu einem traditionellen griechischen Essen eingeladen zu werden, Herrn Sinrades' Geige zu lauschen, aber vor allem Astros Gesellschaft.

»Da wären wir«, sagte Astro und blieb ihr gegenüber stehen.

»Ja.«

Dann sprach keiner von beiden mehr. Athen schien ebenfalls die Luft anzuhalten. Nirgends war in den frühen Morgenstunden ein Laut zu hören. Jens Herz schlug heftig, doch während es in der letzten Nacht in Astros Apartment ein einschüchternder und zugleich erotischer Takt gewesen war, pochte es jetzt zuversichtlicher, immer noch voller Erwartung, aber auch voller Vertrauen darauf, was es wollte …

»Jen«, sagte Astro mit leiser, tiefer Stimme, die ihr einen Schauder über den Rücken jagte.

»Ja?«

»Habe ich … habe ich gestern Abend etwas falsch gemacht? Habe ich … dich vertrieben?«

War es so bei ihm angekommen? Schnell schüttelte Jen den Kopf, um ihn von dieser Idee abzubringen. Das Gefühl, das sie am Vorabend gehabt hatte, diese Unentschlossenheit, die sie oft empfand, wenn ihr etwas zu nah kam, war jetzt nicht da, und sie wollte, dass es auch so blieb.

»Nein«, flüsterte sie. »Du hast nichts falsch gemacht.«

»Ich dachte …«, setzte er an und trat nervös von einem Fuß auf den anderen, »… ich hätte was falsch verstanden. Dass ich einen Fehler gemacht hätte oder …«

»Du hast keinen Fehler gemacht«, versicherte sie ihm erneut. »Und … ich fände es sehr schön, wenn wir nicht noch einen Fehler machen.«

Sie wollte nicht darüber nachdenken, wie verwirrend der Satz wohl klang, sondern griff stattdessen nach Astros Hand – nach seinen wunderschönen langen Fingern, denen sie beim Malen und Zeichnen zugesehen hatte, beim Tragen von Tellern und Platten, beim Obstpflücken, die Hände, die ihr gestern Nacht durchs Haar gefahren waren.

Astro verschränkte die Finger mit ihren und lehnte die Stirn liebevoll gegen Jens. Es war ein sehr ungewohntes Gefühl, jemandem auf diese Weise nahe zu sein.

»Ich wollte dir nur sagen … was auch immer das hier ist … so was ist mir noch nie zuvor passiert«, sagte Astro. Seine Worte strichen warm über ihre Haut.

»Mir auch nicht.«

»Wirklich nicht?«

»Nein.« Sie schluckte. »Aber, Astro, in zwei Tagen fliege ich zurück nach England, und …«

»Pst«, machte er und legte den Finger auf ihre Lippen. »Verschwenden wir keine Zeit mit Gedanken an etwas Unangenehmes, wenn wir etwas Schönes erleben können.«

Er löste die Stirn von ihrer, legte den Kopf leicht schräg, und Jen musste schon wieder daran denken, wie sich seine Lippen am Vorabend angefühlt hatten. Sofort kribbelte es voller Vorfreude in ihr. Sie brauchte nicht lange zu warten. Eine Sekunde später drückte er den Mund auf ihren, und als sich ihre Lippen im Einklang bewegten, schwindelte ihr noch viel mehr als beim ersten Mal. Jetzt würde sie nicht davonlaufen.

KAPITEL SECHSUNDDREISSIG

Lycabettus-Hügel

»Bonnie, ich dachte, du hättest gesagt, es gäbe so eine Art Seilbahn hoch auf den Berg!«

Bereits völlig außer Atem stapfte Jen hinter Bonnie her, die den Weg zu dem 277 Meter hohen Kalksteinfelsen anführte. Bonnie war früh aufgestanden, um mit Schwung in den neuen Tag zu starten, und Jen hatte es nicht übers Herz gebracht, ihr zu sagen, dass sie wegen ihrer langen Nacht mit Astro den Aufstieg zu diesem Wahrzeichen lieber von ihrer Liste streichen würde.

»Das steht im Reiseführer, aber du weißt ja, dass man sich auf den nicht immer verlassen kann. Reiseführer gehen quasi davon aus, dass man immer einen Kompass dabeihat.«

»Bist du dir denn wenigstens sicher, dass dies der richtige Weg nach oben ist?«, fragte Jen, die Hände in die Hüften gestützt, und japste nach Luft. Es war heute so kalt, dass sie ihren eigenen Atem sehen konnte. Sie waren an hohen Wohnhäusern entlanggelaufen, in denen die Wohnungen Balkone mit großen Markisen hatten, manche orange, andere dunkelgrün, alle mit einer frostigen Kondenswasserschicht überzogen. Jetzt befanden sie sich auf einem unbefestigten Weg, den es nur deshalb zu geben schien, weil hier Menschen, die entweder so verrückt waren wie sie beide oder die die Seilbahn zum Gipfel ebenfalls nicht gefunden hatten, einen Pfad in den Boden getrampelt hatten.

»Also«, sagte Bonnie, »ich richte mich nach Google Maps – mehr oder weniger, weil der Punkt immer wieder vom Weg abschweift – und hoffe einfach, dass dieser ausgetretene Pfad irgendwohin führt und nicht irgendwann im Sande verläuft, weil die Leute nicht weitergekommen sind und umdrehen mussten.« Sie schniefte. »Und wenn Andrea lediglich mit einer Designerjacke, in der man friert wie ein Schneider, wenn sie in so einer Jacke mit Sponsoren auf den Snowdon steigen kann, dann schaffe ich es mit Sicherheit auch auf diesen Hügel, ohne die Küstenwache zu rufen.«

Während Jen Luft holte und sich den Kopf zerbrach, warum Bonnie in dieser Situation die Küstenwache brauchen könnte, wurde ihr klar, dass dies nicht einfach ein morgendlicher Spaziergang oder der Besuch einer weiteren Sehenswürdigkeit von Athen war.

»Warte, Bonnie!« Sie marschierte voran, entschlossen, ihre Freundin einzuholen.

»Ich glaube, wir müssen hier hoch.« Bonnie wollte einen Pfad zur Linken nehmen, der noch viel felsiger aussah.

»Warte kurz!« Schwer atmend versuchte Jen, Bonnie am Arm festzuhalten.

»Ich kann nicht stehen bleiben, weil die Innenseiten meiner Oberschenkel mich umbringen, und wenn ich anhalte, wird das so schlimm, dass ich es nicht nach oben schaffe, und wenn ich es nicht nach oben schaffe, kann ich kein Bild davon posten, und Andrea kann es nicht auf Social Media sehen!«

In dem Satz steckten zu viele Informationen, was auch Bonnie schnell klar wurde. Trotz ihrer Klagen blieb sie neben einem Baum stehen und warf Jen einen Blick zu, den sie immer aufsetzte, wenn sie von etwas erlöst werden wollte.

»Ist irgendwas passiert, als du shoppen warst?«, fragte Jen. »Während ich mit Astro unterwegs war?«

»Ja, schon«, sagte Bonnie seufzend. »Ich war auf der Suche nach dem perfekten Weihnachtsgeschenk für Mum und Dad, und plötzlich hatte Dad in seiner Insta-Story ein Reel von Andrea und sich im Fitnessstudio! Dad stellt nie was in seine Story, es sei denn, ich mache das für ihn! Und er hat mich noch nie gefragt, ob ich mit ins Studio gehe!«

»Ach, Bonnie …«

»Ich wollte ja nach Athen, um Abstand zu Andrea zu haben, aber als ich geflogen bin, dachte ich nicht, dass sie sich sofort vordrängt und mich komplett *ersetzt*!«

»Das tut sie ganz bestimmt nicht. Außerdem bist du nicht zu ersetzen, Bonnie.«

»Ich habe gedacht, ich fliege mit dir her und beweise Andrea, dass ich selbstständig bin, nicht die Schwester ohne jeglichen Ehrgeiz, die im gemachten Nest hocken bleibt. Keine Ahnung, gleichzeitig wollte ich eine coole Socke sein, denn sie ist ja gerade mit dieser rührseligen Herzschmerzgeschichte aus London zurück. Aber eine Träne in Andreas Augen, und meine Eltern verwandeln sich in Helikoptereltern.« Wieder seufzte Bonnie schwer. »Sie müssten jetzt gerade ohne mich den Weihnachtsbaum aufstellen, und Andrea darf bestimmt den Stern obendrauf setzen!«

Ruhig verfolgte Jen, wie Bonnies Gesicht die Phasen von Wut, Enttäuschung, Eifersucht und Aufregung durchlief. Schließlich sagte sie: »Bonnie, was ist eigentlich zwischen Andrea und dir vorgefallen? Seit ich dich kenne, herrscht zwischen euch Rivalität, aber du hast mir nie erzählt, wie das anfing oder woher das kommt.«

»Das ist alles nur ihre Schuld«, sagte Bonnie verbittert. »Ich hasse sie.«

Bonnies Stimme verriet, dass sich hinter ihren Worten noch ein anderes Gefühl verbarg.

»Sie ist zur Uni gegangen und hat tolle neue Freunde gefunden, hat ihren Abschluss gemacht und den Traumjob ergattert, eine superschicke Wohnung gemietet und … mich keines Blickes mehr gewürdigt.«

Jen legte ihrer Freundin den Arm um die Schultern. So hatte sie Bonnie noch nie erlebt. Was auf sie immer wie kleine Streitereien zwischen Geschwistern gewirkt hatte, war inzwischen ein erbitterter Grabenkampf – und Bonnie steckte schon viel länger in diesem Schützengraben, als Jen klar gewesen war.

»Ich glaube, sie fehlt dir«, sagte sie. »Ich schätze, ihr hattet mal eine gute Beziehung, eine *super* Beziehung, bevor Andrea auszog, und auf einmal waren ihr andere Dinge wichtiger …«

»Du kannst es ruhig sagen«, unterbrach Bonnie sie. »Ich nehme es ihr übel. Das weiß ich. Sie wahrscheinlich auch. Eben hat sie noch mit mir auf der Couch gesessen und panierte Hühnerstückchen in einen Styroporbecher mit süßsaurer Soße getunkt, und plötzlich geht sie mit ihren piekfeinen Kollegen ins Savoy und bestellt Parfait.« Bonnie schniefte. »Ich wusste nicht mal, was ›Parfait‹ ist. Musste ich googeln! Es sieht ekelhaft aus. Trotzdem war ich neidisch. Dass das Parfait und die neuen Freunde jetzt mehr Zeit mit ihr verbringen als ich.«

»Ach, Bonnie!« Jen zog ihre Freundin an sich. »Hast du das Andrea mal gesagt?«

»Nein!« Die Vorstellung schien Bonnie zu entsetzen. »Wie soll ich ihr das sagen? Dann wüsste sie ja, dass ich neidisch auf ihr Leben bin. Dabei ist das eigentlich kein Neid auf das, was sie hat und macht.« Sie seufzte. »Ich rege mich nur so auf, weil ich mir wünsche, dass sie nicht auf das Leben herabschaut, das wir damals als Familie hatten. Sie ist ausgezogen und hat sich weiterentwickelt, sie hat uns vergessen, mich. Ich weiß auch, wie lächerlich das klingt, aber so ist es.«

Sie löste sich von Jen.

Auf gewisse Weise verstand Jen ihre Freundin und deren Wunsch nach Stabilität und Vertrautheit. Wenn es mal ein paar Wochen gab, in denen sie selbst Stabilität in einer Pflegefamilie erlebte, erlaubte sie sich, dem Ganzen eine Chance zu geben. Dann flüsterte sie Tapferteddy zu, dass sie ihn diesmal vielleicht sichtbar oben aufs Bett legen könnte, doch der Zustand war nie von Dauer gewesen. Die Umstände änderten sich, und Jen kam wieder in eine andere Familie, oder ein anderes Kind kam dazu und machte ihr das Leben zur Qual, sodass sie sich wieder hinter ihre Fassade zurückzog.

»Ist doch in Ordnung, wenn du das so empfindest«, sagte Jen.

»Meinst du wirklich? Denn als ich es gerade gesagt habe, kam ich mir vor wie ein labiler Jammerlappen von Mitte zwanzig, der sich aufführt wie ein Grundschulkind.«

»Es gibt nur eine Sache, die euch im Weg steht«, sagte Jen.

»Andrea?«

»Nein.« Jen schüttelte den Kopf. »Stolz.« Sie atmete durch. »Soweit ich das beurteilen kann, habt ihr das gemeinsam. Ihr seid beide zu stolz, um zuzugeben, dass euch die andere fehlt, weil ihr zu sehr damit beschäftigt seid, einander zu übertreffen und so zu tun, als ginge es euch prächtig, obwohl ihr in Wirklichkeit nicht glücklich damit seid, wie es zwischen euch läuft.«

Jen befürchtete, ein wenig zu ehrlich und unverblümt gesprochen zu haben.

»Entschuldigung, Bonnie, eigentlich habe ich ja keine Ahnung. Vielleicht …«

»Nein«, entgegnete ihre Freundin sichtlich ernüchtert. »Ich meine, ich weiß natürlich nicht, wie Andrea das sieht, aber ich wünsche mir wirklich, dass sie mehr Zeit mit uns verbringt. Doch kaum ist sie bei uns zu Hause eingezogen, dachte ich, es ginge ihr nur darum, mir zu zeigen, wie toll sie ist.« Sie legte die Hände auf die Wangen und rang nach Luft. »Glaubst du wirklich, dass sie sich von jemandem getrennt hat, der Jules heißt? Also, ich war mir sicher, dass es nur ein Trick war, um sich bei Mum in den Vordergrund zu spielen.«

»Ich denke, du musst mit ihr reden. Und zwar ehrlich.«

Bonnie seufzte. »Ja, und ich brauche nicht zu versuchen, diesen Hügel hochzukraxeln, um irgendwem was zu beweisen, ohne dass ich eine Ahnung habe, wohin der Weg führt. Insbesondere, da mein Fitnessprogramm aus *The Biggest Loser* und Cookie-Dough-Eis besteht.«

»Du weißt gar nicht, wohin dieser Weg führt?«

»Ähm …«

»Bonnie!«

»Okay, gut, dann überlege ich mal, ob ich mit Andrea spreche. Falls sie bei all den Selfies mit unserem Vater und dem Training mit den Kurzhanteln noch Zeit für mich haben sollte.«

»Bonnie!«

»Wollen wir jetzt weiter hochsteigen, oder gehen wir

nach unten und gönnen uns ein wohlverdientes Frappé mit Kuchen?«

Jen schaute den Trampelpfad hoch, zum Gipfel des Lycabettus, der immer noch ziemlich weit weg zu sein schien. Die Jen, die aus einer Laune heraus nach Athen geflogen war, aber immer noch ziemlich dringend jemanden brauchte, der ihr sagte, dass sie das Richtige tat, hätte den Weg zurück in die Zivilisation gewählt. Doch die Jen, die ein Bild an ein verbarrikadiertes Geschäft gesprüht, in einer griechischen Bar gearbeitet und sich von Kathleen angehört hatte, sie solle mal eine Pause einlegen, diese Jen gab nicht auf.

»Du hast doch gesagt, oben ist ein Restaurant, oder?«

»Ja. Obwohl ich das jetzt bereue, weil ich, glaub ich, weiß, was als Nächstes kommt.«

»Na los! Im Reiseführer steht, wir würden mit einer fantastischen Aussicht belohnt, richtig?«

»Ja«, bestätigte Bonnie. »Aber vergiss nicht, dass da auch steht, es gäbe eine Seilbahn zum Gipfel.«

Jen legte Bonnie den Arm um die Schultern. »Na, dann schauen wir mal, wie weit wir kommen, und ich erzähle dir vom Abendessen heute.«

»Hast du ein Restaurant ausgesucht?«, fragte Bonnie.

»So ähnlich«, erwiderte Jen, und die zwei setzten sich in Bewegung.

KAPITEL SIEBENUNDDREISSIG

Bar Páme

Astro hatte vielleicht noch eine Stunde Zeit, bis der Koch kam. Bis dahin musste er alles wieder sauber und die Küche verlassen haben. Mithilfe von zwei Tüchern holte er den Tontopf vorsichtig aus dem Ofen, doch als er die Hitze an den Händen spürte, bereute er, kein dickeres Material gewählt zu haben. Er konnte die Schüssel nicht fallen lassen. Das durfte nicht passieren.

Philippos kam in die Küche. »Astro! Was machst du da?«

Im Nu griff sein Onkel zu zwei Gummilappen und nahm Astro den Topf ab, um ihn auf ein Holzbrett auf der Arbeitsfläche zu stellen.

»Bist du verrückt?« Philippos sah Astro an, als hätte er Löwen zum Essen eingeladen und nicht gerade mit unpassenden Utensilien eine heiße Schüssel aus dem Ofen geholt. »Du hättest dich verletzen können.«

»Schon in Ordnung«, erwiderte Astro. »War kein Problem.«

»Was ist das?« Argwöhnisch beäugte Philippos den Topf.

Astro nahm einen der Gummilappen, die sein Onkel benutzt hatte, und hob den Deckel hoch. Als das Aroma die Küche erfüllte, schloss Philippos die Augen und atmete tief ein. Astro musste zugeben, dass es gut roch.

»*Gourounopoula*«, sagte Philippos.

»Keine Sorge, das ist nicht für unsere Gäste. Das überlasse ich lieber unserem Koch, aber …«

Er unterbrach sich und schluckte, als ihm klar wurde, wie wichtig ihm der heutige Abend war. Eine Frau einzuladen, die seine Familie kennenlernen sollte. Das hatte er noch nie getan. Obwohl die Geschichte zeitlich begrenzt war, denn Jens Urlaub war schon fast vorbei …

»Aber?«, fragte Philippos, da Astro den Satz weder beendet noch ergänzt hatte.

»Ich habe Jen zum Essen eingeladen.«

»Schön«, sagte Philippos. »Bis Weihnachten brauchen wir noch viele Gäste. Viel Umsatz, viel Gewinn, oder?«

Trotz seiner großen Worte in der Markthalle schien sein Onkel nicht begriffen zu haben.

Astro versuchte es erneut.

»Ich meinte nicht als Gast. Ich meinte, dass ich Bonnie und sie zum Essen eingeladen habe. Mit uns.«

»Wann?«

Auch das war nicht gerade die Reaktion, mit der Astro gerechnet hatte. »Heute Abend.«

»Oh, Astro, da kann ich nicht. Ich habe einen Termin«, entgegnete Philippos, bereits auf dem Weg zur Tür.

Schon wieder! Irgendwas verheimlichte er ihm doch. Vielleicht war es an der Zeit, seine Sorge in Worte zu fassen. »Wo musst du denn noch hin, wenn wir geschlossen haben?«

»Ich muss gegen zehn Uhr los und komme erst spät zurück.« Philippos drückte die Tür auf. »Ich habe Makis bestellt, er übernimmt die Theke.«

Astro spürte Wut in sich aufsteigen. Sein Onkel wich seiner Frage aus und verdrückte sich.

Er lief ihm hinterher. »Wo willst du hin?«

»Es tut mir leid, dass ich heute Abend nicht mit Jen essen kann.« Philippos ging hinter die Theke und begann, alles für die Gäste vorzubereiten. »Können wir nicht einen anderen Abend nehmen?«

»Nein«, sagte Astro. »Sie ist nicht mehr lange hier. Muss zurück nach England.«

»Wirklich? Bleibt sie nicht bis Weihnachten?«

Astro knirschte mit den Zähnen. Es nervte ihn nach wie vor, dass die Gedanken aller zu dieser Jahreszeit immer nur um diese eine Sache kreisten. Um einen Tag, wo es doch so viele andere gab! Und seit Philippos auf den festlichen Schmuck für die Bar bestanden und Astro nachgegeben hatte, schien sein Onkel vergessen zu haben, wie schwierig diese Zeit für Astro war.

»Nein«, sagte er wieder. »Sie ist Weihnachten nicht mehr hier, und es ist mir wichtig, dass sie einmal mit uns als Familie isst.«

»Wart ihr denn überhaupt schon mal zu zweit essen?« Philippos nahm ein Geschirrtuch und putzte die Zapfhähne. »Ich meine, du willst doch nicht, dass ein alter Mann euch die Zeit stiehlt. Du solltest mit ihr ausgehen. In ein schönes Restaurant mit Dachterrasse und Blick über die Stadt.«

Astro biss sich auf die Zunge. Am Vorabend hatten sie wirklich gut gegessen, mit Blick über Athen, während Achilles mit dem Hund der Sinrades spielte und die Lichter im Kräutergarten funkelten. In der jetzigen Situation war jedoch nicht der Ausblick wichtig, nein, Astro wollte zeigen, wie viel Jen ihm bedeutete, dass er sie so sehr mochte, dass er ihr alle Seiten von sich offenbarte und ihr den einzigen Angehörigen vorstellte, den er noch hatte.

»Ich habe *gourounopoula* gemacht«, erinnerte Astro seinen Onkel.

»Ich weiß«, sagte Philippos. »Und er riecht dreimal besser als meiner. An jedem anderen Abend würde ich auch mit euch essen, aber heute kann ich nicht.«

»Warum nicht?«

»Habe ich dir doch gesagt, Astro: Ich habe einen Termin.«

»Du hast aber nicht gesagt, mit wem.« Astro gab nicht klein bei. Er sah seinen Onkel eindringlich an, wollte etwas anderes hören als Ausflüchte.

»Ich glaube, die Lieferanten kommen.« Philippos stürzte hinter der Theke hervor. »Da muss ich ein Auge drauf haben.«

Und bevor Astro noch etwas sagen konnte, war sein Onkel verschwunden.

KAPITEL ACHTUNDDREISSIG

Astros Wohnung

»Achilles, vergiss nicht, die Beeren mit dem Nagellack zu überziehen«, mahnte Jen. Das gesamte Material und die Pflanzenteile, die sie am Vortag für das Weihnachtsbasteln gesammelt hatten, lagen ausgebreitet auf Astros Esstisch. Als Achilles aus der Schule kam, hatte er sich unheimlich gefreut, dass Jen und Bonnie schon da waren. In der Bar war viel zu tun, weshalb Astro vorgeschlagen hatte, dass sie die Sachen in seiner Wohnung zusammenklebten und mit dem Dekorieren der Bar erst anfingen, wenn es ruhiger wurde.

»Ganz ordentlich, das Apartment, oder?« Bonnie spazierte herum und schien alles zu prüfen. »Hat sogar einen kleinen Romeo-und-Julia-Balkon. Wie ist das Badezimmer?«

»Klein«, antwortete Achilles. »Und die Rohre machen viel Lärm. Es gibt nur eine Dusche.«

»Das ist schade«, sagte Bonnie.

»Das Apartment ist nicht zu vermieten«, erinnerte Jen sie. »Astro wohnt hier.«

Sie hatte das Gefühl, Partei ergreifen zu müssen. Die Wohnung war nett und gemütlich. Jen gefielen der alte Holzboden und das durch die Fenster fallende Licht. Sie fand es auch schön, Astros persönliche Sachen zu sehen – ein Sweatshirt hing über einem Stuhl, nicht zueinander passende

Kaffeebecher trockneten in der Kochecke, ein Hocker mit Büchern darauf diente als Nachttisch. Seine Bilder, stellte sie fest, waren verschwunden.

Bonnie schrie auf. »Aaah! Was ist das? Da klopft was ans Fenster! Das ist riesig! Und hat Flügel!«

»Das ist Peri!«, erklärte Achilles freudig, stand auf und lief hinüber.

»Was ist das für ein Biest? Peri?«, fragte Bonnie. »Und was hast du vor?«

»Ich mache das Fenster auf und lasse ihn rein. Er ist Astros Haustier.« Achilles' kleine Finger schlossen sich bereits um den Fenstergriff.

»Jetzt weiß ich immer noch nicht, was das ist«, versetzte Bonnie. »Leben Haustiere nicht im Haus? Und wenn sie Flügel haben, normalerweise im Käfig?«

»Achilles, warte kurz.« Jen erhob sich ebenfalls. »Es ist nicht gut, Peri hereinzulassen. Vielleicht versucht er, unsere Dekoration zu fressen. Wir haben sie doch lackiert, das ist giftig für Vögel. Komm, wir stellen eine Schale mit Körnern für ihn nach draußen, dann kann er dort fressen, bis wir fertig sind.«

Sie griff zu einer Packung, die neben dem Kochbereich stand – sie war auf Griechisch beschriftet, aber es waren Vögel darauf abgebildet –, dann nahm sie eine saubere Schale aus dem Abtropfgestell und gab etwas hinein.

»Ich will das machen!« Achilles nahm Jen die Schale ab und eilte damit zum Fenster.

»Iiih! Eine Taube!« Bonnies Mundwinkel wiesen nach unten.

»Bonnie, du arbeitest bei einem Tierarzt«, erinnerte Jen sie. »Du musst doch schon zig Vögel gesehen haben.«

»Zahme Vögel, ja. Im Käfig, wie gesagt. Die nicht von Müll auf dem Boden leben.«

»Peri ist ein netter Täuberich«, versicherte Achilles, während er vorsichtig das Fenster öffnete, die Schale auf die Fensterbank stellte und Peri sacht über den Kopf streichelte, der sofort anfing zu picken.

»Und Astro lässt ihn hier rein.« Bonnie betrachtete die Wohnung mit ganz neuen Augen.

»Manchmal«, sagte Achilles, machte das Fenster zu und kam zurück an den Tisch.

»Also, ich weiß, dass ich gesagt habe, du sollst Astro grünes Licht geben, aber wenn er mit Vögeln zusammenlebt, muss ich das vielleicht noch mal überdenken.«

Jen wurde rot, noch bevor sie Achilles' fragenden Blick spürte. Sie wusste, was als Nächstes käme. Ging gar nicht anders.

»Was für grünes Licht?«, fragte der Junge. »Warum musst du das Astro geben?«

»Das ist … ähm … das habe ich …«, druckste Jen herum.

»Das grüne Licht«, sagte Bonnie, zog einen Stuhl neben Achilles und suchte sich einen Faden, den sie um mehrere Pflanzen wickelte, »ist etwas Besonderes, das wir in England zur Weihnachtszeit aufstellen. Stimmt doch, Jen, oder?«

Sie nickte. »Ja, das ist eine alte Tradition, ähm, hat was damit zu tun, dass die Briten so gerne Rosenkohl essen.«

So ein Blödsinn! Warum log sie Achilles an? Warum sagte sie nicht einfach, es bedeutete, mit jemandem befreundet zu sein?

»Was ist Rosenkohl?«, wollte Achilles wissen.

»Gibt es in Griechenland keinen Rosenkohl?«, rief Bonnie.

»Ist das was zu essen?«

»Ganz kleine grüne Kohlköpfchen. Muss man immer von …«

Bevor Bonnie das weiter ausführen konnte, wurden sie von Jens Handy unterbrochen. Ein schneller Blick aufs Display verriet ihr, dass das Pflegeheim anrief. Normalerweise sackte ihr das Herz immer in die Hose, aber Kathleen war voller Elan gewesen, als sie am Vortag miteinander gesprochen hatten. Es war bestimmt die Verwaltung mit irgendeinem Anliegen, vielleicht brauchte Kathleen mehr Strumpfhosen – die waren bei ihr immer schnell kaputt.

»Hallo«, meldete sich Jen.

»Hallo, Miss Astley, hier ist Matilda vom Pflegeheim. Es geht um Mrs. Ockenden.«

Es ging nicht um Strumpfhosen, sondern um Kathleen selbst.

Jen hielt die Luft an.

»Ich muss Ihnen leider mitteilen, dass sie … nun ja … verschwunden ist.«

KAPITEL NEUNUNDDREISSIG

Bar Páme

»Warum setzt du dich nicht zu ihr? Du bist nämlich keine große Hilfe, wenn du auf den Nägeln herumkaust und sie nur anstarrst, statt Getränke und Essen zu servieren.«

Astro nahm die Hand herunter, desinfizierte sie an der nächsten Station und versuchte sich zu erinnern, wer die Getränke auf dem Tablett bestellt hatte. Keine Chance, er hatte es vergessen.

»Tisch sechs«, sagte Marjorie und wandte sich ab, um ihre Bestellung zu den Gästen zu bringen.

»Ach ja.« Astro schlug die entsprechende Richtung ein.

Kaum waren die Speisen und Getränke verteilt, trafen sie sich in der Mitte der Treppe wieder, die an den Bars vorbei zur Akropolis führte. Die Atmosphäre draußen wurde minütlich weihnachtlicher. Wenn der Schmuck von Achilles und Jen in der Bar Páme aufgehängt wäre, würde sich auch dort festliche Stimmung breitmachen.

Nur dass die lackierten Beeren und Farne bei Jen gerade nicht im Vordergrund standen. Ihre Gedanken drehten sich um den Verbleib von Kathleen.

»Das ist nicht ihre Mutter, die verschwunden ist«, sagte Marjorie, während sie über einen leeren Tisch wischte und die Stühle und Sitzkissen gerade rückte.

»Nein«, bestätigte Astro. »Aber ich glaube, es ist der einzige Mensch, der für Jen wie eine Mutter ist.« Er seufzte. »Der einzige Mensch, der ihr jemals so viel bedeutet hat.«

»O Gott«, seufzte Marjorie. »Ich hoffe und bete für das Beste.«

»Ja, ich auch.« Astro warf wieder einen Blick zu Jen hinüber, die jetzt seit über einer Stunde draußen an einem Tisch saß und auf eine Nachricht wartete. Sie und Bonnie hatten fortwährend das Handy am Ohr oder tippten darauf herum.

»Es gibt viel, worüber Jen sich Gedanken macht«, bemerkte Marjorie und reichte Astro ein Tablett mit abgeräumtem Geschirr.

Es war viel, und ihm war bewusst, wie wenig Zeit ihr noch in Athen blieb. Hatte sie für anderes dann überhaupt noch einen Kopf? Und wann würde sie eigentlich abreisen? Heute? Er durfte nicht darüber nachdenken. Tat er trotzdem. Und wenn er nicht darüber nachdachte, kam ihm ein anderes Problem in den Sinn.

»Marjorie«, begann er, während er ihr beim Abräumen des nächsten Tisches half.

»O nein, das ist deine ernste Stimme. Die setzt du immer auf, wenn du mich um etwas bittest, das ich ganz und gar nicht will.«

»Ich mache mir Gedanken.« Er seufzte. »Mit meinem Onkel stimmt was nicht, und ich wüsste gerne, was du davon hältst.«

Marjorie nahm Putzlappen und Tablett und ging zurück in die Bar. Astro folgte ihr.

»Bitte, Marjorie, wenn du etwas weißt, musst du es mir sagen. So wie das mit den unbezahlten Rechnungen.«

»Pssst! Ich weiß gar nichts.« Marjorie wich seinem Blick

aus und musste plötzlich an einem neuen Kranz an der Tür herumzupfen.

»Aber hast du einen Verdacht? Hast du was gehört? Denn wenn ich Philippos darauf anspreche, weicht er mir aus. Heute Morgen hat er angeblich dreimal den Lieferwagen gehört und musste dringend nachsehen.«

Marjorie schüttelte den Kopf. »Ich brauche diesen Job, Astro, und Tratschen ist nie gut. Das habe ich von den Kellnerinnen bei meiner letzten Stelle gelernt.«

»Marjorie, ich bin's! Wir sind doch immer ehrlich zueinander gewesen, oder?«

Sie drückte die Tür zur Bar auf und schlängelte sich hindurch; Astro folgte ihr.

»Marjorie …«

»Pssst!«, machte sie und hielt ihn am Arm fest. »Soll er das vielleicht hören?«

Sie wies auf Philippos, der hinter der Theke stand und die Gäste bediente, die auf Hockern davorsaßen. Marjorie zog Astro in die Nische, wo der Wein lagerte.

»Also«, fing sie an. »Das hast du nicht von mir. Es ist nur etwas, das mir jemand gesagt hat, den ich nicht namentlich nennen werde.«

»O-kay«, sagte Astro langsam und hielt die Luft an.

»Also, es wird erzählt, dass …«

»Marjorie, spuck's einfach aus!«

Sie seufzte. »Meine Quelle glaubt, dass Philippos … sich mit jemandem trifft.«

»Dass er jemanden trifft?« Astro sprach den Satz aus, als würden die Worte keinen Sinn ergeben.

»Mein Gott, Astro, er hat Dates!«

»Mit einer Frau?«

»Ja, mit einer Frau.«

Astro war sich hinsichtlich der romantischen Vorlieben seines Onkels nicht hundertprozentig sicher gewesen, weil er in all den Jahren niemals mitbekommen hatte, dass Philippos sich überhaupt mit jemandem verabredet hätte. Er flirtete mit den Gästen, Männern wie Frauen, manchmal wirklich übertrieben, aber soweit Astro wusste, hatte es niemals einen besonderen Menschen in seinem Leben gegeben. Wann auch? Der Laden beanspruchte den Großteil ihrer Zeit ... Dann fiel Astro das Gespräch ein, das er mit Philippos auf dem Zentralmarkt geführt hatte. Sein Onkel hatte von Liebe gesprochen. Etwa, weil er auf der Suche danach war?

»Kennst du diesen neuen Tanzclub, über den vor ein paar Monaten so viel geredet wurde?«, fragte Marjorie.

Astro schüttelte den Kopf und versuchte, die potenzielle Neuigkeit zu verdauen. »So was Ähnliches wie Studio 54?«

»Nein! Ganz anders als Studio 54. Da geht man nicht betrunken hin, trinkt noch weiter und torkelt nur noch über die Tanzfläche. Nein, in dem neuen Club kann man Tanzen lernen. Er heißt Sequence.«

Jetzt hatte Astro wirklich das Gefühl, im falschen Film zu sein. Mit dem Ellenbogen stieß er gegen eine Flasche Merlot, drehte sich schnell um und konnte sie gerade noch auffangen, bevor sie umfiel. Sicher, sein Onkel schunkelte bei Feiern schon mal mit oder versuchte sich an Volkstänzen, aber er hatte null Rhythmusgefühl und vergaß immer die Reihenfolge der Schritte.

»Willst du behaupten, dass Philippos in diesen Laden geht? Das kann ich mir nicht vorstellen.«

»Das habe ich zuerst auch gesagt, aber ...«

»Was aber?«

»Aber jeder macht mal was Verrücktes, wenn er jemanden mag, oder?« Marjorie sah ihm in die Augen. »Zum Beispiel seine Meinung zu Weihnachtsschmuck ändern.«

Ihre Worte trafen ihn, denn immer noch hatte er dabei das Gefühl, seine Mutter zu verraten.

»Astro«, sagte Marjorie. »Das hätte ich nicht sagen sollen. Ich habe nur …«

»Schon gut«, unterbrach er sie. »Ich hab's verstanden. Es ist nur … Wenn das stimmt, wenn er wirklich jemanden kennengelernt hat, warum hält er es dann vor mir geheim?«

»Es gibt nur einen Weg für dich, das herauszufinden«, sagte Marjorie und machte einen Schritt nach vorn.

»Ich weiß. Ich muss ihn drauf ansprechen.«

»Nein, nein!«, rief Marjorie. »Das meinte ich nicht.«

»Was dann?«

»Wenn er heute Nacht wieder verschwindet, solltest du ihm vielleicht folgen.«

KAPITEL
VIERZIG

Nationalgarten Athen

Jen konnte nie lange still sitzen, wenn sie ein Problem zu lösen hatte. Wenn sich in ihrem Kopf die Gedanken jagten, zog sich automatisch auch ihr Körper zusammen, die Schultern spannten sich an, der Rücken wurde krumm. Sie wollte sich bewegen, herumlaufen, irgendwas tun, während sie auf Nachrichten über Kathleen wartete. Deshalb war sie mit Bonnie in den Nationalgarten Athens gegangen, einer grünen Oase direkt hinter dem Parlament und den grauen und weißen hoch aufragenden Gebäuden rund um den Syntagma-Platz. Die Temperatur sank rasch, das Tageslicht schwand, und Bonnie tat ihr Bestes, um Jen bei Laune zu halten …

»Ich glaube, das sind die höchsten Palmen, die ich je gesehen habe«, verkündete sie, als sie durch das Tor auf gut ein Dutzend Exemplare am Ende einer Fläche mit in Reihen gesetzten, wunderschön bunten Beetpflanzen zumarschierten.

»Hm-hm«, machte Jen.

»Hier soll es auch einen See mit Enten, Gänsen und Sumpfschildkröten geben.«

Jen hatte keine Kraft, auf diese Bemerkung zu reagieren. Sie wusste, dass Bonnie versuchte, locker zu bleiben, sie beide von dem abzulenken, was in der Heimat passierte, das

Beste zu hoffen und sich vielleicht auf das Schlimmste einzustellen. Nein, an das Schlimmste konnte sie nicht denken.

»Jen, du musst mal Luft holen«, sagte Bonnie unvermittelt und zerrte ziemlich heftig am Arm der Freundin, damit diese stehen blieb.

Jen sah sie an und merkte, dass ihre Brust sich zusammenzog, ja, richtig wehtat. Der Druck wurde immer größer. Doch sie konnte nicht entspannen. Erinnerungen stürzten auf sie ein. Wie sie in einer Schule von Mobbern in die Ecke gedrängt worden war: *Die ist ein Heimkind. Um die kümmert sich keiner.* Wie sie sich in ihrem Kleiderschrank versteckte, wenn eines der anderen Pflegekinder drohte, das Haus in Brand zu stecken: *Wir sind überflüssig. Uns will keiner. Wir gehören nirgends hin.*

»Jen! Deine Lippen werden blau! Du musst atmen! Bitte, atme!«

Sie hörte die Angst in der Stimme ihrer Freundin, doch der Schlag auf den Rücken kam aus dem Nichts, ebenso der Schock. Jen hatte keine Wahl. Sie japste, schnappte nach Luft, dann wurde ihr schwindelig. Sie schwankte.

»Ho! Hör mal, wir gehen jetzt hier rüber und setzen uns hin.« Bonnie legte die Hand auf Jens Schulter und führte sie nach links zu mehreren Metallbänken mit Holzsitzen.

»Nein«, widersprach Jen und versuchte, ihre Atmung zu kontrollieren. »Ich will nicht sitzen. Ich will weitergehen. Sonst habe ich das Gefühl, nichts zu tun, außer auf eine schlechte Nachricht zu warten.«

Jetzt hatte sie es ausgesprochen. Ihre Angst, dass eine schlechte Nachricht kommen könnte. Was sprach dagegen? Schließlich war es immer so gewesen. Ein Gefühl beherrschte ihre Gedanken: dass jeden Moment wieder alles schieflief.

Aber jetzt war Dezember, und Weihnachten war das Fest der Liebe! Es machte alles heller! Wenn sie sich darauf nicht mehr verlassen konnte, auf was denn dann noch?

»Kathleen ist so stark wie ein alter Ziegenbock«, sagte Bonnie, ohne Jen loszulassen. »Wahrscheinlich hat sie sich so über diesen Typen aufgeregt, der immer von Dünkirchen redet, dass sie einen Spaziergang gemacht hat.«

»Bonnie, sie ist schon seit Stunden weg«, erinnerte Jen ihre Freundin. »Und momentan ist es eisig kalt in England.« Sie zitterte selbst vor Adrenalin und der verzweifelten Anstrengung ihres Körpers, die lebenswichtigen Funktionen aufrechtzuerhalten. »Wo könnte sie sein? Was hat sie vor?«

»Keine Ahnung«, gestand Bonnie. »Aber egal, wo sie hingegangen ist, sie kommt bestimmt klar. Du hast gehört, was der Polizeibeamte gesagt hat.«

Der Polizeibeamte. Ja, das Pflegeheim hatte die Polizei benachrichtigt, und Jen war mit dem Beamten alle nur erdenklichen Orte durchgegangen, die möglicherweise Kathleens Ziel gewesen sein mochten – der Friedhof, wo Gerald lag, die alten Geschäftsräume von *Partyfieber*, die Bingohalle im Nachbarort, die Bibliothek. Natalia hatte ihren Platz im Büro von *Jeden Tag Weihnachten* verlassen, um so viele Menschen wie möglich zusammenzutrommeln, die das Dorf durchkämmten, inklusive der Felder und, noch schlimmer, der Flussufer …

»Ich werde den Gedanken einfach nicht los, dass sich niemand so anstrengt wie ich, wenn ich dort wäre«, gestand Jen. »Und außerdem denke ich, es ist vielleicht … meine Schuld.«

»Jen, du weißt genau, dass sie wollte, dass du herkommst und …«

»Ich habe sie ganz verrückt gemacht mit meinem Problem, einen Ersatz für Geoffreys Schauspieltruppe zu finden. Ich hätte meine Angelegenheiten selbst klären müssen. Hätte sie nicht damit belästigen sollen. Wenn irgendwas passiert, werde ich mir das nie verzeihen können.«

»Atme durch, Jen, bitte, atme einfach weiter«, sagte Bonnie, während sie unter einer von Rankpflanzen überzogenen Pergola hindurchgingen, die jedoch keine Blätter oder Früchte trugen. »Ich bin mir sicher, dass es ihr gut geht und dass sie irgendwann bei Greg auftaucht. Der Duft seiner Weihnachtsküchlein mit Lebkuchengeschmack, die sie so gerne mag, wird sie früher oder später aus ihrem Versteck locken.«

Kaum hatte Bonnie das ausgesprochen, klingelte Jens Handy. Kurz erstarrte sie, und alle möglichen Gefühle rauschten über sie hinweg – Freude, Verzweiflung, Hoffnung, Angst. Dann rührte sie sich endlich und holte das Telefon hervor. Ein Blick aufs Display verriet ihr, dass sie die Nummer nicht kannte.

»Geh ran!«, befahl Bonnie.

Jen berührte das Display. »Hallo?«

Erst herrschte Schweigen, dann hörte sie eine Stimme: »Jen, leg nicht auf!«

Sie rang nach Luft, die Augen weit aufgerissen.

»Was ist? Was ist passiert?«, wollte Bonnie wissen.

»Das ist David«, flüsterte Jen.

»Was?«, rief Bonnie. »Gib mir das Handy! Gib's mir!«

Jen entzog sich Bonnie, die versuchte, ihr das Gerät aus den Händen zu reißen. Sie wandte ihrer Freundin den Rücken zu und nahm einen anderen Weg durch den Park. Grüne Papageien kreisten über ihrem Kopf.

»Ich lege jetzt auf«, sagte Jen mit zusammengebissenen Zähnen. »Ich muss die Leitung frei halten, ich warte auf einen wichtigen Anruf. Du musst aufhören, Natalia zu belästigen. Bei uns ist momentan eine Menge los, und …«

»Was ist passiert?«, fragte David. »Du klingst aufgeregt.«

»Ich *bin* aufgeregt! *Sehr* aufgeregt! Aber das hat nichts mit dir zu tun, deshalb werde ich diese Nummer jetzt blockieren, von wo auch immer du gerade anrufst und …«

»Ich habe mich von Claudia getrennt.«

Kurz wusste Jen nicht, welche Claudia er meinte. Doch schnell wurde ihr klar, dass David von seiner Frau sprach. Als Bonnie an ihre Seite trat, stellte sie den Anruf auf Lautsprecher. Sie würde sich diesen Typen jetzt vom Hals schaffen, und zwar endgültig. Ihre beste Freundin sollte mithören.

»Meiner … Frau«, fuhr David fort. »Claudia ist meine Frau. *War* meine Frau«, setzte er nach, als könnte Jen sich das nicht denken.

»David, ich weiß wirklich nicht, warum du mir das erzählst«, sagte Jen. »Mich interessiert nicht mehr, was du tust oder nicht tust. Ich dachte, ich hätte mich klar ausgedrückt. Ich lege jetzt auf und blockiere diese Nummer, wie ich eben gesagt habe. Ruf mich bitte nicht mehr an, egal mit welcher Nummer, die werde ich auch nur blockieren.«

»Bitte, Jen, gib mir …«

»Nein!«, rief sie. »Kathleen ist verschwunden und …«

»Kathleen ist verschwunden?«, wiederholte David. »Ist das dein Ernst?«

Jen schluckte. Plötzlich war ihr Kopf leer, dann drohte er wieder zu platzen. *Kathleen wurde polizeilich gesucht. Es gab eine Vermisstenanzeige.*

»David, hier ist Bonnie«, mischte Bonnie sich ein. »Wie

Jen gerade schon gesagt hat: Du musst aufhören, sie anzurufen. Sie will nicht mit dir reden. Es ist aus und vorbei, egal, wie dein aktueller Beziehungsstatus aussieht. Und wie sie dir gesagt hat, hat sie gerade wirklich andere Probleme, also …«

»Ich kann euch helfen«, unterbrach er wieder. »Ich kann helfen, Kathleen zu finden. Ich habe Kontakte.«

»Wohin denn? Zur Mafia, oder was?«, fragte Bonnie.

»Ganz im Gegenteil. Ich spiele Golf mit dem Polizeipräsidenten. Ich kann ihn anrufen und dafür sorgen, dass die Suche nach Kathleen Priorität bekommt vor, keine Ahnung, der Verfolgung von irgendwelchen Jugendlichen, die Graffitis ans Rathaus schmieren.«

Jen musste schlucken; die Bemerkung mit den Graffitis hatte ins Schwarze getroffen. Sie wollte auflegen, ihre Hand zitterte. Andererseits: ein direkter Draht zum Chef der örtlichen Polizei konnte helfen: mehr Fokus und Dringlichkeit bei der Suche nach Kathleen. Darauf konnte sie nicht verzichten. Doch sie war nicht so naiv zu glauben, dass Davids Hilfe keinen Preis hatte.

»Komm, ich rufe Tony an. Er wird eine Ansage machen und für ein positives Ergebnis sorgen, ganz bestimmt.«

Ein positives Ergebnis. Was bedeutete das überhaupt? Wichtig war nur, dass Kathleen noch vor Ende des Tages gesund und munter gefunden wurde und sich wieder über Truthahnpopos beschweren konnte.

»Jen!«, flüsterte Bonnie. »Was hast du vor?«

Sie hatte keine Wahl. Es ging um Kathleen, den wichtigsten Menschen in ihrer Welt.

Jen seufzte. »Okay, ruf ihn an.«

»In Ordnung«, erwiderte David. »Mache ich sofort.

Direkt als Nächstes. Und ich melde mich, sobald ich mit ihm gesprochen habe.«

Als das Telefonat vorbei war, sah Jen Bonnie an. Ihr Gesicht sprach Bände.

»Du brauchst nichts zu sagen.« Bonnie legte ihr den Arm um die Schultern. »Ich verstehe das.«

KAPITEL
EINUNDVIERZIG

Bar Páme

Wann immer Astro gerade mal nicht kellnern oder Marjorie und Philippos beim Aufhängen von Weihnachtsschmuck in der Bar helfen musste, rief er Jen an. Jetzt stand sie in der Tür, verfroren und blass, nur noch ein Schatten des Menschen, den er kennengelernt hatte und der vom ersten Augenblick an selbst wie die Weihnachtslichter in den Bäumen gestrahlt hatte. Er schickte ein stummes Stoßgebet zum Himmel, dass es hoffentlich *keine* Neuigkeiten gab. Das war besser als schlechte.

»Jen!« Er stürzte auf sie zu.

»Hi.«

»Gibt es …«

»Nichts Neues«, sagte sie und atmete durch. »Ich versuche, nicht durchzudrehen, obwohl ich weiß, dass es in England inzwischen stockdunkel ist.«

»Hey!« Er legte ihr den Arm um die Schultern. »Nach dem, was du mir über Kathleen erzählt hast, glaube ich nicht, dass sie sich von der Dunkelheit bei dem aufhalten lässt, was sie vorhat.«

»Normalerweise würde ich dir zustimmen«, sagte Jen, »aber sie ist jetzt viel älter und muss Medikamente nehmen. Außerdem: Wo ist sie? Sie hat ja keine Verwandten mehr, und die meisten Freunde wohnen in Little Pickering, und der Ort ist wirklich nicht groß.«

»Komm her und setz dich!« forderte Astro sie auf.

»Ich kann nicht still sitzen. Denn ich bin einen Pakt mit dem Teufel eingegangen und weiß genau, dass Kathleen deswegen sauer sein wird, und zwar noch mehr, weil ich es für sie getan habe und … Wow!«

Sie schaute hoch, an die Decke. Dort hingen die Beeren, Tannenzapfen und anderen Dinge, die sie am Vorabend gesammelt hatten, und ließen die Bar wie einen Winterwald wirken.

»Astro, das sieht super aus«, sagte sie. »Wie ein verzauberter Weihnachtswald. Ah, und die Christingles hast du auch verteilt. Hat Achilles die gemacht?«

Astro nahm eine Apfelsine von der Fensterbank und drehte sie um. »Ich glaube nicht, dass sie bis Weihnachten halten. Er hat die Hölzer ständig an die falschen Stellen gesteckt, sodass sie immer wieder umgefallen sind, aber irgendwann hat er's geschafft.«

»Hast du ihm geholfen?«

»Ja, mit Peri. Obwohl der lieber fressen als helfen wollte.«

»Es tut mir so leid, dass ich wegmusste …«

»Psst, das ist in Ordnung. Du hast viel um die Ohren.«

»Ja, deshalb glaube ich auch nicht, dass ich in der richtigen Verfassung bin, um heute Abend mit dir und Philippos zu essen«, gestand Jen. »Ich würde die ganze Zeit an Kathleen denken und darauf warten, dass das Telefon klingelt, und das wäre unfair euch gegenüber.«

»Schon gut«, sagte Astro und stellte die Apfelsine zurück. »Das verstehe ich. Jemand, den du liebst, wird vermisst, außerdem hat mein Onkel gesagt, dass er heute Abend keine Zeit hat, von daher …«

Aus zwei Gründen sprach er nicht weiter: Zum einen wusste er nicht genau, was er als Erklärung anbringen sollte. Zum anderen ärgerte er sich darüber, dass Philippos Dinge vor ihm geheim hielt, wusste aber nicht genau, ob er das Recht hatte, sich zu ärgern.

»Ist was passiert?«, fragte Jen.

Er schüttelte den Kopf. »Weiß ich nicht.«

»Willst du mit mir sprechen?«, fragte Jen, während die Tür aufging und mit einer kalten Windböe ein Gast hereinkam.

»Ich weiß immer noch nicht, was mit ihm los ist. Marjorie meint, er hätte vielleicht … jemanden kennengelernt und würde … tanzen gehen.«

Was hatte er bloß? Bei ihm klang es, als täte sein Onkel etwas Unrechtes, als sei er plötzlich im illegalen Waffenhandel aktiv. Er ging zu einer Tanzschule und traf jemanden! Das war doch kein Verbrechen!

»Tut mir leid«, sagte Astro. »Das ist albern. Über so was zu klagen, wo bei dir viel ernstere Dinge passieren.«

»Ich möchte es aber wissen, Astro.« Jen griff nach seiner Hand und verschränkte ihre Finger mit seinen.

Sie wollte es wissen. Was ihm wichtig war. Was er worüber dachte und warum. In Astros Leben hatte es noch nie jemanden gegeben, der das getan hatte. Die Erkenntnis schlängelte sich durch ihn wie ein warmes Gefühl, wurde immer wärmer und bohrte sich direkt in sein Herz. Zärtlich streichelte er Jens Finger.

Plötzlich durchbrach ein Klingelton die Stille. Jen ließ seine Hand los und tastete hektisch nach dem Reißverschluss ihrer Tasche.

»*Signomi*!«, rief ein Gast, doch Astro würde Jen nicht allein lassen, solange er nicht wusste, welche Neuigkeiten dieser Anruf brachte.

»Hallo«, meldete sich Jen, das Gesicht stark angespannt.

Astro ließ sie nicht aus den Augen und schickte noch ein Stoßgebet gen Himmel. Als ihr Gesichtsausdruck sich änderte, wusste er Bescheid.

»Oh, Gott sei Dank! Oh … vielen, vielen Dank. Ich weiß gar nicht, was ich sagen soll. Geht es ihr wirklich gut? Ja … okay, ja, das verstehe ich. Ja, mache ich. Okay, danke. Danke sehr, auf Wiederhören.«

Das Gespräch war zu Ende, Jen wurde von Gefühlen überwältigt. Er verlor keine Zeit, nahm sie in die Arme und drückte sie fest, während sie am ganzen Körper zitterte.

»Das waren gute Nachrichten, oder?«, fragte er mit den Lippen an ihrem Ohr.

»Ja«, antwortete sie mit rauer Stimme. »Die Polizei hat angerufen. Kathleen wurde gefunden. In Portsmouth. Keine Ahnung, was sie da wollte und wie sie überhaupt dorthin gekommen ist. Sie wird jetzt ins Krankenhaus gebracht und durchgecheckt. Angeblich hat sie sich nur über den ganzen Aufstand beschwert, und das sagt mir, dass es ihr gut geht, denn Meckern und Motzen ist ihre Lieblingsbeschäftigung.«

»Das ist gut«, sagte Astro. »Das ist sehr gut.«

»Ja, stimmt. Das ist die beste Nachricht, und ich bin so …« Sie löste sich von ihm, »… so erleichtert! Einfach nur unglaublich froh.«

Als sie in die Bar gekommen war, hatte noch die Verzweiflung in ihrem Gesicht gestanden. Jetzt war da nichts als Freude. Astro spürte, wie die Erleichterung auf ihn überging.

»Ich meine, ich bin erst hundertprozentig zufrieden, wenn ich selbst mit Kathleen gesprochen habe, aber …«

»Aber sie ist okay«, sagte Astro. »Sie ist in Sicherheit.«

»Ja«, stieß Jen aus. »Ja!«

»*Signomi*! *Parakalo*!«

Der Gast rief erneut nach dem Kellner, und Astro konnte nicht länger so tun, als sei er schwer beschäftigt.

»Jen, ich muss jetzt arbeiten, aber könntest du später zum Essen kommen, jetzt, da mit Kathleen alles in Ordnung ist? Ich weiß, mein Onkel sollte eigentlich dabei sein, aber …«

»Ja«, sagte sie. »Ich komme gern.«

»Okay.« Astro nickte. »Gut. *Ta léme argótera*. Ich sehe dich später.«

KAPITEL
ZWEIUNDVIERZIG

Mit einem Glas Weißwein auf dem Tisch wartete Jen darauf, dass FaceTime eine Verbindung aufbaute. Bonnie und sie waren in ihre dicken Jacken gemummelt, im völligen Gegensatz zu ihrem ersten Abend auf der Dachterrasse des Hotels, als sie noch kurzärmelig hier gesessen hatten. Offenbar konnte es in Griechenland manchmal doch ziemlich winterlich werden. Der Reiz, auf den Parthenon zu schauen, war trotzdem groß genug, um die kühle Temperatur zu ignorieren. Die Terrasse mit ihren Pflanzen und der sanften Beleuchtung verbreitete eine beruhigende Atmosphäre, und Ruhe war genau das, was Jen jetzt brauchte.

»Sie geht nicht ran«, verkündete sie, während der Klingelton erklang.

»Gib ihr ein bisschen Zeit«, sagte Bonnie. »Sie hatte einen aufregenden Tag.«

Das stimmte. Und Jen ebenfalls. Sie spürte es körperlich, so als sei sie von jemandem auf die Straße geschubst worden und hundert rasende gelbe Athener Taxis seien über sie hinweggedonnert. Auch wenn äußerlich keine Verletzungen zu sehen waren, war sie innerlich versehrt.

»Hallo!«

Mit der Stimme hatte Jen nicht gerechnet. Das Bild erschien. Es zeigte Natalia mit einem weißen Rauschebart.

»Natalia?«

»Ja, ich hier. Entschuldigung, ich direkt komme von Basar.

Nachdem ich auf Feldern gesucht habe Kathleen, Michael hat geschickt Krankmeldung, und ich musste spielen Santa Claus und Mary Poppins heute.«

Michael, einer ihrer wichtigsten Darsteller, war schon wieder krank? In der Woche, bevor Jen nach Athen geflogen war, war er bereits drei Tage ausgefallen. Dabei war er für die Rentier-Nummer auf der Verlobungsfeier der Knowles eingeplant …

»Soll ich feuern Michael? Brüder können spielen Rentier, oder wir suchen echtes Reh und malen Nase rot.«

»Können wir das später besprechen, Natalia? Ich würde einfach gern mit Kathleen reden.« Jen machte sich schon wieder Sorgen.

»Sie ist hier.« Natalia schwenkte die Kamera herum. »Sie ist sehr wütend. Ich glaube, sie wollte bleiben länger in Portsmouth bei Seemann.«

»Sie war bei einem Seemann?«, fragte Bonnie.

Kathleen erschien auf dem Bildschirm. Sie trug einen ihrer schicken Pullis mit einer Perlenkette um den Hals, ihre Frisur saß tadellos. Sie hatte eine Decke über den Knien, doch ihr Gesichtsausdruck vermittelte alles andere als Wiedersehensfreude. Das war Jen egal. Es zählte allein, dass ihre Freundin in Sicherheit war.

»Hallo, Kathleen! Du kannst dir wirklich nicht vorstellen, wie sehr ich mich freue, dich zu sehen! Ich habe mir solche Sorgen gemacht …«

»*Du* hast dir Sorgen gemacht«, lautete die motzige Antwort. »Ich könnte genau dasselbe sagen.«

Jen spürte Bonnies Blick, schaute aber unverwandt auf den Bildschirm. Wovon redete Kathleen? Worüber hatte sie sich Sorgen gemacht? War bei der Untersuchung im Krankenhaus etwas herausgekommen, das ihr niemand mitgeteilt hatte? Ging es um etwas Bösartiges tief in Kathleen, das langsam wuchs und immer bedrohlicher wurde?

»Ich weiß nicht, was du meinst«, sagte Jen. »Erzähl mir doch mal von Portsmouth und was du da gemacht hast.«

»Ja, klar.« Kathleens Mund war immer noch streng verzogen. »Dann erzähle ich dir mal, was mich nach Portsmouth geführt hat, ja?«

Bildete Jen sich das ein, oder klang Kathleen tatsächlich so, als wäre sie wütend auf *sie*? Jen griff nach ihrem Weinglas und trank einen großen Schluck.

»Ich habe mein kleines rotes Büchlein gesucht, weil ich den Namen und die Telefonnummer eines alten Bekannten brauchte«, begann Kathleen. Sie beugte sich auf ihrem Stuhl vor und schob das Gesicht ganz nah an die Kamera.

»A-ha«, machte Jen.

»Dann fiel mir ein, dass ich ein paar Sachen bei dir abgestellt hatte, weil mir der Platz dafür fehlt.«

Ein kalter Schauder lief Jen über den Rücken.

»Also bin ich zu deiner Wohnung gefahren«, sprach Kathleen weiter. »Wo ich einen netten jungen Mann namens Thomas traf, der mir sagte, dass *er* jetzt dort wohnen würde.«

Jen wusste nicht, was sie sagen sollte. Bonnie schenkte ihr Wein aus der Karaffe nach.

»Du hast Freund, der heißt Thomas?«, fragte Natalia, von der man nur einen Teil des Rauschebarts sah. »Das ging schnell.«

Jen schüttelte den Kopf, und ihre Gedanken purzelten durcheinander, als hätte jemand einen Karton mit Christbaumkugeln oben auf der Treppe ausgeschüttet. Was sollte sie sagen? Wie sollte sie erklären, was mit ihrer Wohnung passiert war? Wie sollte sie rechtfertigen, dass sie es vor Kathleen verheimlicht hatte?

»Thomas sagt, er wohnt dort seit September. Weshalb ich dir die Frage stelle: Wo wohnst *du* seitdem?«

Jen wusste nicht, was sie tun sollte. Sie stand auf. Dann setzte sie sich wieder. Wie sollte sie darüber sprechen, wenn Natalia dabei war, Bonnie neben ihr saß und Kathleen so unglaublich sauer und enttäuscht?

»Natalia.« Bonnie unterbrach das angespannte Schweigen. »Ich rufe dich mal an. Du könntest mir bei etwas helfen.«

»Okay«, sagte Natalia. »Kathleen, ich dich lasse sprechen mit Jen. Hole zweite Pudding.«

Während Bonnie Natalia anrief, um sie abzulenken, nahm Jen ihr Handy und ging zur anderen Seite der Terrasse. Es sah ganz so aus, als sei es ihre Schuld, dass Kathleen verschwunden gewesen war. Als habe Jen das auf dem Gewissen.

»Möchtest du mir jetzt vielleicht antworten? Offensichtlich wusste Natalia auch nichts davon, Bonnie schon.«

»Ich habe es Bonnie erst erzählt, als wir hier waren.«

Das war ein klein wenig gelogen, aber es war wirklich erst kurz vor Athen geschehen. Dennoch hätte Jen besser einen anderen Gesprächseinstieg gewählt. Sie spürte, dass Rechtfertigungen jetzt nicht gefragt waren. Und schon ging es los.

»Und wann wäre ich an der Reihe gewesen? Ostern? Zur Tagundnachtgleiche?«

»Nein«, setzte Jen an. »Ich wollte nur … ich wollte erst die stressige Zeit in der Firma überstehen und dann … überlegen.«

»Was überlegen?«, rief Kathleen. »Ob du mir von deinem wohntechnischen Dilemma berichtest oder was daran änderst?«

Jen hatte keine Antwort. Sie wusste, dass Kathleen nur aus Sorge so laut wurde, aber es fühlte sich fast genauso an wie früher, als sie unzählige Male angeschrien und zusammengestaucht worden war. *Zieh deine guten Sachen an, bevor die Sozialarbeiterin kommt. Sei fröhlich, sonst bekommst du Probleme. Warum bist du so dumm?*

»Jen«, sagte Kathleen, jetzt versöhnlicher. »Warum hast du mir das nicht erzählt? Vertraust du mir nicht mehr?«

Sie klang verletzt, als hätte es sie körperlich getroffen, dass Jen ein Geheimnis vor ihr gehabt hatte.

»Nein. Ich meine, doch.« Jen lehnte sich gegen das Geländer der Terrasse und schaute über die Stadt. »Natürlich vertraue ich dir. Ich wollte nur nicht, dass du dir Sorgen machst.«

»Weil ich alt und im Heim bin? Weil du glaubst, ich hätte nicht mehr alle Säulen im Tempel?«

»Nein … Weil ich das selbst wieder in Ordnung bringen wollte und wusste, dass du mir deine Hilfe anbieten würdest.«

»Natürlich hätte ich sie dir angeboten. Das macht man so in einer Familie, Jen.«

Familie. Das seltsame Wort, das nie einen Platz in Jens Leben gehabt hatte. Die Definition aus dem Wörterbuch hatte sich noch nie mit den Erfahrungen gedeckt, die sie im Pflegesystem gemacht hatte. Die einzige Erinnerung an ihre leibliche Mutter waren die verschwommenen Konturen eines Gesichts und blondes welliges Haar wie ihres, dazu Geheul, Geschrei und noch mehr Geheul, eine Flüsterstimme, die »Jen-Jen« sagte, zärtliche Worte, und dann Tapferteddy mit seinem Pfefferminzgeruch. Das war alles. Dann waren Leute gekommen und hatten sie mitgenommen, und Jen lernte, dass es am besten war, unsichtbar zu sein. Und wenn sie sich nicht unsichtbar machen konnte, dann konnte sie wenigstens stumm und gefügig sein. Es war besser, Gedanken und Gefühle zu verbergen, denn wenn man es wagte, sie wachsen und sich ausdehnen zu lassen …

»Wir *sind* eine Familie, Jen«, fuhr Kathleen fort. »Du bist die Tochter, die Gerald und ich nie hatten. Ich weiß, dass wir es nie offiziell gemacht haben, aber ich dachte, du wüsstest das trotzdem. Als du in unser Leben kamst, war es das größte Geschenk für uns: ein junges Mädchen, das sich am liebsten im Lametta versteckt hätte; unser Traum war wahr geworden.«

Jen schluckte. Sie versteckte sich jetzt nicht nur im Lametta, sie schlief sogar darin. Und sie wusste immer noch nicht, was sie antworten sollte, deshalb nahm sie sich kurz Zeit. Ihr Blick schweifte von Kathleens Gesicht auf dem Display zu den beleuchteten Dächern Athens, so weit das Auge reichte.

»Sag mir, wie schlimm ist es?«, fragte Kathleen. »Und schwindele nicht, denn das merke ich.«

Jen konzentrierte sich wieder. »Es ist keine Katastrophe – noch nicht«, gestand sie. »Aber ich musste mich wegen der Wohnung entscheiden, weil der Mietvertrag auslief und ich knapp bei Kasse war. Auf die Art und Weise spare ich fast tausend Pfund im Monat. Außerdem schlafe ich nicht auf der Straße, sondern im Büro. Das ist ein Unterschied, oder?«

»Du schläfst im Büro? Ich dachte, du wärst bei Bonnie untergekommen!«

»Ich habe es Bonnie wirklich erst vor Kurzem gesagt«, erwiderte Jen.

»Also, ich halte nichts davon.« Kathleen verschränkte die Arme vor der Brust. »Da zu schlafen, wo man arbeitet, ist nicht gesund.«

»Aber Gerald und du, ihr hattet eure Wohnung auch direkt über *Partyfieber*«, gab Jen zurück. Sie musste an Astro und sein Apartment über der Bar Páme denken.

»Das war was anderes«, sagte Kathleen. »Wir haben uns nicht mit Disney-Kostümen ins Bett gelegt. Du brauchst es gar nicht zu leugnen: Du hast dich mit Tapferteddy unter die ganzen Schlittendecken gelegt und es dir gemütlich gemacht.«

»Nein«, widersprach Jen. »Höchstens unter eine.«

»Jetzt hör mir mal gut zu: Wenn du aus deinem Griechenlandurlaub zurückkommst, unterhalten wir uns mal ernsthaft über die Firma und deine Wohnverhältnisse, denn ich habe schon mal ein Haus und eine Firma verloren und werde nicht zulassen, dass dir das auch passiert.«

»Kathleen …«

»Nein, pst, jetzt trink deinen Wein aus, und schenk dir den nächsten ein. Es gibt nichts mehr zu sagen, und Natalia kommt gleich mit unserem zweiten Pudding zurück. Ich lege auf.«

»Nein, Kathleen, warte! Sag mir nur noch … was hast du in Portsmouth gemacht?«

»Ich kann dir sagen, was ich dort *nicht* gemacht habe. Ich war keine wehrlose Vermisste, als die mich die Polizei bezeichnet hat.« Sie schniefte. »Ich konnte die Adresse der Person nicht finden, die ich wegen deiner Schauspielerprobleme ansprechen wollte, aber ich wusste noch, dass sie in einer Seitenstraße der Albert Road wohnt. Also bin ich in den Zug gestiegen, weil ich dachte, ich würde die Straße erkennen, wenn ich sie sehe, und könnte dort jemanden fragen.«

»Kathleen! Weißt du, wie verrückt das ist? So was zu tun und niemandem Bescheid zu sagen …«

»Wenn ich das jemandem gesagt hätte, hätten sie mich an meinem Bett festgebunden oder mir eine Spritze gegeben, die hier alle Leute bekommen, die zu laut sind. Jedenfalls habe ich die Straße gefunden, und nachdem ich an ein paar Türen geklopft hatte, fand ich auch den jungen Willy.«

»Wen?«

»Willy junior«, sagte Kathleen. »Sein Vater, Willy senior, ist 2018 gestorben.« Sie seufzte. »Deshalb kann ich dir keine Lösung anbieten, ich konnte noch nicht mal Fish and Chips essen, weil zwei Polizisten kamen und sagten, der Polizeipräsident persönlich würde mich suchen.«

Davids Gefallen, den sie noch bitter bereuen würde. Er hatte ihr von welchem Handy auch immer bereits eine Nachricht geschickt, er sei so froh, dass Kathleen gesund und munter gefunden worden sei. Jen wusste, dass das nicht die einzige Nachricht bleiben würde, aber wie sollte sie David jetzt blockieren, nachdem er für sie seine Beziehungen hatte spielen lassen?

»Das ist unwichtig«, sagte Jen. »Das mit dem Auftritt. Er wird nicht stattfinden. Ich muss nur ganz offen mit der Historischen Gesellschaft sprechen und mir überlegen, was ich ihnen stattdessen anbiete.«

»Also, ich würde nichts überstürzen. Lass doch Natalia und mich mal brainstormen, solange du da unten bist.«

»Mein Gehirn sich freut auf Stürme«, verkündete Natalia, die wieder auf dem Bildschirm erschien. Gleichzeitig trat Bonnie an Jens Seite und stellte ihre beiden Weingläser auf den Rand der Terrasse.

»Okay«, sagte Jen. »Aber versprich mir, Kathleen, dass du im Pflegeheim bleibst.«

»Wie? Für immer?«

»Bis ich zurück bin. Kannst du mir das wenigstens zusagen?«

»Meinetwegen«, sagte Kathleen. »Wenn du mir versprichst, mir das nächste Mal Bescheid zu sagen, wenn du Probleme hast, damit wir sie zusammen lösen können. Und dass ich dir helfen darf, deine Wohnsituation zu klären.«

Jen nickte, auch wenn es sich ein wenig unangenehm für sie anfühlte, sich auf Unterstützung einzulassen, selbst nach so langer Zeit noch, selbst nach dem, was Kathleen ihr eben über ihre Gefühle und über Familie gesagt hatte.

»Du hast Problem mit Wohnsituation?«, mischte Natalia sich ein. »Ich habe leeres Bett in Wohnung. Im Moment Brüder dort stapeln Käse, aber bis Weihnachten ist weg.«

Jen verabschiedete sich von den beiden. Auf gar keinen Fall würde sie sich in nächster Zeit neben einen Camembert legen, so verzweifelt konnte sie gar nicht sein.

KAPITEL DREIUNDVIERZIG

Astros Wohnung

»Das sieht so lecker aus«, sagte Bonnie und nippte an dem gedrungenen Glas mit Weißwein, das Astro ihr eingeschenkt hatte. »Und du versprichst mir, dass die Taube nicht mitpickt?«

»Peri hat schon gefressen, aber Tauben sind natürlich sehr hungrige Tiere«, erwiderte Astro und stellte einen dampfenden Topf in die Mitte des Tisches.

»Ich weiß nur, dass meine Schwester mal eine als Vorspeise bestellt hat.«

»Bonnie!«, rief Jen.

»Schon gut«, entgegnete Astro. »Um Peri zu schlachten, müsste Bonnie sehr nah an ihn ran und ihm in die Augen gucken, ihm vielleicht sogar übers Gefieder streichen, damit er sich in Sicherheit wiegt …«

»Schon gut! Hör auf! Ich wusste nicht, dass ich eine Taubenphobie habe, aber mittlerweile ist mir klar, dass es was Ernstes ist und man keine Witze darüber machen sollte.«

Als die Frauen zur Bar Páme gekommen waren und von Astro nach oben in sein Apartment geführt wurden, hatte Jen darüber gestaunt, wie sehr es sich verändert hatte. Die Zweige und Beeren, die Früchte und verbogenen Kleiderbügel vom Basteln waren verschwunden; stattdessen stand der Tisch direkt am Romeo-und-Julia-Balkon und bot ihnen einen Blick auf die Bars gegenüber und die jetzt schon vertraute Treppe, über die sich immer ein Strom von Menschen schob. Überall in der Wohnung, in jeder Ecke, standen Kerzen, die ein sanftes Licht verbreiteten, aber auch einen angenehm warmen Duft, der fast ein bisschen weihnachtlich wirkte. Auch die Lichterketten um die Fensterrahmen und Türen sowie das Gemälde über Astros Bett sorgten für ein festliches Ambiente. Es mochten nur Kleinigkeiten sein, aber Jen wusste, welch große Leistung das für jemanden war, der Weihnachten eigentlich nicht an sich heranließ …

»Seid ihr bereit?« Astros Hand mit dem Geschirrhandtuch schwebte über dem Topfdeckel.

»Kommt jetzt ein Zaubertrick?«, fragte Bonnie und erschrak. »Da flattert doch jetzt nicht die Taube raus, oder?«

»Ich bin bereit«, sagte Jen, und ihr Magen erinnerte sie daran, wie lange sie nichts gegessen hatte.

Astro nahm den Deckel vom Topf, und als er ihn ablegte, nahm Jen nur noch das unglaublich intensiv duftende Aroma wahr, das der große Schinkenbraten im Keramiktopf verbreitete: Knoblauch, Rosmarin … Es war schlicht die Essenz jedes griechischen Gerichts, das sie bisher gegessen hatte. Jen schloss die Augen und genoss den Duft.

»Himmel!« Bonnie atmete tief ein. »Riecht das lecker! Dein Koch ist ein Meister seines Fachs.«

Jen sah zu Astro hinüber, der gerade einen weiteren Topf mit unglaublich knusprigen Bratkartoffeln auf den Tisch stellte. Während sie zusah, wie er erst Bonnies und ihr Weinglas auffüllte, dann seins, die Schürze mit dem Bar-Páme-Aufdruck abnahm, die er über seiner Jeans und dem schwarzen Button-Down-Hemd trug, wurde ihr plötzlich klar: Wenn sie mit ihm zusammen war, fühlte sich alles besser an, *war* alles besser. Als Jen die Tiefe dieses Gefühls bewusst wurde, musste sie schlucken. Sie verschlang ihn mit den Augen: die kurzen dunklen Haare, die Augenbrauen, die manchmal ein Eigenleben führten, seine grünen Augen und diese Lippen, die weich und zärtlich, aber auch bestimmt und leidenschaftlich sein konnten. Er war hitzig und eigensinnig – er hasste Weihnachten, sprühte seine Emotionen an die Wände dieser Stadt –, aber gleichzeitig ruhig und geerdet, kümmerte sich um Achilles, arbeitete hart, überforderte sich oft selbst. Sie waren sich so ähnlich …

»Jen? Alles in Ordnung?«

Sie fuhr auf ihrem Stuhl zusammen. »Ja, ich habe nur …« Sie spürte, wie sie rot wurde.

»Gedacht, die Bratkartoffeln sehen besser aus als die meiner Mum zu Weihnachten? Finde ich nämlich«, sagte Bonnie.

»Lasst uns anstoßen!« Astro hielt sein Weinglas in die Mitte. »Auf die gute Nachricht, dass Kathleen gefunden wurde. *Yamas.*«

»Darauf trinke ich gern.« Bonnie stieß mit ihrem Glas gegen Astros.

»*Yamas.*« Jen hielt ihr Glas hoch und riss sich zusammen. Es waren emotionale Tage. In der kurzen Zeit, die sie hier war, war unglaublich viel geschehen, und bald würde sie wieder abreisen. Athen würde ihr wirklich fehlen.

»Bitte!«, sagte Astro. »Bedient euch, dann schneide ich das Fleisch.«

Jen wusste, dass es Astro war, der ihr am meisten fehlen würde.

* * *

»Wow, das war fantastisch!«, lobte Bonnie, als alle sich den Bauch vollgeschlagen hatten.

Sie hatte recht. Das Schweinefleisch war unglaublich zart gewesen, ein saftiger Braten, der auf Jens Teller auseinandergefallen war. Sie konnte das mürbe Fleisch mit der Zunge zerdrücken und genoss den leckeren Kräutergeschmack. Und erst die Bratkartoffeln! Goldbraun mit knuspriger Kruste und innen sensationell weich. Alle Zutaten wirkten irgendwie besonders, dazu die spürbare Sorgfalt in der Abstimmung der Geschmäcker und die liebevolle Präsentation ... Es verleitete Jen zu dem Gedanken, dass diese köstlichen Töpfe nicht vom Koch der Bar Páme stammten ...

»Das war wirklich lecker«, sagte sie zu Astro. »Sollen wir abräumen? Abwaschen?« Sie stand auf.

»*Ochi*«, sagte Astro sofort. »Bitte nicht. Ich stelle den Kram nur in die Küche und mache später sauber.«

»Nein, wir helfen.« Bonnie erhob sich, legte Teller und Besteck zusammen und brachte sie zur Küchenzeile hinüber.

»Bonnie akzeptiert kein Nein«, sagte Jen. »Sie ist eine Naturgewalt.«

»Wie beim Weihnachtsschmuck in der Bar«, sagte Astro und beteiligte sich am Abräumen. »Sterne aus Tannenzweigen und Beeren.«

»Gefällt dir das *wirklich*?«, fragte Jen. »Ich meine, ich weiß ja, dass es nicht da wäre, wenn du was zu sagen hättest, aber ...«

»Es gefällt mir«, gab er zu. »Anfangs hatte ich Bedenken, aber ... Es glitzert zwar, aber nicht so, dass man es von einem Flugzeug aus sehen könnte.«

Jen lächelte. »Weihnachten, das sind nicht nur funkelnde

Lichter, der Weihnachtsmann oder Religion. Für mich ging es dabei immer um ein … ein Gefühl … eine Wärme, die alles durchdringt.«

Jen schluckte. Sie hatte noch nie richtig in Worte gefasst, welches Gefühl genau das Weihnachtsfest bei ihr auslöste. Es erschien ihr wichtig, ja, entscheidend, das Astro verständlich zu machen.

»So!« Bonnie kam zurück und unterbrach unbewusst die intime Stimmung zwischen den beiden. »Wer macht die Bar, während du hier bei uns bist?«

»Nun ja«, sagte Astro. »Mein Onkel ist tanzen gegangen. Aber Marjorie ist da, Makis auch, und ich habe einen Freund gefragt, ob er für mich einspringen kann. Das kostet mich am Wochenende einmal Einkaufen mit seiner *yiayia*, aber …«

»Dein Onkel ist tanzen gegangen? Wo?« Bonnie kippte den Rest ihres Weins hinunter. »Das liebe ich nämlich! Sind das griechische Volkstänze? Aber die Beine so hoch zu schwingen wie die Soldaten vor dem Parlament beim Wachwechsel, das ist nichts für mich.«

»Ich meine, es wäre Salsa. Irgendwas Lateinamerikanisches«, antwortete Astro.

»Wirklich? Ich liebe Salsa! Können wir da auch hin?«

»Bonnie!«, rief Jen. »Astro hat uns zum Essen eingeladen, nicht …«

»Und jetzt sind wir fertig. Es war superlecker, und wir könnten die ganzen Kalorien verbrennen, wenn wir die Hüften auf der Tanzfläche in Bewegung setzen. Ist doch perfekt!«

Jen sah Astro an. Ihr war bewusst, was er davon hielt, dass sein Onkel die Tanzstunden beziehungsweise seine potenziellen Dates vor ihm verbarg.

»Doch, wir können hingehen«, sagte er. »Wenn ihr Lust habt.« Er sah Jen an. »Okay?«

Sie konnte an seinem Gesicht ablesen, dass er hinwollte. Ob er dort tanzen oder herausfinden wollte, was sein Onkel trieb, wusste sie allerdings nicht genau. Sie nickte.

»Ja«, bestätigte sie. »Gehen wir tanzen.«

KAPITEL
VIERUNDVIERZIG

***Tanzclub* Sequence**

»Dieser Laden ist der Wahnsinn!«, rief Bonnie, als sie ein weihnachtlich geschmücktes, riesiges lagerhausartiges Gebäude betraten. An nackten Stahlträgern über ihnen hingen goldene Figuren, die sich drehten, in den Ecken standen große weiß besprühte Bäume.

Die Luft war schwer, die Stimmung ausgelassen. Gefühlt Hunderte von Menschen tanzten dort, manche in einer großen Gruppe, andere in kleineren Runden, wo sich einer nach dem anderen in die Mitte begab und ein Solo hinlegte. Lateinamerikanische Rhythmen dröhnten aus der Anlage. Astro wusste nicht genau, was er von dem Club halten sollte. Kam sein Onkel wirklich regelmäßig her? Um mit all diesen Menschen zu tanzen, die genau zu wissen schienen, wie sie sich zu bewegen hatten? Beim Zuschauen – die perfekten Schritte der Tanzenden, das Ein- und Ausdrehen, die schwingenden Hüften wie von Profis – fragte Astro sich, ob Marjorie ihn vielleicht auf den Arm genommen hatte. Lachte sie sich gerade kaputt, weil er ihr geglaubt hatte und hergekommen war? Würde sie sich mit seinem Onkel später über ihn lustig machen?

»Astro, sollen wir uns was zu trinken holen?«, fragte Jen.

»*Ne*«, antwortete er. »*Páme*.«

Bonnie ging in kleinen Tanzschritten voran, Astro folgte ihr. Mit einem Auge suchte er die feiernde Menge nach Philippos ab.

»Ist das voll hier«, bemerkte Jen.

»Was?«, rief Astro.

»Ich habe gesagt, ist das voll hier!«

»Ja.« Er nickte.

Er konnte sie bei der lauten Musik kaum verstehen. Doch das war zu erwarten gewesen; wenn er sonst in einem Club gewesen war, dann nicht, um sich zu unterhalten.

»Alles in Ordnung?«, fragte Jen etwas lauter.

Er nickte. »Ja.« Aber er wusste, dass er alles andere als überzeugend klang. Vielleicht war es ein Fehler. Was er wirklich wollte, war mehr Zeit mit Jen, Zeit, in der sie sich näherkamen und sich gegenseitig zuhörten, doch die hatten sie nicht …

»Ouzo«, sagte Bonnie und reichte Schnapsgläser herum. »Der Barkeeper meinte, wir sollen erst mal die hier trinken, bevor er die Drinks macht.«

»Drinks?«, fragte Jen.

»Ich gebe eine Runde aus. Bevor's nach Hause geht, wird erst noch richtig gefeiert, oder?«

Astro kippte den Ouzo auf ex hinunter und griff nach Jens Hand. »Komm, wir tanzen.«

»Was? Nein, Astro, das kann ich nicht.«

Er lächelte sie an. »Ich auch nicht.«

»Gib mir deinen Mantel!« Bonnie zog ihn Jen von den Schultern.

Dieses eine Mal wollte Astro auf sein Herz hören und das tun, wonach ihm war, nicht das, was andere von ihm erwarteten. Er wollte mehr Zeit mit Jen verbringen, wollte sie auf einer tieferen Ebene kennenlernen. Vielleicht hatten sie nicht mehr viel Zeit, aber eventuell war das auch nicht wichtig. Vielleicht war nur wichtig, dass die Verbindung zwischen ihnen unglaublich stark war, dass sie sich in der Gegenwart des anderen sicher fühlten. Er hatte ihr bereits gesagt, dass er keine Eltern hatte … Würde Miss Christmas der Mensch sein, dem er sich öffnete und dem er erzählte, warum er alles an dieser Jahreszeit ablehnte?

»Astro«, sagte Jen lachend. »Ich kann das nicht.«

Er schmunzelte über Jens offensichtlichen Spaß, während sie die Bewegungen der Menschen um sie herum nachahmte, und drückte ihre Hand. Er liebte ihr Lächeln. Er liebte ihre Reinheit, die Art und Weise, wie sie allem mit einer positiven Einstellung begegnete.

»Du tanzt ja gar nicht«, rief sie und zog an seinem Arm, bis er nachgab und sich gegen sie sacken ließ.

Als er die Tanzhaltung einnahm und seine Hüften an ihren bewegte, kam ihm plötzlich ein anderer Gedanke. In unheimlich kurzer Zeit hatte sie sein Leben verbessert, doch was hatte er ihr gegeben? Bereicherte die Begegnung mit ihm ihren Aufenthalt in Athen, oder machte er alles schwieriger für sie? Jen hatte so viel um die Ohren – ihre Firma, Kathleen, ihre Vergangenheit … Dann gab es den Vulkan, den sie an das Rolltor gemalt hatte und von dem er nicht genug wusste. Konnte er ihr überhaupt etwas zurückgeben?

Als er Jen in eine Drehung schickte, die längst nicht so perfekt war wie die Figuren der Paare um sie herum, entdeckte er ihn: Philippos. Sein Onkel saß auf der anderen Seite des Raums an einem Tisch in der Ecke, und zwar nicht allein. Bei ihm war eine Frau mit kastanienbraunem Haar …

Es stimmte also. Philippos kam wirklich hierher, er saß in Begleitung an einem Tisch, genau wie Marjorie gesagt hatte.

Wie ging es nun weiter? Würde Astro mit diesem Wissen in die Bar Páme zurückkehren und seinen Onkel später darauf ansprechen? Oder sollte er jetzt direkt zu ihm hinübergehen? Ihn hier konfrontieren, wo es keine Ausflüchte gab? Andererseits … sein Onkel tat nichts Verbotenes. Dennoch fühlte es sich seltsam an, dass er es vor Astro verbarg, besonders jetzt, da er Philippos erzählt hatte, was er für Jen empfand. Warum wollte sein Onkel ihm nicht sagen, dass es jemanden in seinem Leben gab?

»Ich … ich gehe mal kurz da rüber«, sagte Astro zu Jen und ließ sie los. »Bin gleich wieder da. Ich finde dich schon.«

Ohne ihre Antwort abzuwarten, überquerte er die Tanzfläche, schob sich an den sich wiegenden Körpern vorbei, wich ihnen aus oder versteckte sich hinter ihnen. Er wollte nicht, dass Philippos ihn entdeckte und die Flucht ergriff.

Astro schüttelte den Kopf und versuchte, klar zu denken. Sein Onkel war kein unehrlicher Mensch, vielleicht hatte das alles nichts zu bedeuten, oder die Beziehung war so frisch, dass Philippos noch nicht wusste, ob es etwas Ernstes war …

Obwohl Astro sich im Hintergrund hielt, entdeckte Philippos ihn. Ungewollt sahen sie sich tief in die Augen.

Astro hielt dem Blick seines Onkels stand und näherte sich dem Sitzbereich. Nach dem ersten Erkennen verwandelte sich Philippos' Gesichtsausdruck in etwas wie Angst. Er drehte sich auf dem Stuhl, als wollte er Reißaus nehmen. Automatisch legte Astro einen Schritt zu und wand sich eilig an den Tanzenden und der Weihnachtsdeko vorbei.

Doch Philippos verdrückte sich nicht. Zielstrebig ging er auf Astro zu, bis sie voreinander standen und Philippos ihm die Hand fest auf die Schulter legte.

»Astro.«

»Ja.« Er nickte. »Ich bin hier.«

Philippos nickte ebenfalls. »Ich hätte nicht gedacht, dass du gern tanzt.«

»Dasselbe dachte ich von dir.«

»Ich frage mich gerade, wer sich um meine Bar kümmert.«

»Ich frage mich gerade, wer die Frau bei dir ist.«

Astro unterdrückte die Gefühle, die er nicht genau benennen konnte. Es war kein richtiger Zorn, es war kein Ärger, doch sie beschäftigten ihn, und das gefiel ihm nicht.

Philippos holte tief Luft und richtete sich auf, dann stieß er einen Seufzer aus. »Du weißt Bescheid, oder?«

Was wusste er? Dass sein Onkel mit einer Frau hier war? Lag das nicht vollkommen auf der Hand? Philippos zupfte an seinem Bart herum, wie er es immer tat, wenn er nachdachte.

»Ich würde es gerne von dir selbst hören«, forderte Astro ihn auf. »Nicht über den Buschfunk.«

Philippos schüttelte den Kopf. »Immer dieses Gerede.«

Astro wollte, dass sein Onkel weitersprach. Er durfte jetzt nicht lockerlassen. »Und, stimmt es?«

»Das hängt davon ab, was du gehört hast.«

Philippos sah ihn argwöhnisch an, als wäre ihm gerade klar geworden, dass Astro nicht das volle Ausmaß der Situation erfasst hatte.

»Ich habe genug gehört«, sagte Astro. »Um zu wissen, dass du nicht ehrlich warst.«

Ein neues Lied lief an, die Musik wurde langsamer; Astro spürte den sinnlichen Rhythmus in seinem Körper.

»Ehrlich«, sagte Philippos. »Wie soll ich zu dieser Jahreszeit ehrlich zu dir sein?« Er streckte kapitulierend die Hände aus, um seine Aussage zu unterstreichen. »So viele Erinnerungen. So viel, was uns fehlt.«

Astro schluckte. Sofort stand ihm das Gesicht seiner Mutter vor Augen, das letzte Mal, als sie ihn umarmt hatte, der letzte Gutenachtkuss …

»Du willst keine Ehrlichkeit, Astro«, sagte Philippos. »Du willst nur hören, dass alles so ist, wie es für dich sein muss. Damit du in deiner Komfortzone bleiben kannst. Damit alles unverändert bleibt. Dasselbe Leben, das du seit jeher kennst.«

»Das stimmt nicht!«, rief Astro. »Glaubst du vielleicht, dass ich mich jeden Winter so furchtbar fühlen möchte? Dass ich an die Zeit im Jahr erinnert werden möchte, die mir meine Mutter genommen hat?«

»Wach auf, Astro!«, rief Philippos laut genug, um die Musik zu übertönen. »Nicht die Weihnachtszeit hat dir deine Mutter genommen! Sondern etwas, von dem sie nichts ahnte, dazu mangelnde Selbstfürsorge: zu viel Arbeit, zu wenig Schlaf, die Versorgung eines kleinen Kinds. Was glaubst du, warum ich versuche, Marjorie zu helfen? Was glaubst du, warum diese Entscheidung die schwerste ist, die ich je treffen musste?«

Darauf hatte Astro keine Antwort. Wollte sein Onkel ihm gerade sagen, dass der Tod seiner Mutter irgendwie *Astros* Schuld war? Und was meinte er damit, dass er eine schwere Entscheidung treffen musste? Sein Date? Astro fühlte sich angegriffen, gleichzeitig war er verwirrter als zuvor.

»Wer ist die Frau?« Astro wies auf die kastanienbraune Dame an Philippos' Tisch.

»Das ist Angela.«

»Und, wohnt Angela bald bei uns?«, platzte es aus Astro heraus. Selbst in seinen Ohren klang er wie ein verwöhntes Kind.

»Was?«

»Na, du schleichst dich aus der Bar, ohne zu sagen, wo du hinwillst, gehst tanzen … Ist das für dich Liebe, ja?«

Philippos schüttelte den Kopf, während sich immer mehr Tanzende um sie herum drängten. Hier war nicht der richtige Ort für so ein Gespräch.

»Ich habe keine Ahnung, was du gehört hast, Astro. Aber nein, ich bin nicht in Angela verliebt, noch in sonst jemanden, aber ich wäre es eines Tages gern mal. Und deshalb mache ich das.«

»Was?«, fragte Astro.

»Du weißt, wie es um die Bar steht. Ich sage dir ständig, dass ich so viel Umsatz wie möglich machen muss, nicht nur weil es mir um einen möglichst hohen Gewinn geht, sondern auch damit die Bar Páme attraktiv für Investoren wird.«

Astros Gedanken überschlugen sich. Es ging gar nicht um eine Liebesbeziehung oder ums Tanzen.

»Es gibt keine einfache Möglichkeit, dir das zu sagen, und deshalb habe ich es vor mir hergeschoben.« Philippos seufzte. »Astro … ich will die Bar verkaufen.«

Die Nachricht traf Astro wie ein Schnellzug.

KAPITEL FÜNFUNDVIERZIG

»Wo gehen wir hin?« Bonnie stöckelte auf ihren hohen Absätzen herum, während Jen ebenfalls Mühe hatte, mit Astro Schritt zu halten. Er war wütend und aufgebracht, das war ihm deutlich anzusehen. Von dem, was er zu ihr gesagt hatte, als er quer über die Tanzfläche zurückgekommen war, hatte sie so gut wie nichts verstanden. Zuerst hatte Jen gedacht, es liege an der Lautstärke der Salsarhythmen. Dann wurde ihr klar, dass er gar nicht in der Lage war, sich auszudrücken, weil tief in ihm heftige Gefühle wüteten, die er in den Griff zu bekommen versuchte. Er war schon damit überfordert, belanglose Worte aneinanderzureihen. Schließlich war er losgelaufen, an den Tanzenden vorbei Richtung Ausgang. Ohne eine Erklärung hatte Jen sich Bonnie geschnappt und war ihm hinterhergestürzt, um ihn nicht aus den Augen zu verlieren.

»Wir gehen irgendwohin, wo er sich sicher fühlt«, sagte Jen wie zu sich selbst.

»In die Bar?«, fragte Bonnie. »Geht das denn wirklich hier lang?«

»Nein«, erwiderte Jen. »Nicht in die Bar.«

»Was ist denn passiert, dass er auf einmal meint, er müsste an einen sicheren Ort? Ich glaube nämlich nicht, dass ich das Ganze richtig verstehe, und allmählich wird es komplizierter als eine Folge von *Westworld*.«

Jen seufzte, während Astro vor ihnen um eine Ecke bog und eine helle Lichterkette in einem Türrahmen streifte.

»Ich weiß es auch nicht, aber es hat irgendwas mit seinem Onkel zu tun.«

»Ich bin wirklich nicht zimperlich, Jen, aber ich kann in diesen Schuhen keinen Meter mehr laufen.«

»Wenn er dahin geht, wohin ich vermute, dann ist es nicht mehr weit.«

* * *

Astro konnte keinen klaren Gedanken fassen. Er nahm das Straßenpflaster vor sich kaum wahr. Seine Füße bewegten sich schnell und schienen den Weg ganz von allein zu kennen.

Philippos wollte die Bar verkaufen. Die Worte seines Onkels hallten ihm durch den Kopf, schienen von der einen Ecke abzuprallen und in die nächste katapultiert zu werden. Die Auswirkungen waren unklar. Wie konnte das sein? Er hatte alles für Philippos getan, war für ihn da gewesen, so wie sein Onkel seit dem Tod seiner Mutter für ihn da war. Die Bar war ihr gemeinsames Zuhause. Sie hielt sie als Familie zusammen. Sie war nicht, was Astro sich erträumte, aber sie war seine *Verpflichtung*. Und jetzt wollte sein Onkel das aufgeben? Einfach so?

Astro blieb vor einer rostigen Eisentür stehen, die unten nicht richtig schloss. Mit den Händen bog er das Metall vor und schob den Arm bis zum Ellenbogen in den Spalt, um im Dunkeln herumzutasten. *Wo war das Ding bloß?* Schließlich fanden seine Finger das Gesuchte, und Astro zerrte an einem Seesack. Er versuchte, den Stoff so zu greifen, dass er ihn aus dem Versteck ziehen konnte. Dies war etwas, worauf er sich immer verlassen konnte. Etwas, um das er sich gekümmert hatte. Vielleicht war das alles, was er wirklich hatte. Sich selbst.

Angetrieben von Wut und Enttäuschung, marschierte er durch die Gasse, auf der Suche nach einem Ventil. Er wusste genau, wo er mit diesem Sack voller Farben und Sprühdosen hinwollte.

Erst als er vor dem Jungen, der Frau und dem Mond stand, wurde ihm klar, wie enorm das war, was er vorhatte. Entschlossen schüttelte er eine schwarze Spraydose, und das Gerassel klang wie eine unheilvolle Todesglocke. Fest drückte er auf die Düse, fühlte seinen Puls im Finger. Er musste den Druck nur noch ein klein wenig erhöhen …

»Hör auf, Astro!«

Den Blick auf das Wandgemälde gerichtet, hielt er inne. Er wollte das tun. Denn wer interessierte sich schon dafür? Niemand blieb für immer. Auf niemanden war Verlass. Er hielt die Dose näher an die Wand.

Die Bar Páme war das Einzige, was immer dagewesen war. Philippos und die Bar – sie waren zuverlässig und gut, daran konnte man sich halten …

»Astro, leg die Dose weg!«

Die Stimme der Vernunft. Das war Jen, die junge Frau, die er erst seit wenigen Tagen kannte. Und dennoch konnte er sich kaum mehr vorstellen, ein paar Stunden ohne sie zu sein. Doch was hatte er ihr schon zu bieten? Sie war umwerfend, voller Tatkraft, der lebende Beweis, dass manche Menschen, *gute* Menschen, sich nach dem Verlust der Eltern wieder aufrappelten und es besser machten, stärker wurden. Im Moment wollte Astro nichts anderes tun, als sein Werk zu entstellen, es auszulöschen, seinen öffentlichen Seelenerguss zu schwärzen. Bald hätte er kein Heim und keine Arbeit mehr, und wo würde sein Onkel sein? Vielleicht in Thessaloniki? Würde er überhaupt in Griechenland bleiben?

Astro hielt es nicht länger aus. Kräftig drückte er auf den Sprühkopf. Ein schwarzer Nebel schoss heraus, der auf dem Schlafanzug des Jungen auf dem Wandbild landete.

»Nein, Astro!«

Er wurde überwältigt. Starke Arme umfassten ihn, hielten ihn fest, ließen nicht los. Er wollte sich wehren, sich befreien, aber er wusste, dass er den Kampf bereits verloren hatte. Welchen Sinn hatte es? Wozu war es gut? Was er gehört hatte, ließ sich nicht ändern, und seine Mutter war trotz allem fort.

»Hör bitte auf!«, flehte Jen ihn an. »Eine Minute Wut fühlt sich sechzig Sekunden lang vielleicht gut an, aber wenn sie vorbei sind, wirst du es noch viel schneller bereuen.«

»Kann ich die Sprühdose jetzt loslassen?«, fragte Bonnie. »Will mir die Finger nämlich nicht dreckig machen.«

Nun begriff Astro, dass Bonnie seine Hand festhielt und Jen sich mit ihrem ganzen Körper an ihn hängte. Auf einmal empfand er nur noch Scham und Verlegenheit. Schnell löste er sich von den beiden.

»Ich … ich weiß nicht, was ich gedacht habe«, murmelte er, während seine Gedanken in alle möglichen Richtungen schossen. »Ich hätte nicht … mit euch herkommen sollen.«

Im Tanzclub hatte er sich vorgenommen, auf sein Herz zu hören, da wollte er nur noch tun, was ihm Spaß machte, wollte mit Jen zusammen sein und sich aus der Bar zurückziehen. Doch jetzt war ihm klar, dass er von Anfang an selbstsüchtig gewesen war. Er hatte diese Beziehung seinem eigenen Vorteil zuliebe aufgebaut, als sei ihm das Universum etwas schuldig. Nun, eines wusste er genau: Das Universum schuldete Jen deutlich mehr als ihm.

* * *

Astros Gesichtsausdruck kam Jen bekannt vor. *Er zog sich zurück.* Astro hatte ihnen seine unverstellten Gefühle gezeigt, und jetzt schämte er sich dafür. Das konnte sie sehr gut verstehen; ihr ging es genauso, wenn sie mit jemandem zu tun hatte, dem sie nicht vertraute. Natürlich kannte sie Astro noch nicht lange, doch sie vertraute ihm voll und ganz. Sie hätte gedacht, das gelte auch für ihn.

Was genau hatte er damit gemeint, als er sagte, er hätte sie nicht mit nach Psyrri nehmen sollen? Meinte er den Abend selbst? Oder generell?

»Ich gehe besser«, sagte er und machte einen Schritt nach hinten.

»Wohin?«, fragte Jen.

»Egal, irgendwohin. Wo ich nichts kaputt machen kann.«

Meinte er sein wunderschönes Wandgemälde? Oder noch mehr? Sie überlegte schnell. Sie wollte nicht, dass er ging. Ihrer Meinung nach sollte er jetzt nicht allein sein, und sie wusste nicht, ob noch jemand in der Bar war oder ob Philippos den Rückweg angetreten hatte.

»Wir könnten zu uns ins Hotel gehen«, schlug sie vor. »Das hat eine herrliche Dachterrasse, stimmt's, Bonnie? Da ist es ruhiger. Wir könnten was trinken und uns unterhalten …«

»Mach's gut, Jen.«

Nicht: Gute Nacht. Nein: *Mach's gut.*

Der Sekundenbruchteil, den Jen brauchte, um zu begreifen, reichte Astro, um auf dem Absatz kehrtzumachen und die Straße hinunterzulaufen.

KAPITEL SECHSUNDVIERZIG

Hotel Plaka

»Sind die Flügel angekommen?« Mit dem Handy am Ohr marschierte Jen über die Dachterrasse. Es war kalt, aber hell, die frühe Sonne ließ die Temperaturen leicht steigen, aber man musste auf jeden Fall die Jacke zuknöpfen. Es war ihr letzter Tag in Athen, und Jen war schon früh mit einem unangenehmen, schweren Gefühl in der Brust aufgewacht. Alles fühlte sich falsch an, jedoch anders als an dem Tag, als Kathleen verschwunden war. Jen verspürte eine echte Leere, als hätte ihr jemand etwas genommen, das hell in ihr brannte. Im Moment konnte sie nichts anderes tun, als sich auf ihre Rückkehr nach Hause vorzubereiten, deshalb hatte sie als Erstes Natalia angerufen, um nachzuhören, ob alles gut lief mit den Veranstaltungen, die die Firma zu organisieren hatte.

»Hast du in Athen gehört von neue Menü von Greg?«, fragte Natalia hörbar entgeistert.

»Was?«

»Weihnachts-Chicken-Wings? Mit gegrillte Rosenkohl und Cranberryglasur? Wings aussehen wie Nikolaus: Meerrettichcreme als Bart und Chilisoße, damit Knochen aussieht wie Mütze.«

»Nein, Natalia, ich meinte die Engelflügel für die Weihnachtstaufe. Hast du vergessen, dass Mrs. Butler ganz genaue Vorstellungen hatte, wie groß die Flügel sein sollen?«

»Ich weiß«, antwortete Natalia. »Sollen aussehen wie Schwan, nicht Engel. Ich musste messen, wie breit Kirchentür.«

»Ja, genau«, bestätigte Jen. »Und, sind die angekommen?«

»Wo?«

»Im Büro! Die hast du doch bestellt, oder? Nachdem wir gemessen und darüber gesprochen hatten.« Die Leere in Jen wurde durch Panik abgelöst. Die Taufe von Mrs. Butlers drittem Enkelkind fand in drei Tagen statt. Mrs. Butler war eine ihrer besten Kundinnen. Jen hatte in den vergangenen zwei Jahren schon zahlreiche Veranstaltungen für sie organisiert, von der Gender-Reveal-Party bis zur Beerdigung des verstorbenen Mr. Butler, der zur Melodie von »Walking in the Air« aus *Schneemann* in die Kirche hatte getragen werden wollen.

»Ich habe bestellt Zöpfe aus falschem Engelshaar und Bändern. Mrs. Butler selbst kann besorgen Flügel mit Spannweite von Boeing 737.«

Jen hatte das Gefühl, als sei ihr Herz gerade ohne Fallschirm aus einem Flugzeug geworfen worden. Natalia war eigentlich immer perfekt organisiert. Genauso wie Jen. Wie hatte ihnen das entgehen können? Sie wusste die Antwort. Weil sie mit einem verlogenen Frauenhelden namens David beschäftigt gewesen war. Und mit Paris. Jetzt konnte Paris nicht weit genug weg sein.

»Natalia, *wir* sollten die Flügel bestellen. Wir brauchen sie schnell, sonst ist Mrs. Butler wirklich pikiert.«

»Was ist das: pi-kiert? Klingt wie neues Funktion auf TikTok.«

»Das bedeutet sauer«, erklärte Jen. »Richtig stinksauer.«

»Wie Putin. Verstehe.«

»Wir brauchen die Flügel, und wenn sie nicht die richtige Größe haben, müssen wir halt improvisieren ... Dann müssen wir noch was nachbestellen und ankleben oder ... irgendwas aus dem Lager nehmen.« Jen seufzte. »Ich bin morgen zurück, ich kann ...«

»Bitte!«, unterbrach Natalia sie. »Ich denke, das meine Fehler. Ich werde gutmachen. Notfalls Brüder müssen suchen echten Schwan.«

»Bitte nicht, Natalia, nein! Ich ...«

»Ich muss aufhören. Kümmere mich Problem. Keine Sorge.«

Kaum waren die letzten Worte ausgesprochen, war das Gespräch vorbei. Jen stieß einen Seufzer aus. Wie kam es, dass andere sie nicht ausreden ließen? Dasselbe war in der Nacht mit Astro passiert. Sie wusste, dass er aufgebracht und wütend auf alles gewesen war, doch sie wollte, dass er ihr erzählte, wie es ihm ging, nicht dass er sich verabschiedete und weglief ...

»Ich habe mir das größte Stück Feta genommen, das ich mir auftun konnte, ohne gierig zu wirken, dazu die himmlischen Tomaten, die Teigtaschen mit Käse und natürlich Zaziki. Ach, und wir bekommen gleich zwei starke Kaffees gebracht.«

Während Bonnie alles aufzählte, stellte sie ein Tablett mit gefüllten Tellern auf einen der niedrigen Tische. Essen war das Letzte, worauf Jen jetzt Lust hatte.

»Ich weiß, was du sagen willst, aber ein griechisches Frühstück kann man nicht ablehnen, schon gar nicht am letzten Tag. Also komm her, und setz dich, sonst muss ich das alles allein verdrücken. Würde ich nämlich durchaus schaffen.«

Jen seufzte erneut und zog einen Stuhl heran. »Natalia hat etwas Unverzichtbares für Mrs. Butlers Taufe in drei Tagen vergessen.«

»Was denn? Das Baby?« Bonnie nahm die Teller vom Tablett und legte Messer und Gabeln vor.

»Nicht das Baby, die Engelflügel.«

»Aber das Baby müsste doch das einzig Unverzichtbare auf so einer Veranstaltung sein.«

»Nicht, wenn du Mrs. Butler heißt und einen Ruf zu verlieren hast. So wie ich. Wenn meine Firma pleitegeht, habe ich nicht mal mehr einen Platz zum Schlafen. Dann muss ich ... dann muss ich mir ein Zimmer in einer Pension nehmen. Vielleicht sogar in einer Herberge.«

»Herrliche Parallele zum heiligen Fest, aber so weit wird es nicht kommen. *Ich* würde das niemals zulassen, und Kathleen auch nicht.« Bonnie spießte eine Tomate mit der Gabel auf.

»Das weiß ich, und ich bin dankbar dafür, wirklich, aber ich glaube nicht, dass dir klar ist, wie wichtig es mir ist, allein klarzukommen.« Jen schluckte. Der Druck auf ihrer Brust wurde stärker, wenn sie daran dachte, dass sie sich eigentlich immer auf sich selbst hatte verlassen können. Diese Überzeugung bildete das Fundament ihrer Persönlichkeit. »Das ist meine Firma, und David, tja, der war eine Ablenkung so ähnlich wie ... so wie der Urlaub hier.«

»Also heißt Astro jetzt ›der Urlaub hier‹, ja?«, gab Bonnie zurück und sah Jen tief in die Augen, während die Tomate in ihrem Mund verschwand und sie genüsslich kaute.

»Ich denke nur, nach gestern Abend und ... allem ... also

Paris und … David und … der Suchaktion nach Kathleen und … Natalia und den Flügeln und so … dass ich mich, sobald wir wieder zu Hause sind, dringend bei der Historischen Gesellschaft melden und denen sagen muss, dass ich die zugesagten Leistungen nicht liefern kann und hoffentlich trotzdem noch einen unterhaltsamen Abend für sie ausrichten darf, wobei mir klar ist, dass ich ihnen, selbst wenn die Veranstaltung super wird, Geld zurückerstatten muss und …«

»Du kannst also ›David‹ sagen, aber nicht ›Astro‹.«

»Hör auf, Bonnie, bitte«, flehte Jen. »Ich kann im Moment nicht an Astro denken.«

»Warum nicht? Okay, ich verstehe schon, dass seine Reaktion gestern Abend und das aggressive Herumgefuchtel mit der Sprühdose ein bisschen viel waren, aber ich merke, wie viel er dir bedeutet, wie es dich mitgenommen hat, dass er so mitgenommen war.«

Ein Kellner brachte ihren Kaffee.

»Morgen fliegen wir zurück nach England«, erinnerte Jen ihre Freundin.

»Weshalb du ihn heute sehen musst. Finde heraus, was mit ihm los ist, und sag ihm, wie viel er dir bedeutet.«

»Nein«, gab Jen zurück. »Dafür habe ich keine Zeit. Ich muss jede gebuchte Veranstaltung von jetzt bis Ende Januar kontrollieren und jedes kleinste Detail prüfen, denn da Natalia die Flügel vergessen hat, kann ich mich nicht mehr darauf verlassen, dass sie wirklich alles im Kopf behält, und wolltest du heute nicht außerdem mit der Metro nach Piräus, und …«

»Ausflüchte«, stellte Bonnie mit wegwerfender Handbewegung fest.

»Keine Ausflüchte«, entgegnete Jen. »Triftige Gründe.«

»Ich sage es noch mal: Ausflüchte. Und ich muss es wissen, denn ich habe selbst nichts anderes getan, als es um Andrea ging.« Bonnie seufzte schwer. »Vor dem Frühstück habe ich mit ihr gesprochen.«

»Ja?« Jen rückte nach vorn auf die Stuhlkante.

Bonnie nickte. »Ich habe begriffen, dass mein unausgesprochener Neid es mir schwer gemacht hat zu begreifen, dass Andrea meine Schwester ist. Eine Schwester, die ich sehr lieb habe trotz ihrer äußerst nervigen Eigenschaften und obwohl sie sich momentan an unsere Mutter klammert wie Rose in *Titanic* an den Türrahmen.«

»Und, wie war es?«

»Sie hat sich tatsächlich von ihrer Freundin getrennt.«

»Ah! Also ist Jules eine Frau. Ich meine, ist natürlich nicht wichtig.«

»Sie hat geweint«, fuhr Bonnie fort. »Viel.«

»Ach, Bonnie.«

»Ja, ich weiß. Ich komme mir vor wie der Schurke im Zeichentrickfilm. Nur noch schlimmer.«

»Habt ihr euch ausgesprochen?«

»Noch nicht richtig.« Bonnie griff zu ihrer Kaffeetasse. »Aber nicht, weil ich mich davor drücke oder nicht wahrhaben will, dass ihr Erfolg mir immer das Gefühl gegeben hat, unzulänglich zu sein, sondern weil sie einfach nicht aufhören konnte zu weinen, und ich will keinen fertigmachen, der eh schon am Boden liegt.«

»Das freut mich«, sagte Jen. »Dass du immerhin mit ihr gesprochen hast.«

»Hm«, machte Bonnie. »Was uns wieder zu dir führt, oder? Du musst heute mit Astro reden. Bevor es zu spät ist.«

Jen schaute über Athen, und sofort blieb ihr Blick am

Parthenon hängen. Sah sie *ihn* an? Oder betrachtete er *sie*? Fragend? Neugierig? Verständnisvoll? Sie wusste es nicht, aber wahrscheinlich hatte die Ruine schon millionenfach erlebt, dass Menschen darüber nachdachten, wie es weitergehen sollte.

»Vielleicht ist es in Anbetracht all dessen schon zu spät«, sagte sie.

KAPITEL SIEBENUNDVIERZIG

Astros Wohnung

Ein stechender Schmerz auf der Wange ließ Astro hochfahren. Was war das? Er schlug die Augen auf. Sein Hals war rau und kratzig von zu wenig Flüssigkeit. Den Schlaf, in den er irgendwann gesunken war, hatte er nur dank einer halben Flasche Ouzo gefunden, und deren Nachwirkungen merkte er ebenfalls.

»Peri«, krächzte er und drehte den Kopf zur Seite. Das war es also: Die Taube pickte nach ihm. Wie war sie hereingekommen? Oder war sie die ganze Nacht in der Wohnung gewesen?

Astro wälzte sich mit schwindelndem Kopf im Bett, setzte sich auf und schaute sich um. Was war hier passiert? Es sah aus, als sei ein Tornado durch sein Apartment gefegt. Der Tisch, den er fürs Abendessen gedeckt hatte, stand noch vor den Balkontüren, doch der Rest des Raums versank im Chaos. Papier, Farben und Staffeleien lagen auf den Bodendielen, die wenigen Zugeständnisse an Weihnachtsschmuck, die er Jen zuliebe gemacht hatte, waren zerstört.

Jen. Jetzt tat ihm der Kopf weh. Er hatte sie auf der Straße stehen lassen. Sie hatte ihn in seinem ganzen Schmerz gesehen. Mit seinen ungefilterten Gefühlen auf einem Silbertablett. Unerträglicher hätte es kaum sein können.

»Du lebst ja noch!«

Astro fuhr zusammen, als ein Stock vor ihm herumfuchtelte und ihn beinahe am Auge traf.

»Achilles! Was machst du hier?«

»Ich gucke nach, ob du noch lebst! Mama holt einen Arzt.«

»So ein Schwachsinn!« Astro stand auf, Peri stieg hoch und flatterte im Zimmer herum. »Ich brauche keinen Arzt.«

»Mama wusste, dass du das sagen würdest«, entgegnete Achilles und schwang weiter den Stock durchs Zimmer. »Oh, was ist denn hier passiert?« Er stocherte im Weihnachtsschmuck auf dem Boden herum und hob die kaputte Dekoration hoch. »War das Peri? Hat er das gemacht? Das ist viel für so einen kleinen Vogel.«

Astro könnte jetzt lügen. Es wäre einfach, dem Täuberich die Schuld zu geben. Aber was würde Achilles daraus lernen? Astro schüttelte den Kopf und krempelte die Ärmel seines Sweatshirts hinunter, eine Art Verteidigungsmechanismus.

»Ich war das.«

Angewidert verzog Achilles das Gesicht. »Du hast Weihnachten kaputtgemacht und das Papier auf den Boden geworfen? Und du hast nicht abgewaschen? Mama sagt, Leute, die ihre Sachen nicht abwaschen, verlieren die Gunst der griechischen Götter, und dass Poseidon sie vielleicht ertränkt.«

Das war düster, aber genau das, was Astro seiner Meinung nach verdient hatte. Dass Achilles der Meinung war, er hätte Weihnachten kaputtgemacht, traf ihn ziemlich heftig. Denn Jen war Weihnachten. Hatte er auch sie zerstört?

In dem Moment kam Philippos mit besorgtem Gesichtsausdruck in die Wohnung gestürmt, atemlos, die Schürze nur halb um die Taille geknotet.

Peri flatterte herum, ein Flügel streifte den Bart von Astros Onkel.

»Was ist hier los?«, fragte Philippos. »Marjorie sagt, du bräuchtest einen Arzt.«

Astro seufzte. »Ich brauche keinen Arzt. Ich brauche nur Tabletten gegen die Kopfschmerzen und meine Ruhe.«

»Er hat Weihnachten kaputtgemacht«, erklärte Achilles und schwang die Reste der Dekoration mit dem Stock herum. »Bald bringt Poseidon ihn um.«

»Achilles«, sagte Astro. »Könntest du bitte Peri nach draußen bringen und deiner Mutter sagen, dass sie keinen Arzt zu holen braucht?«

»Kann ich Crêpes machen? Und Milchshakes?« Achilles legte den Stock zur Seite.

»Nur unter Aufsicht«, erwiderte Philippos. »Deine Mutter muss dabei sein.«

Geschickt fing Achilles den Täuberich und lief zur Tür, dann hörte man seine Schritte auf der Treppe.

»Ich fange mal an und räume auf«, sagte Astro und hob eine Jeans und einen Hoodie vom Boden.

»Astro«, sagte Philippos und seufzte. »Diese Unordnung ist mir egal. Ich mache mir Sorgen um dich.«

»Ach ja?«, fuhr Astro ihn an. »Ich bin mir nämlich ziemlich sicher, dass du gestern Abend in einem Salsaclub warst und mir gesagt hast, du würdest die Bar verkaufen. Da hast du dir keine Sorgen um mich gemacht.«

Philippos schüttelte den Kopf. »Ist das dein Ernst, Astro? Du hörst dich nämlich an wie ein trotziges Kind und nicht wie der liebe kleine Junge, den ich, ohne zu zögern, vor vielen, vielen Jahren aufgenommen habe.«

»Ach, bist du jetzt beleidigt? Meinst du, wenn ich nicht gewesen wäre, hättest du dein ganzes Leben lang Salsa tanzen können?«

»Astro, das ist nicht fair«, sagte Philippos.

»Tja, was ist schon fair? Ist es fair, dass meine Mutter gestorben ist? Ist es fair, dass ich mein Leben lang in dieser Bar gearbeitet habe, um dich glücklich zu machen? Dass ich dachte, es wäre unser Familienunternehmen, das du liebst und das ich respektiere? Dass die Bar Páme für mich das einzige Zuhause ist, an das ich mich erinnern kann, weil meine Erinnerungen an die Wohnung in Exarchia und an meine Mutter im Laufe der Jahre immer schwächer werden und sich auflösen?«

»Astro …«

»Ich weiß nicht, was du von mir willst«, unterbrach er seinen Onkel. »Das habe ich eigentlich noch nie so richtig kapiert. Bin ich wie alle anderen Angestellten, nur dass du mich nicht rauswerfen kannst, weil ich der Neffe bin, den du großziehen musstest? Wir sprechen nie miteinander! Wir reden nie darüber, wie es uns geht oder was in unserem Leben gerade los ist! Und dann erfahre ich in einem dröhnenden Nachtclub von deinen Plänen! Zur Weihnachtszeit!«

»Bist du jetzt fertig? Oder willst du die Jeans noch mal auf den Boden werfen?«

Astro betrachtete die Hose in seinen Händen und schleuderte sie aufs Bett. Sein Herz raste, doch ihm war die Luft ausgegangen, er wusste nicht, was er noch sagen konnte. Nichts, was er von sich gab, verbesserte seinen Zustand, und bisher schienen seine Worte auch nicht geeignet, eine irgendwie geartete Lösung herbeizuführen.

»Ich kann so was nicht«, gestand Philippos. »Ich war noch *nie* gut in so was. Eine Familie zu haben, überhaupt eine, war nie mein Plan. Ich habe mich noch nicht mal um die Fische gekümmert, die deine Mutter und ich als Kind hatten. Während ich vergessen habe, die Fische zu füttern, hat deine Mutter ihnen zu viel gegeben.« Seufzend zog Philippos einen Stuhl unter dem Tisch hervor. »Ich glaube, da liegt vielleicht die Antwort, wenn es ums Leben geht. Man lebt nicht in den Extremen, sondern es geht darum, einen Ort in der Mitte zu finden, wo alles ausgewogen ist.«

»Bist du jetzt ein griechischer Philosoph?«, höhnte Astro.

»Nein.« Philippos setzte sich. »Ich meine nur, dass es nicht viel gibt, was ich gut kann. Astro, ich bin nicht zum Vater geboren. Ich glaube, ich bin noch nicht mal ein besonders guter Onkel. Ich bin selbstsüchtig. Wenn ich mein Ding machen kann, bin ich am glücklichsten. Die Bar hat mir alles bedeutet, aber wie schon gesagt, die Zeiten sind schwer, und ich werde nicht jünger. Ich bin in einer Lebensphase, in der ich mich frage, ob das alles war, oder besser, was für mich noch übrig bleibt, wenn ich nichts ändere.«

Astro ließ sich aufs Bett fallen. »Es war einfach ein Schock. Ich bin in den Club gegangen, weil ich dachte, dass Marjorie sich irren muss und du sicher keine Freundin hast, und dann war es noch viel schlimmer.«

»Warum hast du mich nicht einfach gefragt?«, gab Philippos zurück.

»Weil du jedes Mal, wenn ich es versucht habe, so getan hast, als käme eine Lieferung.«

Philippos nickte langsam. »Weil ich nicht gut in so was bin und alles falsch mache.«

Astro sah seinen Onkel an. Die Fältchen um seine Augen waren Astro noch nie so tief erschienen, sein Bart war stark ergraut. Astro hatte diese körperlichen Veränderungen nicht wahrgenommen, weil er nicht hingesehen hatte. Es war immer nur um *seine* Beschwerden gegangen, um *seinen* Kummer, *seine* Herausforderungen.

»Du bist gut«, sagte Astro. »Und machst nichts falsch. Meistens jedenfalls.«

Philippos lächelte. »Jetzt klingst du wie deine Mutter. Sie machte gern ein Kompliment und kassierte es dann schnell wieder ein.«

Astro seufzte. »Ich habe sie nicht so gekannt wie du.«

»Und das ist meine Schuld«, entgegnete sein Onkel. »Weil ich dumm war und dachte, es wäre besser, nach vorn zu schauen als zurück.«

»Aber es gibt nur so wenige Jahre, an die ich mich überhaupt erinnern kann.«

»Ich weiß«, sagte Philippos mit belegter Stimme. »Ich muss mir immer wieder klarmachen, dass man nicht von Neuem trauern braucht, wenn man Geschichten von früher erzählt.«

Astro ließ den Satz auf sich wirken. Seine Mutter zu verlieren, war das Traurigste gewesen, was ihm je geschehen war, und er hatte sich auf das Gefühl von Leere in seinem Leben konzentriert statt auf den lachenden, positiven Einfluss, den seine Mutter auf ihn gehabt hatte.

»Was ist das?«

Philippos hatte sich vorgebeugt und Leinwände vom Boden hochgehoben, die er nun betrachtete.

Die Gemälde, die er normalerweise versteckte.

Mit einer Geschwindigkeit, bei der sich sein Kopf noch schneller drehte, sprang Astro aus dem Bett.

»Das ist Quatsch. Wie alles andere hier auch. Ich räume gleich auf …«

Astro wusste, dass es sinnlos war. Er griff nach der Leinwand, doch Philippos entzog sie seinem Griff.

»Hast du das gemalt?«, wollte er wissen, und man hörte, dass er einen Kloß im Hals hatte.

Astro schaute auf das Schwarz-Weiß-Bild in den Händen seines Onkels und holte tief Luft. Es war keine der Zeichnungen, an denen er in letzter Zeit gearbeitet hatte. Ihm war beinahe, als hätte er sie noch nie zuvor gesehen, obwohl sie zweifellos von ihm stammte. Nicht nur war sein Stil erkennbar, er spürte auch irgendwie instinktiv, dass sie zu ihm gehörte.

»Ich … ich kann mich nicht daran erinnern«, antwortete er wahrheitsgemäß, und sein Finger fuhren über die Kontur des gezeichneten Gesichts.

»Du kannst dich nicht erinnern?«, fragte Philippos. »An das hier? Oder an die anderen?«

Erst da schaute Astro auf die übrigen Zeichnungen auf dem Boden. Einige Blätter lagen mit dem Bild nach unten, weiße Blätter, andere schienen fertig, andere unfertig. Alle zeigten dasselbe, genauer gesagt, denselben Menschen: *Jen*.

Astro wusste nicht, was er sagen sollte. Die Bilder glichen dem wirren Gekritzel eines Verrückten: einige mit kräftigen Kohlestrichen, andere in Öl …

»Astro, du bist begabt«, sagte Philippos, und ein leichter Film legte sich über seine Augen. »Und ich hatte keine Ahnung.«

Astro zuckte mit den Schultern. »Wir haben alle unsere Geheimnisse.«

»Tja«, machte Philippos. »Zwei Dinge sind wohl nicht zu leugnen: dein großes Talent und deine Gefühle für Jen.«

Darauf hatte Astro wirklich keine Antwort.

KAPITEL ACHTUNDVIERZIG

Bar Páme

»Weißt du noch, als wir hier angekommen sind?«, fragte Bonnie auf der Treppe mit den Bars und Tavernen zu beiden Seiten. Es herrschte mittäglicher Hochbetrieb. »Wie warm es da war?«

»Ja, weiß ich noch«, antwortete Jen. »Wir haben mit kurzen Ärmeln draußen gesessen und dachten, in Griechenland sei das ganze Jahr über Sommer.«

»Und jetzt ist es eiskalt.« Bonnie erschauderte und blieb kurz in der Wärme eines Heizpilzes stehen, der auf Hochtouren lief. »Daran kann man erkennen, dass Weihnachten vor der Tür steht. Ich ärgere mich, keine dickere Unterwäsche eingepackt zu haben.«

Weihnachten stand vor der Tür. Normalerweise würde allein schon diese Erkenntnis Jen so glücklich machen, dass jeder Tag für sie ein klein wenig heller war als der vorige, obwohl sich in der Adventszeit für sie eine Veranstaltung an die nächste reihte. Das ganze Jahr über war Weihnachten ihr Alltag, aber wenn das Fest dann tatsächlich vor der Tür stand, war es meistens noch zauberhafter als gedacht. Nur dieses Jahr fühlte es sich anders an. Sie hatte ihre Struktur verloren. Ihren Weg. Manchmal sogar ihren Kopf.

»David hat angerufen«, verkündete sie und seufzte bei

dem Gedanken, dass sie seine Hilfe hatte annehmen müssen, um Kathleen zu finden. »Von drei verschiedenen Nummern.«

»Ich finde einen Mann mit einem Wegwerf-Handy schon leicht verdächtig, aber gleich drei … Hau besser ab!«

»Meinst du, ich soll die alle blockieren?«, fragte Jen.

Sie wusste, was Bonnie antworten würde, doch aus irgendeinem Grund musste sie es von ihr hören.

»Ja, Mensch! Natürlich! Ich meine, irgendwann müssen ihm doch die Möglichkeiten ausgehen. Sonst überleg eventuell mal, ob *du* dir vielleicht eine neue Nummer zulegst. Aber zuallererst …«, Bonnie hielt Jen fest, damit sie neben dem nächsten Heizpilz stehen blieb, »… musst du aufhören, David mietfrei durch deinen Kopf geistern zu lassen. Konzentrier dich auf das Hier und Jetzt. Auf Athen. Die Bar. Astro.«

»David geistert nicht mietfrei durch meinen Kopf«, beharrte Jen und atmete die köstlichen Aromen der griechischen Küche ein, die aus praktisch jeder Tür um sie herum drangen. »Bloß hat er mitgeholfen, Kathleen zu finden, und dafür bin ich ihm vielleicht was schuldig.«

»*Was?*«, rief Bonnie, und ihrem Gesichtsausdruck war deutlich abzulesen, wie absurd sie das fand.

»Ich weiß es nicht, irgendeinen Gefallen oder …«

»Hör auf!«, befahl Bonnie und legte die Hand fest auf Jens Arm. »Du schuldest diesem Mann gar nichts. Ja, er hat vielleicht seinen Teil dazu beigetragen, dass Kathleen gefunden wird, aber ganz ehrlich, Jen, ich habe das Gefühl, das hat er nur getan, damit du genauso reagierst. Damit du dich ihm irgendwie verpflichtet fühlst und ihn nicht mehr links liegen lässt, sondern ihn in deinen Kopf lässt und deine Entscheidungen hinterfragst.«

»Ich hinterfrage mich nicht wegen David.«

»Aber warum hinterfragst du dich überhaupt? Jen, du bist der bestorganisierte Mensch, den ich kenne. Du zerbrichst dir den Kopf über buchstäblich jeden, nur nicht über dich selbst.«

»Ich lasse Menschen nicht gerne im Stich. Treue Kunden, Leute, die hervorragende Qualität erwarten, so wie sie *Jeden Tag Weihnachten* normalerweise liefert. Kathleen – ich enttäusche sie nicht gern.« Jen seufzte. »Und egal, was sie sagt, ich habe trotzdem das Gefühl, sie enttäuscht zu haben, weil ich meine Wohnung nicht halten konnte.«

»Kathleen liebt dich, Jen. Wie eine Mutter.«

Die Liebe einer Mutter. Ein Konzept, das sie nie verstanden hatte. Hatte auch ihre Mutter sie einst geliebt, bevor sie in Pflege gegeben wurde? Irgendetwas musste Jen ihr doch bedeutet haben, sonst hätte sie nicht Tapferteddy für ihr Kind ausgesucht, sonst hätte Jen zwischen all dem Geschrei und den Tränen nicht eine schwache Erinnerung an ein Lachen.

»Wie wär's, wenn wir einfach hier was trinken?« Jens Blick schweifte zu einem leeren Zweiertisch links von den beiden.

»Nichts da«, sagte Bonnie bestimmt. »Wir gehen zur Bar Páme. Du wirst mit Astro reden, und dann könnt ihr zwei Turteltäubchen da weitermachen, wo ihr aufgehört habt.«

Gut, aber was sollte das bringen? Astro bedeutete Jen etwas, das war so. Ihn kennenzulernen hatte die Tür zu ihrem Herzen weiter geöffnet als je zuvor. Schnell hatte sie erkannt, wie anders die Gefühle waren, die er in ihr weckte: von ihren ersten Gesprächen über das Sprühen ihrer Gefühle an eine Tür mitten in Athen und den Abend mit wunderbarem traditionellem Essen im Garten von Fremden bis zu diesen Küssen …

»Ich kann deine Gedanken lesen, weißt du das?«, sagte Bonnie und führte Jen vom Heizpilz zum nächsten Treppenabschnitt. »Du denkst, du hättest zu viel zu tun, oder dass es sinnlos ist, weil du morgen zurück nach England fliegst.«

»Tja …«

»Jen, ich sehe doch, wie sehr du ihn magst.« Bonnie ging weiter, vorbei an den Menschen, die ihnen entgegenkamen. »Mit ihm bist du anders.«

»Wie meinst du das?«

»Ich meine, ich habe dich noch nie mit offenem Visier gesehen, bei niemandem. Und ich will nicht lügen, aber als wir Astro kennengelernt haben, wolltest du ihn mit einer aufblasbaren Zuckerstange erschlagen, aber nach den Tagen, die ihr miteinander verbracht habt, oder wenn du von ihm erzählt hast, war ein Funkeln in deinen Augen, ein kurzes Lächeln auf deinen Lippen, und du hast so etwas ausgestrahlt … so bist du sonst nur, wenn du an einem Knallbonbon ziehst, weißt du, an so einem guten mit einem Maniküreset drin.«

Unbewusst zogen sich Jens Mundwinkel nach oben. Allein der Gedanke an Astro hob ihre Laune.

»Okay«, sagte sie und holte tief Luft.

»Okay?«

»Du hast recht. Ich mag ihn wirklich. Und ich finde, dass unsere Verbindung, was auch immer es ist, mindestens ein Gespräch wert ist, um herauszufinden, was mit ihm los ist. Und ob irgendwas möglich wäre, trotz der Entfernung.« Jen wurde nervös und seufzte. »Und wenn nicht … dann habe ich es wenigstens versucht.«

»Das ist die richtige Einstellung«, sagte Bonnie. »Zu Weihnachten und sonst auch.«

»Okay«, wiederholte Jen und machte einen Schritt die

Treppe hoch. Weiter oben entdeckte sie Marjorie, die sich silbernes Lametta ins Haar geflochten hatte und ein volles Tablett mit Flaschen und Tellern trug. Der Anblick wurde ihr immer vertrauter.

Die beiden Frauen gingen weiter, bis sie die Terrasse vor der Bar Páme erreichten.

»Hallo, Marjorie!«, grüßte Jen, während Bonnie sich an einen freien Tisch setzte.

»Oh!«, rief Marjorie. »Gott sei Dank bist du hier! Er hat den ganzen Tag gejammert: ›Wann kommt Jen?‹, ›Ich brauche Jen‹, ›Ich kann nicht leben ohne Jen‹.«

Tatsächlich? So hätte sie Astro gar nicht eingeschätzt.

»Er ist mit einem Gesicht wie sieben Tage Regenwetter herumgelaufen, selbst nachdem er mehr Milchshakes trinken durfte, als er sollte. Er kann sich nicht auf die Arbeit konzentrieren. Nicht mal auf die bescheuerte Taube!«

»Will er mich sehen?«, fragte Jen, und ihr Herz schöpfte ein klein wenig Hoffnung.

»Er will dich nicht sehen, Jen, er *muss* dich sehen! Ah! Da kommt der traurige Junge. Siehst du? Schon hat er ein Lächeln im Gesicht!«

Als Jen Achilles mit Plastiktüten in den Händen aus der Bar kommen sah, sackte ihr Herz in sich zusammen.

»Jen!«

»Hallo, Achilles!« Sie versuchte, so begeistert wie möglich zu klingen. »Mein Gott, was hast du da?«

»Das ist fast alles aus Frau Calimeris' Nähkästchen. Sie sagt, wir können das nehmen und daraus Weihnachtsschmuck für den Basar in der Schule basteln. Du kommst doch, oder? Er ist am Samstag, ganz Athen geht hin, und …«

»Achilles! Nicht so laut! Und wie oft habe ich dir gesagt,

dass du deine Geschichten nicht so aufbauschen sollst? Ganz Athen geht nicht dorthin. Das ist ein Weihnachtsbasar in der Schule, kein Auftritt von Anna Vissi im Olympiastadion.«

Samstag. Morgen war Jen fort. Aber daran konnte sie jetzt nicht denken.

»Marjorie«, sagte Jen zögernd.

»Es ist in Ordnung, wenn du im Urlaub keine Zeit hast, um Ohrringe zu basteln. Das habe ich Achilles schon erklärt, aber er hört nicht zu.«

»Darum geht es nicht«, gab Jen zurück. »Es ist … ähm … ist Astro da?«

»Er ist nicht hier«, verkündete Achilles. »Aber er ist nicht tot. Er brauchte heute Morgen Medizin.«

Jen wusste nicht genau, was sie dazu sagen sollte, doch bevor sie antworten konnte, erklärte Marjorie: »Heute Morgen gab es einen kleinen Zwischenfall. Er ist mit Philippos weg. Ich soll Makis Bescheid geben, damit er mir hilft, aber …« Sie wies auf die gefüllten Tische und die unbemannte Theke.

»Weißt du, wann er zurückkommt?« Jens Magen zog sich zusammen wie ein schlechter Strickversuch.

»Wenn ich an ihre Gesichter denke, klären sie hoffentlich erst ein paar Sachen. *Ne, perimene*!«

Damit eilte Marjorie los, um die Gäste zu bedienen. Jen blieb mit Achilles zurück, der ihr wieder die Tüten der Nachbarin hinhielt.

KAPITEL
NEUNUNDVIERZIG

Kirche der Panagia Chrysopolitissa

Seit der Beerdigung seiner Mutter war Astro nicht mehr in der Nähe dieser Kirche gewesen, doch jetzt stand er im kalten Winterwetter und schaute zu den gekachelten Kuppeln vor dem schweren, wolkenverhangenen Himmel hinauf. Es war Philippos' Vorschlag gewesen, und obwohl Astro ein Dutzend Gründe eingefallen waren, warum er diesen Ausflug nicht machen wollte, hatte er sie für sich behalten. Stattdessen hatte er sich einen zusätzlichen Hoodie übergezogen, war in seine Turnschuhe geschlüpft und hatte die Bar zusammen mit seinem Onkel verlassen.

In der Kirche war niemand außer ihnen und den altehrwürdigen griechischen Ikonen, die in einem reichen Spektrum von Rot-, Blau- und Goldtönen von den Wänden auf sie herabschauten. Es war nicht wichtig, ob man an Gott glaubte, ob man regelmäßig zur Kirche ging – in so einem Gebäude zu sein, war einfach beeindruckend. Schlanke Kerzen flackerten im Dämmerlicht, die Luft war schwer vor Andacht, schien durchdrungen von Jahrhunderten der Bitten und Beichten. Obwohl die Kirche leer war, hatte Astro das Gefühl, alle Augen schauten auf ihn und richteten über ihn. *Du, Astro Salvas, der Junge, der am 25. Dezember aufwachte und seine Mutter kalt in ihrem Bett fand, was machst du hier?*

Er erschauderte. Vielleicht war es ein Fehler, hier zu sein. Eigentlich mussten sie beide arbeiten. Dann fiel ihm wieder ein, dass es egal war. Philippos wollte den Laden ja verkaufen.

»Wir sollten eine Kerze anzünden.« Sein Onkel griff zu dem kleinen Stapel.

»Früher haben wir immer eine für *yiayia* und eine für *pappoús* angezündet, obwohl ich die beiden nie gekannt habe. Machst du das immer noch, wenn du in die Kirche gehst?«

»Manchmal«, erwiderte Philippos. »Aber nicht hier. In dieser Kirche war ich nicht mehr seit …«

Der Satz brauchte nicht weiter ausgeführt zu werden. Oder vielleicht doch.

»Warum warst du nicht mehr hier?«, fragte Astro. »Wir gehen doch auch an Mamas Grab. Warum fällt es dir so schwer, in die Kirche zu gehen, wo ihre Beerdigung stattfand?«

»Ich weiß es nicht«, sagte Philippos. »Vielleicht weil dies der Ort war, wo sich ihre Freundinnen versammelten und um sie und um dich weinten, wo sie in die Arme Gottes übergeben wurde. Die Erinnerungen an den Tag tun weh.«

Astro sah, wie die Gefühle seinen Onkel überwältigten, sah es an seinen großen Händen, die die Kerzen zitternd hielten. Er hörte es an der Art und Weise, wie er gerade über seine Worte gestolpert war.

»Deine Mutter war immer ehrlich, nicht? Sie sagte, was sie dachte, egal, wie das bei ihrem Gegenüber ankam.«

Astro sah seinen Onkel an. »Hat sie das auch bei dir gemacht? Ich dachte, ich wäre der Einzige.«

»So war sie bei allen«, flüsterte Philippos, ein schwaches Lächeln auf den Lippen. »Immer liebevoll, aber auch engagiert. Es war ihr egal, ob ihr Gegenüber der Priester oder ein Gast war, dem sie ein Getränk servierte. Sie behandelte alle gleich.«

»Warum hat sie nicht in der Bar gearbeitet, als du sie eröffnet hast?«, wollte Astro wissen.

Philippos seufzte. »Ich habe sie gefragt. Hab ihr vorgeschlagen, die Bar gemeinsam zu führen. Ich kannte niemanden, der so hart arbeiten konnte wie sie.«

»Und sie hat abgelehnt?«

»Sie hat gesagt, sie wollte sich ihren Platz im Leben auf ihre Art verdienen. Sie wollte niemandem etwas schuldig sein, nicht mal ihrem eigenen Bruder. Sie war immer so unabhängig. Bis zu ihrem Ende.«

So viel hatte Astros Onkel noch nie über seine Mutter erzählt, und es wirkte besonders eindrücklich, da er es in der Kirche tat, wo sie sich von ihr verabschiedet hatten.

»Astro, ich möchte, dass du weißt, dass ich noch nicht endgültig über den Verkauf der Bar entschieden habe.«

»Nein?«

»Ich weiß es nicht.« Philippos schüttelte den Kopf, immer noch die Kerzen in den zitternden Händen. »Das Angebot kam wie aus heiterem Himmel, und zuerst habe ich fast automatisch abgelehnt … Ich weiß, dass ich mit dir darüber hätte reden müssen. Aber damals dachte ich, es wäre eine Entscheidung, die ich allein treffen muss – für uns beide.«

Astro zuckte mit den Schultern, tat so, als sei es egal. »Ist ja auch *deine* Bar, nicht meine.«

»Aber es könnte deine sein. Eines Tages. Bis dahin könnten wir so was wie Geschäftspartner sein. Wenn du das willst. Ich weiß, dass ich gesagt habe, es läuft nicht so gut, wie ich mir erhofft habe, aber vielleicht gibt es ja andere Möglichkeiten. Ich kann Angela fragen, ob sie sich vorstellen könnte, stille Teilhaberin zu werden, anstatt die Bar zu übernehmen. Mit einer Finanzspritze von ihr könnten wir …«

Astro schüttelte den Kopf. Seine Reaktion kam schnell, instinktiv. Unabhängig davon, wie er in der Nacht auf Philippos' Verkaufsnachricht reagiert hatte, hatten am Morgen andere Gefühle in ihm vorgeherrscht. »Ich glaube, das ist nicht das Richtige.«

»Nein?«

»Nein«, bestätigte er. »Ich glaube nicht, dass du das wirklich willst oder brauchst, und auch ich nicht.« Er hielt einen Finger über die Flamme einer brennenden Kerze, ohne ihn wegzuziehen. Sie wurde immer heißer, doch er harrte aus, bis er die Intensität nicht länger ertragen konnte. Dennoch zuckte er nicht zurück, sondern hob den Finger nur ein wenig an, bis der Schmerz gerade erträglich war. »Vielleicht ist es an der Zeit, dass wir beide loslassen, was uns letztendlich festhält.«

Astro schaute seinen Onkel an, um dessen Reaktion abzuschätzen, doch Philippos hatte den Kopf gesenkt und starrte auf die Kerzen in seinen Händen.

Dann sprach er.

»Die Bar ist alles, was ich kann. Du weißt, dass *yiayia* und *pappoús*, als sie starben, so gut wie nichts auf dem Konto hatten? Deine Mutter kaufte von dem bisschen Geld das teuerste Kleid, das sie sich leisten konnte, und sagte, sie würde dafür sorgen, dass es für immer hält.«

»Das leuchtend blaue Kleid?« Astro hatte ein Bild vor Augen, wie seine Mutter in pfaublauem Chiffon durchs Wohnzimmer tanzte, wie der Stoff sich bauschte, während sie sich wild im Kreis drehte.

»Das leuchtend blaue Kleid«, bestätigte Philippos. »Ich habe von meinem Geld die erste Miete für die Bar geleistet, ohne zu wissen, ob ich den zweiten Monat bezahlen könnte und den Laden zum Laufen bekommen würde.«

»Hast du aber.«

»Ja«, sagte Philippos. »Hab ich.«

Er dachte einen Augenblick nach, dann zündete er die zwei Kerzen an, die er in der Hand hielt, und steckte sie in den Sand in der unteren Schale.

»Ich glaube, als wir deine Mutter verloren haben, habe ich mich an die Bar geklammert, weil ich sie brauchte, um durchzuhalten. Und um dir dabei zu helfen, ebenfalls durchzuhalten. Sie war eine Konstante. Du warst der Grund, weshalb ich morgens zeitig aufstand, damit du zur Schule kamst, und die Bar war der Grund, dass ich keine Zeit hatte zu weinen, wenn ich nach Hause kam, dass ich mich nicht ins Bett legen und mich verstecken konnte.«

»Ich habe mich auch dran festgehalten«, sagte Astro. »An den immer gleichen Abläufen, der Vertrautheit. Weil sie mich davor bewahrt haben, schwere Entscheidungen in meinem Leben zu treffen. Du warst da. Die Bar war da. Es war keine Zeit, um über irgendwas anderes nachzudenken.«

»Und jetzt?«, fragte Philippos. »Meinst du, die Zeit ist gekommen? Um über etwas anderes nachzudenken?«

»Immerhin ist mir heute klar, dass das Leben nicht daraus bestehen sollte, Sachen zu machen, die man immer schon gemacht hat, nur weil es nie anders war.«

»Richtig«, stimmte Philippos ihm zu.

»Manchmal gerät man vielleicht in eine Situation, weil es so sein soll«, sinnierte Astro. »Vielleicht weil der Mensch, der die Entscheidung treffen muss, sich nicht von selbst um eine Lösung bemüht hätte, wenn die Gelegenheit ihm nicht in einem Salsaclub in den Schoß gefallen wäre.«

Philippos schüttelte den Kopf. »Ich weiß immer noch nicht, warum es Angela dort so gut gefällt. Es ist viel zu warm, und die Leute stellen sich beim Tanzen furchtbar zur Schau.«

Astro nahm eine Kerze und entzündete sie an der Flamme einer Kerze von Philippos. Doch anstatt sie neben die zwei für seine *yiayia* und seinen *pappoús* auf die untere Ebene zu setzen, steckte er sie in die höhere Schale.

»Für wen ist die?«, fragte Philippos. »Betest du für jemanden?«

»Ja, für Mama«, sagte Astro.

»Aber du weißt doch, dass die Kerzen auf der oberen Ebene für Gebete für Lebende sind, oder?«

»Ja«, gab er zurück, hielt die Kerze fest und beobachtete, wie die Flamme tanzte, ein wenig so wie seine Mutter. »Aber weißt du, sie lebt doch in uns. Zählt das etwa nicht?«

Er wartete die Antwort nicht ab, sondern vergewisserte sich, dass seine Kerze gerade stand und die Flamme richtig brannte, bevor er sie schließlich losließ.

»Und was jetzt?«, fragte Philippos.

»Hm.« Astro holte Luft. »Ich glaube, ich muss dir etwas zeigen.«

KAPITEL FÜNFZIG

Die Alte Taverne von Psarras

»Ist mir egal, wie kalt es ist«, sagte Bonnie. »Ich weigere mich, drinnen zu sitzen, wenn es hier so schön ist.«

Die Gegend war wirklich hinreißend. Schon nach kurzer Zeit war Jen überzeugt, dass diese paar Straßen unterhalb des Parthenon, die quasi den Sockel der Akropolis bildeten, von allen Stadtteilen, die sie seit ihrer Ankunft gesehen hatte, ihre absolute Lieblingsecke von Athen war. Vor der angeblich ältesten Taverne von Plaka unter einem jetzt dunklen Himmel standen Holztische im weichen Licht von Wandlaternen inmitten von Bäumen mit weiß angemaltem Stamm. Karierte Decken schmückten die Tische, Besteck war eingedeckt, Teelichter brannten in kleinen Gläsern. An der Tür zum Restaurant hing ein weihnachtlicher Kranz, und jedes Fenster war weiß besprüht, als hätte sich Schnee in den Ecken gesammelt.

»Echt, Bonnie?«, fragte Jen. »Weil das knisternde Kaminfeuer drinnen wirklich gemütlich aussieht.«

Innen war die Taverne mit ihren Steinmauern und dem altmodischen Kamin, den dunklen Möbeln und Schwarz-Weiß-Fotos an den Wänden genauso schön wie außen. Der Kellner hatte ihnen erzählt, dass unter anderem der Schauspieler Laurence Olivier einmal bei ihnen gespeist hatte.

»Heute sind es minus vier Grad in Wiltshire«, erinnerte Bonnie sie. »Bis Mitte Mai besteht da null Chance, mal draußen zu sitzen, deshalb packe ich mich jetzt dick ein und genieße den Platz draußen auf dem Straßenpflaster von Plaka und gucke mir an, wie das griechische Leben an mir vorbeizieht.«

Jen konnte nicht leugnen, dass sich das gut anhörte. Selbst wenn das griechische Leben in Form von Astro weiterhin abwesend war. Am Nachmittag hatte sie Achilles geholfen, noch mehr Schmuck für den Schulbasar zu basteln, während Bonnie auf einem Flohmarkt wieder mal auf der Jagd nach Weihnachtsgeschenken für die Daheimgebliebenen gewesen war. Da hatte Jen dem Jungen dann vorsichtig beigebracht, dass sie am Samstag nicht mehr in Griechenland sein würde. Sein wütendes kleines Gesicht war feuerrot geworden, mehrmals hatte er den Klebstoff heftig auf den Tisch geknallt, und das Material war stärker zerknüllt worden als vorgesehen, bis Achilles widerstrebend akzeptieren musste, dass Jen so oder so am nächsten Tag ins Flugzeug steigen würde, egal wie sehr er sich aufregte.

Am nächsten Tag. Sie hatte ja niemals geplant, im Winter nach Griechenland zu fliegen, und jetzt machte der Gedanke an den Rückflug sie trauriger, als sie sich je hätte vorstellen können. Zu Hause wartete so viel Arbeit auf sie, und trotzdem konnte sie im Moment nur an die Situation mit Astro denken. Sie hatte ihm eine Nachricht geschrieben. Keine Reaktion. Sie hatte ihm über Marjorie ausrichten lassen, er solle sie anrufen. Bisher war nichts zurückgekommen. Vielleicht war die Sache mit seinem Onkel und der Bar so ernst, dass er sich auf nichts anderes konzentrieren konnte. Vielleicht brauchte er einfach Zeit. Bloß war Zeit das Einzige, was Jen nicht hatte. Möglicherweise sollte es einfach nicht sein.

»Hör auf!«, sagte Bonnie, als sie sich Stühle hervorzogen und sich setzten.

»Womit?«

»Mit deinem Gegrübel. Ich kann geradezu sehen, wie sich die Gedanken in deinem Kopf drehen, wie ein Karussell: *Hat Natalia die Sache mit den Engelflügeln geklärt? Engagiert mich die Historische Gesellschaft nie wieder? Verschwindet Kathleen über die Feuerleiter, sobald der Pfleger ihr den Rücken zudreht?*«

»Ehrlich gesagt«, erwiderte Jen, »habe ich über nichts davon nachgedacht. Aber danke für die Erinnerung.« Seufzend griff sie zur Speisekarte.

»Entschuldigung. Ich wollte dich nicht …«

»Schon gut«, sagte Jen. »Ich weiß, dass du mich nur auf deine einzigartige Weise aufmuntern willst, aber … ich denke die ganze Zeit an Astro. Was mich nervt, weil ich eigentlich ganz andere Sachen im Kopf haben sollte.« Sie stieß die Luft aus. »Was ist nur mit mir los?«

»Das muss ich doch nicht aussprechen, oder?«

»Was?«

Aber Jen wusste genau, was Bonnie sagen würde.

»Du verliebst dich gerade in ihn.«

* * *

Das Essen war hervorragend. Wie in Griechenland üblich, gab es vorweg leckeres Bauernbrot, zu dem sie Zaziki und *taramosalata* bestellten. Bonnie entschied sich für langsam im Ofen geschmortes Kalbsfleisch, Jen für Kohlrouladen, wie sie sie bei den Sinrades gegessen hatte. Weiße Kohlblätter waren fest zu dicken Päckchen aus Hackfleisch, Reis und Kräutern geschnürt, dazu gab es eine zitronig-cremige Soße.

Zum Abschluss teilten die beiden sich einen schweren Walnusskuchen namens *karidopita*, der stark weihnachtlich gewürzt und mit einem wärmenden Sirup getränkt war.

»Ist der lecker.« Mit geschlossenen Augen genoss Jen den zimtigen Kuchenteig.

»Ja, echt«, stimmte Bonnie ihr zu. »Die Atmosphäre hier wird mir fehlen. Ich kenne keine andere Stadt, die gleichzeitig so weltoffen und traditionell ist. In der einen Bar gibt's die angesagtesten Drinks, in der nächsten Retsina, oder du bekommst die ausgefallensten Salate mit kunstvoll geschnitzten Avocados und dann wieder Hühnerbrustspieße.«

Jen lächelte. Ja, das war auch ihr Gefühl in Bezug auf Athen. Es war eine Stadt voll wunderschöner Gegensätze. Ein wenig wie Astro. Anfangs war er nur ein Kellner in einer nicht weiter bemerkenswerten Bar gewesen, zumindest auf den ersten Blick, doch als sie wie durch mehrere Lagen Blätterteig um ein Stück griechischen *baklava* zu seinem Kern vordrang, hatte Jen erkannt, dass viel, viel mehr in ihm steckte. Und jetzt machte sich allmählich das Gefühl in ihr breit, dass sie ihn niemals richtig kennenlernen würde. Dabei wünschte sie sich das so sehr.

Aber stimmte es, was Bonnie gesagt hatte? Schlich sich die Liebe in ihr Herz?

Bevor Jen länger darüber nachdenken konnte, klingelte ihr Handy. Vielleicht war es endlich Astro. Sofort zog sie den Reißverschluss ihrer Handtasche auf und holte das Telefon heraus.

»Ist das Astro?« Offensichtlich hatte Bonnie denselben Gedanken.

Jen schaute auf die unbekannte Nummer. Bestenfalls war es ein neuer Auftrag oder Kathleen mit einem Update.

Schlimmstenfalls wollte ihr jemand was andrehen. Doch der Teil von ihr, der nicht so optimistisch war, wusste genau, wer dran war.

»Jen?« Bonnies Gabel blieb im Rest des Kuchens stecken.

»Ich glaube, das ist David.«

Bonnie ließ ihre Gabel auf den Teller fallen. »Dann geh nicht dran.«

»Aber wenn ich nicht drangehe, ruft er immer wieder an.«

Bevor Bonnie etwas erwidern konnte, meldete Jen sich. »Hallo?«

»Jen … Ich dachte schon, du würdest nicht drangehen.«

»David«, setzte sie an und stand auf. »Bevor du das loswirst, was du mir offensichtlich so dringend mitzuteilen hast, dass du dir dafür sogar eine andere Handynummer zulegen musstest, muss ich dir etwas sagen.«

Triumphierend stieß Bonnie die Faust in die Luft. Jen entfernte sich vom Tisch und ging über die kopfsteingepflasterte Straße.

»Jen, ich muss dir wirklich dringend sagen …«

»David, das ist mein Ernst«, unterbrach ihn Jen genervt. »Was du begreifen musst, ist … Es gibt für uns keinen Weg zurück. Dass du mir einen Gefallen getan hast, damit Kathleen gefunden wurde, war wirklich supernett, und ich bin dir auch sehr dankbar dafür, aber deswegen werde ich dir nicht eine zweite Chance geben.«

»Jen, hör mir zu, ich weiß, dass wir am Anfang nicht ehrlich gewesen sind, ich zumindest nicht, und ich weiß, dass das falsch war, aber diese ganze Geschichte hat mich nur umso entschlossener gemacht, mich ab jetzt richtig zu entscheiden und …«

Während Jen zuhörte, sah sie vor ihrem inneren Auge

keine Szenen ihrer Beziehung zu David ablaufen, sondern Dinge, die sie mit Astro erlebt hatte. Die Monate mit David waren bedeutungslos im Vergleich zu den Tagen mit Astro in Athen. Und das sagte alles.

»Es ist gut, wenn man die richtigen Entscheidungen treffen will, David.« Jen näherte sich einem mit Lichterketten geschmückten Baum. »Aber du musst verstehen, dass ich keine Option mehr für dich bin.«

»Sag das nicht, Jen! Bitte, wir hatten doch so tolle Stunden zusammen und könnten noch so viel mehr haben, ohne die Last der Lüge auf meinen Schultern und …«

»Nein«, unterbrach Jen ihn wieder. »Ich will das nicht. Weil …«

Sie hielt inne, denn sie war oben auf der Treppe angekommen, die auf beiden Seiten von Bars gesäumt wurde, wo alle Tische voll und die Kissen auf den Stufen belegt waren und die Weihnachtsdeko üppiger als zuvor war. So gerade konnte sie die Bar Páme erkennen, und nur der Anblick einer ihrer Schirme reichte, um ihr Herz schneller schlagen zu lassen.

»Weil … was wir gemeinsam hatten, war so … oberflächlich. Es war nett. Aber das war doch nichts Tiefergehendes, oder?«

Es war egal, ob David antwortete oder nicht. Jen wusste, was *sie* empfand. Egal, ob Astro sie noch mal sehen wollte, die kurze Begegnung mit ihm hatte alles verändert.

»Jen, ich habe einen Flug nach Athen gebucht. Ich fliege morgen ganz früh. Zum Mittag bin ich da.«

Jen schüttelte den Kopf. Typisch für David, dass er Fakten schaffte, um die Kontrolle zu gewinnen.

»Ich habe auch einen Flug gebucht. Zurück nach London.«

»Dann kann ich dich vom Flughafen abholen. Und wir

fliegen nach Paris, wie wir es geplant hatten. Ich bereite alles vor.«

»Nein«, entgegnete Jen, und jetzt hielt sie sich nicht länger zurück. »Ich sage das jetzt nur noch einmal, David. Es ist vorbei mit uns. Aus. Ich will keinen Kontakt mehr zu dir. Als Dank für deine Hilfe bei Kathleen schicke ich einen Präsentkorb an deine Sekretärin. Sie verdient mit Sicherheit nicht annähernd genug für das Herumjonglieren mit deinen möglichen Terminkollisionen.«

»Jen, ich …«

»Auf Wiedersehen, David.«

Sie beendete das Gespräch, bevor er noch etwas sagen konnte, und als sie auf ihren Lieblingsplatz in dieser außergewöhnlichen Stadt schaute, fühlte sie sich absolut selbstbestimmt. Doch dann …

Etwas Feuchtes klatschte ihr auf die Stirn. Jen zuckte zusammen. Als sie danach tastete, griff sie in eine weiße Paste, für deren Identifizierung man kein griechischer Philosoph sein musste. »Iiih!« Der Übeltäter hockte zu ihren Füßen.

»Peri?«

Der Täuberich senkte den Kopf und schlug mit den Flügeln. Ein Bein wirkte wackelig.

Bonnie tauchte neben Jen auf. »Ich habe schon bezahlt«, erklärte sie. »Hast du David endlich entsorgt? Argh! Ist das Astros fieser Vogel? Warum ist das gefühlt die einzige Taube im ganzen Viertel? Hau ab, du bist so ekelig!«

»Ich glaube, er ist verletzt«, bemerkte Jen.

»Dann gehen wir mal besser zu seinem Herrchen, was?«

Das Schicksal hatte die Karten offensichtlich neu gemischt.

KAPITEL
EINUNDFÜNFZIG

Astros Wohnung

Während Astro seine Wohnung aufräumte, war er abwechselnd erschöpft und dann wieder sonderbar fröhlich. Er hätte sich niemals vorstellen können, so offen mit seinem Onkel reden zu können wie an diesem Tag. Es war fast so, als hätten sie die Konfrontation im Salsaclub gebraucht, um beide zur Räson zu kommen und sich neu aufzustellen. Noch war nichts entschieden, was die Zukunft betraf, weder was die Bar anging noch sonst irgendwas, dennoch verspürte Astro eine ungewöhnliche, aber nicht unliebsame Verschiebung in der Dynamik zwischen seinem Onkel und ihm. Es war jetzt weniger alt gegen jung, sondern sie waren nun Verwandte mit Respekt vor der Meinung des anderen. Jetzt, da er abgewaschen und seine Kleidung weggehängt hatte, ging er zur Essecke, die noch so aussah wie am Vorabend, als er den Schweinebraten seiner Mutter nachgekocht hatte.

Jen. Die wunderschöne, einfühlsame Jen. Welches Recht hatte er, etwas mit ihr anzufangen, das er nie zu Ende führen könnte? Das durch so viele Dinge zum Scheitern verurteilt war – die räumliche Entfernung, die kurze gemeinsame Zeit, ihre unterschiedlichen Einstellungen zu Weihnachten … Astro schüttelte den Kopf und nahm eine der kleinen Girlanden in die Hand, die Jen mit Achilles gebastelt hatte. Was stimmte bloß nicht mit ihm? *Ihre unterschiedlichen Einstellungen zu Weihnachten?* Es war ja nicht so, dass einer von ihnen für Krieg und der andere Pazifist war. Astro hatte Jens Nachrichten erhalten – eine SMS, dann die über Marjorie –, aber wusste nicht, was er tun sollte. Schnell kam er zu dem Schluss, dass das, was er am liebsten tun würde, vielleicht nicht dasselbe war, was er tun *sollte*.

Auf einmal ging die Tür auf, und als hätte er Jen heraufbeschworen, stürzte sie ins Zimmer, die ausgestreckten Hände um etwas gewölbt.

»Sorry, dass ich nicht geklopft habe, aber er macht schon ganz komische Geräusche. Ich glaube, er hat Schmerzen.«

Astro brauchte einen Moment, um zu verstehen, dass sie Peri in den Händen hielt und der Täuberich ein Geräusch von sich gab wie ein langsam laufender Mixer.

»Was ist passiert?«, fragte er.

»Keine Ahnung«, entgegnete Jen. »Wir – also Bonnie und ich – hatten gerade gegessen, da war Peri plötzlich da und …«

»Hey, Peri. Alles gut. *Ela*, komm!«

Astro legte die Hände um Jens, und bei der kurzen Berührung vergaß er sofort die Taube, sondern nahm nur noch das Kribbeln in seinen Fingern wahr. Er beeilte sich, den Vogel zu übernehmen, und versuchte, das rauschhafte Gefühl in sich zu ignorieren. Dann setzte er Peri auf die Tischkante.

»Ich glaube, es ist sein Bein.« Besorgt war Jen ihm gefolgt.

Astro sah, dass der Täuberich Schwierigkeiten hatte, sein Bein zu belasten. »Ich glaube, es ist gebrochen«, sagte er. Die entsprechende Seite sackte viel stärker ab.

»Was sollen wir machen? Einen Tierarzt rufen?«

Astro schüttelte den Kopf und ließ den Blick über die

Gegenstände schweifen, die noch auf dem Tisch lagen. Papierservietten … Der Metalldraht, der den Weinkorken gehalten hatte … der Weihnachtsschmuck. »Wir müssen ihm eine Schiene bauen. Die ihn stützt, solange das Bein heilt.«

»Kannst du das?«, fragte Jen. Der Vogel schien sich hinzukauern.

»Keine Ahnung«, erwiderte Astro. »Habe ich noch nie gemacht.«

Was konnte er dazu verwenden? Nichts sah geeignet aus. Würde Peri überhaupt lange genug stillhalten, um versorgt zu werden?

»Was ist hiermit?«

Jen hielt ihm ein Wattestäbchen hin.

»Ist aus Bambus«, erklärte sie. »Das könnten wir auf die richtige Länge schneiden und irgendwie befestigen … Aus irgendeinem Grund habe ich gerade kein Klebeband in der Tasche.«

»Sonst hast du immer Klebeband dabei?« Astro nahm das Wattestäbchen entgegen.

»Ja«, erwiderte sie. »Eigentlich schon. Aber seit ich hier bin, habe ich es nicht mehr gesehen. Sonst hätte ich am ersten Abend ja selbst Bonnies gerissene Hose kleben können …«

»Ich habe was da«, unterbrach Astro sie. »Brauche ich für die Leinwände.«

»Ah, okay. Das ist gut.«

»Passt du auf Peri auf, dann hole ich das Klebeband.«

»Okay.«

* * *

Sie war unglaublich gehemmt und befangen. Warum war das so? Anfangs hatten sich beide in der Gesellschaft des anderen so wohlgefühlt, aber aus irgendeinem Grund wussten sie jetzt nicht mehr, wie sie miteinander umgehen sollten. Die Verpflegung einer Taube mit gebrochenem Bein war nicht gerade die beste Voraussetzung für ein intimes Gespräch. Die beiden setzten sich an den Tisch, um den Vogel gemeinsam zu verarzten.

»Bist du dir wirklich sicher, dass man einem Vogel Paracetamol geben kann?«, fragte Jen, während Peri an einem Mix aus Samen und einer zerdrückten weißen Tablette pickte.

»So sicher, wie ich sein kann, dass ein kleines Stück davon seine Schmerzen lindert. Kannst du das hier festhalten? Während ich das Klebeband drumwickele?«

»Ja«, sagte Jen. »Ich will ihm nur nicht wehtun.«

»Schon gut.« Astro hob Peri hoch. »Du hältst ihn fest, ich verbinde ihn. Setz ihn so auf deinen Arm!«

Der Vogel wurde unruhig, suchte eine angenehme Position. »Alles gut, Peri«, flüsterte Jen. Wenn sie ehrlich war, fühlte sie sich in ihrer Position auch nicht wohl, weil sie Astro gerade zwar sehr nahe war, aber nichts mehr zwischen ihnen knisterte. Es war fast, als seien sie Fremde.

»Ich … ich habe deine Nachrichten bekommen«, sagte Astro mit Blick auf den Vogel und das kurze Bambusstück, das er anbringen wollte.

»Du hast nicht geantwortet.«

»Ich wusste nicht, was.«

Jen schluckte. Das klang nicht gut.

»Aber vielleicht muss ich mich zuerst mal dafür entschuldigen, wie ich mich gestern Abend aufgeführt habe. Das war kindisch. Schlimmer als das. Nicht mal Achilles wäre einfach abgehauen, um sich seine eigenen Bilder an der Wand anzusehen.«

»In ein paar Jahren vielleicht«, gab sie zurück, um dem Gespräch seine Schwere zu nehmen.

»Ja«, sagte Astro. »Kann sein.«

Jen fragte sich, ob er immer noch von Achilles sprach oder ob ein anderer Sinn hinter seinen Worten lag.

»Es tut mir auch leid, dass ich weggelaufen bin, dass ich mich wie ein Idiot aufgeführt habe, dass ich so unreif bin, dass ich …«

»Du warst wütend und aufgebracht. So was passiert manchmal. Schon in Ordnung.«

»Nein, das ist nicht in Ordnung«, sagte Astro seufzend. »*Ich* finde das nicht in Ordnung.«

»In Ordnung«, wiederholte Jen und bereute es sofort. Das war jetzt eher die falsche Antwort. Aber möglicherweise gab es keine richtige.

»So, Peri, jetzt gucken wir mal, wie wir das machen.«

Während Jen sich darauf konzentrierte, den Vogel in einer für das Tier angenehmen Lage festzuhalten, schwieg Astro. Dann beobachtete sie, wie er vorsichtig das Stäbchen an das Bein hielt und mit kleinen Abschnitten vom Klebeband zu befestigen versuchte.

»Funktioniert das?«, unterbrach sie die Stille im Raum.

»Weiß ich auch nicht.«

Irgendwie ging es um mehr als die Verfassung von Peris Bein.

»So«, sagte Astro schließlich. »Besser bekommen wir es nicht hin.«

»Soll ich ihn loslassen?«

»Ja«, sagte er. »Es gibt zwei Dinge, die er jetzt machen

kann: Entweder ist er so dumm und probiert, auf seinem Bein zu laufen, als sei es gesund, oder er fliegt los.«

Zögernd löste Jen ihren Griff und wartete mit angehaltenem Atem. Statt irgendwas zu tun, blieb Peri reglos hocken und lehnte sich gegen Jens Hand.

»Er mag dich«, bemerkte Astro.

»Vielleicht tut ihm das Bein zu weh, und er kann sich nicht bewegen.«

»Nein, er mag dich einfach«, beharrte er.

Die Stimmung zwischen ihnen schien sich wieder aufzuladen, und Jens Magen drehte sich wie die Flocken in einer Schneekugel. Schließlich bewegte sich Peri, fort von Jens Hand und hin zu der Stelle, wo weitere Körner und der Rest der Schmerztablette lagen.

Jen hatte noch nie so eindringlich gespürt, wie ihr die Zeit davonlief. Sie konnte keine weitere Sekunde warten.

»Astro, ich fliege morgen zurück nach England.«

»Morgen?«

Sie nickte. »Ja.«

»Ich wusste, dass es bald ist, aber …«

»Aber?«

Er stand auf und ging zu den Balkontüren, von denen man über die Dächer blickte. Jen schluckte. Allein an der Art, wie Astro dort stand, konnte sie ablesen, dass er mit seinen Gefühlen kämpfte. Sie erhob sich und ging zu ihm. Trotz der körperlichen Nähe spürte sie, wie der emotionale Abstand mit jeder Sekunde größer wurde.

»Astro«, begann sie. »Ich habe sehr viel zu tun, wenn ich wieder zu Hause bin. Meine Firma braucht mich, Kathleen braucht mich, auch wenn sie das niemals zugeben würde, und ich möchte Athen nicht mit Bedauern verlassen.«

Er seufzte. »Warst du noch nicht im Parthenon? Die meisten Touristen denken, das wäre das Einzige, was wir zu bieten haben.«

»Du weißt genau, wie ich das gemeint habe.«

»Ja«, sagte er und legte die flache Hand auf den Türrahmen. »Ich weiß, dass du es anders gemeint hast.«

»Dann hilf mir aus der Klemme, weil so eine Situation nämlich ganz neu für mich ist. So was habe ich noch nie empfunden. Es macht mir Angst. Im Moment habe ich das Gefühl, mich zum Narren zu machen, weil du dich so … weit weg anfühlst.«

Sie hatte einen Kloß im Hals, eine Sperre, die immer stärker wurde und zu Anspannung im ganzen Körper führte. Vielleicht war es ein Fehler, sich zu öffnen und sich Astro zu offenbaren, Gefühle auszudrücken, die sie sich sonst nicht mal selbst eingestand. Sich zu verlieben …

Endlich rührte er sich. Er wandte sich ihr zu und sah ihr tief in die Augen. Sein Blick war so intensiv, dass Jen die Luft anhielt.

»Komm mit!«, sagte er und griff nach ihrer Hand.

KAPITEL ZWEIUNDFÜNFZIG

Strefi-Hügel, Exarchia

Jen fragte nicht, wo sie hingingen, und Astro erklärte nichts. Er hielt ihre Hand nur fest umklammert, und so liefen sie durch die Straßen der Stadt, die immer festlicher geschmückt war, da Weihnachten näher rückte und das Wetter kälter wurde. In den Geschäften waren hell beleuchtete Geschenke ausgestellt, die Menschen standen für warme Donuts und anderes Gebäck an. An den Straßenecken traten Künstler auf, die gelben Taxis fuhren immer noch zu schnell, Busse drängelten sich zu den Haltestellen durch, und aus jedem Restaurant drang der Duft von Kaffee, Zucker und Gewürzen. Der riesige Weihnachtsbaum auf dem Syntagma-Platz diente als Kulisse für so manches Selfie, und die Soldaten standen immer noch Wache vor dem Parlamentsgebäude. Doch jetzt befanden Jen und Astro sich in einer ganz anderen Gegend, einer, die Jen noch nicht kannte. Und es schien auch nicht der typische Ort für Touristen zu sein, die meistens vor allem die Ruinen der Antike sehen wollten, Monumente so alt wie die Zeit. Dieser Stadtteil war nicht so erschlossen, vielleicht ein Geheimtipp, den die Einheimischen für sich behielten. Und die Menschen, an denen die zwei vorbeikamen, trugen zu dem ganz besonderen Flair bei. Viele sahen aus wie Studierende, sie saßen in coolen Cafés, aus denen der Bass wummerte. Die Atmosphäre war eine Mischung aus Bohème und Kunst mit einem Hauch von Anarchie. Überall prangten Graffitis. Manche Werke waren wunderschön, wie die von Astro und seinen Leuten, andere bestanden aus zackigen, dunklen griechischen Buchstaben, die Jen nicht lesen konnte, deren Verbitterung sie aber durchaus spürte. In den Geschäften dieses Viertels wurden keine Souvenirs verkauft. Hier waren massenweise Kunst, Secondhand-Klamotten und Schallplatten im Angebot. Astro blieb erst stehen, als sie an eine Treppe kamen. Dort ließ er Jens Hand los.

»Dies ist Exarchia«, erklärte er, als sei er ihr Touristenführer.

»Wirkt ganz anders als Plaka. Und noch mal anders als Psyrri.«

»Ja«, stimmte er zu. »Hier bin ich aufgewachsen. Meine Mutter hatte hier eine Wohnung, die einzige, die sie sich leisten konnte, als sie mit mir schwanger war. Die ersten sieben Jahre meines Lebens habe ich hier verbracht.«

»Die Kunst hat dich auf jeden Fall beeinflusst.« Jen wies auf die Bilder an den Mauern neben der Treppe.

»Kann sein.« Astro zuckte mit den Schultern. »Es gibt Leute, die mögen diesen Teil von Athen nicht. Auf deinem Stadtplan findest du hier auf jeden Fall keinen Stern als Empfehlung für einen Besuch.«

»Warum nicht?«

»Weil er zu echt ist. Die Menschen, die hier leben, strampeln sich ab. Ihnen fällt nichts in den Schoß. Meine Mutter, die liebte Menschen. Alle Menschen. Je unterschiedlicher, desto besser. Hier gibt es viele Migranten, Flüchtlinge, die nirgends willkommen sind. Sie kamen ohne alles hierher, sogar ohne Hoffnung, und in dieser Gegend haben sie sich niedergelassen. Meine Mutter hat immer mit anderen Essen getauscht. Ein Gericht aus unserer Kultur gegen eins aus einer anderen. Besonders gern habe ich *morgh zaferani* gegessen, Safranhühnchen. Damsa, die Freundin meiner Mutter, hat das immer für uns gekocht.«

Als sei ihm gerade erst aufgefallen, dass sie auf der Treppe standen, erklomm Astro die Stufen. »Die Regierung hat etwas gegen Exarchia. Die Bewohner sollen in Lager gesteckt werden, wo die Lebensbedingungen wirklich hart sind. Die Polizei kommt ständig her, um die besetzten Häuser zu räumen.« Er seufzte. »Das ist einer der Gründe, warum ich nicht mehr oft hier bin. Meine Mutter hätte nicht ertragen, was hier abläuft. Sie hätte nicht verstanden, warum die Leute sich nicht gegenseitig in Ruhe lassen. Ich versteh das auch nicht.«

»Ich glaube, deine Mutter wäre stolz darauf, dass du ihre Werte teilst«, bemerkte Jen und folgte Astro die Stufen hinauf, die in einen staubigen Pfad inmitten von Bäumen und Gestrüpp mündeten. So war es oft in Athen, fand Jen: Man stieg eine Treppe hinauf, und schon ließ man die hektische Stadt hinter sich und war in der Natur angekommen. Sie atmete tief ein, die kalte Nachtluft füllte ihre Lunge, und nur die Sterne leuchteten ihr den Weg.

»Ich habe den Tag heute mit meinem Onkel verbracht«, fuhr Astro fort. »Ich weiß, das klingt dämlich, weil ich ja jeden Tag mit meinem Onkel in der Bar bin. Aber heute haben wir uns vielleicht zum ersten Mal, seit ich bei ihm wohne, richtig unterhalten.«

»Das ist total schön«, sagte Jen.

»Ja, das stimmt«, erwiderte Astro. »Keiner von uns weiß genau, wie es weitergehen soll. Aber mir ist klar geworden, dass ich mir nur vorgemacht habe, mit meiner Rolle im Leben einverstanden zu sein. In Wirklichkeit habe ich etwas völlig anderes getan.«

»Ja?«

Jen wusste nicht, was sie sagen sollte, aber sie spürte, wie wichtig es war, ihm zuzuhören. Astro öffnete sich ihr. Jedes Mal, wenn er das bisher getan hatte, war es außerhalb der Bar gewesen. Als bräuchte er den Abstand, um frei denken zu können.

»Ja«, bestätigte er, während sie dem Pfad weiter folgten, der immer schmaler wurde und bald inmitten des dunklen Gestrüpps kaum noch zu erkennen war. »Darüber möchte ich mit dir reden.«

Jens Herz fing an zu pochen. Was auch immer er jetzt sagen würde, hätte Folgen für sie, gute oder schlechte. Sollte sie ihm zuvorkommen? Astro hatte sie zwar hergeführt, aber das bedeutete ja nicht zwangsläufig, dass er das Ruder in der Hand behalten musste.

»Ich glaube, ich weiß, was du mir sagen willst«, platzte es aus ihr heraus, bevor sie länger nachdenken konnte.

»Wirklich?«

Jen nickte. Ganz Athen lag ihnen jetzt wie eine Decke zu Füßen. »Du willst mir sagen, dass du es dir auch lieber anders wünschen würdest …«

»Nein«, unterbrach Astro sie. »Ich wünsche mir nicht, dass es anders wäre. Nicht bei uns.«

Vor ihnen tauchten mächtige Felsen auf, eine steinige Erhebung über der Stadt. Athen in all seiner leuchtenden Pracht erstreckte sich unter ihnen, so weit das Auge reichte. Hier und da saßen junge Leute in Mulden, unterhielten sich, rauchten, tranken Kaffee oder Bier.

Astro ging weiter an einen abgelegeneren Ort, zu dem Jen ihm mit vorsichtigen Schritten folgte.

»Ist es erlaubt, hier oben zu sein?«, fragte sie.

»*Ne*. Ist ja ein Park. Aber nachts kann man kaum erkennen, wo es runtergeht, deshalb müssen wir aufpassen.« Astro ließ sich auf den Felsen sinken und baumelte mit den Beinen.

Vorsichtig kletterte Jen über Stock und Stein, bis sie sich hinhocken und neben ihn setzen konnte. Hier oben war es kälter, nichts schützte sie vor der kühlen Brise. Sie erschauderte und zog die Knie an den Körper.

»Ich bin früher immer mit meiner Mutter hergekommen«, erklärte Astro. »Sie nahm eine Decke und ein großes Lunchpaket mit, das für zwölf Personen reichte, und dann zeigte sie mir die Gebäude dort unten und erfand Geschichten über die Menschen, die in ihnen wohnten. Keine Ahnung … Über Herrn Michalidis, der gerne Fisch isst, aber dessen Frau den Geruch hasst, weshalb er jeden Freitag in seine Lieblingstaverne geht und eine Platte bestellt, von der eine ganze Armee satt würde. Oder … über ein kleines Mädchen, das am allerliebsten tanzt und eines Tages eine Primaballerina sein wird.« Er schüttelte den Kopf. »Laut ausgesprochen klingt es albern.«

»Nein«, versicherte Jen ihm schnell. »Es klingt schön. Es klingt, als hätte sie dich sehr geliebt.«

»In Wahrheit habe ich immer riesengroße Angst, mich an sie zu erinnern, weil es mich einfach nur traurig macht. Aber wenn man aufhört, an jemanden zu denken, wenn man sich nicht daran erinnert, wie viel Gutes er oder sie getan hat, dann schmälert es die Bedeutung, die der Mensch in der Zeit hatte, als er bei uns war.«

Jen wusste nicht, was sie dazu sagen sollte. Ihre Erfahrung

mit Verlust beschränkte sich auf das verschwommene Profil ihrer Mutter, an das sie sich kaum erinnern konnte. Dann war Gerald gestorben, und obwohl ihr das wehgetan hatte, hatte sie mehr unter Kathleens Trauer als unter ihrer eigenen gelitten. Verlust war schwer nachzuempfinden, wenn man selbst nie irgendwas wirklich besessen hatte. Das, was Jen in Bezug auf ihre ersten Jahre fühlte, war Traurigkeit um den verpassten Start ins Leben, den sie unter anderen Umständen gehabt hätte. Aber das konnte wirklich jeder behaupten, egal, in welcher Situation.

Einige Minuten vergingen, dann sagte sie: »Du hattest großes Glück, dass es jemanden gab, der dich so geliebt hat, wenn auch nur für kurze Zeit. Das solltest du immer wertschätzen. Gute Erinnerungen sind wichtig.«

Astro drehte ihr den Kopf zu, weg von den Lichtern der Stadt.

»Du hast keine guten Erinnerungen, oder?«, fragte er.

»Nein«, gestand sie seufzend. »An meine Eltern habe ich überhaupt keine. Ich weiß nicht, wer mein Vater war, und meine Mutter … Also, sie hieß Nell, und ich wurde ihr weggenommen und in Pflege gegeben, als unsere Sozialarbeiterin sie high bei uns zu Hause erwischte, während ich allein in einer kalten Badewanne saß.« Jen schüttelte sich. »Ich selbst kann mich nicht daran erinnern, eigentlich dürfte ich es auch gar nicht wissen, aber manchmal achten Leute nicht so richtig auf ihre Unterlagen.« Sie zuckte mit den Schultern. »Danach kann ich mich nur noch erinnern, lästig und im Weg gewesen zu sein. Ich war jemand, der nur das absolute Minimum an Zuneigung bekommen hat. Deshalb habe ich mich immer so an Weihnachten geklammert. Ich weiß, dass die Leute denken, ich sei davon besessen, aber in meiner

Jugend war es wirklich die einzige Jahreszeit, die sich etwas positiver anfühlte als der Rest.« Sie seufzte. »Meine Pflegeeltern waren besser drauf, wenn auch nicht den ganzen Dezember über, aber an Weihnachten konnten wir so tun, als wäre alles in Ordnung, als wäre unsere Situation normal, und sei es nur ein paar Stunden lang. Darum habe ich mich immer nach Weihnachten gesehnt, deshalb vergrabe ich mein Gesicht in Lametta, höre mir erbauliche Weihnachtslieder an und entzünde Kerzen, die nach Tanne, Maronen oder Kaminfeuer duften, wann immer ich mich schlecht oder überfordert fühle.«

»Wie lange warst du in Pflegefamilien?«, fragte Astro.

»Bis ich mit sechzehn endgültig weggelaufen bin. Das zuständige Amt sollte mir eigentlich den Weg in ein eigenes Leben ebnen, doch für mich führten alle Wege zu Kathleen und Gerald.« Jen seufzte. »Niemand hat bei mir an die Tür geklopft. Ich hatte das Gefühl, als ob alle metaphorisch einen Seufzer ausstoßen würden. Mich inklusive.« Sie legte eine kurze Pause ein, hielt den Blickkontakt. »Das habe ich noch nie jemandem erzählt, Astro. Ich habe immer Angst gehabt, dass die Leute dann anders von mir denken. Bonnie weiß zwar, dass ich ein Pflegekind war, aber von meinen wenigen Erinnerungen an meine Mutter und von den härteren Geschichten weiß sie nichts. Es fällt mir schwer, darüber zu sprechen, aber zu dir will ich völlig ehrlich sein. Das fühlt sich richtig an.«

Astro nickte. »Ich möchte auch ehrlich zu dir sein.«

Sie beobachtete, wie er in den Himmel schaute und tief Luft holte.

»Der Grund, warum ich diese Jahreszeit so gehasst habe, ist … meine Mutter, sie ist Weihnachten gestorben.«

Auf einmal wurde Jen so vieles klar. Astro hielt den Kopf, als bereite ihm sein Geständnis Schmerzen. Jetzt wusste sie, warum der Weihnachtsschmuck überall in der Stadt, die Feiertagsgerichte auf der Speisekarte und seine Gefühle für diese Zeit ihn so irritierten. Und sie hatte gedacht, er sei ein Ebenezer Scrooge, der überarbeitet war oder einfach keine Lust am Feiern hatte …

»Sie hat mir eine Weihnachtsgeschichte vorgelesen«, setzte Astro an. »Ist zur Arbeit gegangen, ich habe geschlafen, und als ich sie am nächsten Morgen wecken und ihr Frohe Weihnachten wünschen wollte, da … war sie schon tot.«

»O Astro …«

»Ich weiß nur noch, dass sie sich ganz kalt angefühlt hat und dass ich mich gefragt habe, warum das so ist, wo sie doch unter der Decke liegt, und ich dachte, wenn ich sie nur wärmen würde, würde sie die Augen wieder aufschlagen.«

Seine Stimme war rau vor Schmerz, und Jen wollte irgendwas tun – ihn streicheln oder den Arm um ihn legen, aber sie wollte ihn in diesem verletzlichen Moment auch nicht bedrängen.

»Während das Fest für dich wie eine Rettung war, habe ich darin wohl ein Monster gesehen. Etwas Lebendiges, das bei meiner Mutter war und sie erstickte, so als wäre das die eigentliche Todesursache.«

»Und jetzt?«, fragte Jen.

»Was, und jetzt?«

»Nun ja«, sagte sie und rutschte auf dem Felsen herum, um bequemer zu sitzen. »Du redest in der Vergangenheit. Du hast gesagt ›gehasst habe‹, nicht ›hasse‹. Und gerade, dass du in Weihnachten ein ›Monster gesehen hast‹. Als wäre das jetzt anders.«

Astro seufzte tief und schwer. »Ich habe meinem Onkel heute das Wandgemälde gezeigt.«

»Echt?«

»Ich hätte nie gedacht, dass ich das tun würde. Aber wir waren in der Kirche, wo der Gedenkgottesdienst für meine Mutter gehalten wurde, und haben über die Bar gesprochen und darüber, dass wir beide uns vielleicht auf unsere eigene Art daran festgeklammert haben und dass wir, um nach vorne zu sehen, vielleicht über eine neue Richtung oder zumindest über Veränderungen nachdenken müssen.« Astro zuckte mit den Schultern. »Ich weiß noch nicht, wie es laufen kann, aber ich habe daran gedacht, was du über meine Kunst gesagt hast, dass ich sie Philippos zeigen und in der Bar aufhängen soll und … Ich dachte, er sollte mal sehen, was ich im Gedenken an meine Mutter geschaffen habe.«

»Und was hat er gesagt?«

»Er hat geweint«, sagte Astro. »Er meinte, es wäre das Schönste, was er je gesehen hätte. Er meinte, ich sollte ein weltbekannter Künstler werden.«

»Das stimmt«, bestätigte Jen.

»Wahrscheinlich übertreibt er. Aber was ich weiß, ist, dass ich noch einiges vor mir habe. Zuallererst, was mich selbst betrifft.«

Jen schluckte. Sie spürte – und wusste irgendwie –, dass jetzt der Moment kam, wo ihr Herz einen Schlag verpasst bekommen würde.

»Ich möchte nicht die Zeit im Jahr hassen, die meine Mutter immer zu etwas ganz Besonderem für mich gemacht hat. Es sollte eine Zeit der Freude und des Lachens und der Traditionen sein, mit denen Achilles mich in den Wahnsinn treibt. Es sollte um Licht und Tannenbäume gehen und um das Schweinefleisch im Ofen und die Lieder am Heiligabend, genau die Dinge, die meine Mutter liebte. Genau die Dinge, die *du* liebst.« Astro atmete tief durch. »Aber das ist nicht so leicht. Ich muss lernen, es wieder zu mögen. Und das braucht Zeit.«

Das Einzige, was sie nicht hatten.

»Das verstehe ich«, sagte Jen und schluckte das Gefühl hinunter, das gerade in ihr aufstieg. Sie verstand ihn, auch wenn sie nicht wollte. Denn obwohl er noch nicht ausgesprochen hatte, dass er auch eine Atempause von ihr brauchte, dass er lernen müsse, auf andere Art mit seiner Trauer umzugehen, wäre es das Ende von dem, was sich gerade zwischen ihnen entwickelte.

»Wirklich?« Er drehte sich zu ihr und sah sie an.

»Du verabschiedest dich gerade ein zweites Mal von mir«, sagte Jen. »Und ich begreife das. Du glaubst, du müsstest das allein machen, und das verstehe ich, wirklich, denn das ist mein Leben lang mein großes Thema gewesen. Ich kann also wirklich ein bisschen nachfühlen, wie es dir geht, und … ich bewundere dich dafür, dass du dich verändern willst. Ich freue mich auch, dass Philippos und du endlich richtig miteinander gesprochen habt und dass deine Kunst vielleicht bald von vielen Menschen bewundert wird, und …«

»Jen, du weinst ja.« Astro streckte die Hand nach ihr aus.

Sie befühlte ihre Wangen, tastete nach dem Beweis, und tatsächlich rannen dicke, heiße Tröpfchen über ihr Gesicht. Sie wusste nicht, was sie tun sollte. Ihr ganzes Leben war es ihr gelungen, die Tränen zurückzuhalten, und jetzt hatte sie keine Ahnung, wie man sie stoppte.

»Jen, ich will dich nicht zum Weinen bringen«, sagte Astro. »Aber ich habe das Gefühl, dass ich an dem Punkt, an dem ich gerade stehe, nichts anderes zustande bringe.«

»Verstehe ich. Absolut. Wirklich.« Sie nickte eifrig, obwohl alles, was sie fühlte, furchtbar war und die Bestätigung sich unfassbar falsch anfühlte.

»Nein, das glaube ich nicht.« Er nahm ihre Hände in seine, seine langen, schlanken Finger bedeckten ihre und hielten sie fest. »Dich kennenzulernen, war für mich unvergleichlich. Wirklich unvergleichlich. Und ich weiß, dass ich nie im Leben versuchen würde, diese Veränderungen anzugehen und Dinge anders zu sehen, wenn wir uns nicht getroffen hätten. Das schulde ich dir, Jen. Ich schulde dir sehr viel.«

Sie wagte nicht zu sprechen. Im Moment vertraute sie nicht darauf, dass sie nicht die Tränen all der Jahre vergießen würde, die sich in einem großen Sammelbecken gestaut hatten. Sie musste sich zusammenreißen, einfach nur zusammenreißen …

»Und ich weiß jetzt, dass ich deiner nicht würdig bin, Jen. Nicht in meiner jetzigen Verfassung.« Astro lächelte, doch in seinem Blick stand Kummer. »Du bist eine hell brennende Fackel, so ähnlich wie der Stern auf dem Tannenbaum am Syntagma-Platz. Und zwischen uns ist etwas, das ich vielleicht nie wieder erleben werde.«

Sie konnte nicht mehr. Sie musste loslassen. Sie musste von diesem Felsen aufstehen und gehen, denn sie verlor gerade jemanden. Selbst wenn es in den schönsten Worten daherkam, war es ohne jeden Zweifel das Ende.

Astro drückte ihre Hände. »Du hast mir Liebe gezeigt und mir Hoffnung gegeben und …«

»Ich kann das nicht.« Jen ließ seine Hände los und stand auf, so schnell, dass sie schwankte und die Arme ausstrecken musste wie auf einem Hochseil, um das Gleichgewicht nicht zu verlieren.

»Pass auf, Jen.« Auch Astro erhob sich, als wollte er sie stützen.

»Ich muss zurück ins Hotel. Ich muss für den Rückflug packen.«

»Bitte, Jen, geh nicht einfach so! Ich bringe dich zurück.«

»Nein«, erwiderte sie mit Stichen im Herzen und Schmerz in der Seele. »Schon gut. Ich finde den Weg. Inzwischen kenne ich mich ganz gut in Athen aus. Also … danke … für deine Gesellschaft, während ich hier war, und … Ich hoffe, Peri erholt sich schnell, und … sag Achilles Tschüs von mir und … viel Glück bei allem.«

Dann hielt sie ihm, als sei er ein Kunde, der ihre Dienste für eine weihnachtliche Veranstaltung gebucht hatte, in aller Förmlichkeit die Hand hin.

Astro schüttelte den Kopf, ein Ausdruck zwischen Erschütterung und Fassungslosigkeit im Gesicht. »Ich gebe dir bestimmt nicht die Hand.«

»Gut«, sagte Jen. Irgendwie gelang es ihr, ihr Gleichgewicht zu halten. »Also, auf Wiedersehen.«

Sie wartete die Antwort nicht ab.

Sie drehte sich um, ohne darauf zu achten, wo sie hintrat, und stürzte in dem Bewusstsein davon, dass ihr Herz jede Sekunde zerbrechen würde.

KAPITEL DREIUNDFÜNFZIG

Hotel Plaka

Der Alarmton war so laut, dass es klang, als würde Jen jemand mit einer verstimmten Trompete direkt ins Ohr tröten. Was war das?

»Ist das der Feuermelder?« Bonnie schoss hoch, und das Seidentuch, das sie zum Schlafen um ihren Kopf trug, rutschte ihr auf die Nase.

»Keine Ahnung. Glaub ich nicht.« Verschlafen, wie sie war, versuchte Jen erst mal die Ursache für den Lärm auszumachen. Als sie den Kopf zum Nachttisch drehte, wurde ihr klar, dass er aus ihrem Handy kam. Im Display stand eine Textnachricht mit den größten Buchstaben, die sie je gesehen hatte. Sie zog das Ladekabel ab und hielt sich das Gerät vor die Augen.

»Was ist?« Bonnie schwang die Beine aus dem Bett und war mit einem Schritt bei ihrer Freundin.

»Das ist ein Alarm. Alles auf Griechisch. Warte, darunter ist eine englische Übersetzung.« Jen las die Nachricht. »O Gott!«

»Was ist?«, rief Bonnie. »Du kannst nicht einfach ›O Gott‹ sagen und dann nichts mehr!« Sie beugte sich so weit über Jen, bis sie praktisch in deren Bett lag. Weiterhin dröhnte der Ton durchs Zimmer. »Argh! Mich hat's auch erwischt! Was steht da?«

»Dass es eine Schneewarnung gibt!«

»Wo? In London? Meine Mutter hat nichts gesagt, und du weißt, wie sehr sie Schnee liebt. Wenn sie könnte, würde sie sich die ganze Badewanne damit vollladen.«

»Nicht in London. Hier! In diesem Teil von Griechenland! O Gott, potenziell lebensbedrohlich«, las Jen weiter. »Das ist übel.«

»Na, du hast gestern Abend gesagt, es würde kälter. Hört sich an, als würden wir zum richtigen Zeitpunkt abreisen.«

Bei dem Gedanken an den Vorabend musste Jen schlucken: der umwerfende Blick auf Athen, den kein Tourist je von selbst finden würde, Astro, der ihr von seiner Mutter erzählte, sie, die sich ihm öffnete, dann die Erkenntnis, dass er Schluss machen würde, wenn sie noch länger neben ihm säße. Sie hatte es tief in sich gespürt.

»Wie geht's dir heute Morgen?« Bonnie zog an der Decke, die sich wie ein Zelt im Bett erhob. Sie schlüpfte neben Jen und legte den Kopf an deren Schulter.

»Als ob es das Richtige ist, nach Little Pickering zurückzukehren«, sagte sie. »Dann kann ich sicherstellen, dass *Jeden Tag Weihnachten* all seine Verpflichtungen erfüllt. Kann mit Kathleen ins Weihnachtskonzert gehen. Und Gregs neue Chicken Wings mit gegrilltem Rosenkohl probieren. Und meine Dating-App löschen.« Sie seufzte. »Ich weiß, dass du das anders siehst, aber ich glaube nicht, dass die Suche nach einem Mann das ist, was ich im Moment brauche.«

»Okay.« Bonnie hob den Kopf von Jens Schulter. »Da widerspreche ich dir nicht. Denn du hast ganz ohne zu suchen jemand viel Besseren gefunden.«

Jen konnte Bonnie nicht in die Augen sehen. Astro war nicht zu vergleichen mit den Männern, die sie je auf einem

Display zur Seite gewischt hatte. Nicht mal mit denen, die sie getroffen hatte. Es würde dauern, bis sie über ihn hinweg wäre.

»Glaubst du, es ist wirklich vorbei?«, fragte Bonnie leise.

»Ja«, sagte Jen. »Ich meine, das Ganze hatte von Anfang an keine Chance. Er wohnt hier, ich nicht, und …«

»Also lag es nur an der Entfernung? Ein Billigflug entfernt.«

»Es war mehr, Bonnie. Es lag daran, wo er sich in seinem Leben gerade befindet, und dass er nicht richtig um seine Mutter getrauert hat, weshalb er nicht der ist, der er gerne sein möchte. Er kennt sich selbst nicht richtig und hat darum gerade nicht die Kapazität, jemand anderen kennenzulernen.«

»Das hat er gesagt, ja? Dass er nicht die Kapazität hätte, dich kennenzulernen?«

»Also, nicht genau mit den Worten, aber ich habe es gespürt und …«

»Weil du ihn kennst«, unterbrach Bonnie sie. »Sehr gut. Weil ihr eine starke, solide Verbindung zueinander habt.«

»Ja«, gab Jen zu. »Aber manches soll halt nicht sein, oder?«

Bonnie stieg aus dem Bett und seufzte. »Wahrscheinlich möchte ich nur nicht, dass du bereust, mit mir nach Athen geflogen zu sein.«

»Ach, Bonnie, warum sollte ich das bereuen?« Jen legte ihr Handy zur Seite. »Es war nicht Paris, aber in vielerlei Hinsicht so viel besser. Unglaubliches Essen, der Parthenon, die Parks, die lebensgefährlichen Fußgängerüberwege …« Sie musste schlucken, als ihr all die anderen Orte einfielen, die sie mit Astro kennengelernt hatte – Anafiotika, wo sie

Materialien in der Natur gesammelt hatten, Psyrri mit den Wandgemälden, die Bar Páme.

»Wenn wir nicht zu viel Angst haben, könnten wir eventuell einen Bus zum Flughafen nehmen«, schlug Bonnie vor. »Es sei denn, es ist zu kalt. Ich habe keine Lust, in der Kälte an einer Bushaltestelle zu warten.«

Jen sah zu, wie ihre Freundin die Vorhänge zurückzog. Sofort veränderte sich das Licht im Zimmer. Es wurde deutlich heller, ja *weißer*.

»O mein Gott!«, rief Bonnie. »O mein Gott, Jen!«

Sie kletterte ebenfalls aus dem Bett, ließ die Decke fallen und tappte barfuß über den Boden. Was sie erblickte, als sie aus dem Fenster sah, war unvergleichlich.

Alles war mit Schnee bedeckt. Und zwar nicht mit einer dünnen Puderzuckerschicht, sondern richtig dick, mehrere Zentimeter hoch, auf ihrem Balkon, auf den Stühlen und dem Tisch, und es schneite noch weiter.

»Ich würde sagen, der Alarm kam ein bisschen spät«, bemerkte Bonnie. »So viel Schnee habe ich noch nie gesehen.«

»Ich auch nicht«, bestätigte Jen und rückte ganz nah an die Scheibe, um auf die Straße unten zu sehen. Sie war leer, nicht mal ein Moped war unterwegs. Der Asphalt war unter frischem, unberührtem Schnee verborgen, ohne irgendwelche Spuren oder Marken. Als hätte sich Athen in ein Winterwunderland verwandelt. Sie wollte diese weihnachtliche Stimmung genießen, trotzdem machte sie sich Sorgen.

»Was meinst du, gibt das Probleme mit unserem Flug?«

Bonnie hatte ihr die Worte aus dem Mund genommen.

KAPITEL
VIERUNDFÜNFZIG

Bar Páme

»Hast du aus dem Fenster geguckt? Mach es nicht auf, sonst kommt noch Schnee herein! So viel Schnee! Sieht aus, als wären wir am Polarkreis.«

Astro wischte die Tische ab, prüfte, ob in jedem Korb die richtige Anzahl Besteck lag, vergewisserte sich, dass die Speisekarten sauber waren, rückte auf jedem Tisch die Weihnachtsdeko zurecht. Ironie des Schicksals, dass er sich ausgerechnet jetzt mehr denn je um die Bar kümmerte und wollte, dass alles perfekt war, wo sein Onkel mit dem Gedanken spielte, den Laden zu verkaufen.

»Was machst du da?«, fragte Philippos, knöpfte sein Hemd zu und rückte den Bund seiner Jeans zurecht.

»Ich bereite die Bar vor. Du siehst aus, als würdest du dich anziehen. Macht man das nicht eigentlich im Schlafzimmer, hm?«

»Warum bereitest du die Bar vor? Hast du den Schnee nicht gesehen? Bei dem Wetter geht doch niemand vor die Tür! Heute gibt es mit Sicherheit schulfrei. Die Straßen sind doch gar nicht befahrbar!«

»Die Griechen wollen trotzdem Kaffee«, gab Astro zurück. »Habe schon über die Tische und Schirme gefegt, damit sie nicht unter dem Gewicht des Schnees einknicken …«

»Okay. Was ist los?«

»Peri hat sich ein Bein gebrochen«, erwiderte Astro. »Er bleibt eine Zeit lang in meiner Wohnung.«

»Das erzählst du nur, um mich von dem abzulenken, was wirklich passiert ist.« Philippos schenkte sich einen Becher Kaffee ein.

»Keine Ahnung, wovon du redest«, gab Astro zurück und wischte mit dem Tuch über ein Regal, das er schon zweimal geputzt hatte.

»Astro, ich weiß, dass du denkst, wir würden nicht ehrlich miteinander sprechen …«

»Da hast du mir zugestimmt.«

»Ja, aber das heißt nicht, dass es mir nicht auffallen würde, wenn du mir ausweichst.«

»Meinst du, Marjorie könnte heute kommen? Oder muss sie wohl mit Achilles zu Hause bleiben?«, wechselte Astro das Thema.

»Ich meine, dass die Bar heute geschlossen bleibt oder dass zumindest nicht viel zu tun sein wird und dass es eine gute Gelegenheit für dich ist, Jen zu treffen«, erwiderte Philippos. Er führte seine Kaffeetasse an die Lippen und trank einen Schluck. »Du brauchst nicht zu kochen. Vielleicht mache ich eins von meinen berühmten Gerichten mit gebackenem Fisch.«

Klar, dass Philippos wieder mit Jen anfing.

Astro arbeitete sich um die Theke herum und wischte Staub weg, der gar nicht da war, weil er in Bewegung bleiben musste, damit es nicht so wehtat.

»Astro?«, sagte Philippos. »Du bekommst noch Blasen an den Fingern, wenn du überall herumschrubbst.«

»Jen fliegt heute zurück«, platzte es aus Astro heraus.

»Wie? Ist ihr Urlaub zu Ende? Oder ist was passiert?«

Ob was passiert war? Ja, war es. Alles war passiert. Von dem Moment an, als sie auf der Treppe draußen mit ihrer lächerlichen aufblasbaren Zuckerstange gestolpert war, hatte sich sein gesamtes Leben verändert.

»Sie hat ihr eigenes Leben in England und eine Firma, in der gerade Hochsaison ist, von daher …«

»Von daher …«, äffte Philippos ihn nach.

»Ich weiß nicht, was du von mir hören willst.« Astro verschränkte die Arme vor der Brust.

»Ich möchte, dass du so mit mir redest, wie wir uns versprochen haben, es ab jetzt zu tun. Ehrlich«, erinnerte Philippos ihn. »Wie zwei Erwachsene, die miteinander verwandt sind und sich Zeit nehmen zu hören, wie es dem anderen geht.«

»Es hätte nicht funktioniert. Ich … ich weiß nicht, wie man eine Beziehung führt. Damit habe ich keine Erfahrung. Ich wäre nicht gut darin. Ich bin nicht gut für sie.«

»Weißt du, was ich höre?«

Astro schüttelte den Kopf.

»Ich höre nur, dass du sie liebst«, sagte Philippos ihm auf den Kopf zu. »Ich höre, dass sie seit deiner Mutter der wichtigste Mensch in deinem Leben ist.«

Astro schaute seinen Onkel mit brennenden Augen an. »Es ist egal, ob ich das empfinde. Das einzugestehen bedeutet, dass ich nur an mich denke. Ich muss an sie denken. Was gut für sie ist.«

»Astro«, setzte Philippos wieder an.

Die Eingangstür schlug auf, und einer von Jens Kränzen fiel mit einem dumpfen Geräusch auf einen Tisch.

»Habt ihr den Schnee gesehen? Habt ihr ihn gesehen?«

Achilles kam hereingesprungen, von Kopf bis Fuß in einem gefütterten Schneeanzug, der schon durchweicht war. Der Junge sah aus, als wäre er über den Boden gerollt. Kurz darauf erschien Marjorie mit einem Gesichtsausdruck, als würde sie ihrem hyperaktiven Sohn am liebsten Handschellen anlegen.

»Haben wir den gesehen?«, fragte Philippos. »Wir können nicht mal die Fenster öffnen, weil wir Angst haben, dass er hereinkommt.«

»Machen wir auf?«, wollte Marjorie wissen. »Bitte sag Ja! Sonst muss ich nämlich alle fünf Minuten nachsehen, ob Achilles irgendwo unter dem Schnee begraben liegt. Wahrscheinlich wäre es besser, wenn ich jetzt immer eine Schaufel dabeihätte.«

»Wir machen auf«, bestätigte Astro und hob den Kranz hoch.

»Astro möchte sich beschäftigen«, bemerkte Philippos.

»Kann Jen kommen und mit mir Schneemänner bauen? Oder einen heiligen Vassilios!«, rief Achilles aufgeregt.

»Jen ist zurück nach England geflogen, Achilles«, teilte Astro ihm mit und nestelte am Weihnachtsschmuck herum.

»Was?«, stieß Marjorie aus. »Wann denn? Gestern Abend? Hast du sie noch mal gesehen?«

»Sie fliegt heute Morgen.«

»Das glaube ich kaum« bemerkte Marjorie und knöpfte ihren Mantel auf.

»Wie meinst du das?« Astro streckte sich, um den Kranz wieder aufzuhängen.

»Hast du heute schon mal den Fernseher angemacht? Nicht nur die Schulen haben geschlossen, einige Straßen sind auch gesperrt, sogar Hauptstraßen. Die Busse fahren nicht. Und der Flughafen ist zu. Keine Landungen. Keine Abflüge. Sie können den Schnee wohl nicht so schnell räumen, außerdem schneit es ja weiter.«

Die Information traf Astro, als würde ein Schneepflug über ihn hinwegrumpeln.

»Mit Sicherheit wird Jen heute nirgends hinfliegen«, erklärte Marjorie.

KAPITEL FÜNFUNDFÜNFZIG

Bistro Kalimeres, Psyrri

»Also, dieser Laden ist doch eine Entdeckung, oder?« Bonnie nippte an ihrem Drink.

»Meine Entdeckung ist eher, dass, wenn es in Athen schneit, keine Straße mehr befahrbar ist und alle öffentlichen Verkehrsmittel den Dienst einstellen, Cafés und Bars aber immer öffnen, egal, was passiert«, bemerkte Jen.

Sie trank einen Kaffee, einen starken. Kaum hatten sie erfahren, dass nicht nur ihr Rückflug nach London gestrichen war, sondern dass es so gut wie unmöglich sein würde, demnächst einen neuen zu organisieren, hatte Bonnie Alkohol geordert. Je näher Weihnachten rückte, desto voller waren die Flieger bereits, und die beiden mussten sich überlegen, wie es nun weiterging. Während sie sich Gedanken machten, wo sie schlafen sollten, entschied sich Bonnie für die Option: »Ich gönn mir einen Drink, dann sieht alles gleich besser aus.« Sie hatten aus ihrem Hotelzimmer auschecken müssen, da es anderweitig vergeben war. Als Nächstes wollten sie sich nach Airbnbs in der Nähe umsehen.

»Mir gefällt die Lampe hier.« Bonnie wies nach oben. »Was meinst du, wie würde die sich in meinem Schlafzimmer machen?«

Die Leuchte sah aus, als hätte man Eiswürfel aufgehängt

und eine Birne in die Mitte gesteckt. Sie war genauso dekadent wie die übrige Einrichtung des Bistros: die schwarzweiß gestreifte Markise über den verschneiten Tischen draußen, die weiß getünchten Steinwände und Blumentapeten innen. Dazu gab es einen weihnachtlichen Touch – Blättergirlanden mit roten Schleifen am Treppengeländer, sparsam eingesetzte Lichter und Kugeln.

»Ich finde, dein Schlafzimmer sieht schon ziemlich super aus«, sagte Jen wahrheitsgemäß.

»Das hat Andrea auch gesagt, als wir telefoniert haben«, erklärte Bonnie. »Sie meinte, ich hätte alles besser aufeinander abgestimmt als sie in ihrem Apartment in London. ›Perfekt‹, meinte sie. Das ist ein Lob von ganz oben.«

Jen hatte kein Schlafzimmer, in dem sie alles aufeinander abstimmen konnte. Sie hatte eine Schlafcouch und einen Bären in Regenbogenfarben. Sie hatte nicht mal ein Hotelzimmer, in dem sie heute schlafen konnte. Selbst wenn es ihnen gelingen sollte, eins zu finden, konnte sie nicht wieder zulassen, dass Bonnie es bezahlte. Außerdem gab es tausend Dinge, die sie erledigen wollte, wenn sie wieder in Little Pickering war, doch das würde heute nicht passieren, und wohl auch nicht in absehbarer Zeit.

Doch vor allem waren ihre Gedanken bei Astro. Am Vorabend hatte sie keine andere Möglichkeit gesehen, als nach Hause zu gehen. Da hatte sie noch gedacht, dass sie heute in einem Flugzeug säße, das sie fort von Athen und allem brächte, was dort passiert war. Doch nun war es anders gekommen, und sie hatte neue Optionen. Doch würde das etwas ändern?

»Hallo?« Bonnie fuchtelte ihr vor dem Gesicht herum. »Ich habe gerade gesagt, dass wir uns vielleicht an Freunde wenden müssen, wenn wir keine Übernachtungsmöglichkeit finden.«

»Freunde?«

»Jen, ich will dich nicht noch verrückter machen, als du eh schon bist, aber wenn wir in dieser Stadt kein Zimmer finden, das wir uns leisten können, und nicht um Hilfe bitten, müssen wir vielleicht in der U-Bahn-Station Monastiraki übernachten.«

Bonnie meinte Astro. Sie sprach davon, ihn zu fragen, ob sie in seinem Apartment wohnen könnten, obwohl Jen am Vorabend die Flucht ergriffen hatte, weil er ihr durch die Blume mitgeteilt hatte, er sei nicht bereit für eine Beziehung. Wie sollte sie ihm gegenübertreten? Es war nicht vorgesehen, dass sie ihn wiedersah. Eigentlich wären sie mittlerweile längst durch die Ausweiskontrolle.

»Wir könnten die britische Botschaft anrufen«, schlug sie vor. »Müssen die einem nicht bei so was helfen?«

»Ehrlich gesagt glaube ich nicht, dass die Suche nach einer Übernachtungsmöglichkeit für uns jetzt ganz oben auf ihrer Liste steht.«

»Wir können Astro nicht fragen.« Jen war ganz unbehaglich zumute.

»Das sind außergewöhnliche Umstände, Jen! Wenn wir uns bei der Kälte auf eine Bank legen, könnten wir sterben! Okay, vielleicht bekommen diese Soldaten, die da rund um die Uhr vorm Parlament stehen, keine Frostbeulen, aber selbst nach ein paarmal Training im Fitnessstudio bin ich nicht auf ein Leben an der frischen Luft eingestellt!«

Jen wollte auch nicht erfrieren, aber bei der Vorstellung, Astro um Hilfe zu bitten, fühlte sie sich wieder wie eine Zehnjährige mit Magenschmerzen, die vor ihrer Lehrerin steht und ihr zu erklären versucht, dass sie ihre Hausarbeiten nicht vorzeigen kann, weil ein anderes Pflegekind sich darauf erbrochen hat.

»Du hast doch gesagt, ihr seid freundschaftlich auseinandergegangen«, hakte Bonnie nach. »Es klang nicht so, als wärt ihr so zerstritten, dass du nicht nach einem Bett für ein paar Nächte fragen könntest.«

Jen antwortete nicht sofort. Auch wenn Bonnie wusste, dass sie Gefühle für Astro hatte, war ihrer Freundin vermutlich nicht klar, wie tief die wirklich reichten. Dass sie *geweint* hatte. Es ging nicht darum, dass es Jen unangenehm gewesen wäre, Astro um diesen Gefallen zu bitten, es ging eher darum, ihn einfach nur zu sehen – seine grünen Augen, die zusammengezogenen Brauen, wenn er aufmerksam zuhörte. In seiner Nähe zu sein – zu sehen, wie er sich bewegte und gab, wie er aufmerksam alles um sich herum zeichnete –, das wäre die Hölle. Andererseits hatte Bonnie diese Reise bezahlt und Jen bei der Sache mit David, bei Kathleens heimlicher Flucht aus dem Pflegeheim, bei Bewerbungsgesprächen mit Elfen und blutbespritzten Schurken unterstützt. Ihre beste Freundin hatte es nicht verdient, sich Sorgen machen zu müssen, wo sie schlief, nur weil Jen zu stolz und ihr Herz gebrochen war.

Jen holte tief Luft und schloss die Hände um den Kaffeebecher. »Okay. Wenn wir ausgetrunken haben, gehen wir zur Bar Páme. Dann bitten wir Astro um Hilfe.«

Als sie den dichten Schaum probierte und den ersten Schluck Kaffee trank, fragte sie sich, ob sie diese Entscheidung irgendwann bereuen würde.

KAPITEL SECHSUNDFÜNFZIG

Psyrri

»So viel Schnee habe ich noch nie gesehen! Nicht mal im Fernsehen!«, verkündete Achilles.

Irgendwie, und er wusste nicht genau, wie es passiert war, hatte Astro die Aufgabe bekommen, sich um Achilles zu kümmern. Marjorie hatte ihn überzeugt, dass das ungewöhnliche, aufregende Wetter irgendwann seinen Reiz verlieren und alles wieder normal würde, wenn der Junge sich im Schnee nur ordentlich austoben konnte. Astro war sich da nicht so sicher. Auf dem Weg hierher wollte Achilles an jeder Straßenecke einen Schneemann bauen und hatte jeden Lokalbesitzer angelächelt, um Gebäck geschenkt zu bekommen.

»Meinst du, der bleibt bis Weihnachten liegen?«, fragte Achilles.

»Hoffentlich nicht«, antwortete Astro und stapfte weiter. Teilweise war der Schnee so tief, dass er mit seinen Stiefeln darin versank.

»Warum hoffst du das nicht? Magst du keinen Schnee?«

»Wenn man älter ist, Achilles, bedeutet Schnee etwas anderes. Für Erwachsene macht er nur Schwierigkeiten. Es ist gefährlich, auf den Straßen zu fahren. Alles muss umorganisiert werden. Die Schulen machen zu.«

»Die Schulen machen zu, damit alle Spaß im Schnee haben können! Auch die Lehrer! Und es ist gut, dass Jens Flugzeug nicht fliegen kann! Jetzt kann sie morgen zum Weihnachtsbasar an meiner Schule kommen, und du kannst ihr ein grünes Licht geben.«

»Was?«

»Hast sie dir noch kein grünes Licht gegeben?«

»Achilles … Ich weiß nicht, ob Jen dahin kommen kann. Das mit den Flugzeugen kann ganz schön kompliziert sein.«

Achilles verschränkte die Arme vor der Brust, obwohl er in jedem Handschuh einen Schneeball hielt. Er machte ein böses Gesicht. »Warum sagst du immer, *alles* ist kompliziert?«

»Ich meine nur, dass es morgen am Flughafen schon besser aussehen kann, und dann nimmt sie vielleicht direkt einen anderen Flug nach Hause.«

Astro schluckte. Wollte er das? Die Tatsache verdrängen, dass sie heute noch hier war, und hoffen, dass am nächsten Tag wieder alles so war wie gehabt? Selbst wenn sie nicht Kontakt zueinander aufnahmen, wussten doch beide, dass heute kein Flugzeug in Athen startete …

Achilles warf die Schneebälle gegen die Rollläden eines verlassenen Geschäfts, wo sie laut aufschlugen, bevor sie auf dem Bürgersteig landeten.

»Erwachsene sind dumm. Warum haben sie an nichts Spaß? Wenn Mama den Schnee sieht, fängt sie an zu schimpfen und erzählt mir alles, was passieren kann. Ich will mich da am liebsten reinlegen wie in eine Badewanne!«

Kaum hatte Achilles es ausgesprochen, warf er sich rücklings in einen Schneehaufen, streckte Arme und Beine aus und bewegte sie so, dass ein großer Schneeengel entstand. Er lachte und bekam Schnee in die Augen und den Mund, während Astro zu den Rollläden auf der anderen Straßenseite hinüberschaute. Insbesondere auf ein Gemälde. Das von Jen.

Seine Füße schienen sich zu bewegen, bevor sein Gehirn ihnen den Befehl erteilte, und kurz darauf stand er vor dem Bild, das sie gemalt hatte. Er betastete die Farben und rief sich in Erinnerung, wie er ihr dabei zugesehen hatte. Ihre anfängliche Zurückhaltung, dann der Moment, in dem sie sich öffnete, bis hin zum fertiggestellten Bild. Er fuhr den Umriss des Stoffbären nach, Tapferteddy, all die Farben und die Hoffnung, die aus diesem einen Gegenstand und dieser einen Jahreszeit erwuchsen. Was sie alles mitgemacht haben musste. Wie es sie zu der geformt hatte, die sie war. Es war wie ein Gegenentwurf zu seinen Gefühlen. Ihre Hoffnung und ihr Licht stammten aus einer Jahreszeit, die er immer nur mit Dunklem verbunden hatte …

»Ich finde den Bären schön.«

Achilles trat neben ihn. Sein gesamter Schneeanzug war klatschnass, der Pony unter der Kapuze tropfte.

»Ich finde den Bären auch gut«, stimmte Astro ihm zu. »Er heißt Tapferteddy.«

»Hast du den gemalt?«, fragte Achilles mit großen Augen.

»Nein«, sagte Astro. »Jen.«

»Die Striche sind nicht ganz gerade«, bemerkte der Junge.

»Achilles, wenn du ein Bild für deine Mama malst, ist dir dann wichtig, wie gerade die Striche sind? Oder willst du ein schönes Bild malen, das dir etwas bedeutet und über das sie sich freut?«

Achilles wirkte betreten. »Ja, das zweite.«

»Dieser Teddybär ist ein Kuscheltier, das Jen schon sehr lange hat. Deshalb hat sie ihn gemalt. Er bedeutet ihr viel.«

»Und Jen bedeutet dir viel«, sagte Achilles.

Astro antwortete nicht, und der Junge seufzte genervt.

»Ich weiß nicht, was das immer ist«, stellte er fest und ließ die Arme an den Körper klatschen. »Bald ist Weihnachten, aber alle sind sauer oder traurig oder sagen, dass es kompliziert ist. Warum können nicht einfach alle glücklich sein?«

Es war eine Frage, die nur ein Kind mit einem optimistischen Blick aufs Leben stellen würde. Doch sie brachte Astro auf eine Idee.

»Möchtest du die Spraydosen ausprobieren?«, fragte er.

»Was?!«, rief Achilles. »Darf ich auf die Häuser sprühen?«

»Nein«, entgegnete Astro sofort. »Deine Mutter würde mich umbringen.«

»Oooch.«

»Wie wär's, wenn wir ein Bild in den Schnee malen?«, schlug Astro vor. »Wir könnten was aus dem Schnee bauen und es dann in verschiedenen Farben ansprühen.«

»Ich mache dir einen Vorschlag«, sagte Achilles, dem immer noch Wasser aus den Haaren tropfte.

»Ich glaube nicht, dass mir das gefällt.«

»Ich mache mit dir ein Schneebild, und du fragst Jen, ob sie morgen mit mir zur Schule kommt.« Der Junge verschränkte die Arme vor der Brust und tat, als sei er der weltbeste Verhandler.

»Achilles, bei dir hört es sich an, als bräuchte ich *dich*, um ein Bild in den Schnee zu malen.«

»Ich glaube, dass *du* mich brauchst, damit ich dir helfe, mit Jen alles wiedergutzumachen«, gab Achilles zurück.

Darauf hatte Astro keine Antwort. »Hör mal zu«, sagte er. »Ich verspreche dir, wenn wir zusammen ein Bild malen und Fotos machen, die wir deiner Mama zeigen können, dass ich Jen frage, falls ich sie sehe.«

»Was willst du Jen fragen, wenn du sie siehst?«

Das war nicht Achilles, der nachfragte. Es war eine Stimme, die Astro hier nicht erwartet hatte zu hören, genauer gesagt, nie wieder.

»Jen!« Achilles hüpfte durch den Schnee zu ihr hinüber. Ein wenig erinnerte er dabei an Neil Armstrong auf dem Mond. »Dein Teddybär ist süß! Warum hat er so ein komisches Ohr?«

»Tja, ich denke, er wurde so geboren.« Jen kam näher. Mit ihren Turnschuhen stand sie nicht so sicher auf dem rutschigen Untergrund.

»Stofftiere werden nicht geboren! Sie werden gemacht!«

»Außer die, die man vom Weihnachtsmann bekommt«, gab Jen zurück. »Die sind was Besonderes. Die sind am Anfang alle winzig kleine Babystofftiere.«

Achilles schnaubte verächtlich. »Und mein großer Rennwagen war wohl auch mal ein kleiner, was?«

»Warum soll das lustig sein?«, fragte Jen, inzwischen neben den beiden. »Du wächst doch auch, oder? Warum sollen Stofftiere nicht wachsen? Mit ein bisschen Weihnachtszauber?«

Astro beobachtete Achilles. Der Miene des Jungen war anzusehen, dass er die Information verarbeitete und darüber nachdachte. Astro wünschte sich, dass der Kleine die Geschichte glaubte, dass er ein kleines Märchen geschenkt bekam.

»Wir wollen mit Sprühdosen ein Bild in den Schnee malen!«, verkündete er. »Du kannst auch helfen!«

»Hör mal, Achilles, fang doch schon mal an, und bau uns etwas, das wir dann ansprühen können. Ich komme gleich und zeige dir, wie man das mit den Spraydosen macht«, sagte Astro.

»Da drüben ist ganz viel Schnee!«, rief der Junge und lief los.

Dann waren sie nur noch zu zweit auf der stillen Straße. Astro wusste nicht, was er sagen sollte, doch sein ganzer Körper schrie ihn an, dass allein das Wiedersehen mit Jen, dass sie hier so nah neben ihm stand, jede Entscheidung zunichtemachte, die er sich eingeredet hatte.

»Tja, der Schnee kam dazwischen.« Sie stampfte mit den Füßen auf.

»Allerdings«, erwiderte Astro. »Unerwartet. Ich meine, es hat natürlich schon öfter in Athen geschneit, aber diesmal kam die Warnung zu spät, und, na ja, jetzt ist er da.«

Warum sagte er nichts Schöneres, Bedeutsameres?

»Mein Flug wurde gestrichen.« Jen senkte den Blick auf den Boden. »Und unser Hotel ist komplett ausgebucht, deshalb mussten wir auschecken und … also … ich frage wirklich nur sehr ungern, aber wüsstest du vielleicht, wo Bonnie und ich unterkommen könnten?«

»*Fisika*«, sagte Astro sofort. »Natürlich.«

»Wirklich?« Sie sah ihn an.

»Jen, ihr könnt bei mir wohnen.« Schnell formulierte er um: »Ich meine, in der Bar Páme. Wir finden schon Platz. Das klappt.«

»Danke, Astro. Ist wahrscheinlich nur für eine Nacht oder so. Wir versuchen, Plätze in einem Flieger zu bekommen, sobald der Flughafen wieder aufmacht. Ich hätte nicht gefragt, aber …«

Sie hielt inne, als wüsste sie nicht, was sie sagen sollte. Oder sie wusste es, aber hatte beschlossen, es nicht auszusprechen. Wie auch immer, es unterstrich nur, wie weit sie sich mittlerweile voneinander entfernt hatten.

»*Páme*. Jetzt sprühen wir mit Achilles den Schnee an, und dann schaffen wir Platz in meiner Wohnung, okay?«

»Okay«, stimmte sie leise lächelnd zu.

»Okay«, wiederholte Astro.

»Hat hier jemand davon gesprochen, Schnee anzusprühen?« Bonnie kam um die Ecke, in jeder Hand eine Einkaufstasche.

»Astro sagt, wir können bei ihm schlafen«, verkündete Jen ihrer Freundin.

Er lächelte und versuchte, das erwartungsvolle Kribbeln in seinem Bauch zu ignorieren. Es war einfach nur griechische Gastfreundschaft – jemandem helfen, der in Not war. Auf gar keinen Fall bedeutete es irgendwas anderes.

KAPITEL SIEBENUNDFÜNFZIG

Bar Páme

»Natalia, sag mir bitte, dass mit Mrs. Butler alles in Ordnung ist und sie keine Rückerstattung wegen der Flügelspannweite fordert.«

Jen wartete mit zugekniffenen Augen und angehaltenem Atem auf Antwort. Es war Abend geworden, und sie saß auf der Kante von Astros Bett, das nun mit frischer Wäsche bezogen war, worauf er bestanden hatte. Er hatte eigentlich eine ziemlich unbequem wirkende Ausziehcouch im Zimmer seines Onkels aufstellen wollen, bis Philippos und ihm klar wurde, dass die Couch dort nicht hineinpasste, weil sie entweder viel zu nah am Bett stand oder die Tür zum Badezimmer blockierte. Deshalb stand das klobige blaue Stück mit dem durchgesessenen Polster in der Küchenecke, wo Astro schlafen würde. Bonnie hatte die Gelegenheit ergriffen, bei Marjorie und Achilles zu übernachten, kaum dass man ihr das Angebot gemacht hatte. Jen wusste, dass das ein Kniff ihrer Freundin war, um ihr Zeit mit Astro zu geben – Marjorie war ebenso begeistert von der Aussicht, nur Achilles nicht so sehr. Gerade brachte Bonnie ihren Koffer in die Wohnung und wollte später zurückkommen, um in der Bar auszuhelfen.

Astro war unten und arbeitete. Jen wollte auch gleich nach unten und mitanpacken, sobald sie sich bei Kathleen und Natalia gemeldet hatte. Kathleen war nicht drangegangen, jetzt sprach sie mit Natalia.

»Gibt kein Problem mit Flügelspannweite, für das gibt Rückerstattung«, sagte ihre Angestellte. »Problem ist kein Problem mehr. Meine Brüder geholfen.«

Warum Jens erster Gedanke war, dass Mrs. Butler ein Unheil widerfahren war, wusste sie nicht, doch bevor sie den nächsten Gedanken aussprechen konnte, hörte sie Kathleens Stimme: »Und ich habe auch geholfen!«

»Kathleen! Was machst du denn im Büro?«

»Natalia unterstützen.« Sie kam vor die Kamera. »Und keine Sorge. Das Heim weiß, wo ich bin.«

»Wir gemacht Notlüge«, erklärte Natalia und griff zu ihrem Knäuel aus Gummibändern, um es zwischen ihren Händen hin und her wandern zu lassen. »Wir gesagt, ist Beerdigung von Schwester. Müssen sein zurück vor Abendessen. Ich darf auch haben Teller heute. Ist nicht Truthahnpopo.«

»Gelobt sei der Herr!« Kathleen hob dankbar die Hände.

Im ersten Moment fehlten Jen die Worte.

»Du geschrieben, Flug ist gestrichen, ich sehe Athen in Nachrichten. Berühmte Ruinen sehen aus wie Schloss von Eiskönigin.«

»Ja, der Schnee liegt hier ziemlich hoch«, bestätigte Jen. Ihr Blick wanderte zum Fenster, zu den weißen Dächern, auf denen der Schnee lag wie Zuckerguss auf einem Weihnachtskuchen. »Es schneit immer noch, aber nicht mehr so heftig. Morgen kommt vielleicht noch mehr runter, aber danach soll es wärmer werden, sodass wir dann hoffentlich nach Hause können.«

»Also, du brauchst dir nicht machen Sorgen. Flügel sind

organisiert und ausgeliefert für Anprobe. Mrs. Butler angerufen und gesagt, Flügel sind perfekt und viel echter, als sie träumen könnte.« Natalia lachte. »Sie gesagt, sehen fast aus wie echte Federn.«

Kathleen begann ebenfalls zu lachen. Jen beschloss, keine weiteren Fragen zu stellen.

»Okay, also muss ich nur die Historische Gesellschaft anrufen und denen sagen, dass sie woanders buchen müssen.« Sie seufzte. »Oder sich damit abfinden, dass es dieses Jahr keine Theateraufführung zum Dinner gibt.«

Das war eine große Niederlage. Eine beträchtliche Geldsumme, die nun nicht auf ihrem Firmenkonto landen würde, dazu die hohe Wahrscheinlichkeit, dass die Gesellschaft nächstes Jahr nicht bei *Jeden Tag Weihnachten* buchen würde …

»Ich habe nachgedacht«, setzte Natalia an und ließ das Gummibandknäuel vom Schreibtisch hochspringen, als sei es ein kleiner Basketball. »Als es bei dir hat geschneit und du festsitzt, ich hatte Idee. Ich dachte: 4D-Erlebnis.«

»So was habe ich mal mitgemacht, als die Filme brandneu waren«, meldete sich Kathleen zu Wort und rollte auf einem von Jens Bürostühlen näher an die Kamera heran. »Das war bei einem Ausflug in einen Freizeitpark, da gab es als Alternative zu den richtigen Fahrten, bei denen man ganz plemplem wird, einen Film von einer Achterbahn. Wenn man den guckte, hatte man das Gefühl, man säße selbst drin, und dann kippten alle Stühle nach hinten und uns wehte Wind ins Gesicht. Als wir mit Wasser bespritzt wurden, hat Gerald fast seine Brille verloren.«

Jen hatte keine Ahnung, wovon die beiden sprachen. Sie hoffte, dass Natalia Kathleen nichts von dem Weihnachtslikör gegeben hatte, den sie eigentlich nur für die Kunden vorrätig hielt.

»Du nicht brauchst Achterbahn«, erklärte Natalia. »Du brauchst Schnee und … griechische Traditionen … Ruinen, die aussehen wie Schloss von Eiskönigin … fröhliche Kinder in Kleidung von andere Jahrhunderte … Bilder und Geräusche aus Athen … und natürlich tanzenden Flash Mob.«

In Jens Kopf arbeitete es auf Hochtouren. Was genau schlug Natalia da gerade vor?

»Natalia hat sich was von dem komischen Getränk gegönnt, das du für Kunden vorrätig hast«, erklärte Kathleen. »Was sie dir eigentlich sagen will, ist Folgendes: Glaubst du, du kannst bei dir vor Ort etwas für die Historische Gesellschaft organisieren? In Griechenland? Ein paar von den Dingen, die Natalia vorgeschlagen hat? Einen traditionellen Tanz? Historische Kostüme? Geschichtsträchtige Schauplätze? Verstehst du, was wir meinen?«, fragte Kathleen. »Du bist an einem der geschichtsträchtigsten Orte der Welt. Das könnte doch ein Gewinn für die Historische Gesellschaft sein, nicht nur ein Kompromiss.«

Jens Gedanken fingen an zu rasen. Es musste schnell gehen, durfte wenig Unsicherheiten geben. Dafür gab es umso mehr Möglichkeiten. Doch konnte eine Stadt, die Mühe hatte, bei diesen Witterungsverhältnissen zu funktionieren, so etwas überhaupt auf die Beine stellen? Wie sollte das gehen? Hier eine Veranstaltung filmen, die dann in England auf dem Bildschirm erschien … Die Übertragung müsste auf jeden Fall eine bessere Qualität haben als dieser FaceTime-Anruf …

»Ich kann sehen Dinge«, sagte Natalia, die Hand offenbar um ein Weinglas geschlungen. »Wir dimmen Licht, senken

Temperatur von Heizung, stellen an Klimaanlage, werfen Konfetti, das sich fühlt an wie Schnee. Du erzählst alte Geschichte von Legende, von Kampf, und ich schlage Messer zusammen wie Schwerter. Tanz – wir lassen Leute aufstehen und machen kurze Tutorials. Kann ich machen irgendwas? Leute dir zeigen Handwerk, wir machen nach hier mit Material …«

Jens Verstand überschlug sich fast, als ihr klar wurde, dass dies nicht nur eine von Natalias leicht abgedrehten Ideen war, sondern dass es *genial* war. Wenn sie all die Dinge pünktlich zum Abend der Veranstaltung organisiert bekäme …

»Wo bist du? Sieht aus wie Holzhütte, nicht Hotel. Ist das Vogel hinter dir?«

Jen schaute auf den Nachttisch und sah, dass Peri am Einband eines in Leder gebundenen Buches knabberte. Das gebrochene Bein schien ihn nicht allzu sehr in seinen Bewegungen zu beeinträchtigen.

»Ich bin in Astros Apartment …«

»Oooooh!«, unterbrach Kathleen sie mit der Zurückhaltung eines Bauarbeiters.

»Das ist Magie von Schnee«, sagte Natalia mit nachdrücklichem Nicken. »Du denkst, er alles aufhalten, aber in Wirklichkeit er alles macht möglich.«

KAPITEL ACHTUNDFÜNFZIG

Bar Páme

»Ich glaube, heute haben wir einen Einnahmenrekord!«, verkündete Philippos, als er das am Tag eingenommene Geld gezählt hatte, um es in den Safe zu schließen. »Verrückt, wo die Stadt doch quasi im Lockdown ist.«

»Und es schneit immer noch«, fügte Astro hinzu und machte sich daran, die Rollläden hinunterzulassen.

Jen wischte noch einmal über die Tische im Gastraum. Die draußen hatte sie auch geputzt, aber das war müßig, weil sie immer wieder aufs Neue zuschneiten.

»Danke für deine Hilfe heute Abend, Jen«, sagte Philippos und schloss die Kasse mit einer ausholenden Handbewegung. »Und Bonnie auch.«

»Tja, ich glaube, Bonnie war der Grund für die Extra-Dosis Metaxa in den Kaffeetassen, und ich weiß nicht, wie viel sie sich davon selbst gegönnt hat, ohne zu bezahlen.«

»Sie wollte bezahlen, bevor sie mit Marjorie Gyros holen gegangen ist«, erwiderte Philippos. »Ich habe Nein gesagt. Ihr habt beide umsonst gearbeitet, habt geholfen, und das fand ich sehr nett.« Er legte die Hand auf die Brust. »Wirklich.«

»Wir müssen uns bedanken. Dass wir so kurzfristig bei euch unterkommen konnten«, gab Jen zurück und rückte den Weihnachtsschmuck an der Wand zurecht.

»Falls Bonnie wirklich so viel Metaxa getrunken hat, wird sie Marjories Gastfreundlichkeit noch verfluchen, nachdem Achilles sie morgens um sechs geweckt hat.« Philippos lachte. »Hey, ihr zwei, der Koch hat Hühnerfrikassee im Ofen gelassen. Falls ihr wollt, könnt ihr das essen.«

»Und du?«, fragte Astro.

»Ich nehme mir noch mal die Konten vor. Vielleicht gönne ich mir auch einen Metaxa. Wollte mal eine Liste mit Vor- und Nachteilen aufstellen.« Er rieb sich den Bart. »Aber keine Sorge: Falls ich irgendeine Erleuchtung haben sollte, teile ich sie dir morgen früh mit.«

»Hast du Hunger?«, fragte Astro an Jen gewandt.

Sie nickte. »Ich habe immer Hunger. Besonders, wenn's kalt ist.«

»Dann los!«, sagte er und ging vor.

»*Páme*«, wiederholte sie auf Griechisch.

Philippos schmunzelte. »Sie lernt Griechisch. Sehr gut!«

* * *

Das Hühnerfrikassee war köstlich. Es befand sich in einem Tontopf unter einer Schicht strahlend grüner Spinatblätter und klein geschnittener Frühlingszwiebeln und war mit einer Soße gemacht, die der von Jens Kohlrouladen am Vorabend nicht unähnlich war. Obwohl das Gespräch nicht stockte, als sie sich über den angesprühten Schnee und anderes unterhielten, fühlte sich alles eher wie Small Talk an. Als sei nicht nur eine Taube im Raum, sondern ein dicker Elefant.

Zuerst hatten sie am Tisch gesessen, dann waren sie auf die kleine Bettcouch umgezogen, auf der Astro schlafen würde.

Er hatte Rotwein in Gläser geschenkt, doch trotz des kleinen Schwipses blieb die Atmosphäre angespannt.

»Und, schaffst du es morgen zu Achilles' Schulveranstaltung?«

»Er hat mich ungefähr zehnmal danach gefragt, als wir das Rentier draußen bunt angesprüht haben.«

»Aber du hast nicht zugesagt …«

»Ich gebe kein Versprechen, wenn ich nicht sicher bin, ob ich es halten kann. Ich war mir nicht sicher, ob wir morgen einen Flug ergattern, aber so, wie es aussieht, hat der Flughafen noch nicht wieder geöffnet.«

»Bedeutet das, du gehst hin?«

Jen nickte. »Ja, natürlich. Er freut sich so darauf. Ich hoffe, alles geht gut.«

Ein schweres Schweigen breitete sich aus, man hörte nur das Knistern einer Kerze auf dem Esstisch. Beide waren plötzlich befangen.

»Ich bin ziemlich müde«, sagte Jen und wollte aufstehen.

»Jen, bitte warte kurz.« Astro legte eine Hand auf ihren Arm.

Bei der Berührung ging eine Schockwelle durch ihren Körper, und vielleicht hatte Astro sie auch gespürt, jedenfalls zog er die Hand so schnell zurück, wie er sie ausgestreckt hatte. Jen verharrte reglos.

»Ich wollte dir nur sagen, dass ich … irgendwie fühlt es sich zwischen uns … keine Ahnung … anders an.«

»Ja«, stimmte sie mit einem Nicken zu.

»Das gefällt mir nicht.«

»Mir auch nicht, aber vielleicht soll es einfach so sein.«

Das Herz schlug wild in ihrer Brust, während sie sich bemühte, ihm nicht in die Augen zu sehen. Er hatte seine Entscheidung aus guten Gründen getroffen, und wenn Jen ehrlich war, war es vielleicht nicht gesund, sich so kurz nach ihrer Erfahrung mit David in jemand anderen zu verlieben. Im Moment war es wichtig, Astro in seiner Entscheidung zu unterstützen, nicht an sich selbst und ihre Enttäuschung über den Stillstand in der Beziehung zu denken, egal, wie schwer das war.

Sie atmete tief durch. »Ich denke, ich muss dir den wahren Grund verraten, warum ich in Athen bin.« Sie schluckte. »Eigentlich hätte ich in Paris sein sollen.«

»Was?« Astro drehte sich zu ihr um.

»Als ich hier ankam, dachte ich noch … ich hätte einen Freund. Wir wollten eigentlich nach Paris, aber dann musste er arbeiten … sagte er wenigstens … er erzählte, er wäre in Athen, und da hat Bonnie mich überredet, dass Athen das neue Paris wäre und na ja, langer Rede kurzer Sinn … er ist verheiratet.« O Mann, das klang so furchtbar. Schnell sprach Jen weiter. »Das wusste ich natürlich nicht. Also, ich meine, so was würde ich nie tun. Ich würde das niemals … und er … ich war auch ihm gegenüber nicht vollkommen ehrlich. Er wusste nicht, woher ich komme, was mein Hintergrund ist und …«

»Jen …«

»Nein, ich will dir das nur erzählen, weil, nun ja … weil ich jetzt weiß, dass er mir nicht wichtig war. Das erkenne ich jetzt ganz klar. Und was du gesagt hast, dass du Zeit brauchst und an dir selbst arbeiten musst … das verstehe ich, wirklich, weil ich das auch machen müsste.« Sie nickte. »Es ist sinnvoll, sich Raum zum Durchatmen zu nehmen und sich richtig Zeit zu lassen, um die nächsten Schritte zu überlegen.« Jen seufzte. »Ich hätte dir das schon früher erzählen sollen, das mit David.«

Astro zuckte mit den Schultern. »Du hast gesagt, dir sei klar geworden, dass er dir nicht wichtig ist. Und du hast nicht ihn an die Athener Hauswand gemalt, sondern deinen Tapferteddy. Das sagt mir alles, was ich wissen muss.«

Als sie ihm endlich in die Augen sah, war die Atmosphäre wieder aufgeladen. Zweifellos war es alles andere als ideal, dass sie bei ihm war, doch sie hatte keine andere Wahl gehabt. Und jetzt saß sie hier und konnte nur in seine schönen Augen sehen und verzweifelt versuchen, an ihrem Entschluss festzuhalten, damit er auch bei seinem bleiben konnte.

Hastig sprang Jen auf und stieß dabei nicht nur ihr eigenes Weinglas, sondern auch das von Astro um.

»O nein! Mist! Das tut mir leid! Schnell! Schnell, zieh dein Hoodie aus, sonst bekommt es Flecken!«

Schon zog sie am Saum seines Sweatshirts und zerrte es hoch, bis Astro keine andere Wahl hatte, als herauszuschlüpfen. Das T-Shirt, das er darunter trug, wurde mitgezogen, sodass er mit nackter Brust dastand.

Seine Klamotten in den Händen, schnappte Jen nach Luft. Ihre Augen wollten sich nicht richtig auf die vor ihr liegende Aufgabe konzentrieren, sondern verweilten auf dem schlanken, definierten Oberkörper …

»Essig!«, stieß sie aus, ohne den Blick von ihm losreißen zu können. »Wir müssen den Fleck in Essig einweichen. Hast du welchen da?«

»Glaub schon.« Astro ging zur Küchenzeile.

In dem Moment schaute Jen zur Klappcouch hinüber und sah, dass auch sie voller Rotwein war. Auf keinen Fall würde Astro heute dort schlafen.

KAPITEL
NEUNUNDFÜNFZIG

Zum gefühlt tausendsten Mal schloss Jen die Augen, doch der Schlaf war so weit entfernt wie Großbritannien. Astro lag neben ihr, immerhin nicht mehr mit nacktem Oberkörper, aber das graue T-Shirt saß so gut, dass Jen nicht viel Fantasie brauchte, um sich an die Szene vom Abend zu erinnern. Sie hatten den Rotwein, so gut es ging, aus dem Hoodie entfernt und es dann mit Waschmittel zum Einweichen in die Spüle gelegt. Dann hatten sie sich um die Klappcouch gekümmert. Beide hatten sofort gewusst, dass sie zu verschmutzt und feucht war, als dass jemand über Nacht dort liegen konnte. Also einigten sie sich darauf, sich das Bett zu teilen. Nur war das kein King-Size-Bett, sondern ein schmales europäisches Doppelbett, in Wirklichkeit eher ein Einzelbett, und Jen klammerte sich an die Bettkante, als sei Astros Seite ein Vulkankrater, der den sicheren Tod bedeutete, wenn sie hinüberrutschte. Sie drehte sich um, immer noch weit außen, doch jetzt mit Blick auf seinen Rücken, den sie in der Dunkelheit so gerade ausmachen konnte.

»Bist du wach?«, flüsterte sie. Sie hatte mehrere Minuten gebraucht, um den Mut zusammenzunehmen, überhaupt etwas zu sagen. Vielleicht lag es an der Kombination von Dunkelheit und Astros Nähe, dass sie sich nun traute.

»Nein«, antwortete er.

Sie lächelte, als er sich zu ihr umdrehte.

»Du kannst nicht schlafen«, stellte er fest.

»Du auch nicht.«

»Wenn ich nicht schlafen kann, gehe ich normalerweise nach Psyrri und male.«

»Ich mache mir einen warmen Kakao und höre mir die hundert besten Weihnachtslieder an.«

Er lachte, und das Geräusch wärmte ihr Herz. Es klang zart, leicht und unglaublich sexy …

»Glaubst du, dass dein Onkel die Bar verkauft?«

»Keine Ahnung.« Astro seufzte. »Ich glaube, er weiß es selbst noch nicht.«

»Was machst du, wenn er es tut?«

»Als Erstes werde ich dem neuen Besitzer klarmachen, dass Marjorie die beste Mitarbeiterin ist, die man sich nur vorstellen kann, und ihm sagen, dass er sie nicht nur behalten, sondern ihr auch mehr zahlen soll.«

Da war sie wieder: seine gute Seele. Wie er sich um andere kümmerte. Eine der vielen Eigenschaften, die Jen an ihm liebte.

Lieben …

»Aber was hast *du* dann vor? In einer anderen Bar arbeiten?«

»Das weiß ich genauso wenig.« Er seufzte wieder. »Kann sein. Weil ich mir eine neue Wohnung suchen muss, und irgendwie muss ich ja die Miete bezahlen.«

Genau das, was Jen in ihrer eigenen Wohnung nicht geschafft hatte. Sie tastete nach ihrem Ohrläppchen und berührte den Engel in der Hoffnung auf ein wenig himmlischen Beistand.

»Ich musste mein Apartment aufgeben.«

»Was?«

»Ich musste mich zwischen meinen Geschäftsräumen und meiner Wohnung entscheiden. Und habe *Jeden Tag*

Weihnachten gewählt. Ehrlich gesagt fiel mir das gar nicht schwer, abgesehen von der Enttäuschung, nicht beide halten zu können.«

»Also wohnst du da, wo du arbeitest? So wie ich?«

Jen lächelte im Dunkeln. »Du würdest es hassen. Überall Glitzer und Lametta, sogar auf der Toilette.«

»Das würde ich nicht hassen«, flüsterte Astro. »Denn du liebst es ja.«

Bildete Jen sich das ein, oder hatte sich der Abstand zwischen ihnen verringert? Auf einmal waren sie sich so nah, dass sie ihn berühren konnte, wenn sie einen Finger ausstreckte.

Sie schloss die Augen und atmete tief ein, um Zugang zu ihrem inneren Frieden und beruhigenden Gedanken zu finden. Als sie Flügel flattern hörte, öffnete sie schlagartig die Augen.

»Ist alles in Ordnung mit Peri?«, fragte sie.

»*Ne*«, erwiderte Astro. »Er schläft gern auf meinem Buch mit Bildern von Wassily Kandinsky. Gleich ist er wieder still.«

Wieder machte Jen die Augen zu und versuchte ihrem Körper einzureden, dass er sich ausruhen musste. Wenn Astro schlafen würde, könnte sie aus ihrer Decke ein Zelt machen. *Denk an was Schönes, Fröhliches.* Doch das Einzige, worum sich ihre Gedanken drehten, war die Tatsache, dass sie neben einem Menschen lag, der ihr unglaublich wichtig war und den sie irrsinnig attraktiv fand, ein Mann mit unglaublich vielen spannenden Facetten, von denen sie bisher nur die Oberfläche gesehen hatte. Es war Folter. Jen wünschte sich nichts mehr, als zu ihm hinüberzurutschen und sich an ihn zu drücken.

»Astro«, flüsterte sie. »Kannst du meine Hand nehmen?«

Sie hielt die Luft an und wartete auf eine Antwort. Doch sie hörte nur ein Geräusch, das ihr sagte, dass er bereits eingeschlafen war.

KAPITEL SECHZIG

Achilles' Schule, Plaka

Die ganze Nacht hatte es leicht geschneit, und der neu aufgekommene Wind schuf seine eigenen Probleme. Er wirbelte die Schneeverwehungen auf und peitschte den Pulverschnee durch die Luft, sodass er sich erneut auf alles legte. Während Astro vorm Eingang der Schule wartete, wo so gut wie möglich gekehrt worden war, neben ihm die Weihnachtsbäume und eifrige Kinder mit roten Wangen, die Grundrisse des Gebäudes mit den verschiedenen eingezeichneten Anlaufstellen verteilten, dachte er darüber nach, warum er so genau wusste, dass es die ganze Nacht geschneit hatte.

Er hatte es gesehen. Weil er nicht neben Jen im Bett liegen und schlafen konnte, weil es ihn umbrachte. Sie stand drüben bei Bonnie, Achilles und Marjorie. Die vier versuchten den aufgedrehten Jungen zu beruhigen, der alles Mögliche in den Händen hatte – Christingles, selbst gemachte Kerzenhalter aus Holz, Kalender – und der aus irgendeinem Grund ebenfalls nervös war.

Als Jen Astro in der Nacht gebeten hatte, ihre Hand zu halten, hatte er innerlich gejubelt. Und da hatte er es gewusst. Trotz allem, was er ihr auf den Felsen mit Blick auf die Stadt erzählt hatte, und obwohl er wusste, dass er wirklich an sich arbeiten musste, trug er ein Gefühl in sich, das ihn regelrecht anschrie. Er wollte nicht, dass es vorbei war. Er wollte das festhalten, was auch immer es war, es nähren, es an sich drücken. Vielleicht war er nicht in perfekter Verfassung, aber wer war das schon? Dennoch wollte er nichts überstürzen. Er hatte Jen schon einmal verletzt. Das durfte nicht ein zweites Mal passieren. Nein, er wollte, dass *sie* sich vollkommen sicher war. Er hätte ihre Hand nehmen können, ein kurzer Griff, und schon wären sie wieder zusammen gewesen, doch irgendetwas hatte ihm im dunklen Halbschlaf geraten, noch ein klein wenig zu warten.

Jen half Marjorie, Achilles einen Bart anzukleben, während Bonnie die Wangen des Jungen mit Glitzer betupfte.

Jen war ein Mensch, der das Leben der Menschen um sie herum besser machte. Sie kümmerte sich. Sie hegte und pflegte. Sie bewertete ihn nie, nahm ihn so, wie er war, obwohl er ganz anders sein wollte. Ihre Gedanken, ihre Gefühle, ihre Werte – er hatte so viel von ihr gelernt, seit sie in Athen war. Beide hatten sie eine ähnliche Vergangenheit, eine harte, schwere Kindheit, und trotzdem war so ein hoffnungsvoller und tapferer Mensch aus Jen geworden.

Tapfer.

Astro musste an das Wandgemälde denken. Er wusste, dass ihm das Bild einen Blick in Jens Seele gewährte, die sie sonst verschlossen hielt. Bestand noch die Möglichkeit, dass sie wieder zueinander fanden? Könnte er ihr sagen, dass er sich zwar vorgenommen hatte, an sich zu arbeiten, sich mit seiner Trauer auseinanderzusetzen und einen Neuanfang zu finden, dass das aber alles nicht unbedingt gegen sie sprach?

»Astro! Sehe ich aus wie ein König oder wie der heilige Vassilios?«, rief Achilles zu ihm herüber.

Er winkte. »Wie beide!«

»Prächtiger als beide zusammen«, erwiderte Marjorie.

»Äh! *Mama*!«

Astro schaute zum Schulgebäude hinüber, das mit leuchtenden Girlanden geschmückt war. Über dem Eingang hing ein Banner mit dem Titel der heutigen Veranstaltung. Wegen des Winterwetters waren die Besucher in dicke Mäntel gehüllt. Eigentlich hätte der Basar abgesagt werden müssen. Am Flughafen ging immer noch nichts, es fuhren keine Busse, und nur die ganz Mutigen stiegen ins Auto. Doch Astro wusste, wie fleißig Achilles und seine Mitschülerinnen und Mitschüler an ihren Kreationen gebastelt hatten. Er vermutete, die Veranstaltung wurde durchgezogen, weil die Tränen und Wutanfälle der Kinder schlimmer gewesen wären als geringe Besucherzahlen. Im Moment kam man eh am besten zu Fuß voran, und wenn die Einwohner von Athen einen Kaffee trinken gehen konnten, dann schafften sie es auch in die Schule.

Plötzlich stand Bonnie neben ihm. »Es ist arschkalt!«, verkündete sie, stampfte mit dem Fuß auf und stopfte den Schal in ihre Jacke.

»Das stimmt«, bestätigte Astro. Er hatte nicht auf Bonnie geachtet, da er verfolgt hatte, wie Jen und Marjorie sich um Achilles' Kostüm kümmerten.

»Also, Jen wäre stinksauer, wenn sie wüsste, dass ich mit dir rede, aber da ich ihre beste Freundin bin, muss ich es trotzdem tun. Ich wünsche mir nämlich nur das Beste für sie. Punkt.«

»O-kay …«, sagte Astro zögernd. Sein Herz schlug schneller.

»Ist es ernsthaft vorbei mit euch?« Bonnie stützte die behandschuhten Hände in die Hüften. »Ich meine, ich habe vollstes Verständnis, wenn jemandem eine Beziehung zu viel ist, aber willst du wirklich den wunderbarsten Menschen, den ich kenne, einfach so gehen lassen?«

»Du hast recht«, gab Astro zurück. »Jen wäre wirklich stinksauer, wenn sie wüsste, dass du mit mir darüber sprichst.«

»Tja, was soll ich sonst tun?« Bonnie fuchtelte mit den Händen herum. »Ihr seid einer schlimmer als der andere. Jeder ist zu verletzt, um der einzigartigen Möglichkeit Vertrauen zu schenken, die das Universum ihm bietet.«

»Hat sie was zu dir gesagt?«

Wusste Jen, dass er letzte Nacht gar nicht geschlafen hatte? Hatte sie im Fenster gesehen, wie er sie betrachtete und sich danach sehnte, ihr Haar um seine Finger zu wickeln, und nicht nur ihre Hand zu halten, sondern sie fest in die Arme zu schließen und nie mehr loszulassen?

»Nichts mehr, seit sie in Tränen aufgelöst zurück ins Hotel kam, obwohl sie niemals weint, und mir sagte, ihr Herz sei gebrochen. Seitdem ist sie wieder typisch Jen. Die Jen, die sich auf alles und jeden konzentriert, nur nicht auf sich selbst. Und es ist nicht gerade hilfreich, dass sie jetzt in Athen ein Event auf die Beine zu stellen versucht, das wahrscheinlich über einen Satelliten von Elon Musk nach England übertragen wird. Dafür braucht sie eine traditionelle Tanzgruppe und einen historischen Rundgang durch die Stadt, und letztlich soll das Ganze in einem Spektakel am Parthenon gipfeln. Klingt unmöglich, ich weiß, aber meine Schwester Andrea hat mal bei einem Essen neben dem griechischen Premierminister gesessen, also werde ich sie fragen, ob sie ihre Beziehungen spielen lassen kann. Es ist bloß …« Bonnie hielt inne und zeigte mit dem Finger im Handschuh auf Astro. »Während ich das alles mache, möchte ich, dass du dich um die untypische Jen kümmerst. Die Jen hat den Mond, ach, die ganze Milchstraße verdient. Sie mag dich nämlich … mehr als das. Sie mag dich so sehr, wie ich es noch nie bei ihr erlebt habe. Und ja, es ist verrückt, dass wir nur durch Zufall hier gelandet sind, und noch verrückter, dass wir dieses Gespräch tatsächlich im verschneiten Griechenland führen, aber wenn du das für Jen empfindest, was ich glaube, dann lass dir diese Chance nicht entgehen, Astro. Jen hat so viele verpasste Chancen in ihrem Leben gehabt – ohne eigenes Verschulden –, und sie tut sich wirklich schwer damit, mal eine Sekunde an sich selbst zu denken. Wahrscheinlich wird sie dir nicht sagen, wie wichtig du ihr bist, weil sie dich und deine Bedürfnisse an erste Stelle setzt. Tu was dagegen!«

Sie mochte ihn wirklich. Sie setzte seine Bedürfnisse an erste Stelle. Er hatte ihr das Herz gebrochen.

Es war viel zu verdauen. Aber eigentlich wusste er es längst. Er mochte Jen sehr. Er wünschte sich für sie nichts als Glück. Sein Herz war so schwer gewesen, als sie ihn auf dem Strefi-Hügel zurückgelassen hatte.

»Also«, sagte Bonnie, griff zu ihrer Mütze und zog sie herunter. »Ich habe meinen Teil gesagt, beziehungsweise meine Teile, und jetzt gehe ich rein, bevor meine Haare festfrieren.«

Sie wandte sich zum Gehen.

»Bonnie?«, sagte Astro.

Sie drehte sich um.

»*Efharisto*«, sagte er. »Danke. Für deine Teile.«

»Schon gut.« Sie nickte. »Keine Ahnung, wie du die alle zusammensetzen wirst, aber … das überlasse ich dir.«

Mit einem tiefen Seufzer beobachtete er, wie alle ins Schulgebäude gingen. Er wusste, was er zu tun hatte. Er hoffte bloß, dass es noch nicht zu spät war.

KAPITEL
EINUNDSECHZIG

Die große Aula in der Schule war wunderschön geschmückt. Wenn es um Weihnachtsdeko ging, war Jen sehr kritisch. Natürlich würde sie das niemals laut sagen, doch sie erkannte den Unterschied zwischen einer wild zusammengewürfelten Deko und einer solchen, deren Wirkung gründlich durchdacht war. Hier traf auf jeden Fall Letzteres zu. Unter der Decke hingen Spiralen aus Gold- und Silberpapier, Engel drehten sich an Drahtspiralen, und in einer Ecke stand eine echte Tanne, geschmückt mit Selbstgebasteltem der Kinder. Vieles kam Jen vom Stil her bekannt vor. Vielleicht hatte ihr Schützling Achilles etwas davon gebastelt.

»Ich hasse das«, murmelte Marjorie.

»Was? Weihnachten?«, fragte Jen leicht verdutzt.

»Nein, nicht Weihnachten. Schulveranstaltungen.« Marjorie seufzte. »Es gibt zwei Sorten von griechischen Müttern. Die einen kaufen teuren Schmuck im Laden, anstatt ihren Kindern beim Basteln zu helfen. Die anderen lassen nicht ihre Kinder basteln, sondern machen es selbst, und zwar so gut, wie es nur Profis können.«

»Oh«, machte Jen und schaute zu der Gruppe von Frauen hinüber, von der Marjorie sprach.

»Ich weiß, was du jetzt denkst. Du fragst dich, zu welcher Gruppe ich gehöre«, sagte Marjorie und kaute an ihrem Daumennagel. »Weil *du* diejenige warst, die Achilles geholfen hat, Dekoration und Schmuck zu basteln, nicht ich.«

»Ich war nicht …«

»Ich gehöre zu gar keiner Gruppe. Ich habe nur wenig Geld und null Talent für diese … Bastelei.« Marjorie seufzte wieder. »Ich habe immer das Gefühl, Achilles im Stich zu lassen.«

»Nein, das tust du doch nicht!«, beeilte sich Jen zu sagen und sah Marjorie an. »Du bist die beste Mutter für ihn, das habe ich gesehen.«

Das Gespräch traf einen Nerv, und obwohl es wahrscheinlich nicht Jens Aufgabe war, fühlte sie sich gezwungen, Marjorie noch mehr Mut zuzusprechen.

»Du gibst ihm ein Dach über dem Kopf, Essen, Bildung, Fürsorge und, was am wichtigsten ist … Liebe.« Jen schaute zu Achilles hinüber. Er pries den selbst gemachten Schmuck mit ausladenden Gesten an, wollte möglichst viel verkaufen. »Seit ich ihn zum ersten Mal gesehen habe – okay, da weinte er, weil ich dachte, er wollte meine Handtasche klauen –, aber sonst hat er immer ein Lächeln auf den Lippen. Er lacht und grinst, kümmert sich liebevoll um die Taube, und nichts im Leben scheint ihn aus der Fassung zu bringen. Ich bin überzeugt, dass das dein Verdienst ist, Marjorie.«

Die Frau schüttelte den Kopf. »Weiß nicht. Ich denke immer, ich könnte noch mehr tun.«

Jen legte ihr eine Hand auf den Arm. »Ich hatte niemanden in meiner Kindheit. Die Leute, die eigentlich für mich sorgen sollten, hatten nicht viel Lust dazu. Glaub mir, was du für Achilles tust, ist mehr als genug. Und was du mir über die anderen Mütter gesagt hast, bedeutet doch nur, dass sie mit dem, was sie vorgeblich für ihre Kinder tun, bloß ihre eigene Unsicherheit kompensieren.«

Marjorie dachte eine Weile darüber nach, ihr Blick schweifte zu den anderen Eltern hinüber.

»Ich würde sehr gern den Schmuck von Konstantina sehen, der nur einen Euro kosten soll. Sie erzählt allen, sie hätte ihn mit echten Goldfäden aus den besten Priestergewändern ihres Großvaters gemacht.«

»Wow! Das ist wirklich was Besonderes«, sagte Jen.

»O nein! Was macht Achilles denn da? Überredet er gerade den Mann, eine ganze Tüte mit Weihnachtsschmuck zu kaufen? Sicher, das Geld kommt der Schule zugute, für neue Bücher und Material für den Kunstunterricht, aber das grenzt ja an Erpressung, oder?« Marjorie ging zu ihrem Sohn hinüber. »Achilles!«

Schmunzelnd beobachtete Jen, wie Marjorie auf ihren Sohn einredete. Sie drehte sich suchend nach Bonnie um, da stand plötzlich Astro vor ihr. Jen schluckte. Die letzte Nacht mit ihm im Bett war die Hölle gewesen, so intensiv waren ihre Gefühle für ihn. Sie konnte sich einreden, dass es nicht klug war, nicht richtig oder vernünftig, doch das änderte nicht ihre Gefühle für ihn. Bevor sie am Vormittag hergekommen waren, hatten sie sich gemeinsam um die Versorgung von Peri gekümmert – Vogelfutter auffüllen, nach dem Bein sehen, ihm sein Lieblingslied von Ariana Grande vorspielen –, ohne ihre Situation auch nur mit einem Wort zu erwähnen. Dann hatten sie aufbrechen müssen.

»Ich habe dir einen Kaffee geholt.« Astro hielt ihr einen kleinen Becher hin.

»Oh, danke.« Befangen nahm Jen ihn entgegen.

»Keine Ahnung, wie gut er ist. Der wird von einer Gruppe Kinder in Achilles' Alter gemacht. Ein Erwachsener ist zur Aufsicht dabei, aber …«

Jen trank einen Schluck der schwarzen Flüssigkeit. »Oh, er ist stark, aber das mag ich.«

Schweigen machte sich zwischen ihnen breit. Man hörte nur die Gespräche der anderen und Musik von einer kleinen Band in der Ecke. Bis Astro wieder das Wort ergriff …

»Bonnie hat mir erzählt, dass du eine Veranstaltung hier in Athen planst.«

»Das ist im Moment die allerneuste, noch nicht wirklich durchdachte Idee. Ich bin skeptisch, aber außer mir sind offensichtlich alle der Meinung, dass es funktionieren kann.«

»Sie meinte, du brauchst eine Volkstanzgruppe und jemanden mit geschichtlichem Wissen, der eine Tour zu den größten Sehenswürdigkeiten von Athen leiten kann.«

»So was in der Richtung. Im Schnee. Wo momentan gar nichts geht.« Jen seufzte. »Je mehr ich darüber nachdenke, desto verrückter klingt es. Ich weiß nicht, wie lange der Schnee uns davon abhält, nach England zurückzufliegen. Wenn er andererseits zu schnell taut, kann ich ihn nicht in ein Event einbauen, für das ich keine anderen Optionen mehr habe, also, ja, ich stecke in einer Zwickmühle.«

»Genau aus dem Grund solltest du dir von mir helfen lassen«, sagte Astro.

»Darum kann ich dich nicht bitten.«

»Ich weiß.« Seine Mundwinkel verzogen sich zu einem Grinsen. »Du willst nie jemanden um Hilfe bitten.«

Jen wusste, dass sie rot würde, noch ehe sie die Wärme in den Wangen spürte. Er kannte sie wirklich gut.

»Tja, es nervt mich immer noch ein bisschen, dass meine Assistentin Natalia die Idee hatte und nicht ich. Eigentlich bin ich ja das Gehirn der Firma, aber ich habe jetzt schon länger nichts auf die Reihe bekommen.«

»Ist das nicht der Grund, warum man eine Assistentin hat? Damit sie einem hilft?«

»Ja, aber …«

»Also hilft sie dir. So, wie es gedacht ist.«

»Aber eigentlich bin ich diejenige mit den Ideen und …«

»… und du musst nicht alles selbst machen. Das höre ich schon die ganze Zeit von dir, seit du in Athen bist.«

Sie wusste, dass Astro recht hatte. Natürlich stimmte es. Aber sie trug nun mal die Überzeugung in sich, dass sie alles selbst erledigen musste, dass es falsch war, sich auf andere zu verlassen. Selbst jetzt fiel es ihr schwer, diese Grundsätze zu vergessen.

»Hör zu, ich kümmere mich um die Tanzgruppe«, sagte Astro. »Heute ist eine da, hier in der Schule. Ich kenne den Leiter. Er ist mit Philippos zur Schule gegangen.«

»Astro … ich habe nur ein ganz kleines Budget. Ich weiß nicht, wie viel die Gruppe normalerweise kostet …«

»Alles gut, Jen.« Astro legte ihr die Hand auf die Schulter. »Das bekommen wir schon hin.«

Das bekommen wir schon hin. Sie sah ihm in die Augen und empfand einen Stich des Bedauerns. War das in dieser Phase überhaupt möglich?

»Lass dir von mir helfen«, sagte er. »Marjorie und Achilles machen auch mit. Dazu mein Onkel und die Sinrades und alle, die ich noch aktivieren kann.«

»Astro, das kann ich nicht verlangen …«

»Ich weiß, Jen. Aber wie gesagt, du verlangst es ja auch gar nicht. Ich biete es dir an, und alle anderen auch, wenn sie erfahren, dass die berühmte Miss Christmas aus England in unserer Stadt eine Show auf die Beine stellen muss.«

Die berühmte Miss Christmas.

Jen wusste, was Astro von Weihnachten hielt, dennoch klang das so, als sei sie eine Art Berühmtheit mit diesem

Alleinstellungsmerkmal. Etwas Besonderes. Sie schluckte. Sie kannte ihren Wert, aber sie wusste auch, dass ihr Bedürfnis, sich allein durchzuschlagen, manchmal dazu führte, dass sie blind war für die guten Absichten der Menschen um sie herum. Der Menschen, denen sie wirklich etwas bedeutete.

»Okay«, sagte sie mit überzeugtem Nicken. »Dann setzen wir uns danach aber alle noch mal zusammen.«

»Einverstanden«, sagte Astro und trank einen Schluck. »Ich sorge dafür, dass wir genug starken Kaffee haben.«

KAPITEL
ZWEIUNDSECHZIG

Plaka

Drei Tage später

Es war eisig, so kalt, dass es nicht mal mehr schneite. Weil die Temperatur so stark gesunken war, blieb der Schnee zum Glück liegen. Der Flughafen war am Vortag wieder geöffnet worden, und die Fluggesellschaften versuchten, die ausgefallenen Flüge nachzuholen, weshalb sämtliche Plätze ausgebucht waren. Das war gerade nicht so schlimm, da Jen voll und ganz mit der Organisation eines weihnachtlichen Rundgangs durch Athen für die Historische Gesellschaft beschäftigt war und vor Ort sein musste. Es war auch schön zu sehen, dass in Athen wieder rege Betriebsamkeit herrschte. Die Einwohner, die eingeschneit gewesen waren, fuhren zur Arbeit, die Busse brausten durch die Straßen, und die Stadt war wieder das Mekka für Einkäufe und weihnachtliches Sightseeing.

»Natalia, kannst du den Bereich komplett sehen?«, fragte Jen. Vor der Veranstaltung am Abend prüfte sie gerade, ob die Technik funktionierte. Da sie noch nie etwas live gemacht hatte, das auf eine große Leinwand in einem anderen Land übertragen wurde, hatte sie viel recherchieren müssen, wenigstens kannte sich Bonnie ein wenig mit dem Filmemacherjargon aus. Wenn Jen mehr Zeit gehabt hätte, nicht vom guten Willen aller Menschen um sich herum abhängig gewesen wäre und ein größeres Budget zur Verfügung gehabt hätte, hätte sie die ganze Veranstaltung vorher aufgenommen für den Fall, dass die Liveübertragung nicht funktionierte. Doch alle hatten genug zu tun; die Teilnehmenden würden sich erst am Abend zusammenfinden. Sie hatten genau einen Versuch.

»Natalia!«, rief Jen und sah in die Kamera. »Sag mal was! Die Verbindung steht doch noch, oder?«

»Ich habe Toffee zwischen Zähne!«, kam die Antwort, und Natalia verzog das Gesicht zu allen möglichen Grimassen. »Was soll ich tun? Ich brauche Zähne!«

»O nein«, stöhnte Jen. »Was trinken? Damit es weicher wird?« Sie hatte keine Zeit für einen Toffee-Notfall. Ihr blieben nur noch wenige Stunden, um viele Dinge zu organisieren, und die Geräusche, die Natalia machte, um das Toffee zu lösen, führten bereits zu befremdeten Blicken der Passanten auf dem Syntagma-Platz.

An diesem Ort würden griechische Traditionen vorgeführt werden; unter anderem würden Achilles und einige seiner Freunde die Geschichte vom heiligen Vassilios erzählen, ein Straßenverkäufer würde zeigen, wie man *koulourakia* macht – Sesamringe, die in Athen an jeder Straßenecke verkauft wurden. Pünktlich zur vollen Stunde würden sie den Wachwechsel vor dem Parlamentsgebäude filmen. Jen liebte diese Zeremonie immer noch wie beim ersten Mal, als sie sie mit Bonnie gesehen hatte – eine Darbietung, die streng choreografiert war, traurig und still, aber auch ermutigend. Dann sollte ein Gang durch die besten Street-Art-Ecken in Psyrri folgen – der Beweis, dass es in Griechenland und seiner Hauptstadt nicht nur um alte Reliquien und Artefakte ging. Als Nächstes würden sie nach Anafiotika ziehen.

Die Volkstanzgruppe würde mit ihren Schals tanzend durch die schmalen gewundenen Straßen zum Garten der Sinrades führen. Dort würden traditionelle Musiker spielen; anschließend sollten alle Teilnehmer – mit Ausnahme der Soldaten am Parlament, die keine Ahnung hätten, dass sie Teil einer Aufführung gewesen waren – hoch zur Akropolis steigen und sich dort im Parthenon einfinden.

Jen konnte immer noch nicht glauben, dass sie das alles in nur drei Tagen auf die Beine gestellt hatten und wie viele Menschen mit dabei waren. Sowohl Astro als auch Bonnie waren beide unglaublich engagiert. Offenbar musste sie nur erwähnen, dass sie irgendwas brauchte, und sofort schüttelte einer der beiden eine Lösung aus dem Ärmel. So hatten sie auch Zugang zum Parthenon bekommen, obwohl er offiziell geschlossen war. Der Dank dafür galt Andrea. Wenn man in einem Londoner Fünfsternehotel neben einflussreichen Menschen gesessen hatte, verfügte man offenbar über so viel Einfluss, dass man von griechischen Amtsträgern den goldenen Schlüssel erhielt …

»Toffee ist raus aus Zähnen!«, teilte Natalia mit. »Ich glaube, jetzt klebt auf Lunge … aber ich kann sprechen.«

Fast hatte Jen vergessen, was sie ihre Assistentin gefragt hatte. »Ähm … kannst du alles sehen? Oder gibt es Ecken, die die Kamera nicht erfasst?«

»Ich sehe … große Baum. Ich sehe Brunnen! Brunnen läuft auch bei Schnee?«

»Ein paar Tage lang nicht, aber jetzt geht er wieder. Gut. Siehst du die Stufen?«

»Ja, ich sehe viele Stufen. Da ist weniger Schnee.«

Inzwischen war der Schnee erkennbar geschmolzen, und wo mehr Fußgänger liefen, wurde er allmählich grau und matschig. Anfangs hatte Jen sich gewünscht, der Schnee würde verschwinden, inzwischen hoffte sie, vor der Darbietung am Abend würde es noch ein wenig schneien. Nicht so viel, dass es sie behindern würde, nur eine leichte Schicht, damit die übertragenen Bilder heller, weißer und etwas magischer wirkten.

»Ja, es ist weniger Schnee da, aber ich denke, es reicht.«

»Du denkst nicht«, sagte Natalia. »Du *weißt*. So wie ich weiß, ich werde nie wieder Weihnachtsbingo spielen.«

»O nein, du hast dich doch nicht etwa auf Bingo mit Kathleen eingelassen, oder?«

»Habe ich gesagt gerade. Sie geredet die ganze Zeit, wenn der Mann hat ausgerufen Weihnachtbegriffe, und ich ganz durcheinander war, was ich musste ankreuzen.«

»Ist es in Ordnung für sie, dass ich nicht rechtzeitig zum Weihnachtskonzert zurück bin? Ich meine, sie hat gesagt, es wäre okay, und ich kann ja eh nichts daran ändern …«

»Sie ist sauer«, antwortete Natalia. »Weil sie nicht mag meine Lieder. Ich versuche zu verstehen, aber ›Panthertier‹, ›runzlig-punzlig‹ und ›Ruprecht‹ sind doch keine richtigen Wörter, oder?«

»Heißt das, du gehst mit ihr hin? Ah, Natalia, vielen Dank! Was du mit Kathleen gemacht hast, seit ich weg bin, ist wirklich viel mehr, als ich jemals erwartet hätte.«

»Ich mag seltsame, wütende alte Frau. Sie mich erinnert an Großmutter in Ukraine. Beide sind sehr gleich mit Unhöflichkeit und Haare auf Kinn.«

»Okay, also, wenn ich an der nächsten Location bin, rufe ich dich wieder per Videocall an, dann gucken wir, wo die Kamera am besten steht.«

»Gut. Also, ich warte bis nächste Location, um dir zu erzählen von Sache mit Menü?«

Jen sank der Mut. »Gibt es ein Problem mit dem Menü? Das heute Abend?«

»Ich habe nicht gesagt ›Problem‹, ich habe gesagt ›Sache‹. Alles ist gut. Ich habe ukrainische Imbiss auf Kurzwahltaste programmiert.«

Ein stechend kalter Wind schlug Jen ins Gesicht. Sie musste tief Luft holen und sich dagegenstemmen. »Okay, ja, bitte, warte bis zur nächsten Location.«

Als Natalia verschwand, vibrierte Jens Handy: eine Nachricht von Astro. Bevor sie sie lesen konnte, erhob sich ihr Herz wie eine fast wieder gesunde Taube, die zu viel zu fressen bekommen hatte. Sie musste dieses Gefühl unterdrücken und sich auf dieses unglaublich wichtige Ereignis konzentrieren.

Alles gut in Anafiotika. Den Weg durch Psyrri brauchst du nicht zu checken. Achilles will für Peri auch so ein Kostüm, wie er hat. Marjorie meint, sie müsste sich noch die Nägel machen lassen, bevor sie vor der Kamera steht. Bonnie ist typisch Bonnie. Mein Onkel will sich vielleicht rasieren. Solange ich lebe, hat er einen Bart. Was machst du mit uns, Miss Christmas?

Darauf folgte eine ganze Reihe von Emojis. Eine Taube, lackierte Fingernägel, ein Mann mit Bart, ein Weihnachtsbaum. Wenn man an den Anfang ihrer gemeinsamen Geschichte dachte, war es kaum zu glauben, dass Astro ihr so eine weihnachtliche Nachricht schickte.

Mit einem Seufzer schaute Jen über den schneebestäubten Syntagma-Platz. Ihre *gemeinsame* Geschichte. Es war weniger ein vollständiger Roman als eine Kurzgeschichte, die in eine Freundschaft übergehen würde. Aber vielleicht erwartete auch niemand mehr davon. Es war etwas Starkes, Gutes, Wahres gewesen. Gewiss hatte keiner von beiden mit mehr gerechnet, und es hatte dazu geführt, dass sie beide ihr Leben neu bewerteten. Jen hatte durch die Zeit mit Astro gelernt, dass ein Mann auf dem Papier – oder eher digital in einer App – noch so passend wirken mochte, man musste ihn persönlich kennenlernen und das eigene Urteil allein darauf gründen. Gemeinsamkeiten – zum Beispiel dieselben Serien auf Amazon Prime mögen oder mal Französisch gelernt zu haben – waren alles andere als eine zuverlässige Richtschnur. Und sie hatte das Gefühl, Astro besser zu kennen, als sie David oder ihre früheren Freunde je gekannt hatte. Vielleicht lag es daran, dass sie nichts geplant hatte, weder die Zeit, den Ort noch die Begegnung. Vielleicht lag es daran, dass das Universum sich eingemischt hatte.

Jen schüttelte sich, tastete nach dem obersten Knopf ihres Mantels und vergewisserte sich, dass er fest geschlossen war. Dieses Event und die Geschwindigkeit, in der sich alles ergeben hatte, verleiteten sie zu dem Gedanken, dass es den Weihnachtszauber tatsächlich gab und er nicht nur etwas war, das sie normalerweise für andere erschuf.

Sie zog die Schultern gegen den eisigen Wind hoch und verließ den Platz.

KAPITEL
DREIUNDSECHZIG

Astro schaute auf sein Telefondisplay. Drei pulsierende Punkte hatten angezeigt, dass bald eine Antwort eintreffen würde, doch dann: nichts. Vielleicht hätte er Jen nicht »Miss Christmas« nennen sollen. Warum hatte er geschrieben, dass Philippos überlegte, sich den Bart abzurasieren? Das war kaum die beste Methode, um die Grundlage dafür zu legen, Jen später nach einem Date zu fragen. Denn das war sein Plan. Aber nicht sein einziger. Wenn sie allerdings schon damit nicht einverstanden wäre, war alles umsonst. Er seufzte. Nein, nicht umsonst, denn er wollte das Risiko mit ganzem Herzen eingehen. Dann hatte er es zumindest versucht.

Er steckte das Handy zurück in seine Jeanstasche und stieg die Leiter hoch, die an der Außenmauer eines alten verfallenen Hotels lehnte.

»Die Seile sind gut!«, kam ein Ruf von oben.

Astro grinste. Dort oben hing Petros, einen breiten Gurt um die Taille, an dem Farben, Sprühdosen, Pinsel, Schwämme und alle erdenklichen Werkzeuge baumelten. Den Rest hatte er sich locker in die Taschen geschoben.

»Du weißt schon, dass du die Seile nur beim Bewegen auf dem Gerüst benutzen sollst, nicht um damit wie ein Zirkusartist herumzuschwingen«, sagte Astro. Er stieg von der Leiter auf das Brett, das etwas wacklig auf dem Gerüst lag. Vor zwei Abenden hatten er und seine Freunde alles aufgebaut.

Dank eines kleinen Turms, den sie sich vor einiger Zeit zugelegt hatten, und ausrangierten daran gebauten Gegenständen, kamen sie gut an die Wand heran. So hoch hatten sie noch nie gearbeitet.

»Wie viel Zeit haben wir noch?«, fragte Petros, während er eine Fläche kupferfarben besprühte.

»Bevor wir weg sein müssen? Oder bis jemand die Polizei ruft?«

Er legte die Hand auf das Mauerwerk vor sich und verwischte die Farben, um Struktur zu bekommen. Dieses Gemälde musste schneller fertig werden als alles, was er je gemacht hatte, und gleichzeitig musste es perfekt sein. Wenn es nicht genauso wäre, wie er es sich vorstellte, wäre er zutiefst enttäuscht. Er musste alles daransetzen, er musste sich selbst übertreffen.

»Ich dachte, du hättest eine Abmachung mit dem Freund deines Onkels?«

»Eine lose Absprache«, gab Astro zurück. »Aber ich habe nicht ausdrücklich erwähnt, dass wir die Außenmauer des Hotels anmalen.«

Petros lachte, seine Dreadlocks hüpften. »Was hast du ihm denn erzählt?«

Astro dachte an sein Gespräch mit Dimitri, als er den Polizisten früh am Vortag bei seinem üblichen Morgenkaffee abgepasst hatte. Astro war spezifisch unspezifisch geblieben und hatte genau darauf geachtet, die Wörter »Street-Art« oder »Graffiti« zu vermeiden. Schon nach ein paar Sätzen hatte der Freund seines Onkels ihm zu verstehen gegeben, dass er begriffen hatte, also hörte Astro auf zu reden, denn je weniger der Mann wusste, desto weniger musste er leugnen, sollte er befragt werden.

»Dieses Hotel hatte schon lange eine Fassadenverschönerung nötig«, sagte Astro.

»Jetzt redest du so!« Petros fuchtelte mit dem Pinsel in Richtung Himmel. Die andere Hand hielt das Seil fest, mit dem er mehr schlecht als recht gesichert war. »Das erzählen wir dir schon seit einem Jahr. Wahrscheinlich länger. Aber du warst immer dagegen.«

Astro zog ein kleines Messer aus Petros' Tasche und kratzte damit am Mauerwerk herum. Bei seinem Freund klang es, als sei Astro immer der Meinung gewesen, diese perfekte große weiße Fläche sei für seine Clique nicht gut genug. Als bewahre er sie für etwas anderes auf. Verrückt, dass es jetzt tatsächlich so war …

»Hey! Das wird ganz stumpf!«, rief Petros, zerrte am Seil und versuchte, sich sein Messer zurückzuholen. »Wenn du die Ziegel abklopfen willst, nimm den Meißel.«

Astro tauschte die Werkzeuge aus und schüttelte dann mit einem Lächeln den Kopf. »Du bist immer für alles gerüstet.« Er schlug den Meißel ins Mauerwerk und wischte die sich lösenden Steinbrocken beiseite.

»Nur hierfür nicht«, gab Petros zu. »Drei Tage, Astro. Für ein Bild von dieser Größenordnung und mit den ganzen Details.«

»Ich weiß.« Astro fegte den Putz beiseite. »Ich habe von allen viel verlangt. Zu viel. Zeit, Material und Risikobereitschaft – nicht nur wegen der Höhe, sondern … du weißt schon.«

»Was ich weiß«, sagte Petros und sah Astro mit seinen dunklen Augen fest an, »ist, dass dies bei dir das erste Mal seit dem Jungen mit dem Mond ist, dass du etwas von dir zeigst. Du bist mit vollem Herzen dabei.«

Astro öffnete den Mund, wollte etwas erwidern, wusste jedoch im ersten Moment nicht, ob er Petros' Aussage bestätigen oder leugnen sollte. Er überlegte. Doch, Petros hatte recht. Er spürte es selbst. Das Wandgemälde zu entwerfen, dann das Projekt anzukurbeln, seine Freunde von seiner Vision und von der nötigen Geschwindigkeit zu überzeugen und jeden Abend nach der Arbeit in der Bar hierherzukommen – das alles war so anstrengend wie notwendig gewesen. Da Jen in seinem Bett lag, ihre Haare auf dem Kopfkissen neben ihm, eine Hand an ihrer Wange, die Lippen leicht geöffnet, war ihm die Ausrede willkommen gewesen, nicht dort zu liegen und von dem gequält zu werden, was hätte sein können. Was er jedoch zurückholen wollte, wie er beschlossen hatte …

»Du brauchst nichts zu sagen, Astro«, fügte Petros hinzu, den Blick wieder auf die Arbeit gerichtet. »Dieses Bild spricht für sich.«

Das wusste Astro. Als er sich dem Hotel näherte, war er stehen geblieben und hatte das so gut wie fertige Kunstwerk betrachtet, hatte versucht, es wie ein neutraler Beobachter zu sehen. Doch das war ihm nicht möglich. Es war einfach zu persönlich. Jeder Teil sprach ihn tief an, die einzelnen Komponenten packten ihn und bewegten etwas in ihm. Es gab immer noch Aspekte, die er hervorheben wollte, und Petros hob gerade Teile hervor, über die sie um drei Uhr nachts gesprochen hatten. Doch allmählich lief ihnen die Zeit davon.

»Du hast bis vielleicht zehn Uhr Zeit«, erklärte Astro. »Aber vergiss nicht, zwischen halb acht und acht muss es komplett verhängt sein.«

»Weiß ich«, gab Petros zurück. »Wenn der Zug vorbeikommt, tun wir so, als seien wir echte Künstler. Keine laute

Musik, alles ordentlich und gepflegt, keine politischen Sprüche, die per Kamera übertragen werden könnten. Ich weiß nur nicht, warum wir überhaupt aufs Bild sollen.«

Es klang sarkastisch, doch Astro wusste, dass ein Fünkchen Ernst dahintersteckte.

»Petros, Jen ist es wichtig, ihrer Kundschaft mehr von Athen zu zeigen, als in den üblichen Reiseführern steht. Es ist zwar die Historische Gesellschaft, aber Jen will den Leuten auch etwas Neues vorstellen. Mensch, irgendwann sind wir so alt, dass unsere Werke genau wie Zeus und Dionysos einen Teil der Geschichte dieser Stadt darstellen.«

»Endet ihr Rundgang nicht am Parthenon, wie üblich?« Petros' gepiercte Augenbraue schoss hoch.

»Ja, aber komm, den Parthenon braucht man schon, außerdem liegt da Schnee! Selbst du musst zugeben, dass er im Schnee super aussieht.«

»Ich gebe nur zu, dass es irgendwie cool ist, gegen das Gesetz zu verstoßen und das live über Internet nach England zu übertragen.«

»Siehst du?« Astro schlug seinem Freund so kräftig auf die Schulter, dass der am Seil hin und her schwang. »Du bleibst ein Ganove und hilfst gleichzeitig einem Freund. Win-win-Situation.«

»Nicht, wenn du weiter Ziegelsteine abklopfst«, entgegnete Petros. »So viel Zeit haben wir nicht mehr.«

Das stimmte. Astro fegte den Putz beiseite, den er gelockert hatte, glättete noch ein paar Ecken, raute andere Stellen auf. Diese Fläche würde auf jeden Fall angesprüht werden müssen, aber jetzt war es besser als vorher. Im Laufe der Zeit würden die Steine stärker verwittern, was diesen Teil des Gemäldes zum Leben erwecken würde, ihm ein stets wandelbares äußeres Erscheinungsbild geben würde, genau so, wie Astro es mit diesem großen Projekt beabsichtigt hatte. Es wurde gemalt, um viele Jahre lang bewundert und fotografiert zu werden, so wie die verfallenden Ruinen.

»Ich hole die anderen Dosen«, sagte Astro und griff wieder nach der Leiter.

»Mit Farbe?«, rief Petros. »Oder Fix-Bier?«

»Vielleicht beides«, erwiderte Astro.

KAPITEL
VIERUNDSECHZIG

Syntagma-Platz

»Sprich mir nach«, sagte Bonnie mit der Hand auf Jens Schulter, während leichter Schnee wie göttliches Konfetti vom Himmel rieselte. »Dies ist nicht *Stars in der Manege*.«

»Dies ist nicht …« Jen brach ab. »Warum soll ich das sagen?«

»Atme mal tief durch«, forderte Bonnie sie auf. »Und dann sagst du: ›Egal, was passiert, zumindest kann hier kein Kunstblut explodieren.‹«

»Darüber bin ich wirklich froh«, sagte Jen. »Trotzdem sage ich das nicht.«

»Trink einen Schluck Ouzo«, sagte Bonnie. »Ich habe zwei Flachmänner für unterwegs gekauft. Die sind zwar unverhältnismäßig teuer, aber passen in jede Jackentasche.« Sie hielt Jen ein Fläschchen hin, die hätte schwören können, in Bonnies Atem Lakritzgeruch wahrgenommen zu haben.

»Warum brauche ich einen Schluck Ouzo?«

Jen hatte alle auf dem großen Platz im Blick, die einsatzbereit waren – die Tanzgruppe, den Mann mit den Brezeln, selbst die Soldaten auf der anderen Straßenseite, bei denen sie befürchtete, sie würden plötzlich beschließen, der Tradition den Rücken zu kehren, und nach Hause gehen, bevor sie den Wachwechsel übertragen konnte. Es waren nur noch wenige Minuten bis zum Beginn dieses abstrus kompliziertem, hastig zusammengestellten Programms, das ihr in der Eventagentur-Welt entweder einen gottgleichen Status sichern oder den Anfang vom Ende ihrer Firma markieren würde, sodass sie womöglich noch das Pflegeheim anflehen müsste, um in Kathleens Zimmer unterzukommen.

»Weil du zitterst«, sagte Bonnie geradeheraus. »Und zwar nicht vor Kälte, denn da es wieder schneit, ist die Temperatur gestiegen, nicht gefallen. Also muss es Nervosität sein, und wir wollen doch nicht, dass die Kamera wackelt, oder?«

Erst als Bonnie es aussprach, wurde Jen klar, dass sie tatsächlich bibberte. Das passierte ihr normalerweise nicht vor Veranstaltungen! Wahrscheinlich lag es daran, dass sie sonst alles weit im Voraus organisierte und jede Kleinigkeit mindestens dreimal durchdachte. Diesen Luxus hatte sie hier nicht gehabt, doch dafür hatte sie mehr Unterstützung, als sie sich jemals hätte vorstellen können. Diesmal war sie nicht die typische Jen, die einsame Firmenchefin, die alles allein machen wollte. Denn wem konnte man schon trauen außer sich selbst? Jetzt war sie die Jen, die geradezu dankbar Hilfe angenommen, die fast ohne Zähneknirschen Aufgaben delegiert hatte …

»Okay«, sagte sie. »Gib mir den Ouzo! Ich trinke einen klitzekleinen Schluck.«

Bevor sie die Flasche ansetzen konnte, klingelte ihr Handy.

Natalia.

»O mein Gott! Warum ruft Natalia mich an? Sie soll eigentlich dafür sorgen, dass jetzt die Canapés verteilt werden!«

Seit sie das Event in Athen vorbereiteten, hatte Jen das Menü, das der Historischen Gesellschaft im Speisesaal der Kathedrale zu Hause serviert werden sollte, mehrmals abgeändert. Außer den Canapés mit Cheddar hatte sie noch welche mit Ziegenkäse und Orangen organisiert – eine Reminiszenz an die reifen, leuchtenden Früchte, die üppig an vielen Bäumen entlang des Wegs hingen. Als Vorspeise war es bei Lachs geblieben, allerdings jetzt begleitet von einem Feigenconfit. Zum Hauptgang gab es ein Schwein, das viele Stunden gebraten war, dazu Röstkartoffeln mit Zitronen, Oregano und Saisongemüse. Als Dessert hatten sie die Leibspeise der Mitglieder der Historischen Gesellschaft gewählt, eine traditionelle Schichtspeise, aber statt der Mince Pies zum Kaffee danach würde es jetzt griechisches *baklava* geben. Jen musste sich bei Greg für das *baklava* bedanken. Angeblich hatte er es noch nie zubereitet, wollte sich aber der Herausforderung stellen, und Jen wusste, dass er sie nicht enttäuschen würde. Er hatte ihr schon Fotos von Tabletts voll mit diesen knusprig-klebrigen Köstlichkeiten geschickt, die einfach göttlich aussahen.

»Atme durch!«, sagte Bonnie. »Und geh ran.«

Sie hatte recht. Jen musste einen kühlen Kopf bewahren, so wie sonst auch. Sie meldete sich.

»Jen … bist du das?«

»Natalia, warum flüsterst du?«

»Ich bin in Krypta.«

»Was?! Warum bist du nicht im Speisesaal und sorgst dafür, dass alle zufrieden sind? Bekommen die Gäste nicht gerade Canapés gereicht? Jeden Moment beginnt die Liveübertragung …«

»Ist spezielle Lage hier«, raunte Natalia.

»Spezielle Lage? Was für eine spezielle Lage?«

Jen brauchte keine Lage. Sie brauchte glückliche, lächelnde, geschichtsversessene Kunden, die sich ein vorzügliches Festtagsmenü mit leicht griechischem Einfluss schmecken ließen.

»Geoffrey ist hier.«

»Was?«

»Er ist gekommen. Mit anderen. Will auftreten für weniger Geld. Ich habe angerufen Theater, wo er eigentlich muss sein. Theater hat Problem mit Wasserleitung und hat Vorführungen abgesagt. Wir sind zweite Wahl für ihn.«

Jen wurde ganz leicht im Kopf – vor Wut. Geoffrey hatte sie bei der ersten sich bietenden Gelegenheit sitzen lassen, obwohl er wusste, dass er sie damit ins Chaos stürzte. Und jetzt tat er so, als sei nie etwas gewesen?

»Ich ihn habe gefesselt«, informierte Natalia sie.

»Sorry, wie bitte?«

»Ich ihn habe gefesselt. Meine Brüder haben weggeschickt andere Schauspieler. Die meisten sind unverletzt. Habe Geoffrey gesteckt in Krypta, aber er weint wie Baby, und das stört. Ich habe lauter gemacht Weihnachtsmix mit größte Bouzouki-Hits, aber er so laut schreit … selbst mit Knebel in Mund.«

Jen fiel nichts mehr ein, Bonnie neben ihr sah sie fragend an. Ihre Assistentin hatte jemanden in der Kathedrale eingekerkert. Sie musste jetzt schnell schalten. Eine Entscheidung fällen, die für alle die beste war. Jen schluckte, während ihre Gedanken sich überschlugen. Eine Entscheidung, die am besten für alle war? Oder diesmal vielleicht eine Entscheidung, die für sie am besten war?

»Weiß die Gesellschaft von Geoffrey, beziehungsweise dass irgendwas im Busch ist?«, fragte Jen.

Bonnie artikulierte lautlos das Wort »Geoffrey« und schlug demonstrativ verzweifelt die Hände vors Gesicht.

»Nein«, lautete Natalias Antwort. »Kathleen ihn bewacht. Mit Strick- und Häkelnadel.«

Kathleen war da. Was machte sie dort?

Du hast keine Zeit dafür.

»Lass ihn da«, platzte es aus Jen heraus. »Bis das Event vorbei ist.«

»Gut«, sagte Natalia. »Ich dich nur anrufe, damit du mich nicht anrufst und fragst, warum es anhört sich, als ob ich bin in dunkler Höhle. Wenn Brüder zurückkommen, ich lasse Artem hier und Kathleen mir kann helfen bei Kunstschnee.«

Jen hatte mehr als genug gehört. Sie wusste, dass ihre Assistentin das Herz am rechten Fleck hatte und dass das Wohl der Firma im Mittelpunkt all ihrer Entscheidungen stand, egal wie verrückt ihre Entschlüsse manchmal sein mochten.

»Natalia, du machst das wirklich super, und ich weiß wirklich alles zu schätzen, was du organisierst, während ich weg bin, aber …«

»Gern geschehen. Wirklich«, unterbrach Natalia sie. »Ich habe gerne Verantwortung.«

Verantwortung? Natalia hatte nicht die Verantwortung!

Achilles zupfte an ihrem Ärmel. »Jen! Plato sagt, er singt erst, wenn er etwas gegessen hat!«

Sie musste jetzt auflegen und sich darauf konzentrieren, dass die Tour durch diese Stadt, in die sie sich wirklich verliebt hatte, einwandfrei ablief.

»Natalia, sag mir Bescheid, wenn die ganze Gesellschaft sitzt und wir loslegen können. Bis gleich!«

Sie steckte ihr Handy in die Tasche und wandte sich an Bonnie.

»Bitte erspar mir, jetzt die Geschichte mit Geoffrey zu erklären«, sagte sie, bevor ihre beste Freundin Luft holen konnte. »Wir haben zu tun.«

KAPITEL FÜNFUNDSECHZIG

Psyrri

»Astro, ich bekomme die Plane nicht festgemacht!«

Hoch über ihnen mühte sich Astros Freundin Cora ab. Sein Herz klopfte heftig, und er wusste, dass das alles seine Schuld war. Die anderen hatten zu viel Zeit mit unnötigen letzten Verschönerungen am Kunstwerk verplempert, weil er das gewollt hatte. Jetzt bestand die Gefahr, dass sie nicht fertig waren, wenn Jen, die Kamera und die Mitwirkenden hier auftauchten. Außerdem würde der von Astro angestrebte Effekt verpuffen, wenn das Gemälde nicht verhängt wäre.

»Ich komme«, rief Astro hoch und eilte zur Leiter.

»Astro, pass auf!«, mahnte Petros. »Eine der Sprossen wackelt.«

Er hatte keine Zeit, über irgendwas nachzudenken, sondern wollte schnellstmöglich das teilweise freigelegte Gemälde abdecken. Schnell kletterte er die Leiter hoch, schon war er trotz des Schneefalls oben auf dem Gerüst. Die mit Seilen gesicherte Cora hielt die Plane beziehungsweise Staubschutzdecke an einer Ecke fest und versuchte, sie an einem Haken zu befestigen, den Astro ins Mauerwerk geschlagen hatte.

»Ich dachte, ich käme dran«, erklärte sie japsend. »Aber die Plane ist echt schwer …«

»Schon gut«, erwiderte er. »Steig du wieder runter, ich mach das.«

»Wirklich?«

»Ja, ja. Geh runter.« Auf dem Gerüst war nicht genug Platz für zwei Personen.

Astro wartete, bis Cora auf der Plattform stand und sich an ihm vorbei zur Leiter quetschte. Als er sicher war, dass sie gefahrlos nach unten käme, griff er nach dem Seil. Oben war jetzt alles trocken, der untere Teil hoffentlich ebenfalls. Immerhin würde der leichte Schnee das Laken wahrscheinlich nicht durchnässen.

Er hob die Plane an, wand die Beine um das Seil und kletterte hoch. Mit großer Körperspannung reckte er sich, um die Plane über den Haken zu hängen. Beim letzten Versuch gelang es ihm, sie zu befestigen. Endlich war das Gemälde komplett verhüllt.

Er atmete durch, strich mit der Hand über die Plane und schickte einen Dank ans Universum. Dann schloss er die Augen.

»Hoffentlich klappt es.«

In dem Moment rutschte er am Seil nach unten.

* * *

»Wie spät ist es, Bonnie?«, fragte Jen. »Was sagt die Uhr?«

Ihre Freundin schaute auf das Display ihres Handys. Die beiden hasteten durch schmale Gassen ins Viertel Psyrri, eine Menschenmenge im Schlepptau. Auf dem Syntagma-Platz war alles glattgelaufen, aber Jen war immer noch angespannt, weil sie nicht wusste, wie das Ganze in England angekommen war. Hatte es technische Aussetzer gegeben?

Kam die Atmosphäre richtig rüber? War die Historische Gesellschaft zufrieden? Und dann war da noch Geoffrey in der Krypta …

»Oh! Ich habe vergessen, die Stoppuhr anzumachen!«, rief Bonnie. »Soll ich jetzt?«

»Bonnie!«

Sie hatten die Intervalle zwischen den einzelnen Programmpunkten stoppen wollen. Die Teilnehmenden mussten von einem Schauplatz zum nächsten eilen, um den folgenden Programmpunkt vorzubereiten, und Jen wollte, dass alles perfekt lief.

»Es waren nur sieben Minuten und fünfunddreißig Sekunden«, meldete sich Achilles zu Wort und zeigte Jen seine Uhr.

»Oh, Achilles, danke! Das hättest du nicht tun müssen, aber ich bin dir sehr dankbar dafür!«

»Ich kann das auch übernehmen«, warf Plato ein.

»Nicht nötig, Plato«, wies Achilles seinen Freund mit mürrischem Gesicht zurecht.

Jen atmete durch. Sie wartete auf einen Anruf von Natalia. Das wäre der Startschuss für den nächsten Programmpunkt. Die Vorführungen der Künstler mussten zum Zeitplan in England passen, wenn die Historische Gesellschaft den nächsten Gang serviert bekam. Es war viel zu koordinieren, und das Letzte, was Jen brauchte, waren zwei streitende Kinder und eine Freundin, die nicht mal eine Stoppuhr bedienen konnte. Jen riss sich zusammen. Das war ein bisschen gemein. Bonnie hatte alle anderen Anlaufpunkte für sie organisiert, darunter das Highlight des Abends, die private Führung durch den Parthenon …

Sie legte ihrer Freundin die Hand auf den Arm. »Mach

dir keine Sorgen wegen der Stoppuhr. Eigentlich müssen wir nur auf Natalia warten.«

»Noch ein Ouzo?« Bonnie fischte eins der kleinen Fläschchen aus der Tasche.

»Astro!«, stieß Achilles aus.

Der Junge lief los, Schneematsch spritzte auf sein togaähnliches Kostüm. Tatsächlich, da stand Astro, hinter ihm all die Freunde, die vorführen würden, wie sie diese verfallenden Mauern in Kunst verwandelten.

Obwohl Jen es besser wissen sollte, reagierte ihr Körper sofort auf seinen Anblick.

»Hey, Achilles«, grüßte Astro. »Wie ist es auf dem Syntagma-Platz gelaufen?«

Eigentlich war die Frage an Jen gerichtet. Sie lächelte und setzte zum Antworten an.

»Super!«, rief der Junge. »Und ich weiß jetzt, wie man Teig macht!«

»Und ich bin marschiert wie die Soldaten!«, verkündete Plato, schwang das Bein hoch und stapfte so damit auf, dass der Schneematsch in alle Richtungen spritzte.

»Es war ziemlich hektisch«, sagte Jen.

»Ich mache nur ein paar Fotos für deine Website«, verkündete Bonnie und zückte ihr Handy. »Neben denen die Historische Gesellschaft hoffentlich eine glühende Lobeshymne veröffentlicht.«

»Oder neben meinem Fahndungsfoto, wenn herauskommt, dass ich mich einer Verhaftung entzogen habe.«

»Was?« Astro verstand nur Bahnhof.

»Kommt, Jungs!«, sagte Bonnie zu Achilles und Plato. »Ich mache ein paar Fotos von euch beim Sprayen. Traditionelles Gewand meets … keine Ahnung … Banksy?«

Achilles und Plato folgten Bonnie, jeder wollte als Erster fotografiert werden.

»Diese Rivalität …«, bemerkte Astro. »Ich weiß noch, wie ich in dem Alter war.«

»Ich auch«, sagte Jen. »Ich glaube, so alt war ich ungefähr, als ich ›Brennnessel‹ gelernt habe, also die Haut am Arm in entgegengesetzte Richtungen zu drehen, für den Fall, dass ich es mal brauche.« Sie grinste. »Sorry, das klang jetzt nicht nach Frieden und Wohlgefallen, oder? Wie läuft es hier? Sind alle so weit?«

»Wir sind bereit.« Astro nickte.

»Und es flucht niemand vor der Kamera, ja?«

»Wofür hältst du uns?« Er hob eine Augenbraue. »Bei dir klingt es, als seien wir Gesetzesbrecher.«

»Na ja, ich bin mal mit dir vor der Polizei weggelaufen.«

»Mein Ruf eilt mir voraus, ich verstehe. Aber für dein Event werden wir unser bestes Benehmen an den Tag legen …«

»Und ich bezahle euch in Spraydosen oder Farbe oder Pinseln oder was ihr sonst braucht, damit ihr mit eurer Kunst weitermachen könnt«, sagte Jen.

»Das brauchst du nicht. Alle freuen sich, ihre Arbeit in England präsentieren zu können.«

»Ich weiß«, erwiderte Jen. »Trotzdem würde ich das gern für dich machen.«

Sie befeuchtete ihre Lippen. Das hätte sie nicht sagen dürfen, denn es bedeutete, dass da noch etwas war zwischen ihnen, und auch wenn Jen sich das wünschte, sollte es wohl nicht sein. Sie formulierte noch mal um. »Für euch alle.«

Ihr Handy klingelte. *Natalia*. Jen schaute aufs Display und zählte. Fünfmal. Das war ihr Zeichen. Jetzt hatte sie fünf Minuten Zeit, um die Leute auf den nächsten Programmpunkt vorzubereiten.

»Alle auf ihre Plätze!«, rief Jen. »Wir müssen darauf achten, dass der Bildausschnitt alle zeigt, und dann gehen wir live.« Sie schaute zu dem hohen Gebäude auf der anderen Seite hinüber. Über der einen Hälfte hing eine Abdeckung, die ihr vorher nicht aufgefallen war. »Was ist da denn passiert?«

»Wo?«, fragte Astro.

»An dem Haus, das wie ein Hotel aussieht. Als ich das letzte Mal hier war, hing da noch keine Plane. Wird das renoviert?«

»Oh, wow, ist mir gar nicht aufgefallen. Keine Ahnung, was das ist. *Páme*. Trommeln wir alle zusammen.«

»Astro!«

Das war Petros.

»Warte kurz«, sagte Astro zu Jen. »Ich komme sofort.«

* * *

Während Jen zu Bonnie, den Kindern und all denen eilte, die ihnen vom Syntagma-Platz gefolgt waren, schaute Astro Petros entgegen, der auf ihn zuhastete.

»Was machst du da, Bruder?« Petros legte Astro eine Hand auf die Schulter.

»Das, was ich gesagt habe. Ich helfe Jen.«

»Du bist eben von da oben runtergefallen«, erinnerte Petros ihn. »Vor weniger als einer Viertelstunde.«

»Ich bin auf einer Markise gelandet.«

»Du bist durchgebrochen und auf den Boden gekracht. Du müsstest beim Arzt sitzen.«

»Mir geht's gut«, versicherte Astro ihm. »Bitte, Petros, ich muss das durchziehen.«

»Du bist verrückt.«

»Ich weiß«, stimmte Astro seinem Freund zu und versuchte, den Schmerz in der Seite zu verdrängen.

»Versprich mir, wenn dir irgendwie komisch wird, dass du …«

»Petros, ich verspreche dir überhaupt nichts. Ich habe dir doch gesagt, dass diese Veranstaltung und dieses Wandgemälde, das wir alle zusammen geschaffen haben, das Wichtigste sind.«

Petros grummelte, offensichtlich unzufrieden mit Astros Antwort. »Gibt es vielleicht irgendwas, das ich für dich tun kann?«

»Ja«, erwiderte Astro. »Hast du Schmerztabletten?«

KAPITEL SECHSUNDSECHZIG

Parthenon

Jen hatte gedacht, sie könnte nicht noch stärker vom Parthenon beeindruckt sein als bei ihrem ersten Besuch mit Bonnie. Doch jetzt, da außer ihrer Gruppe niemand da war, da die Strahler den antiken Marmor beleuchteten und ätherisch schimmern ließen, da die Tänzer auftraten, die Kinder sangen und leichter Schnee fiel, kam es ihr so vor, als befände sie sich mitten in einer Schneekugel.

Als der Rundgang zu Ende war, gab es Applaus von allen Teilnehmenden: den Sinrades, die die Truppe mit Essen versorgt hatten, nachdem sie sich mit der Kamera durch die schmalen Straßen von Anafiotika gewunden hatte, von den Straßenkünstlern, die gemeinsam ein beeindruckendes Gemälde aus allen möglichen Kunstrichtungen geschaffen hatten, von Achilles und seinen Schulfreunden, die Weihnachtslieder gesungen hatten, von den Tänzern, dem Mann mit seinen leckeren *koulourakia* … Es war eine wirklich großartige Zusammenstellung der Dinge gewesen, die Jen seit ihrer Ankunft in Athen kennengelernt hatte. Sie wusste gar nicht, bei wem sie sich zuerst bedanken sollte.

Doch bevor sie das tun konnte, klingelte ihr Handy. Obwohl ihr Körper noch voller Adrenalin war, freute sie sich über alle Maßen.

»Natalia!«, grüßte sie ihre Angestellte.

Statt eines Hallos oder unheilvollen Raunens aus der Krypta vernahm sie Jubel und Jauchzen und lang anhaltendes Klatschen. Als Natalia endlich sprach, summte es regelrecht in Jens Ohren.

»Hast du auch gehört Füßetrampeln?«

»Ich höre zufriedene Kunden«, erwiderte Jen.

»Ah! Du nicht kannst sehen. Eine Sekunde. Ich mache.«

Ein kurzes Tippen, dann erschien Natalia auf dem Display. Sie drehte die Kamera im Kreis, um Jen den Speisesaal zu zeigen. Er glich einem prächtigen Winter-Narnia mit künstlichen schneebedeckten Tannen und einer leuchtenden Laterne. Der Schneeteppich wirkte echter, als Jen es je gesehen hatte, die Tische waren wunderschön gedeckt. Doch das Beste waren die strahlenden Gesichter der Gäste, die immer noch kräftig applaudierten.

»Wir warten, dass serviert werden *baklava* und Kaffee, aber alle sagen, es war beste Veranstaltung!«, rief Natalia. »Du mich kannst hören?«

»Ja!«, rief Jen zurück. »Ja, ich kann dich hören. Und ich freue mich unglaublich. Danke, Natalia, für deine tolle Arbeit, ich werde …«

»Muss los, Kathleen mir hat gerade gewunken, dass jetzt kommt Kaffee.«

Mehr war im Moment nicht drin. Natalia beendete das Gespräch, und Jen stand ganz allein gegenüber dem Erechtheion und betrachtete die für ihre Säulen berühmte Vorhalle. In Wirklichkeit waren es Frauenstatuen, die das Dach auf ihrem Kopf trugen. Ebenso starke Frauen hatten diese Veranstaltung zu einem Erfolg gemacht: Natalia, Bonnie, Kathleen und Jen selbst. Sie sah sich an, wie die Leute beieinanderstanden und plauderten, Menschen, die sie selbst kaum kannte, die jedoch heute Abend hergekommen waren, um ihr bei der Durchführung zu helfen und Athen zum schillernden Star des Abends zu machen. Die Kinder warfen mit Schneebällen, was bestimmt gegen die Hausregeln verstieß, die sie unterschrieben hatte, um hier privat feiern zu dürfen. Es war ein Moment zum Genießen, zum Festhalten, zum Stolzsein.

»Die Veranstaltung war ein voller Erfolg.« Astros Stimme erklang direkt hinter ihr. Jen drehte sich um.

»Ja, es war der Wahnsinn! Natalia hat gesagt, alle wären begeistert gewesen, angeblich war es die beste Weihnachtsfeier, die die Historische Gesellschaft je hatte. Vielleicht sollte ich all meine Events so kurzfristig planen. Offensichtlich bekomme ich dann besseres Feedback.«

»Es ist wirklich schön, dass die griechischen Traditionen deinen Kunden so gut gefallen haben.«

»Dank dir«, sagte Jen. »Du hast am meisten dazu beigetragen, dass es zu einem Erfolg wird. Ich weiß ja, wie viel du in der Bar und auch sonst um die Ohren hast, und du hast mich schon in deiner Wohnung beherbergt, deshalb meine ich es wirklich ernst: Falls ich irgendwas für dich tun kann, dann sag es bitte.«

Seine schönen Lippen, die sie schon das Vergnügen gehabt hatte zu küssen, verzogen sich zu einem Lächeln. Schneeflocken lagen auf seinem Haar. »Ich hatte ein bisschen gehofft, dass du mich fragen würdest.«

»Ja, kann ich was für dich tun?«

»Kannst du«, gab er leicht nervös zurück.

»Dann schieß los!«

»Jen«, begann er. »Das klingt jetzt wahrscheinlich ein

bisschen verrückt – ich weiß ja, was ich gesagt habe –, aber … würdest du … hast du Lust auf ein Date mit mir?«

Der kalte Schauer, der Jen über den Rücken lief, hatte nichts mit dem Winterwetter zu tun. Es war derselbe Rausch, den Astro fast von Anfang an in ihr ausgelöst hatte. Für sie gab es nur eine Antwort darauf, und sie würde sich jetzt nicht selbst quälen und wertvolle Zeit vergeuden.

»Ja«, sagte sie. »Aber wann? Denn ich weiß nicht, wann mein Flug …«

»Wie wäre es jetzt?«, fragte Astro.

KAPITEL SIEBENUNDSECHZIG

Little Kook, Psyrri

»Wo gehen wir hin? Da gibt's aber keine Fledermäuse, oder?«

Astro grinste. »Fledermäuse sind nicht geplant, aber bei wilden Tieren kann ich für nichts garantieren, das weißt du ja.«

»Dasselbe gilt für ukrainische Assistentinnen«, gab Jen zurück und wies in die nächste Straße. »Ist es da hinten?«

»Ja, aber du musst warten.« Astro legte ihr die Hand auf den Arm, damit sie anhielt.

»Was ist passiert?«

»Nichts ist passiert.« Er schob die Hände in die Taschen seiner Jeans. »Ich will nur die Vorfreude steigern.«

»Jetzt habe ich ein klein bisschen Angst, dass gleich doch Fledermäuse auf mich zugeflogen kommen, und dann flippe ich aus wie Bonnie beim Anblick von Peri.«

Astro lächelte. »Vertrau mir, wenn ich sage, dass es dir gefallen wird.«

Ihm vertrauen. Vielleicht war das im Moment zu viel verlangt. Warum sollte Jen Vertrauen zu ihm haben? Womit hatte er sich das verdient? Er wusste, dass er sehr widersprüchlich mit ihr umgegangen war. Unentschlossen und arrogant, was seine Gefühle anging. Eigentlich hatte er keine Chance mehr verdient …

»Wird es aufregend?«

Er merkte, dass sie schon aufgeregt war. Sie strahlte Energie aus, ihre Augen leuchteten. Die hinter ihr liegende Veranstaltung trug sie auf einer Welle des Erfolgs, was sich in ihrer Körpersprache niederschlug.

»Ich denke, du wirst positiv überrascht sein«, sagte er. »Komm!«

Er ging voran, und nach nur wenigen Schritten wurden sie von der weihnachtlichen Stimmung eines Themencafés eingefangen. Die Straße war geschmückt, als seien die Inhaber mit einem Schlitten direkt aus dem Weihnachtshimmel vorgefahren.

»Astro!«, stieß Jen aus. »Wo sind wir hier?«

Er fand ihren staunenden Gesichtsausdruck spannender als die Dekoration ringsherum. Genau das hatte er gehofft, und da er sich die Fotos im Internet angeschaut hatte, wusste er, dass die Straßendeko nur die Spitze des Eisbergs war.

»Steht auf dem Schild«, sagte er.

»Little Kook. O mein Gott, ist das schön! Was ist das? Das sieht aus wie ein Haus, in dem ich wohnen möchte!«

Er lachte, aber riss sich schnell zusammen, da der Schmerz durch seinen Oberkörper schoss. Die Tabletten, die Petros ihm gegeben hatte, wirkten schon länger nicht mehr. Astro hoffte, dass der hohe Blutzuckerspiegel nach dem Kaffee ihn noch so lange über Wasser hielt, bis er an ein neues Schmerzmittel kam.

»Alles in Ordnung?«, fragte Jen.

Sie wandte den Blick von der glitzernden Postkutsche am Eingang ab und sah Astro forschend an. Er lächelte schnell. Auf gar keinen Fall würde er jetzt schlappmachen; er würde ihr diesen Abend schenken, einen richtigen Weihnachtsabend.

»Ach, ich habe nur Angst, dass ein Alarm losschrillt, sobald wir reingehen, der mich als Grinch enttarnt«, antwortete er. »Und dass ich dann zu einem Häufchen Glitzer zusammenschmelze.«

»Wie süß, dass das für dich das schlimmste vorstellbare Ende ist.«

»Ich hyperventiliere schon.«

Das kam der Wahrheit verdammt nah, doch es gelang Astro, es lächelnd auszusprechen.

»Komm, ich glaube, drinnen gibt es noch viel mehr zu sehen.«

* * *

Der Weihnachtsschmuck draußen auf der Straße wurde mit jedem Schritt festlicher. Am liebsten wäre Jen vor jedem kleinen Fenster stehen geblieben und hätte hineingeschaut, jede Ballerina, jeden Trompeter darin bewundert. Gerne hätte sie sich auf einen der leicht mit Schnee bedeckten goldenen Terrassenstühle gesetzt, doch vor dem kunstvoll gestalteten Eingang warteten die prächtige Postkutsche und große Nussknacker. Die Tür wurde von einer Prinzessin und einem Mann in einer Uniform flankiert, die denen der großen Spielzeugmäuse weiter hinten glich.

Jen lächelte die beiden an, Astro sagte etwas auf Griechisch. Bald wurden sie ins Café geführt. Schon nach wenigen Schritten war Jen aufs Neue überwältigt. Sie versuchte, alles gleichzeitig aufzunehmen. Es war, als sei sie in ein Weihnachtsmärchen geraten: von der eindrucksvollen

Standuhr und der riesigen Bohnenstange in der Mitte des Raums, die sich zu einem Kerzenleuchter unter der hohen Decke emporwand, bis zu den goldenen Rentieren, den sich drehenden Schneekugeln und leuchtenden Sternen. Es war weniger ein Café als eine Kuriositätensammlung, ein Ort, nach dem Jen immer gesucht hatte, ein Ort, wie das Geschäft von Kathleen und Gerald es gewesen war. Ein Ort, wie sie ihn mit *Jeden Tag Weihnachten* immer aufs Neue zu schaffen versuchte.

»Jen? Alles in Ordnung?«

Astros Stimme riss sie in die Gegenwart zurück, fort von dem Gefühl, mitten in Alices Wunderland zu sein oder mit Humpty Dumpty auf der Mauer zu sitzen.

»Entschuldigung … Es ist einfach … wunderschön. Magisch.« Sie holte tief Luft. »Da hat sich jemand viel Zeit genommen und seine ganze Energie und Liebe hineingesteckt. Der muss ja drauf sein …«

»So wie du mit Weihnachten«, sagte Astro.

»Genau«, stimmte Jen zu. »Guck mal! Ich bin nicht der einzige Mensch, der kleine Mäuse in Lebkuchenhäusern liebt oder Briefkästen für Post an den Weihnachtsmann.«

»Komm!«, sagte Astro. »Oben wartet ein Tisch auf uns.«

KAPITEL ACHTUNDSECHZIG

Im ersten Stock war das Café ebenso aufwendig dekoriert, sogar noch weihnachtlicher. In der Mitte stand ein abgenutzter langer Tisch mit goldenen Wirbeln und anderen Mustern im Lack, darüber hingen riesige Kugeln in Rot, Gold und Grün, Eiszapfen in glänzendem Silber und schimmerndem Gold, Lichterketten, Notenblätter und grinsende Elfen. Rund um die große Tafel waren kleinere Tischchen mit goldumrandeten Stühlen gruppiert, die mit roten Samtkissen wie Throne wirkten, daneben Engel, Weihnachtsmänner und Schwäne mit goldener Schleife um den Hals. Andere Stühle hatten Polster aus kariertem Stoff und rote Kissen. Spielkarten, Laternen und Schneeflocken hingen unter der Decke; Gnome und Kobolde mit frechen Gesichtern schauten aus den Ecken.

Aus gefühlt allen Winkeln des Raums drang Musik. Doch es waren nicht die üblichen Weihnachtshits von Shakin' Stevens oder Mariah Carey, es war feierliche Orchestermusik, wie eine Mischung aus einer Hans-Christian-Andersen-Geschichte und *Bridgerton*. Jen konnte nicht genug davon bekommen. Es gab so viele Kleinigkeiten zu bestaunen. Wohin sie auch sah, überall entdeckte sie etwas, das ihr bisher nicht aufgefallen war. Irgendwann merkte sie, dass sie Astro noch nicht viel Aufmerksamkeit geschenkt hatte, seit sie sich hingesetzt hatten. Sie hatte auch noch nicht auf die Speisekarte geschaut.

»Entschuldigung«, sagte sie. »Ich finde es einfach unglaublich! Ich hätte nie gedacht, dass man in Athen so etwas finden würde.«

»Ah«, machte Astro. »Vielleicht war es vor dir auch gar nicht da. Vielleicht ist es so schnell gewachsen wie Hans' Bohnenranke.«

Jen lächelte. »Haha. Sehr komisch.« Sie konnte nicht aufhören zu grinsen. Schließlich schlug sie die Speisekarte auf und musste wieder lachen, als sie die Namen der Gerichte las: »Spieglein, Spieglein? Drachenblut?«

»Ich sollte wohl Knusper, knusper Knäuschen nehmen: Vanillekuchen mit Erdnussbutter, Tahin und Passionsfruchtmarmelade.«

»Das hört sich lecker an, aber … Ich glaube, ich entscheide mich für Spieglein, Spieglein.«

Bei einem Helfer des Weihnachtsmanns gaben sie ihre Bestellung auf, inklusive zwei dekadent klingender heißer Schokoladen, dann waren sie wieder unter sich – wenn man die Elfen und Engel nicht mitzählte.

»Danke, Astro«, sagte Jen. »Für …«

»Du brauchst dich nicht bei mir zu bedanken, Jen. Ich habe das Gefühl, dass es nicht viel gibt, wofür du mir danken müsstest.«

Sein Gesicht verdunkelte sich, und die Miene, die er immer aufsetzte, wenn er in Gedanken versunken war, grub eine Furche zwischen seine Augenbrauen. Es war ihr deutlich lieber, wenn er lachte, wenn seine Augen groß wurden und leuchteten, wenn die Freude in seinem ganzen Gesicht zu sehen war.

»Doch. Zum Beispiel dafür, dass deine Freunde für den Rundgang in so kurzer Zeit diese wunderbaren modernen

Bilder der historischen Stätten gemalt haben. Und dafür, dass du mir geholfen hast, die Kinder zusammenzutrommeln, die Tanzgruppe zu engagieren und mit dem *koulourakia*-Mann das Ganze auf Griechisch zu besprechen. Und für Frau und Herrn Sinrades und dass ich bei dem Schnee irgendwo schlafen konnte …«

»Und für das, was ich auf dem Strefi-Hügel zu dir gesagt habe. Als ich dich zum Weinen gebracht habe.«

»Hm«, machte Jen und senkte den Blick auf den Tisch. »Das ist schon lange her.« Sie schluckte. »Und man kann nicht böse sein, nur weil jemand anderes die Wahrheit über seine Gefühle sagt.«

»Aber es war nicht die Wahrheit«, warf Astro schnell ein. »Nicht die *ganze* Wahrheit. Ich hätte mich anders ausdrücken müssen. Ich hätte mehr erklären müssen und …« Er unterbrach sich, raufte sich die Haare, der Frust stand ihm ins Gesicht geschrieben. »Ich weiß es nicht. Vielleicht habe ich es nicht verdient, dass du dir jetzt noch den Rest anhörst.«

»Und was ist, wenn ich es hören will?«, fragte Jen.

Was auch immer er verbarg, schien ihn zu überwältigen – ganz zu schweigen davon, dass er gerade in einer Weihnachtsgrotte saß, wo es nur so funkelte.

»Willst du?«, fragte Astro, als bräuchte er die Rückversicherung. »Es hören?«

»Ja«, bestätigte Jen mit Nachdruck. »Natürlich.«

Ihre Antwort kam von Herzen. Was immer Astro ihr erzählen wollte, es war ihm wichtig, und das bedeutete, dass es auch ihr wichtig war. Man fühlte sich nicht vom ersten Augenblick an mit jemandem verbunden und hörte dann auf, sich um ihn zu sorgen, nur weil es kompliziert wurde.

Er griff über den Tisch nach ihrer Hand und nahm sie in seine. Jen war schon früh aufgefallen, dass er wirklich schöne Hände hatte, schmale Finger, weiche Haut. Ihre eigene wirkte dagegen geradezu winzig, sie wurde vollständig von seiner bedeckt.

»Bevor ich all das sagte, hätte ich Folgendes erklären sollen, Jen«, begann Astro und holte tief Luft. »Du bist der unglaublichste Mensch, den ich je kennengelernt habe. So einen schlechten Start ins Leben zu haben, nicht mal die eigene Familie zu kennen, das alles durchzumachen, was du ertragen musstest, und trotz allem so ein wunderbarer Mensch zu werden, eine erfolgreiche Firma zu führen und …«

»So würde ich das nicht unbedingt sagen.«

»Aber ich«, beharrte Astro. »Glaub mir, das weiß ich. Weil ich dich sehe. Von Anfang an habe ich dich gesehen. Und je besser ich dich kennenlernte, desto mehr wollte ich dich wiedersehen.«

»Astro«, sagte sie und drückte seine Hand. »Ich möchte dir etwas sagen, bevor du weitersprichst.«

»Was denn? Stimmt was nicht?«

Sie seufzte schwer. »Auch ich muss an mir arbeiten. Weil … es kann ja nicht gesund sein, das ganze Jahr über nur für Weihnachten zu leben, oder? Ich habe das zu meinem ganzen Lebensinhalt gemacht, weil ich musste. Um zu überleben. Denn ohne diese Zeit der Hoffnung, ohne den Rausch der Planung, den Glitzer und die Lichter, den Schnee und das tolle Essen holen mich die schlechten Erinnerungen immer wieder ein. Sie überwältigen mich dann ständig, und ich fühle mich wertlos, unwichtig und dumm – oder wie sie mich früher sonst noch beschimpft haben.« Sie seufzte. »Ich muss lernen, keine Angst vor den Erinnerungen zu haben, und darf mich nicht vor diesen Gedanken verstecken. Ich muss mich selbst retten, das übernimmt kein alter Mann in einem roten Mantel auf einem Schlitten.«

Der Druck, der sich in ihrer Brust aufgebaut hatte, ließ nun endlich nach, und Jen wurde klar, dass sie Astros Hand umklammert hielt wie einen Anti-Stress-Ball. Sie wollte ihn loslassen, doch er erlaubte es nicht.

»Ich könnte verstehen, wenn du jetzt gehst«, sagte sie. »Jetzt, wo dir klar ist, wie kaputt ich bin. Es tut mir leid, dass ich mich habe einladen lassen, das war wirklich egoistisch von mir …«

»Komm!« Astro stand auf, immer noch Jens Hand in seiner. »Ich muss dir etwas zeigen.«

»Was denn?« Sie erhob sich ebenfalls.

»Ich sage nur kurz Bescheid, dass wir gleich wiederkommen, dann führe ich dich hin.«

KAPITEL NEUNUNDSECHZIG

Psyrri

Es schneite wieder, jedoch keine harschen, harten Flocken, sondern nur ein leichter, weicher Schnee, der sich kurz auf die Jacken legte und sofort schmolz. So wie Astros Herz im Little Kook geschmolzen war. Endlich hatte Jen sich ihm vollständig geöffnet, und in dem Moment hatte er ohne jeden Zweifel gewusst, was er für sie empfand. Er *liebte* sie. Jetzt erkannte auch sein Kopf, was sein Herz schon länger ahnte. Sie war *echt*. Sie war genauso verkorkst und auf dem Meer des Lebens herumgeschleudert worden wie er, doch während aus seiner Trauer Trübsal geworden und er auf alles und jeden wütend gewesen war, hatte Jen ihre Vergangenheit in eine Geschenkbox gesteckt und mit einer goldenen Schleife verziert. Sie waren gleich. Aber auch verschieden. Sie konnten einander stärken.

Nachdem er sie aufgefordert hatte, die Augen zu schließen, führte er sie vom Café zum verfallenen Hotel. Dort legte er die Hände auf ihre Schultern und wartete.

Kurz nahm er sich Zeit, um das fertige Wandgemälde auf sich wirken zu lassen, und atmete tief durch. In den vergangenen Nächten hatte er gesehen, wie dieses Bild Gestalt annahm, und jetzt, da es fertiggestellt war, war er unglaublich stolz darauf: seine Vision, sein Werk und das seiner Freunde, hier auf den Mauern der Stadt für immer, oder zumindest so lange, bis das Hotel abgerissen würde …

»Jetzt kannst du die Augen öffnen!«

Er beobachtete, wie sie das Wandgemälde betrachtete, und es war, als würde sie zuerst alles gleichzeitig aufnehmen und dann noch mal mit großer Wertschätzung oben anfangen und sich langsam nach unten vorarbeiten.

Es zeigte Jen. Alles, was sie ausmachte. Das riesige gesprühte Porträt von ihr in der Mitte und die vielen Darstellungen ringsherum – nach Zeichnungen und Vorlagen, die er in seiner Wohnung erstellt hatte: Jen war das Herz. Neben ihrem Kopf fand sich die aufblasbare Zuckerstange und das Armband, von dem sie geglaubt hatte, damit würde sie als Raubopfer markiert, weiter unten die Beeren und Farnwedel, die sie mit Achilles gepflückt hatte, die Apfelsinen, aus denen sie Christingles gebastelt hatte, ebenso ihre Engel-Ohrringe. Auch Kathleen war zu sehen – Astro hatte sie nach Vorlage eines Fotos gemalt, das Bonnie ihm geschickt hatte –, Tapferteddy ebenso, daneben ein Fix-Bier, Peri und sogar eine Fledermaus.

»Astro«, stieß Jen schließlich aus. »Mir fehlen die Worte. Wie hast du …«

»Mit sehr viel Hilfe«, antwortete er. »Und sehr viel Liebe.«

Er musste schlucken, aber er würde jetzt keinen Schritt mehr zurückweichen.

»So was hat noch niemand für mich getan, nicht mal ansatzweise«, sagte sie, und Tränen liefen ihr über die Wangen.

»Was du mir eben erzählt hast«, sagte Astro, während Schneeflocken um sie herumwirbelten, »habe ich längst tief in mir gespürt. Denn wenn man jemanden sieht, wenn man ihn malt, dann sieht man auch seine Freude und den Schmerz, auch wenn derjenige glaubt, sein Gesicht würde nichts verraten. Und dass du mir gesagt hast, wie du dich fühlst, macht meine Liebe zu dir nur noch größer.«

Sie wandte dem Gemälde den Rücken zu und schaute Astro an, die Augen feucht vor Tränen, die Wangen leicht rot von der Kälte. Nie hatte sie schöner ausgesehen.

»Du sprichst die ganze Zeit von Liebe«, flüsterte sie.

»Ja, nicht?«

»Abgesehen von der Zuckerstange ist nichts Weihnachtliches auf dem Gemälde.«

»Ich mache kleine Fortschritte. Der Geist von Little Kook hat mich allerdings noch nicht gepackt«, gab er zurück und holte tief Luft. »Davon ist nichts auf dem Bild, weil du nicht nur aus Weihnachten bestehst, Jen. Ich glaube, die ganze Welt wartet darauf zu sehen, welchen Teil von ihr du dir als Nächstes vornimmst.«

Davon war Astro absolut überzeugt. Ja, er hatte ihr erklären wollen, wie er sich fühlte, ihr mit dem Besuch in dem Themencafé und mit seiner Kunst zeigen wollen, was er empfand, doch wie es weiterging, hatte sie ganz allein zu entscheiden.

»Im Moment«, Jen sah ihm in die Augen, »will ich nur eins erforschen, und das bist du.«

»Wirklich?«

»Das will ich dir schon so lange sagen. Seit der ersten Nacht, die ich bei dir geschlafen habe. Aber … ich hatte Angst. Denn so gerne ich dir gestehen wollte, wie wichtig du mir bist, so viel Angst hatte ich auch davor, dass du es weißt, denn dadurch werde ich angreifbar.«

Er nahm ihre Hände in seine. »Du hast geglaubt, du wärst

nicht so verletzlich, wenn du diese Gefühle in dir versteckst, sie einschließt.« Er schüttelte den Kopf. »Ich bin genauso.«

Sie drückte seine Hände. »Ich habe mich an der Bettkante festgekrallt, damit ich dich nicht anfasse.«

»Ich bin jedes Mal aufgestanden, sobald du eingeschlafen bist, weil ich es nicht ausgehalten habe, dich nicht zu berühren.«

»Oh, Astro, kann das funktionieren? Mit dir und mir?«

»Tut es ja schon«, erwiderte er und ließ ihre Hände los, um ihr durchs Haar zu fahren. »Wie der Weihnachtszauber.«

»Als wäre es immer schon vorherbestimmt gewesen, dass ich dieses Jahr Weihnachten in Athen sein soll«, sagte Jen.

Astro strich ihr über die Wange. »Und dass du hergekommen bist, war für mich das größte Geschenk aller Zeiten«, gab er zurück.

Dann küsste er sie, und sie schlang die Arme um ihn und hielt ihn fest. Was auch immer die Zukunft für sie beide bereithielt, sie begann jetzt, voller Liebe und Hoffnung und wahrscheinlich mit einer angebrochenen Rippe – aber davon brauchte sie nichts zu erfahren. Und in diesem Moment war es ihm, als ob irgendwo da oben zwischen den Sternen eine Frau im Mond auf ihren kleinen Jungen hinabblickte und lächelte.

KAPITEL
SIEBZIG

***Büro von* Jeden Tag Weihnachten,**
Little Pickering, Wiltshire, Großbritannien
Weihnachten

»Ich finde die Version von Dean Martin besser. Der war auch eleganter. Solche Typen gibt es heute nicht mehr.«

»Da stimme ich dir zu, Kathleen«, sagte Bonnie. »Seit ich gesehen habe, dass einer der Kunden in der Tierarztpraxis Frank Sinatra heißt, habe ich darauf gewartet, dass ein Star aus der besten Zeit Hollywoods bei uns aufkreuzt. Erst nach sechs Monaten habe ich herausgefunden, dass es der Name des Pudels war, nicht des Besitzers.«

»Pudel ist nicht Hund«, höhnte Natalia. »Pudel ist wie Kaninchen. Zu weich. Kein Biss.«

Jen lehnte sich auf ihrem rollenden Bürostuhl zurück und nahm sich einen Moment Zeit, um sich diesen Tag für immer einzuprägen: die große Tafel in der Mitte des Raums, die sie aus zwei Bürotischen zusammengeschoben hatte, die zusätzlichen Stühle, die sie sich im Fitnessstudio geliehen hatte. Da sie außer einem Gasbrenner und einem Toaster keine Möglichkeit hatte, etwas zu erwärmen, hatten die anderen Gerichte gezaubert und mitgebracht. Natürlich war der große Raum prächtig dekoriert, Weihnachtsschmuck hing unter der Decke, an den Wänden und stand in jeder verfügbaren Ecke. Jen hatte sich von Athen beflügeln lassen: Türen, die wie Geschenke aussahen, Girlanden aus natürlichen Materialien, eine Überwältigung der Sinne wie im Little Kook.

Erst vor zwei Tagen war sie zurück nach Großbritannien gereist, und jetzt waren fast alle hier, die ihr wichtig waren, um mit ihr Weihnachten zu feiern.

Fast alle …

»Gerald wollte immer einen Pudel haben«, bemerkte Kathleen, ein Papierhütchen schief auf dem Kopf. »Ich habe ihm gesagt, es wäre einfacher und praktischer, wenn ich mir einfach wieder eine Dauerwelle machen lasse.«

»Gerald klingt wie nette Mann.« Natalia spießte einen Rosenkohl mit der Gabel auf.

»Er war auch sehr nett«, stimmte Kathleen zu und nickte, sodass das Hütchen noch ein wenig mehr zur Seite rutschte. »Und ein hübscher Kerl. Aber weißt du, Natty, Aussehen kann sich verändern. Man muss das große Ganze sehen.«

»Ich träume von Armen wie hat Oleksii Novikov. Mehr nicht.«

»Natty?«, wiederholte Bonnie. »Warum habe ich denn keinen Spitznamen?«

»Hast du doch, Bonnie. Den verrat ich dir bloß nicht«, entgegnete Kathleen schmunzelnd.

»Na, egal«, gab Bonnie unbeeindruckt zurück. »Wenn wir schon vom großen Ganzen reden: Wie findet ihr das Wandgemälde mit Jen an dem Hotel in Athen?«

»Ich halte eigentlich nicht viel von Graffiti«, antwortete Kathleen. »Früher wurde immer so ein Glatzkopf mit langer Nase auf Wände gemalt, der über eine Mauer guckt. Ich meine, wer findet so was schön? Aber ich muss sagen, diese

Bilder von dir …« Sie verstummte, und Jen merkte, dass Kathleen von Gefühlen überwältigt wurde.

»Kathleen, du darfst Weihnachten nicht weinen«, sagte sie und griff zu der Sektflasche.

»Ich kann tun und lassen, was ich will.« Kathleen betupfte ihre Augen mit einer Serviette. »Hab ich schon immer getan. Werde ich immer tun.«

»Sind Seelenschwestern«, sagte Natalia und nickte nachdrücklich.

»Auf den Bildern siehst du so schön aus, Jen«, fuhr Kathleen fort. »Es ist die typische Jen dabei, aber auch viele andere. All die Gesichtsausdrücke, die ich von dir kenne; Astro hat dich wirklich perfekt wiedergegeben.«

Jen ging das Herz auf, weil ihre Freundin absolut recht hatte. Genau dasselbe empfand sie jedes Mal, wenn sie sich das Wandgemälde ansah. Nachdem Astro ihr das Kunstwerk präsentiert hatte, waren sie durch die schneebestäubten Straßen zurück zu seiner Wohnung gehastet, jeder mit einem Dessert aus dem Little Kook. Doch eigentlich schwebte beiden ein ganz anderes Dessert vor …

Während Kathleen, Bonnie und Natalia die Feiertagsgerichte von Greg bewerteten – von denen Bonnie einige noch gar nicht probiert hatte –, kehrte sie gedanklich nach Athen zurück, in das Zimmer des Mannes, den sie liebte, und einer Taube, die bei dem Anlass zum ersten Mal den Schnabel gehalten hatte.

Astro hatte die Bettdecke über die Kissen der Schlafcouch gebreitet, und Jen begriff, dass er ihr ein Zelt gebaut hatte. Er verstand sie, er sah sie, ohne dass sie etwas dafür tun musste.

In sich hineinlächelnd, führte sie das Sektglas an die Lippen. Astro hatte sie ausgezogen, doch als sie anfing, ihm die

Sachen abzustreifen, war er zurückgezuckt. Sie war überzeugt, dass sie unwiderstehliche Verführungskünste besaß, dass ihr nackter Körper ihn in den Wahnsinn trieb, und dann stellte sie fest, dass sein Oberkörper auf einer Seite mit dunkelblauen Flecken übersät war. Erschrocken hatte sie innegehalten und ihn aufgefordert, ihr zu sagen, was passiert war.

Er war wegen ihr vom Hotel gefallen.

Allein das, ohne die anderen Dinge, die er seit ihrer Ankunft in Griechenland für sie getan hatte, stellte alles in den Schatten, was Paris vielleicht zu bieten gehabt hätte. Und dafür würde sie sich nicht beim Eiffelturm entschuldigen!

Astro hatte sie geküsst, mit der größten Hingabe, er hatte ihr versichert, dass der Schaden, den sie an seinem Herzen anrichten würde, wenn sie jetzt aufhörten, schlimmer wäre als alles, was er durch den Sturz davongetragen hatte. Nur zu gern hatte sie ihm geglaubt. Und sie war sehr froh darüber. Mit Astro war alles so natürlich. Sie dachte nicht viel nach, zerbrach sich nicht den Kopf darüber, ob sie sich auf eine bestimmte Weise verhalten müsste, wie sie es früher immer getan hatte. Sie hatte nie etwas Vergleichbares erlebt, wie ihn zu berühren, ihn zu halten, sich ihm hinzugeben. Es war einzigartig und besonders, so wie er.

»Ich finde, dicke Nikolaus-Muffins waren die besten«, schloss Natalia. »Brüder haben zuerst Kopf abgebissen, dann Inneres rausgelutscht.«

»Haben sie das nicht auch Geoffrey in der Krypta angedroht?«, fragte Kathleen.

»Der ist davongekommen. Ich ihn hab gehen lassen, fast ohne Schaden. Und als er hat gesagt, er will erstatten Anzeige, Brüder sagen, wenn er noch einmal droht, sie ihm zeigen wie erstatten Anzeige.«

Jens Handy klingelte. Sie schoss auf ihrem rollenden Bürostuhl nach hinten und stürzte zur Fensterbank, wo es neben ihrer weihnachtlichen Drehleuchte mit den fröhlich rotierenden Rentieren auflud.

»Das ist bestimmt Astro«, meinte Bonnie und gab sich ein paar Klößchen auf.

»So ich habe Jen noch nie gesehen«, bemerkte Natalia. »Wie sagt man noch mal? Sie ist speiliebesübel.«

»Liebeskrank, Natty«, verbesserte Kathleen. »Klingt nicht ganz so eklig beim Essen.«

Jen runzelte die Stirn. »Das ist nicht Astro. Es ist eine Anfrage auf FaceTime, aber ich kenne die Nummer nicht.«

»O Gott!«, rief Bonnie. »Das ist doch wohl nicht wieder David, oder?«

Kathleen räusperte sich. »Wenn ja, dann möchte *ich* ein paar Worte mit ihm wechseln.«

»Nein, David ist das nicht«, sagte Jen. »Seine Sekretärin hat angerufen und sich für meinen Präsentkorb bedankt. Sie meinte, sie hätte in seinem Kalender Termine für eine gewisse Laura blocken müssen. Das heißt also, der Kater lässt das Mausen nicht, aber zum Glück wird er nicht mehr an meiner Tür kratzen.«

Sie nahm den Anruf entgegen und schaute erwartungsvoll aufs Display.

»*Yassas*, Jen! *Kronia polla*! Fröhliche Weihnachten!«

Jen strahlte, als Achilles' Gesicht erschien.

»Er hat doch nicht die Taube dabei, oder?«, fragte Bonnie, als Jen mit dem Handy an den Tisch kam.

»Ist das Bonnie?«, fragte Achilles. »Sie hat ihre Scrunchies hier vergessen! Jetzt trägt meine Mum sie.«

Im Hintergrund erschien Marjorie und zog sich schnell

etwas aus den Haaren. Bonnie beugte sich zusammen mit Jen über das Display.

»Ich schicke sie dir zurück, Bonnie«, sagte Marjorie.

»Keine Sorge«, erwiderte Bonnie. »Behalt sie. Steht dir echt gut.«

»Ich probiere verschiedene Styles aus«, gestand Marjorie. »Damit ich mehr wie eine Geschäftsführerin aussehe, nicht wie eine Kellnerin.«

»O Gott! Machst du es?«, fragte Jen.

Bevor sie Griechenland verlassen hatte, hatte Astro ihr erzählt, sein Onkel erwäge ein neues Konzept für die Bar Páme. Es ginge eventuell nicht mehr um die Frage, sie zu behalten oder zu verkaufen. Die dritte Möglichkeit wäre, dass sie weiterhin Philippos gehörte, er aber nicht mehr so viel dort arbeiten würde, sondern stattdessen eine Geschäftsführung einstellte – oder jemanden dazu beförderte. Die Idee hing natürlich davon ab, wie gut die Bar weiterhin lief, ob sie auch langfristig Gewinn abwarf. Es sah aus, als würden die Dinge langsam Gestalt annehmen.

»Ist erst mal ein Versuch. Für ein paar Monate. Mal sehen«, versuchte Marjorie, es herunterzuspielen.

»Mama sagt, sie holt mehr Touristen in die Bar, als auf die Akropolis steigen«, verriet Achilles aufgeregt.

»Achilles! Musst du alles ausplaudern?«, fuhr seine Mutter ihn an.

Der Junge ignorierte sie und lief mit dem Handy herum, um Jen Peri zu zeigen, der schon viel munterer wirkte. »Guck mal! Sein Bein ist besser. Er sitzt gern auf meinem Spielzeugauto, dann schiebe ich ihn herum.«

»Ähm, hier klinke ich mich aus«, sagte Bonnie und machte einen Schritt nach hinten.

»Wieso ist Peri in eurer Wohnung?«, fragte Jen.

Achilles verdrehte die Augen, als läge die Antwort auf der Hand. »Weil Philippos ihn nicht in der Bar haben will.«

Das war nichts Neues …

Jen verlor sich in Gedanken. Da klingelte es an der Tür.

»Ich gucke mal nach, wer es ist«, verkündete Bonnie und ging zur Treppe.

»Du musst jetzt auflegen«, sagte Achilles zu Jen und drehte das Handy so, dass auch Marjorie im Bildausschnitt war. »Vielleicht kommt jetzt ein grünes Licht.«

»Genau, Jen, leg auf. Frohe Weihnachten! Vielleicht kannst du ja zu dem Feiertag herkommen, den wir noch lieber feiern als Weihnachten: Heilige Drei Könige. Da tauchen die Männer nach goldenen Kreuzen. Bonnie wäre begeistert!«

»Tschüs! *Ya*! *Ya*!«, rief Achilles, winkte und beendete hastig das Gespräch.

Jen war ganz schwindelig von der griechischen Energie im Raum, die sich genauso schnell wieder auflöste. Und unten stand jemand vor der Tür.

»Gibt es Cranberrysoße?«, ließ sich Kathleen vernehmen. »Ich kann Pute zu Weihnachten nicht ohne Cranberrysoße essen.«

»Glas mit Soße, die sieht aus wie Blut? Ist unter Müllberg von Knallbonbons«, informierte Natalia sie.

»Jen!« Bonnie kam zurück ins Zimmer gestürzt. »Hier ist eine Sonderzustellung, die du unterschreiben musst.«

Jen runzelte die Stirn. Das konnte nicht sein. Weihnachten wurde nichts zugestellt, und das einzige Päckchen, auf das sie gewartet hatte, war am Dreiundzwanzigsten geliefert worden.

»Los, komm! Bevor er weiterfährt!«, drängte Bonnie.

Sie fuchtelte mit den Armen wie ein Verkehrspolizist auf einer Kreuzung.

»Jen!«, rief Bonnie erneut.

»Das ist hoffentlich was Gutes, denn unser Truthahn wird kalt«, sagte Jen und hastete an Bonnie vorbei zur Treppe.

Sie lief die Stufen hinunter, ihre Hand streifte die ums Geländer gewickelte Lamettagirlande. Unten angekommen zog sie die Haustür auf, um dem Zusteller vorzuschlagen, sich endlich mal einen Tag freizunehmen, um mit seiner Familie oder seinen Freunden zu feiern. Doch als die kalte Luft ihr entgegenschlug und sie begriff, wer dort stand, schnappte sie erst einmal nach Luft.

»*Yassas*, Jen. Frohe Weihnachten!«

Es war Astro. Auf der Schwelle von *Jeden Tag Weihnachten*. Hier in Little Pickering.

Sie konnte es nicht fassen.

»Ich … ich habe doch gestern Abend noch mit dir gesprochen. Du kannst nicht hier sein. Du hast gesagt, du wolltest *gourounopoula* machen.« Sie konnte den Blick nicht von ihm losreißen. Als könnte er sich in Luft auflösen, wenn sie das täte.

»Ich habe wirklich *gourounopoula* gemacht«, sagte Astro. »Bonnie hat gesagt, alle würden heute was zu essen mitbringen. Also tun wir das auch.«

»Wir?«

»*Yassas*, Jen.«

Sie sah sich suchend nach der zweiten Stimme um. Es war Philippos, der winkend hinter seinem Neffen stand, mehrere Taschen zu seinen Füßen. Jetzt verstand Jen gar nichts mehr.

»Vor nicht allzu langer Zeit hat Astro mich gebeten, mir Zeit für ein Essen mit jemandem zu nehmen, der ihm wichtig ist«, sagte Philippos, hob die Taschen hoch und trat vor. »Mit jemandem, von dem er hoffte, dass er zur Familie gehören würde. Ich habe mir die Zeit nicht genommen, und dafür möchte ich mich aufrichtig entschuldigen. Jetzt bin ich hier, um es wiedergutzumachen. Deshalb nehme ich unsere Sachen, gehe rein und suche den Menschen, der geholfen hat, das hier möglich zu machen, während ihr zwei das tut, wofür Verliebte bekannt sind.«

Ohne noch etwas zu sagen, lächelte Philippos Jen an und drängte sich an ihr vorbei ins Haus.

Sie war völlig überwältigt, ihre Sinne überfordert. Sie wusste nicht, wie sie reagieren sollte.

»Ich dachte, es gäbe keine Flüge mehr, und ich weiß doch, wie teuer die sind …«

»Dafür musst du dich bei Bonnie bedanken«, sagte Astro. »Also, eigentlich bei ihrer Schwester. Sie kennt viele Leute, unter anderem jemanden mit einem Privatjet. Wir sind an einem Ort namens Boscombe Down gelandet, wo ein Auto auf uns gewartet hat.«

Jen legte die Hände auf die Wangen. »Das ist quasi um die Ecke!«

»Ich weiß«, sagte Astro. »Weihnachten in England ist verrückt!«

Jen lachte, Freude sprudelte in ihr hoch.

»Mir war egal, wie ich zu dir komme. Ich wusste nur, dass ich hier sein will. Denn wenn es eine Sache an Weihnachten gibt, die ich verstanden habe, dann ist es, dass es um die Familie geht. Und wie soll man feiern, wenn ein großer Teil davon ganz woanders ist?« Astro lächelte. »Ich wäre auf einem

Esel hergeritten, wenn es hätte sein müssen. Ach, ich wäre sogar mit einer Fledermaus geflogen.«

Jen konnte keine Sekunde länger warten. Sie musste ihn fühlen, ihn halten, seine Wärme spüren. Sie warf sich in Astros Arme, und er fing sie auf und drückte sie an sich.

»Du hast mir gefehlt«, stieß sie aus.

»Es waren doch nur ein paar Tage«, erinnerte Astro sie.

»Ich weiß«, sagte sie. »Aber … mir hat noch nie jemand gefehlt.«

Die Empfindung traf sie mit voller Wucht, während sie ihn umarmte und in den Gefühlen schwelgte, von denen sie immer geglaubt hatte, sie seien nur für andere selbstverständlich, Gefühle, die es in ihrem Leben so lange nicht gegeben hatte.

»Geht mir genauso«, sagte Astro. »Ich habe fünf neue Zeichnungen von dir in meinem Skizzenblock, die noch auf die Mauer gemalt werden müssen.«

Jen lachte und löste sich aus seinen Armen. »Fünf! Astro, du brauchst eine neue Muse.«

»Kann sein«, gab er zu. »Und wenn ich eine finde, kannst du mir vielleicht helfen, nach Kunstakademien zu suchen. Ich habe schon ein paar gefunden. In Athen gibt es mehrere. Aber auch in … Großbritannien.«

»Wirklich?«, rief Jen. »Hast du dich dafür entschieden, den Weg der Kunst einzuschlagen? Du weißt ja, dass ich total dafür bin, aber mir ist auch klar, dass es …«

Seine Lippen brachten sie auf die schönstmögliche Weise zum Schweigen. Er küsste sie langsam und innig, sie bekam eine Gänsehaut.

»Wir reden darüber«, sagte er und nahm ihre Hand. »Gemeinsam.« Er lächelte. »Jetzt möchte ich erst mal deine

Leute kennenlernen. Kathleen, weil ich die nur vom Foto kenne, und einen gewissen Teddybären, den ich nur als Bild auf einer Mauer gesehen habe.«

»Natalia ist auch hier«, erinnerte Jen ihn.

»Ah ja, die Frau, die Menschen an heiligen Orten knebelt.«

Jen drückte seine Hand. »Ich kann es immer noch nicht fassen, dass du hier bist. Das ist das … das schönste Weihnachten aller Zeiten.«

»Und alles begann mit einer Zuckerstange.« Astro grinste.

Wieder schlang Jen die Arme um ihn, sog die Dezemberluft ein und drückte ihn noch einmal fest an sich.

»Und, was am besten ist«, flüsterte sie, »es endet mit dir und mir. Mit uns.«

DANK

Ein großes DANKESCHÖN geht raus an:

Tanera Simons und Laura Heathfield von der Agentur Darley Anderson.

Die Lektorinnen Emily Yau und Candida Bradford und alle von Boldwood Books – es sind einfach zu viele wunderbare Mitarbeiterinnen und Mitarbeiter, um alle einzeln aufzuzählen.

Meine Freundin Sue Fortin für ihre tägliche Motivation.

Meine Freunde in Athen, die ich während meiner Winterrecherche getroffen habe.

Akis Petretzikis und Diana Alexaki – für die freundliche Aufnahme und das Essen im Kitchen Lab.

Dimitris Papageorgiou – für das Treffen und die kleine Führung und die vielen Geschichten!

Die Hotels Hermes und Plaka.

Alle in den folgenden Bars und Tavernen: The Clumsies, Lyra, Die Alte Taverne von Psarras, Café Klepsidra und viele andere.

Meine Leserinnen und Leser! Ich bin immer so dankbar für eure Unterstützung, die Kommentare auf Social Media und eure wunderbaren Rezensionen.

Autorin

Mandy Baggot ist preisgekrönte Autorin romantischer Frauenunterhaltung. Sie hat eine Schwäche für Kartoffelpüree und Weißwein, für Countrymusic, Reisen – und natürlich für Weihnachten. Die Autorin lebt mit ihrem Ehemann und ihren beiden Töchtern in der Nähe von Salisbury.

Weitere Informationen zu Mandy Baggot unter:
www.mandybaggot.com

Mandy Baggot im Goldmann Verlag:

Winterzauber in Manhattan. Roman
Winterzauber in Paris. Roman
Winterzauber in Notting Hill. Roman
Winterzauber im Central Park. Roman
Winterzauber in Mayfair. Roman
Winterzauber an der Seine. Roman
Winterzauber in den Hamptons. Roman
Winterzauber in London. Roman
Winterzauber in Athen. Roman

(Alle auch als E-Book erhältlich)